花森安治の従軍手帖

土井藍生 編

幻戯書房

花森安治の手帖
（1939年～1945年）

（昭和14年・1939年）

（昭和18年・1943年）

（昭和17年・1942年）

（昭和20年・1945年）

（昭和19年・1944年）

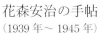

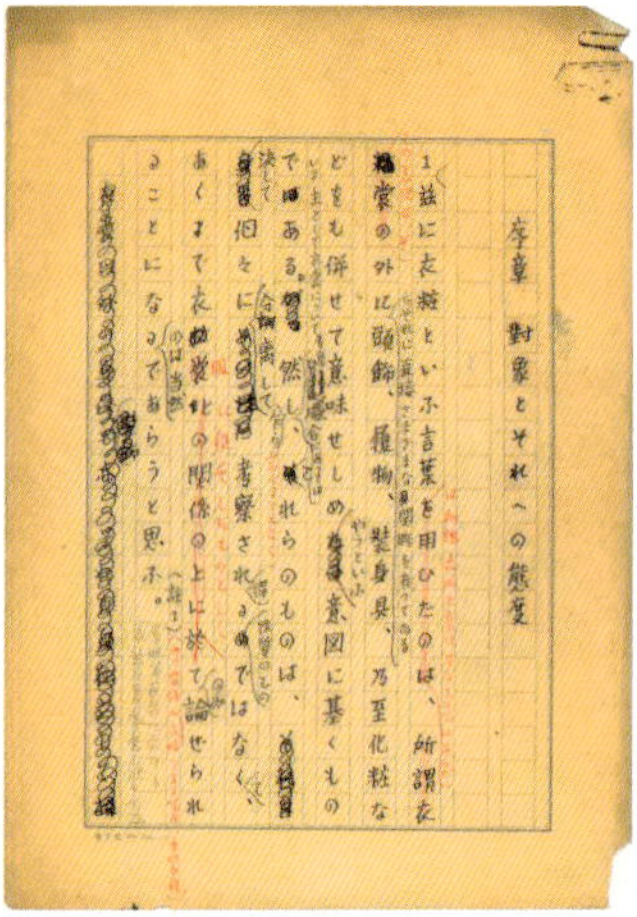

卒業論文草稿「社会学的美学の立場から見た衣粧」（昭和 11 年•1936 年執筆）

東京帝国大学文学部学生証
（昭和 11 年・1936 年時）

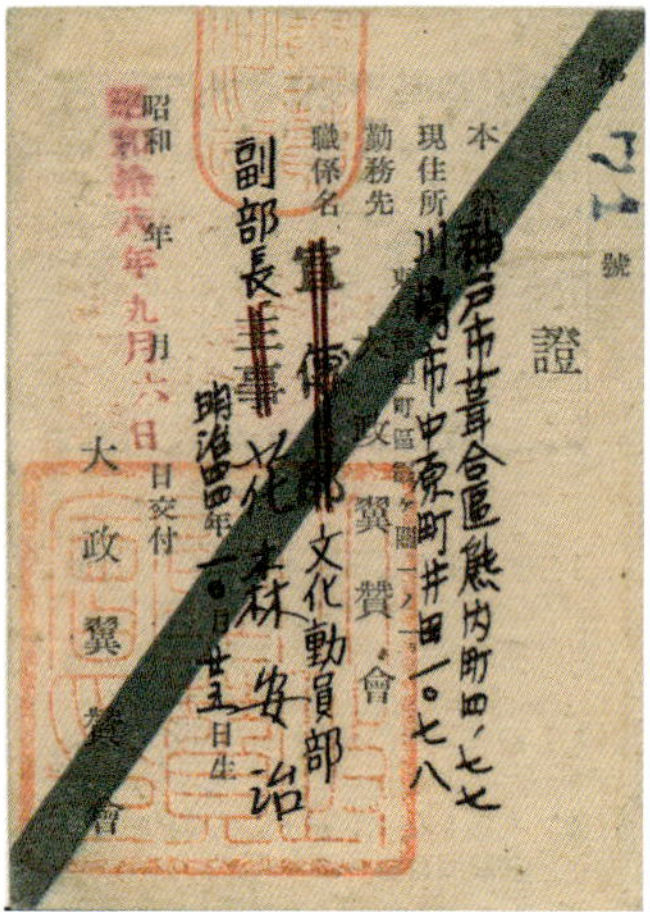

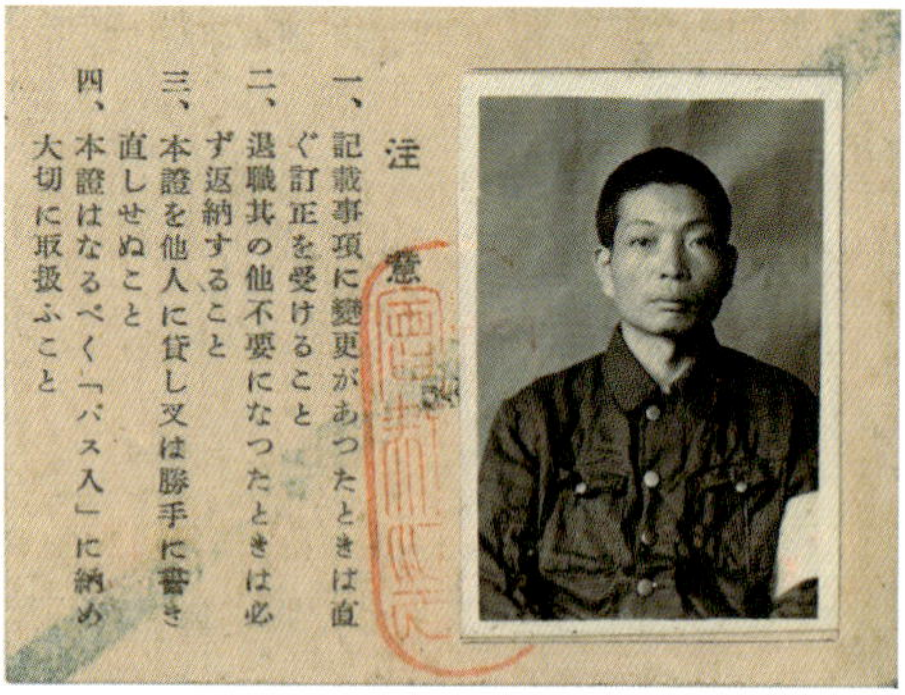

大政翼賛会証明書（昭和 18 年・1943 年 9 月 6 日交付）
（左）裏面　（上）表面

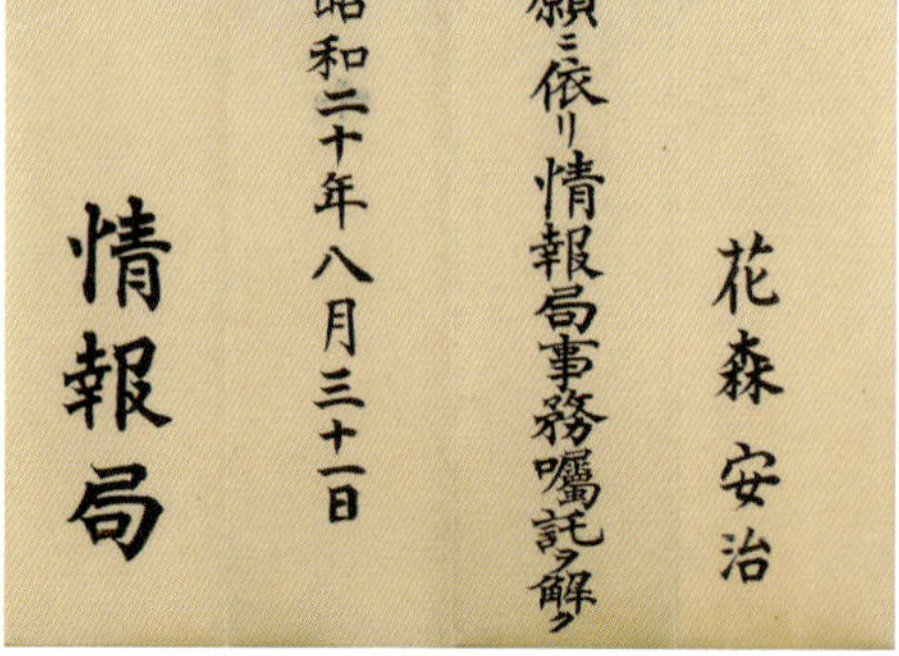

情報局による辞令
（昭和 20 年・1945 年 8 月 31 日）

目次

I　手帖

II　書簡類

III　エッセイほか

Ⅳ　巻末資料

装幀
真田幸治
目次扉写真
花森安治、一度目の従軍時
所蔵
手帖（五冊）／書簡類（十三点）／事実証明書／陸軍兵籍簿／東京帝国大学文学部学生証／卒業論文草稿／大政翼賛会証明書／情報局辞令＝世田谷美術館
本文中写真（特に記載のない場合）＝土井藍生

花森安治の従軍手帖

凡例

本書の著者・花森安治は、一九三八年（昭和十三）一月、召集を受けて歩兵第七十連隊第三機関銃隊に二等兵として入隊し、三月、満州国・依蘭に派兵されました。三九年、同地で「右肺下葉浸潤」と診断され四月に帰国、大阪陸軍病院天王寺分院・同深山（和歌山）分院で四〇年一月まで過ごし、現役を免除されます。その後四一年、大政翼賛会実践局宣伝部に勤め、四三年四月に再び臨時召集を受けるも、同月、解除命令が出され除隊。四五年六月の大政翼賛会解散、八月敗戦を経て、四六年三月、大橋鎭子とともに衣裳研究所（のちの暮しの手帖社）を設立し、戦後は編集者、デザイナー、ジャーナリストとして活動しました。

本書は、花森により一九三九年から一九四五年までに書き残された手帖五冊と書簡類十三点の内容を図版とテキストとしてまとめ、併せて卒業論文草稿、および関連エッセイ・談話などを収録したものです。

手帖については紙面の都合上、主な書き込みのある部分のみを掲載しました。

本文については、原則として原文通りとし、表記の全体的な統一は行ないませんでしたが、便宜上、旧漢字を新漢字に改め、誤字・脱字と思われるものを訂正し、句読点を補い、ルビを整理し、改行および追い込みなどの処理を施した箇所があります。また、編集部による注釈は本文の下段に、補足説明などは本文中の〔 〕内に示しました。判読不明の箇所は■で示しました。

本文中、今日からみると不適切と思われる表現がありますが、原文が書かれた時代背景、および筆者が故人である事情に鑑み、そのままとしました。

Ⅰ 手帖

従軍手帖（一九三九年）

（外観原寸大）

あなたが生きられるだけ
わたしも生きたい
氷凍結した松花江を
鴉が群れてゐる
二月十六日依蘭陸軍病院入院
十七日佳木斯陸軍病院転送

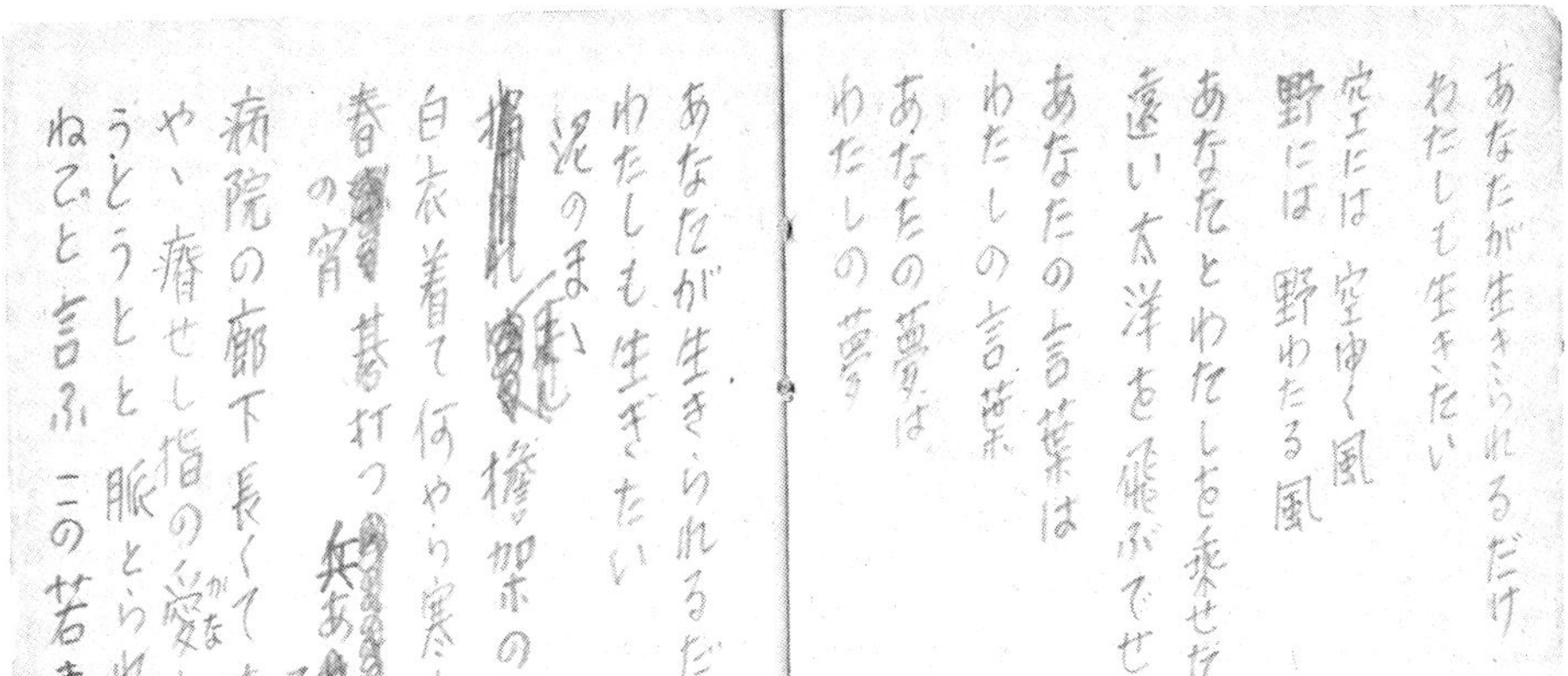

あなたが生きられるだけ
わたしも生きたい
空には　空ゆく風
野には　野わたる風
あなたとわたしを乗せた硝子の羽は
遠い太洋を飛ぶでせう
あなたの言葉は
わたしの言葉
あなたの夢は
わたしの夢

あなたが生きられるだけ
わたしも生きたい
泥のまゝ
担架の兵や　揺られまする　顔のぞく　眼の合はぬ
白衣着て何やら寒し春の宵
春の宵　碁打つ遠き声　兵ある
病院の廊下長くて素足哉
やゝ痩せし指の愛《かな》しくうす日さす
うとうとと脈とられ居たり晴のあさ
ねごと言ふこの若き兵は母あらむ

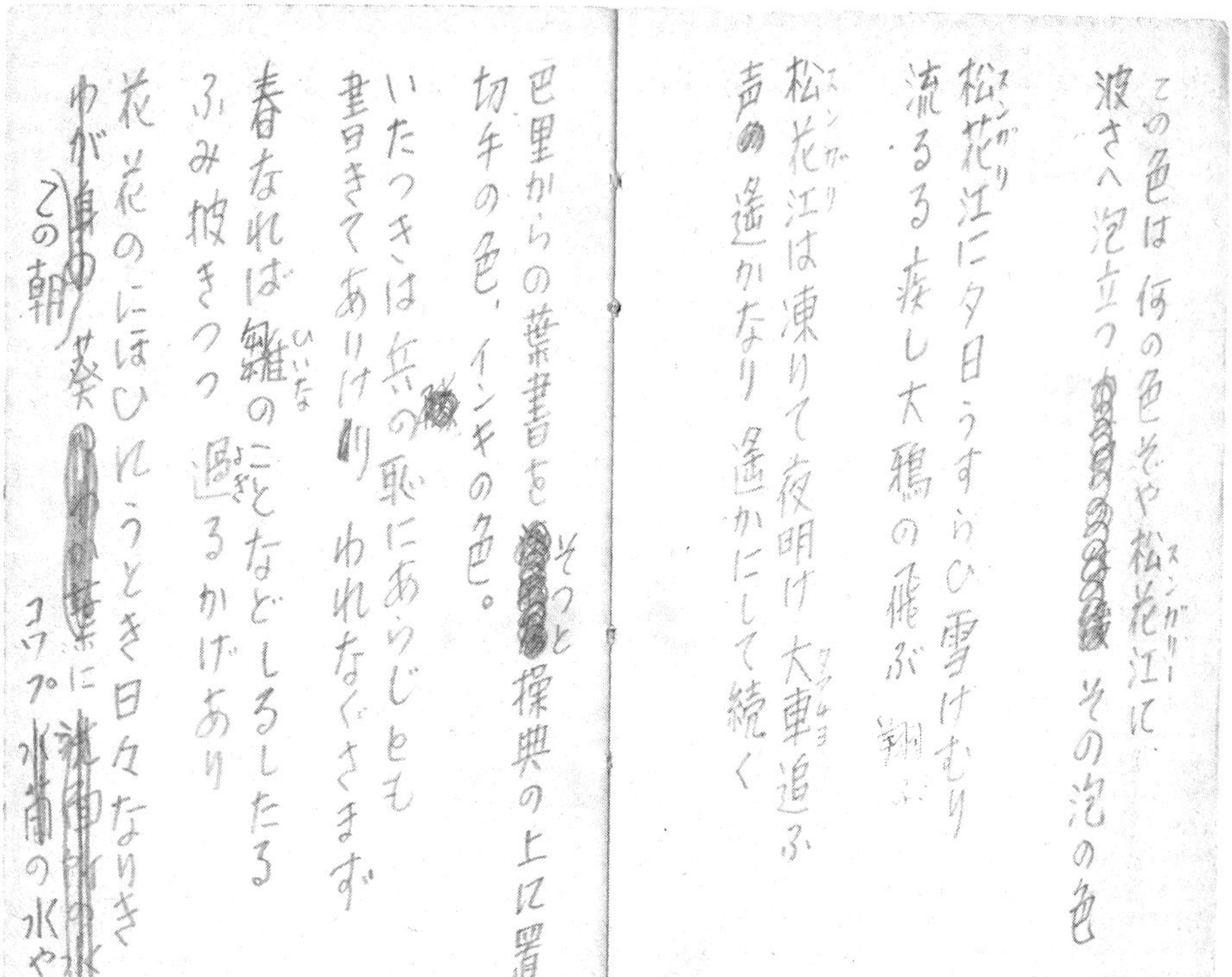
この色は何の色ぞや松花江《スンガリー》に
波さへ泡立つ その泡の色
松花江《スンガリ》に夕日うすらひ雪けむり
流るる寂し大鴉の飛ぶ 翔ふ
松花江《スンガリ》は凍りて夜明け大車《タアチョ》追ふ
声の遥かなり 遥かにして続く

巴里からの葉書を そつと採典の上に置く、
切手の色、インキの色。
いたつきは兵の恥にあらじとも
書きてありけり われなぐさまず
春なれば雛《ひいな》のことなどしるしたる
ふみ披きつつ過《よぎ》るかげあり
花花のにほひれうとき日々なりき
この朝 葵 葉に コップ水筒の水やる

Kind der Liebe.
Mein Kind.
~~Ka~~
Keuschheit.
Kandelaber
Juwel
Jeremiade

Keine Rose ohne Dornen.
Wo Freude ist, auch Leid.

Die schönsten Blumen,
die man sich nur denken
kann.

海が見たい
いま頃の海は　みどりいろ

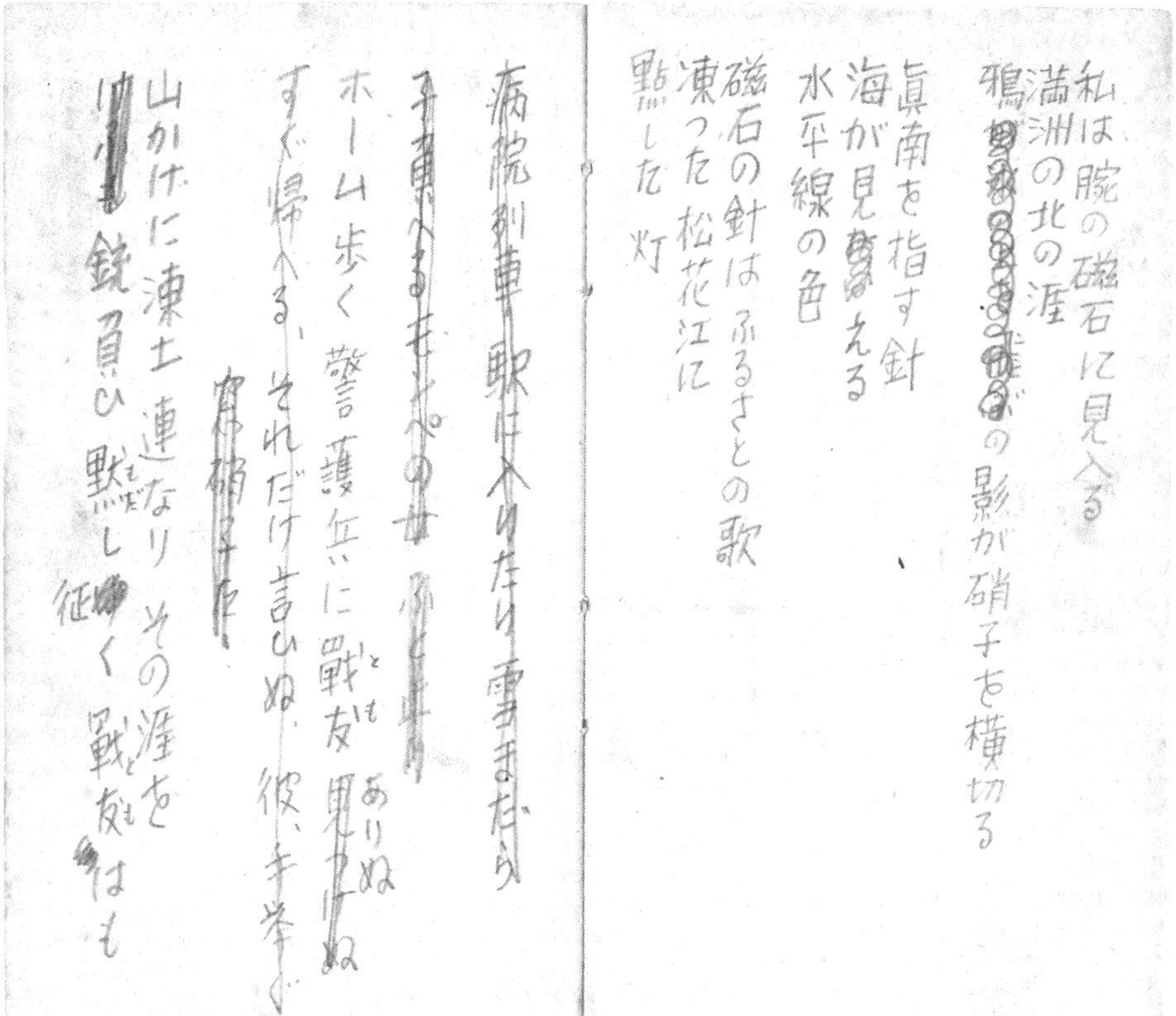
私は腕の磁石に見入る
満洲の北の涯
鴨[illegible]の影が硝子を横切る

眞南を指す針
海が見える
水平線の色

磁石の針はふるさとの歌
凍った松花江に
點した灯

病院列車駅は入りたれ雪まだら

[illegible]

ホーム歩く警護兵に戦友《とも》ありぬ
すぐ帰へる、それだけ言ひぬ、彼、手挙ぐ

[illegible]

山かげに凍土連なりその涯を
銃負ひ默《もだ》し征く戰友《とも》はも

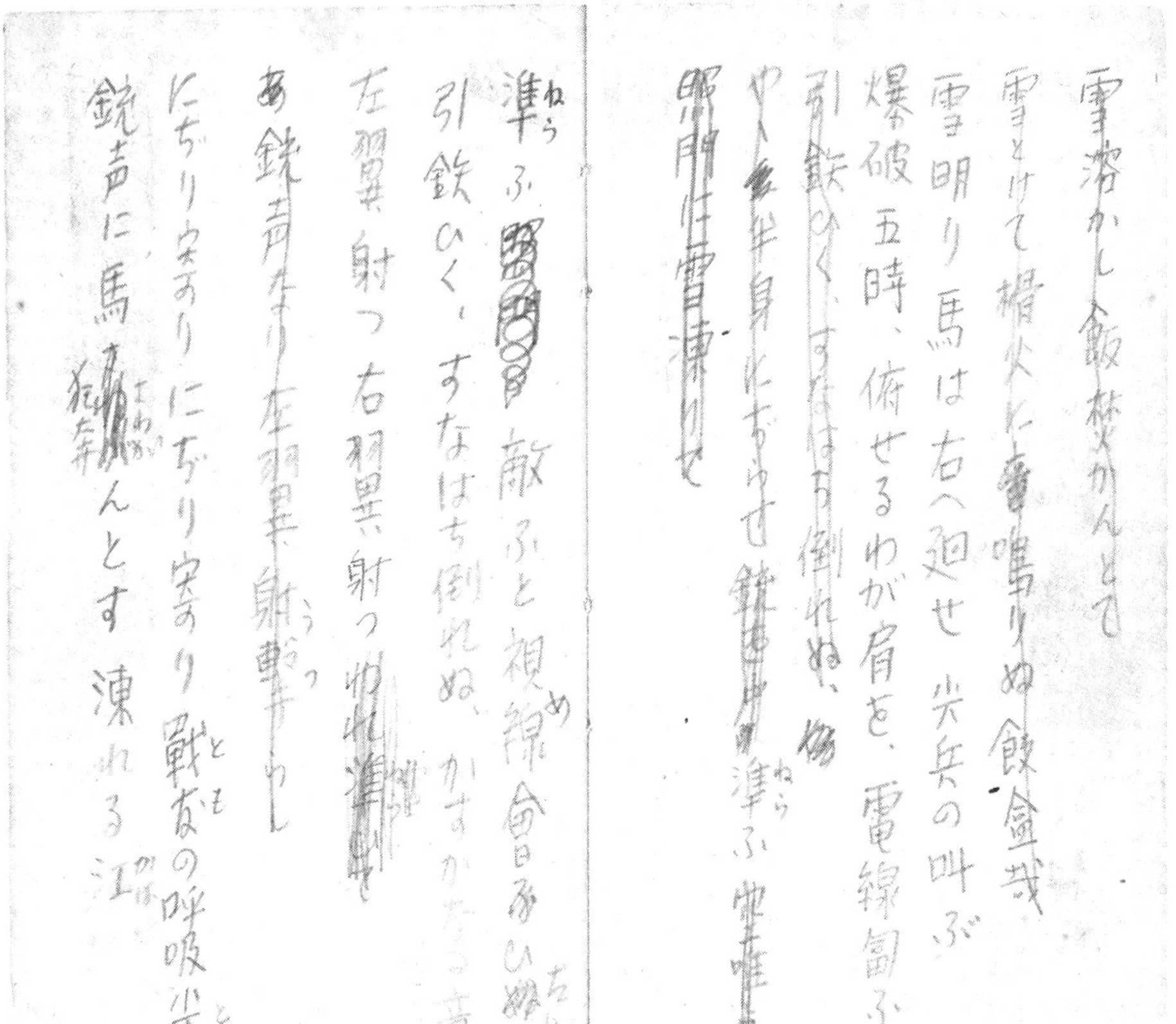
雪溶かし飯焚かんとて
雪とけて榾火に雪鳴りぬ飯盒哉
雪明り馬は右へ廻せ　尖兵の叫ぶ
爆破五時、俯せるわが肩を、電線留ふ
引鉄ひく、すなはち倒れぬ、
やや半身におかせ　準《ねら》ふ
準《ねら》ふ敵ふと視線《め》合ひぬ
引鉄ひく、すなはち倒れぬ、かすかなる音、
左翼射つ右翼射つ
あゝ銃声なり左翼射《う》つわし
にぢり寄りにぢり寄り戦友《とも》の呼吸尖き
銃声に馬狂奔せんとす　凍れる江《かは》

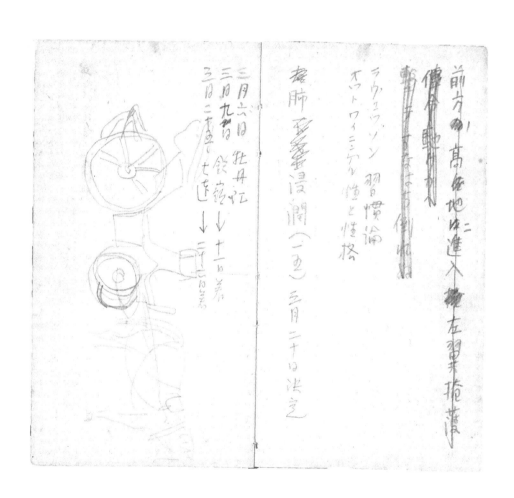

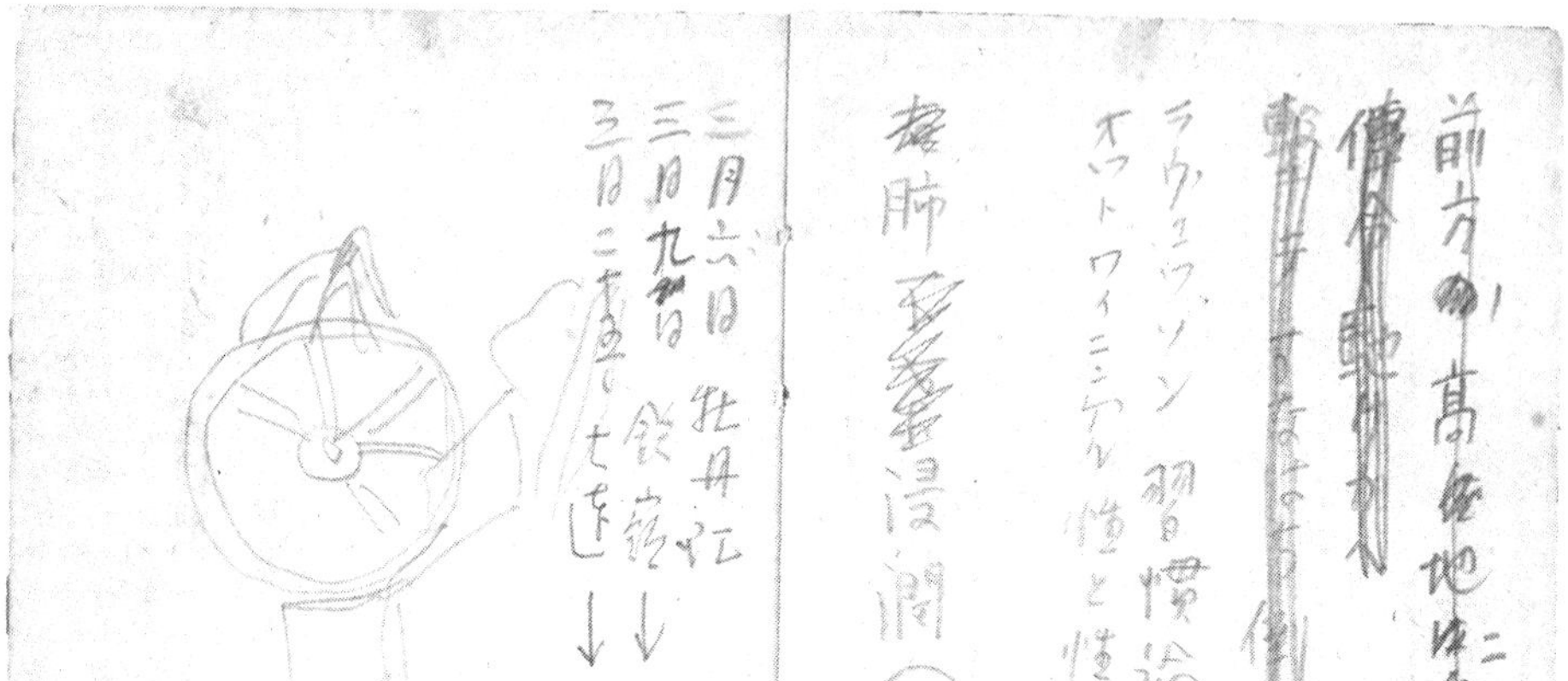
前方ノ高地ニ進入　左翼掩護

ラウェツソン　習慣論
オットワイニンゲル　性と性格

右肺浸潤（一五）三月二十日決定

三月六日　牡丹江
三月九日　鉄嶺　↓　十一日着
三月二十五日　大連　↓　二十七日着

大連。陽のあたつた埠頭の午後。父よ、あなたは強かつた。
黒い手套と揺れる日の丸の旗。日の丸。不動の姿勢。
空しい気持。汽笛が鳴らぬ。港外の白々しいさみしみ。
内地還送。病院船旗は船首のマスト。海。これは海の色
ではない。依蘭への距離。

青島。赫い屋根ばかり。寒い岸壁。汽笛が鳴ると、
蒸汽が霧雨となつて降る。従軍看護婦降りる。トラック
に乗る看護婦。港外の駆逐艦。手を振る。手を振る。
赤い十字が自分。ガス。汽笛が鳴る。速い速力。

看護婦の帽子はどうして洗濯するか。
通常。宵番。明午。
入院患者心得
一 気力ヲ出シテ病苦ニ打克チ
自ラ一日モ早ク健康ヲ恢復シ再ビ戦地ニ立テ
勲功ニ対シテ更ニ自重セヨ。 礼儀ヲ重ンゼヨ
験温。六時。二時。
二十八日 午后三時大連出帆。
二十九日 午前十一時青島着
三十日 午前十一時青島発。

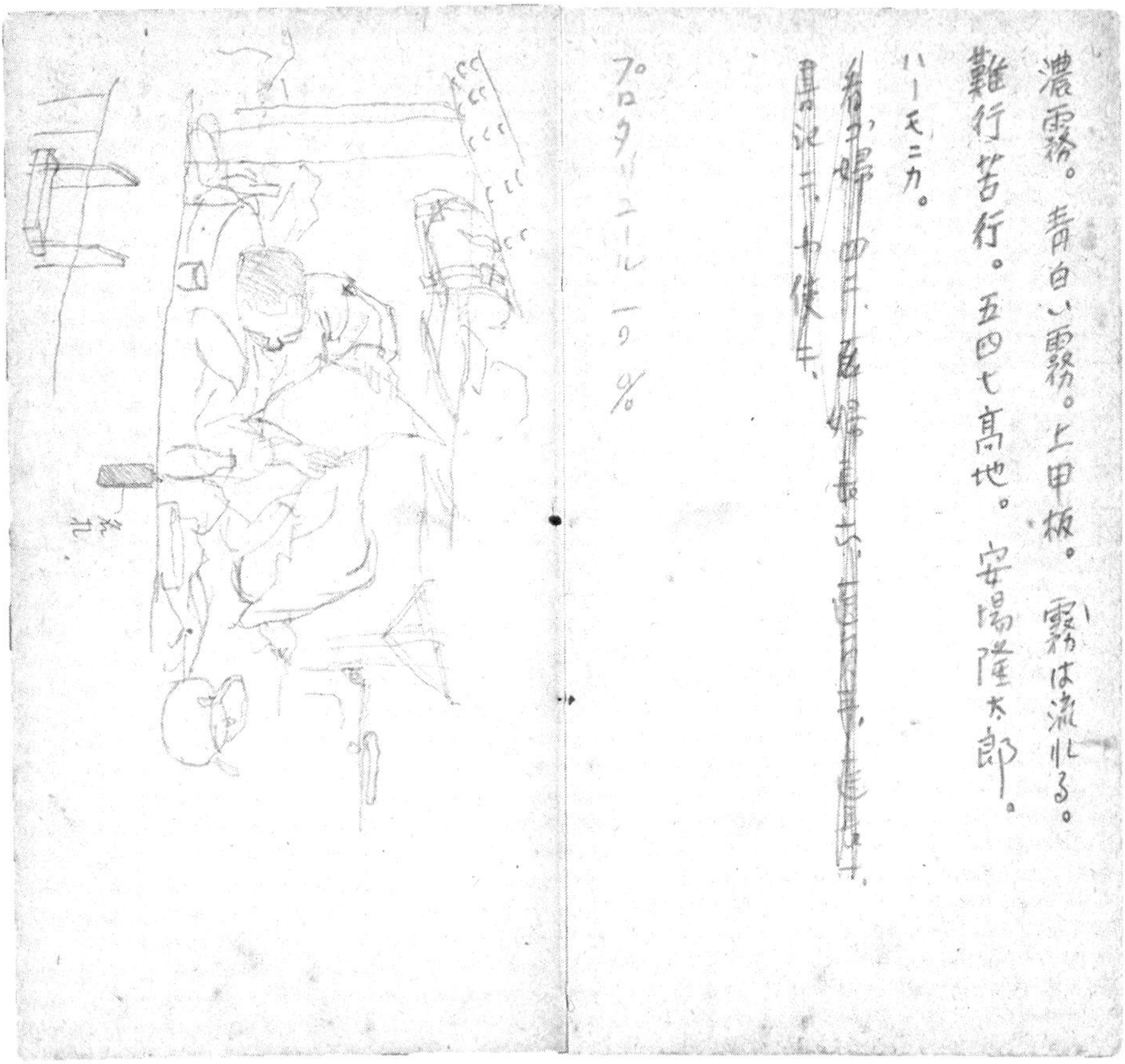
濃霧。青白い霧。上甲板。霧は流れる。
難行苦行。五四七高地。安陽隆太郎。
ハーモニカ。
プロタリエール一〇%

藍染、エピオス、伴重、和歌山於選、新青年増刊、

かくて
われ生き来てありけり
はつ秋に
胸ひろびろと おほ空《ぞら》流る

明日もまた
手紙書かむといひしまゝ
幾日すぎけむ
待ちつゝあれど
こほろぎなけり

わがこゝろ
よろこばれざると知りし夜は
部屋を閉ぢゐて ひとり
香焚く

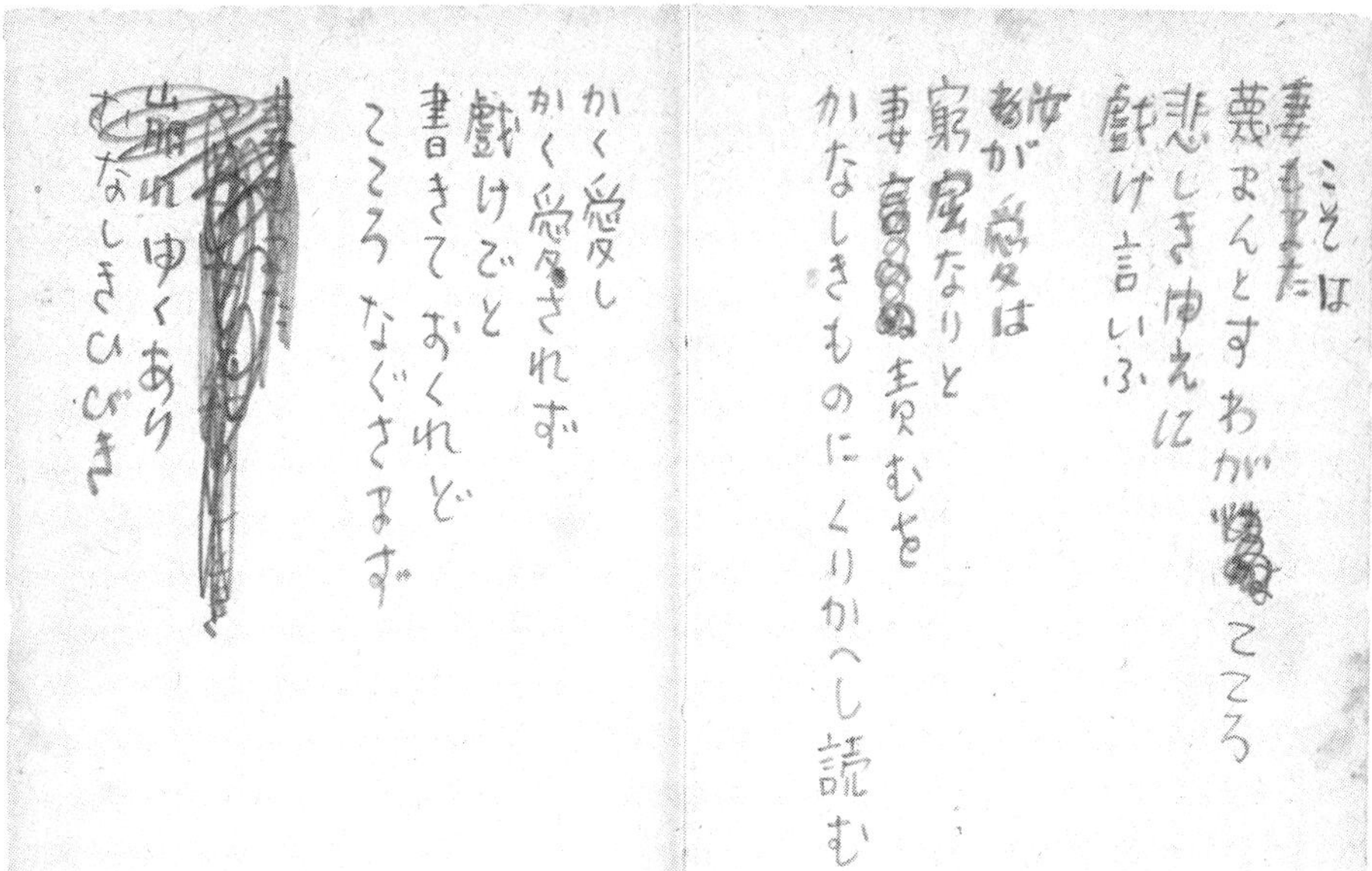
妻こそは
蔑まんとすわがこころ
悲しきゆえに
戯け言いふ
汝が愛は
寂寞なりと
妻責むを
かなしきものにくりかへし読む
かく愛し
かく愛されず
戯けでと
書きておくれど
こころなぐさまず
崩れゆくあり
なしきひびき

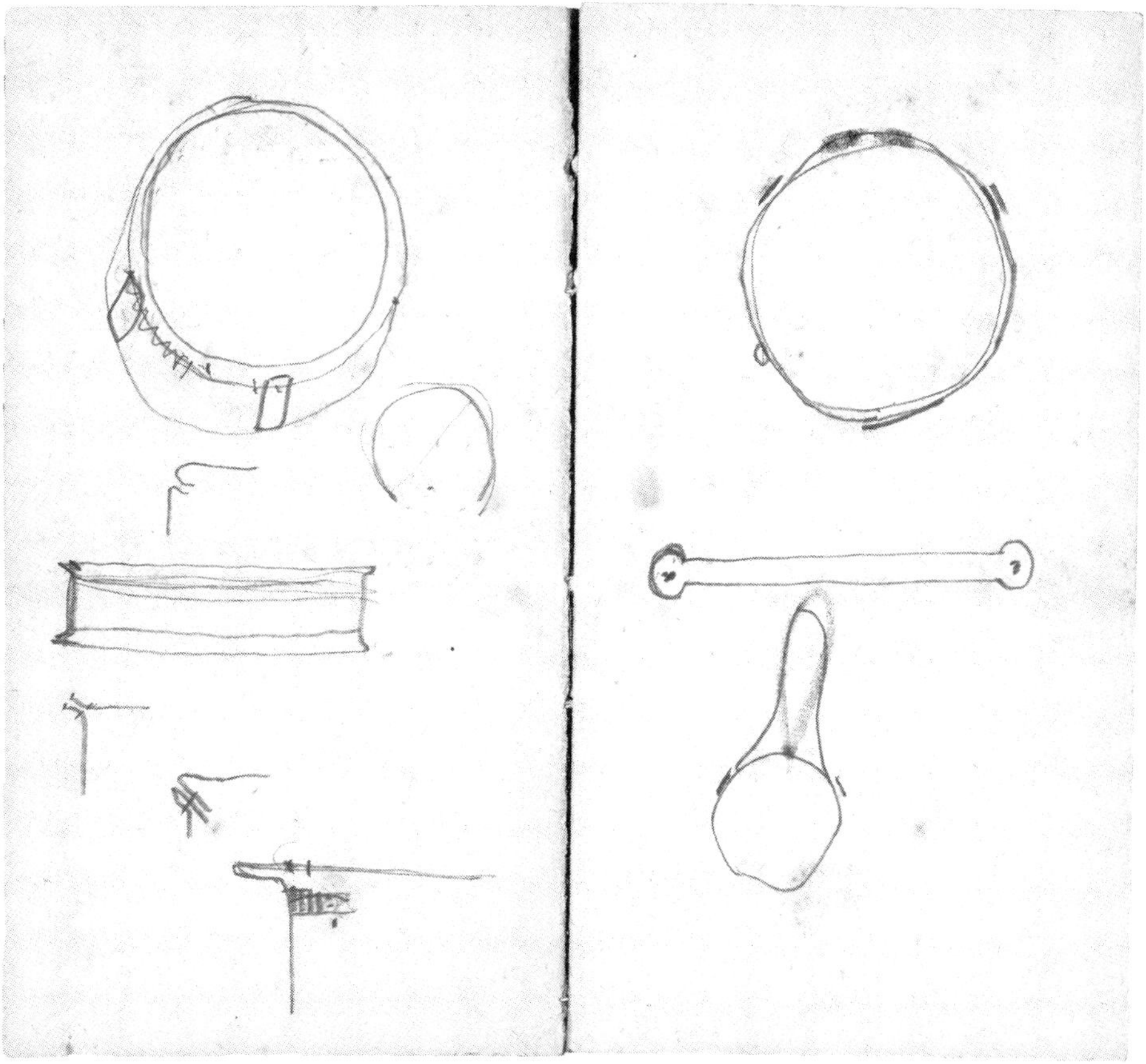

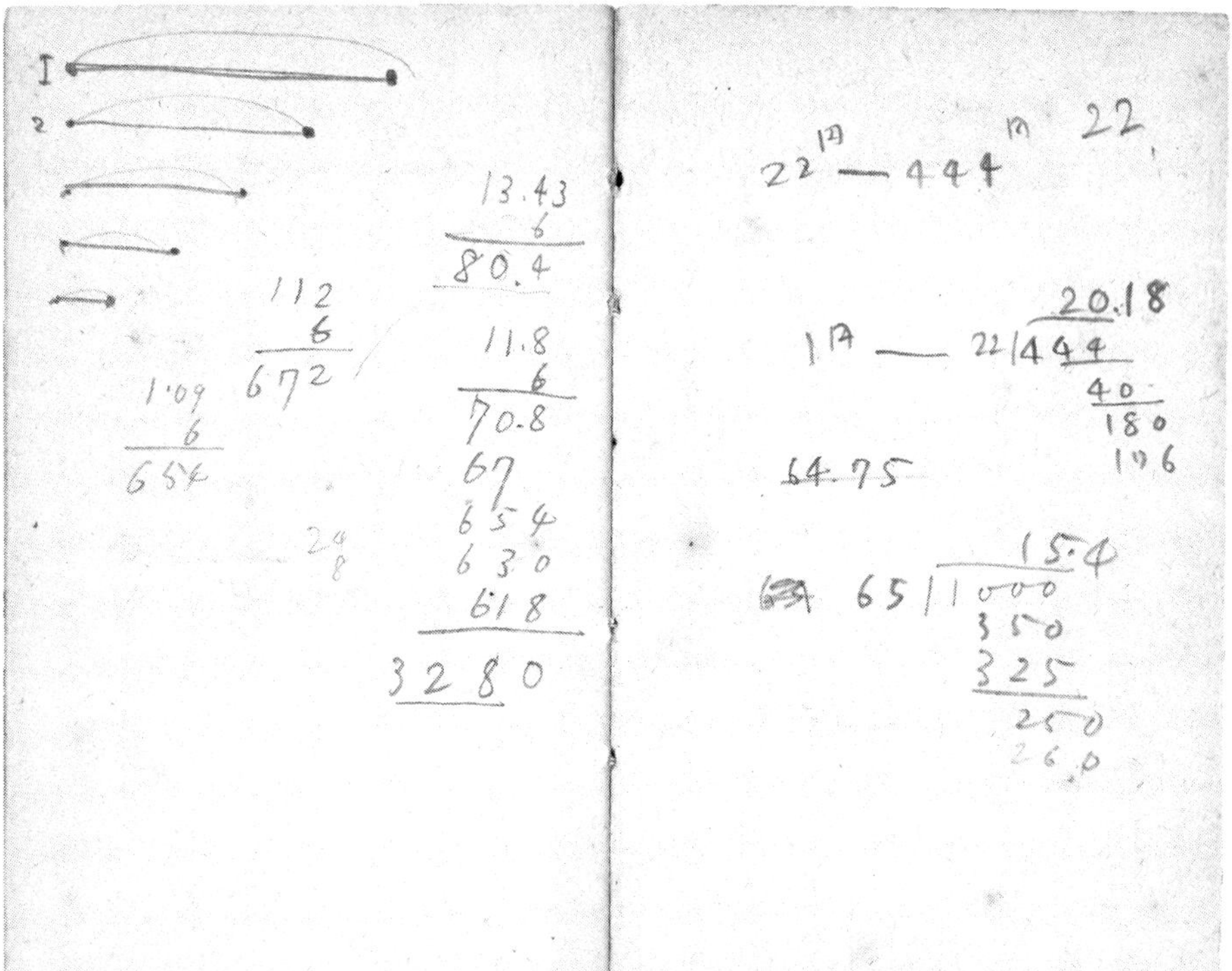

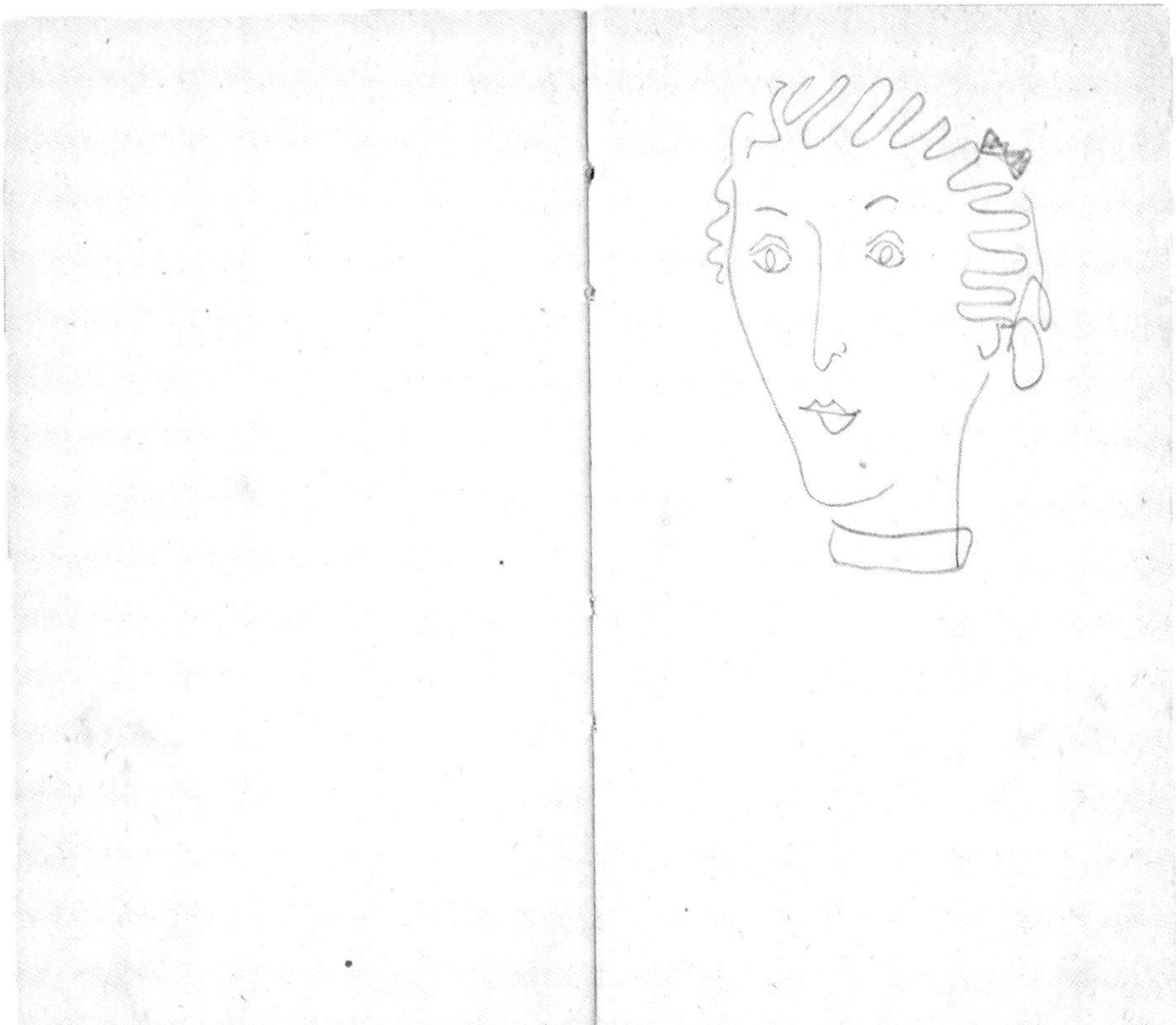

麻布邑　本村町一丁目五　西田方

目黒邑上目黒　四の二　二五　椎名芳滋

大阪市比花邑大正町一丁目二　成木　　之

木村この注

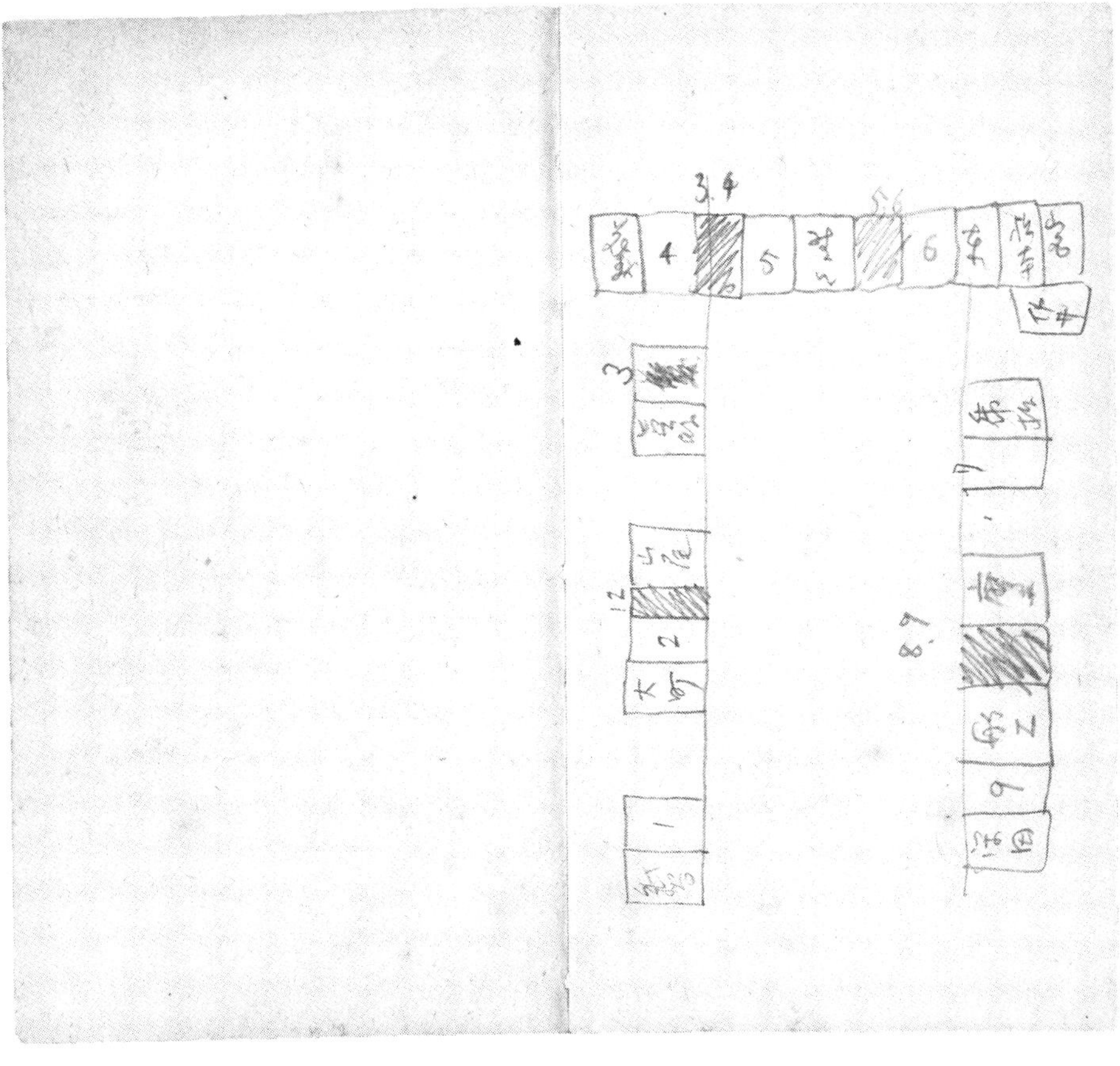

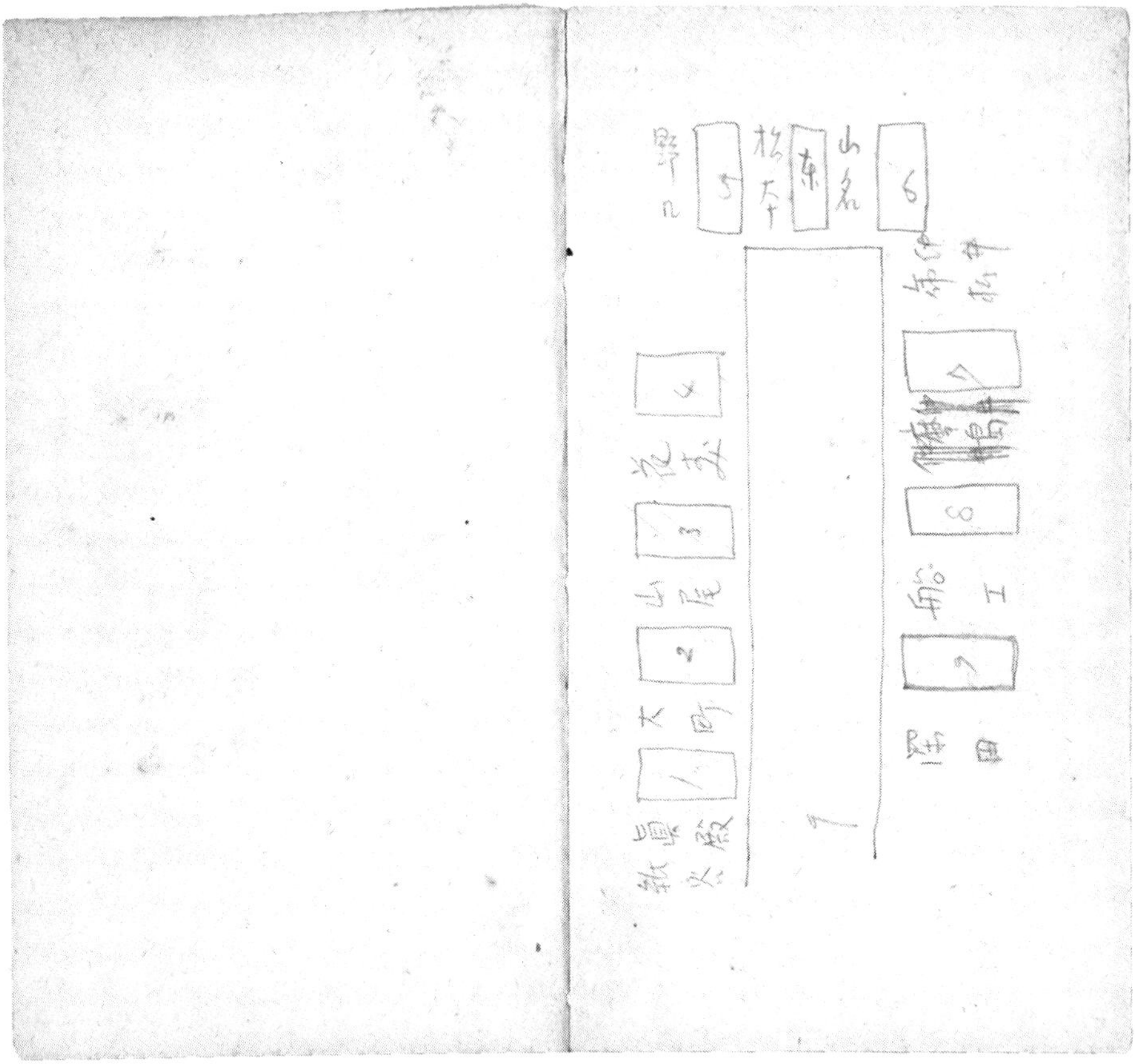

従軍手帖（一九三九年）[*1]

〔冒頭空白三頁〕

あなたが生きられるだけ
わたしも生きたい

氷結した松花江を
鴉《からす》が群れてゐる

二月十六日　依蘭《いらん》陸軍病院入院
二月十七日　佳木斯《チャムス》陸軍病院転送

あなたが生きられるだけ
わたしも生きたい
空には空ゆく風
野には野わたる風

＊1　陸軍恤兵部により配布された手帖。表紙に星章と「従軍手帖」との表記有り。以下、本体の構成。表見返しに満州国を中心とした地図二頁

「本手帖は国民の熱誠なる恤兵寄附金を以て調製し従軍者一同に頒布するものなり／昭和十三年九月／陸軍恤兵部」との記載二頁〔次頁〕

あなたとわたしを乗せた硝子の羽は
遠い太洋を飛ぶでせう

あなたの言葉は
わたしの言葉

あなたの夢は
わたしの夢

あなたが生きられるだけ
わたしも生きたい

泥のまゝ担架の兵や顔のぞく
白衣着て何やら寒し春の宵
春の宵碁打つ兵ある遠き声
病院の廊下長くて素足哉
やゝ痩せし指の愛《かな》しくうす日さす
うとうとと脈とられ居たり春のあさ
ねごと言ふこの若き兵は母あらむ
この色は何の色ぞや松花江《スンガリー》に

陸軍大臣・板垣征四郎による書「恤兵　征四郎」の図版二頁

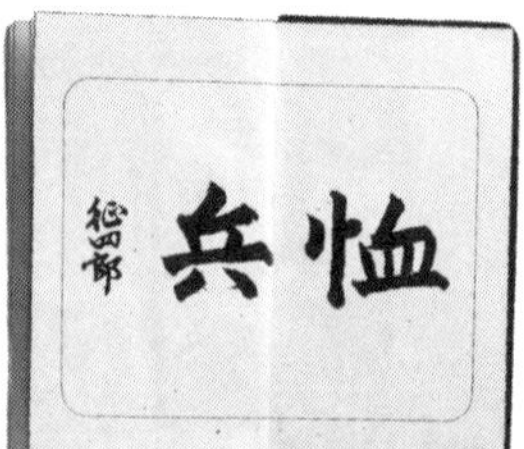

「大祭祝日及記念日」二頁
「国旗の知識」一頁

波さへ泡立つその泡の色
松花江《スンガリ》に夕日うすらひ雪けむり
流るる疾し大鴉の飛ぶ
松花江《スンガリ》は凍りて夜明け大車《タアチヨ》追ふ
声の遙かなり遙かにして続く

巴里からの葉書をそつと操典の上に置く、
切手の色、インキの色。

いたつき*2は兵の恥にあらじとも
書きてありけりわれなぐさまず

春なれば雛《ひいな》のことなどしるしたる
ふみ披《〔ひら〕》きつつ過《よぎ》るかげあり

花花のにほひにうとき日々なりき
この朝葵にコップの水やる

海が見たい

「寒暖計」「度量衡表」一頁
「昭和十三年七曜表」一頁
「昭和十四年七曜表」一頁
「年数一覧」（皇紀二四六四
［文化元・1804］以降
二五九八年［1938］
まで）二頁
メモ用の白紙ページ一七五
頁（内、書き込み三三頁）
裏見返しに朝鮮半島から仏
領インドシナ北部にかけ
ての地図二頁

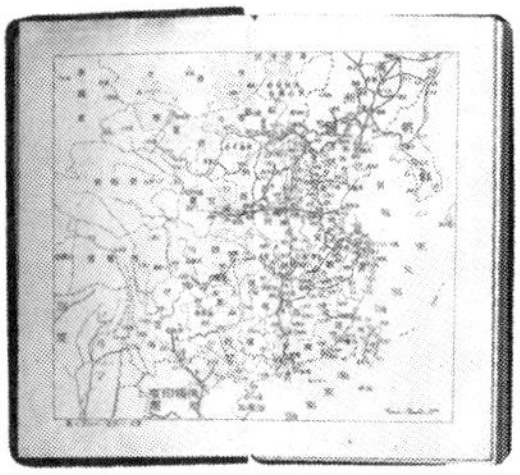

＊2　病い。

いま頃の海はみどりいろ

Kind der Liebe
Mein kind
Keuschheit
Kandelaber
Juwel
Jeremiade

Keine Rose ohne Dornen.
Wo Freude ist, auch Leid.
Die schönsten Blumen,
die man sich nur denken kann.

私は腕の磁石に見入る
満洲の北の涯
鴉の影が硝子を横切る

眞南を指す針

海が見える
水平線の色

磁石の針はふるさとの歌
凍つた松花江に
點《〔とも〕》すした灯

ホーム歩く警護兵に戦友《とも》ありぬ
山かげに凍土連なりその涯を
銃負ひ黙《もだ》し征く戦友《とも》はも

雪明り馬は右へ廻せ尖兵の叫ぶ
爆破五時、俯《〔うつぶ〕》せるわが肩を、電線銜《〔は〕》ふ
準《ねら》ふ
準《ねら》ふ敵ふと視線《め》合ひたり
引金ひく、すなはち倒れぬ、かすかなる音、
左翼射つ右翼射つ

にぢり寄りにぢり寄り戦友《とも》の呼吸尖《と》き
銃声に馬狂奔《さわが》んとす凍れる江《かは》

ラヴエッソン　習慣論
オットワイニンゲル　性と性格

肺浸潤（一五）三月二十日決定

三月六日　牡丹江
三月九日　鉄嶺 ⟶ 十一日着
三月二十五日　大連 ⟶ 二十七日着

大連。陽のあたつた埠頭の午後。父よ、あなたは強かつた。黒い手套《しゅとう》と揺れる日の丸の旗。日の丸。不動の姿勢。空しい気持。汽笛が鳴らぬ。港外の白々しいさみしみ。内地還送。病院船旗は船首のマスト。海。これは海の色ではない。依蘭への距離。

青島。赫い屋根ばかり。寒い岸壁。汽笛が鳴ると、蒸気が霧雨となつて降る。従軍看護婦降りる。トラックに乗る看護婦。港外の駆逐艦。手を振る。手を振る。赤い十字が自分。ガス。汽笛が鳴る。速い速力。

看護婦の帽子はどうして洗濯するか。
通常。宵番。明半。

入院患者心得
勇気ヲ出シテ病苦ニ打克テ
早ク健康ヲ恢復《かいふく》シ再ビ戦地ニ立テ
勲功ニ対シテ更ニ礼儀ヲ重セヨ
験温　六時　二時
二十八日　午後三時大連出帆
二十九日　午前十一時青島着
三十日　午前十一時青島発

濃霧。青白い霧。上甲板。霧は流れる。
難行苦行。五四七高地。安場隆太郎。
ハーモニカ。

プロタリユール一〇%
藍染、エビオス、体重、和歌山転送、新青年増刊、

かくて
われ生きてありけり
はつ秋に
胸ひろびろとおほ穹《ぞら》流る

明日もまた
手紙書かむといひしまゝ
待ちつゝあれど
こほろぎなけり

わがこころ
よろこばれざると知りし夜は
部屋を閉ぢゐてひとり
香焚く

妻こそは
蔑まんとすわがこころ
悲しきゆえに
戯《たわ》け言《ごと》いふ

汝が愛は
窮屈なりと
妻責むを
かなしきものにくりかへし読む

かく愛し
かく愛されず
戯けごと
書きておくれど
こころなぐさまず

〔後略〕[*3]

*3　以下の頁の詳細。「ⅠⅡⅢⅣⅤ」との文字と罫線一頁
空白四頁
書き込み（「ⅠⅡⅢ」との文字）一頁
書き込み（図）二頁（p21）
書き込み（計算）二頁（p22）
書き込み（顔のイラスト）一頁（p23）
空白七七頁
書き込み（図）二頁
空白五三頁
書き込み（三件の住所氏名）一頁（p24）
書き込み（席次表）一頁（p25）
空白一頁
書き込み（席次表）一頁（p26）
空白四頁

手帖（一九四二年）

（外観原寸大）

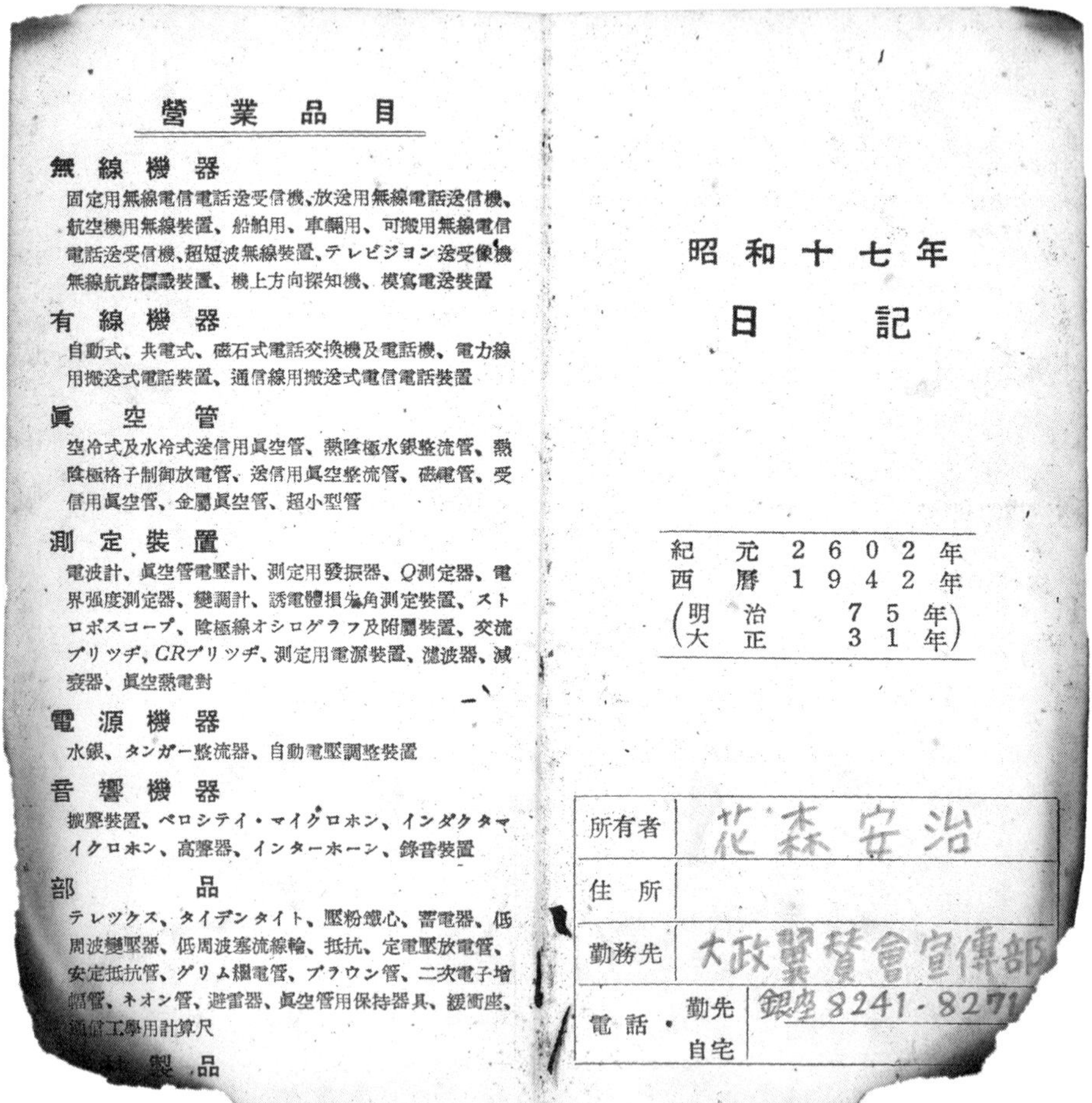

營業品目

無線機器

固定用無線電信電話送受信機、放送用無線電話送信機、航空機用無線裝置、船舶用、車輛用、可搬用無線電信電話送受信機、超短波無線裝置、テレビジョン送受像機無線航路標識裝置、機上方向探知機、模寫電送裝置

有線機器

自動式、共電式、磁石式電話交換機及電話機、電力線用搬送式電話裝置、通信線用搬送式電信電話裝置

眞空管

空冷式及水冷式送信用眞空管、熱陰極水銀整流管、熱陰極格子制御放電管、送信用眞空整流管、磁電管、受信用眞空管、金屬眞空管、超小型管

測定裝置

電波計、眞空管電壓計、測定用發振器、Q測定器、電界强度測定器、變調計、誘電體損失角測定裝置、ストロボスコープ、陰極線オシログラフ及附屬裝置、交流ブリッヂ、CRブリッヂ、測定用電源裝置、濾波器、減衰器、眞空熱電對

電源機器

水銀、タンガー整流器、自動電壓調整裝置

音響機器

擴聲裝置、ベロシテイ・マイクロホン、インダクタマイクロホン、高聲器、インターホーン、錄音裝置

部品

テレックス、タイデンタイト、壓粉鐵心、蓄電器、低周波變壓器、低周波塞流線輪、抵抗、定電壓放電管、安定抵抗管、グリム繼電管、ブラウン管、二次電子增幅管、ネオン管、避雷器、眞空管用保持器具、緩衝座、通信工學用計算尺

[illegible]製品

昭和十七年

日記

紀	元	2	6	0	2	年
西	暦	1	9	4	2	年
(明	治			7	5	年)
(大	正			3	1	年)

所有者		花森安治
住所		
勤務先		大政翼賛會宣傳部
電話・	勤先	銀座8241-8271
	自宅	

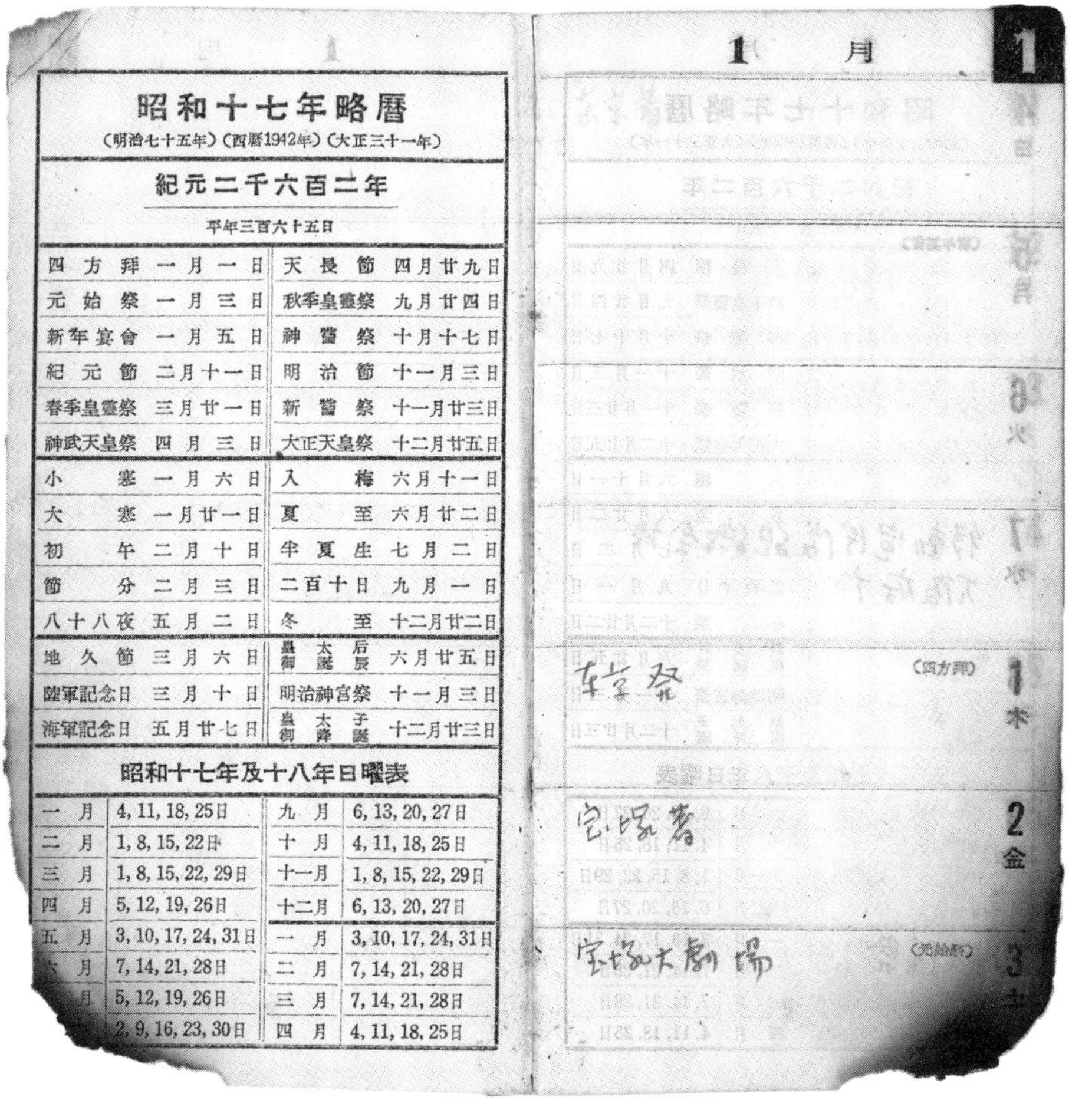
1 月

昭和十七年略曆

（明治七十五年）（西曆1942年）（大正三十一年）

紀元二千六百二年

平年三百六十五日

四方拜	一月一日	天長節	四月廿九日
元始祭	一月三日	秋季皇靈祭	九月廿四日
新年宴會	一月五日	神嘗祭	十月十七日
紀元節	二月十一日	明治節	十一月三日
春季皇靈祭	三月廿一日	新嘗祭	十一月廿三日
神武天皇祭	四月三日	大正天皇祭	十二月廿五日
小寒	一月六日	入梅	六月十一日
大寒	一月廿一日	夏至	六月廿二日
初午	二月十日	半夏生	七月二日
節分	二月三日	二百十日	九月一日
八十八夜	五月二日	冬至	十二月廿二日
地久節	三月六日	皇太后御誕辰	六月廿五日
陸軍記念日	三月十日	明治神宮祭	十一月三日
海軍記念日	五月廿七日	皇太子御降誕	十二月廿三日

昭和十七年及十八年日曜表

一月	4, 11, 18, 25日	九月	6, 13, 20, 27日
二月	1, 8, 15, 22日	十月	4, 11, 18, 25日
三月	1, 8, 15, 22, 29日	十一月	1, 8, 15, 22, 29日
四月	5, 12, 19, 26日	十二月	6, 13, 20, 27日
五月	3, 10, 17, 24, 31日	一月	3, 10, 17, 24, 31日
六月	7, 14, 21, 28日	二月	7, 14, 21, 28日
[illegible]月	5, 12, 19, 26日	三月	7, 14, 21, 28日
[illegible]	2, 9, 16, 23, 30日	四月	4, 11, 18, 25日

1 月

6 火

1 木 （四方拜）

东京発

2 金

宝塚着

3 土 （元始祭）

宝塚大劇場

手帖（一九四二年）

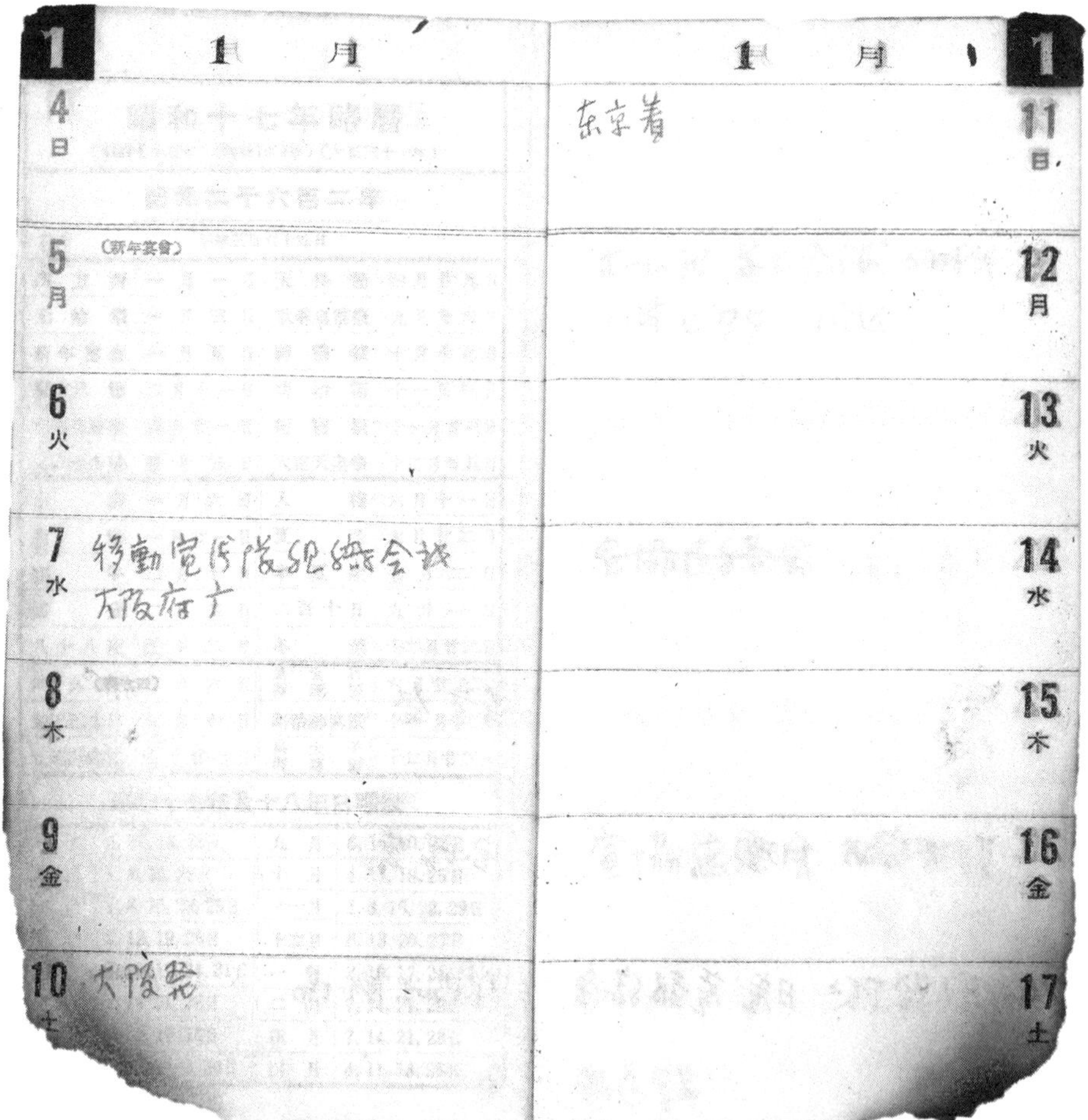

1 1月

4 日

5 月 （新年宴會）

6 火

7 水 移動宣伝隊組織会議 大阪府庁

8 木

9 金

10 土 大阪発

1月 1

11 日 东京着

12 月

13 火

14 水

15 木

16 金

17 土

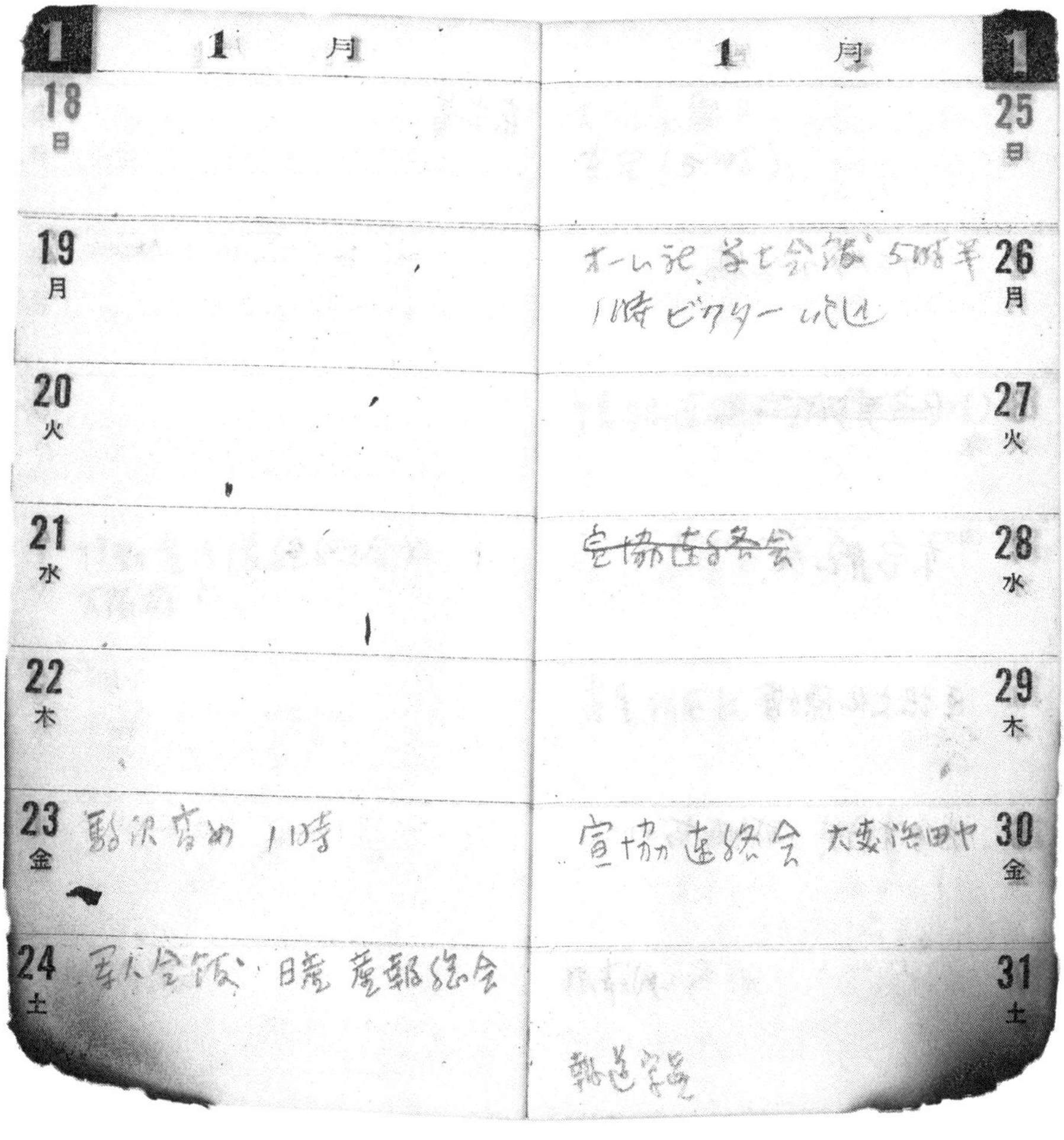

1月

18 日

19 月

20 火

21 水

22 木

23 金 駒沢宮め 11時

24 土 軍人会館 日産 産報総会

1月

25 日

26 月 オーレ記 学士会館 5時半 / 1時ビクター いたし

27 火

28 水 ~~宣協連絡会~~

29 木

30 金 宣協連絡会 大麦浜田や

31 土 報道写真

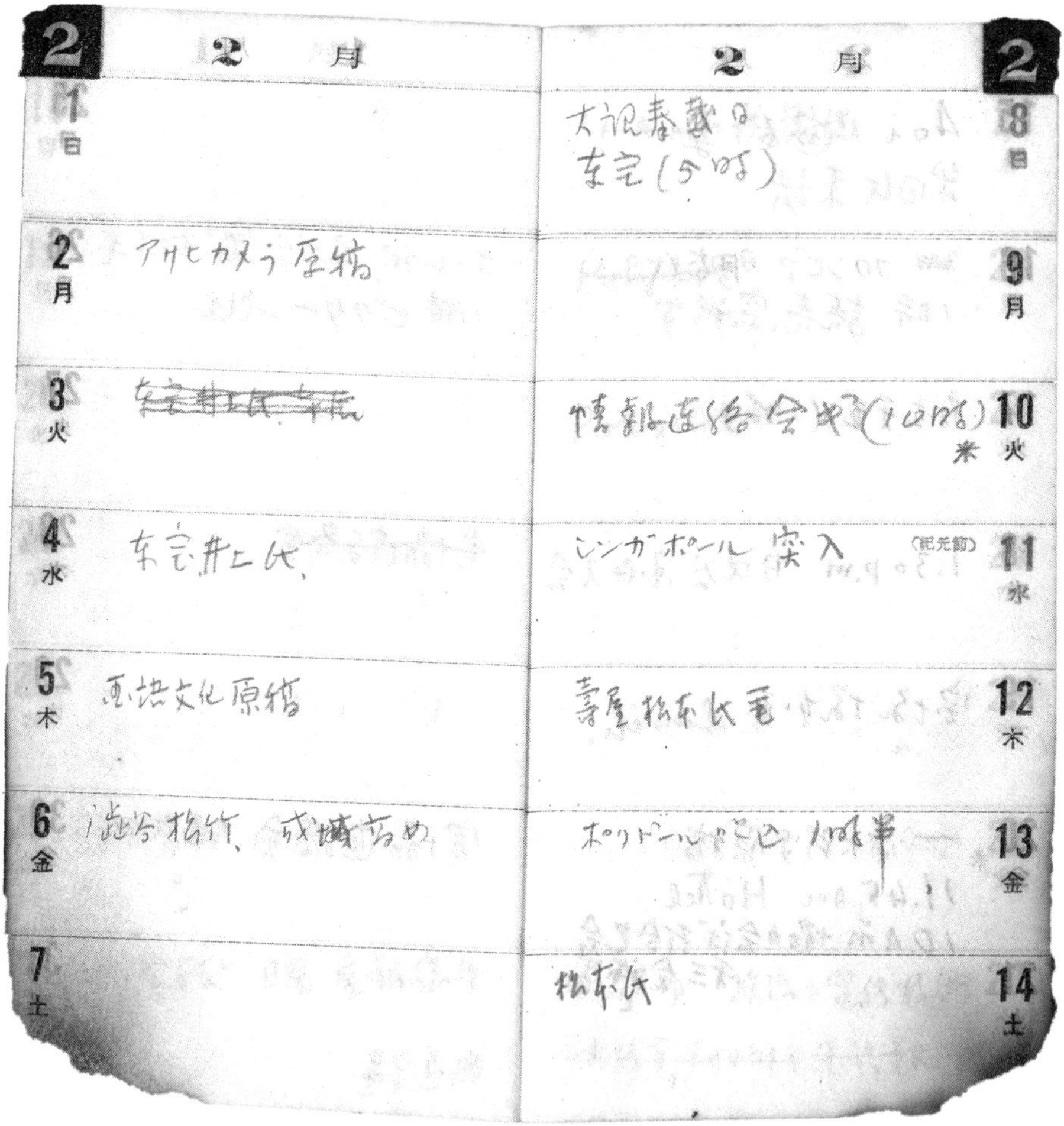
2　2月
1 日
2 月 アサヒカメラ原稿
3 火 ~~東宝井上氏来訪~~
4 水 東宝井上氏、
5 木 国語文化原稿
6 金 渋谷松竹、成瀬[illegible]
7 土
2月　2
8 日 大詔奉戴日
東宝（9時）
9 月
10 火 情報連絡会也（10時） 米
11 水 シンガポール突入 （紀元節）
12 木 寿屋松本氏電
13 金 ホリドールやこむ　1時半
14 土 松本氏

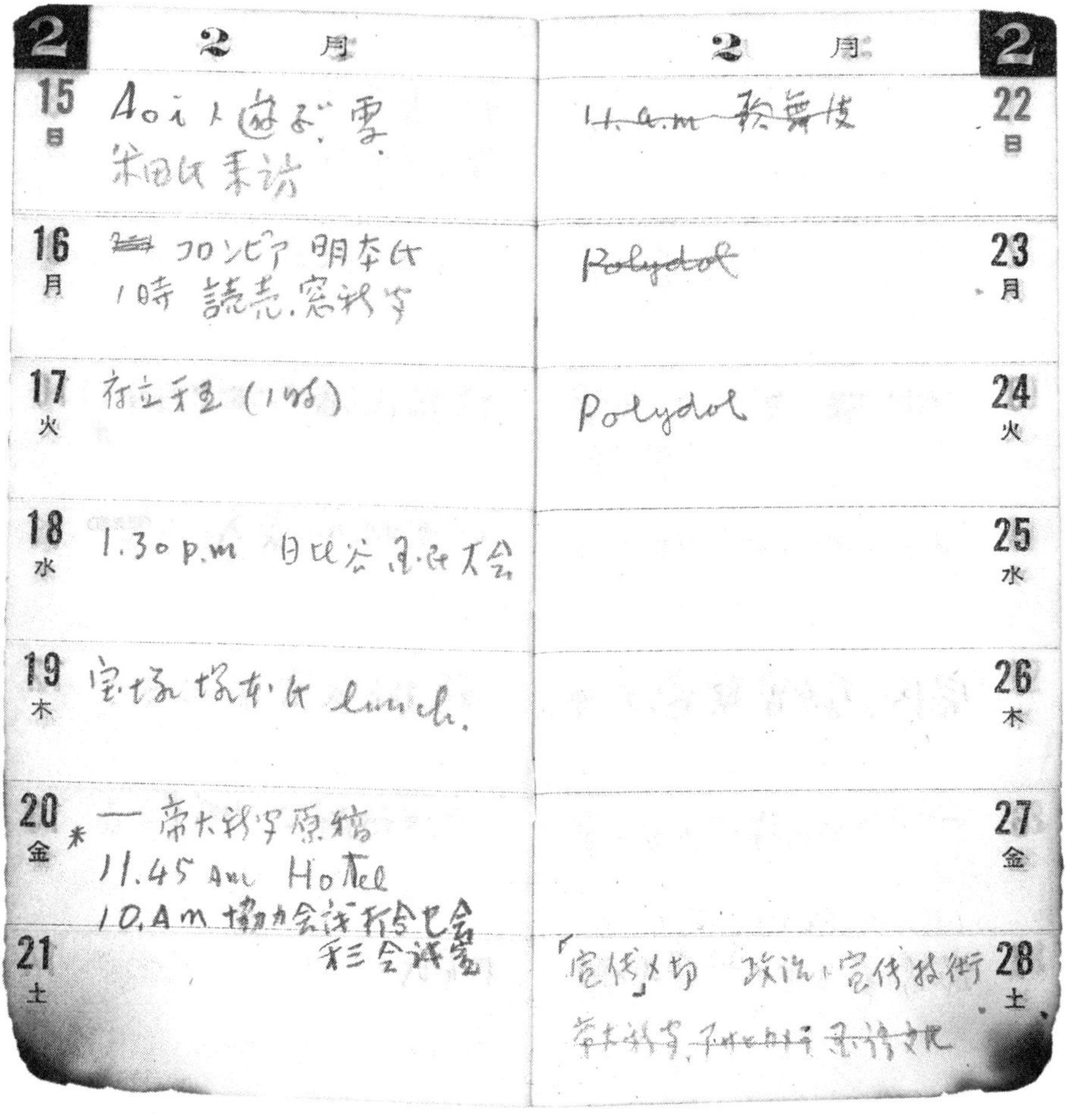
2
2月
2月
2
15 日
Aoiと遊ぶ、雪.
米田氏来訪
16 月
コロンビア 明本氏
1時 読売.宮科学
17 火
存立千重 (1時)
18 水
1.30 p.m 日比谷 大会
19 木
宝塚 塚本氏 lunch.
20 金
* 一 帝大科学原稿
11.45 AM Hotel
10.AM 協力会議
21 土
会議室
22 日
11.a.m 歌舞伎
23 月
Polydol
24 火
Polydol
25 水
26 木
27 金
28 土
「宣伝」〆切 政治と宣伝技術
帝大科学、 通俗文化

3月

3月	
1 日	（判読困難）
2 月	（判読困難）
3 火	（判読困難）
4 水	（判読困難）
5 木	「宮代」孝信 発造
6 金	（判読困難）
7 土	旅行

3月	
8 日	旅行
9 月	旅行
10 火	発展 グラビヤ メ切　旅行
11 水	「国語文化」「アサヒカメラ」入る
12 木	宝塚康夫氏

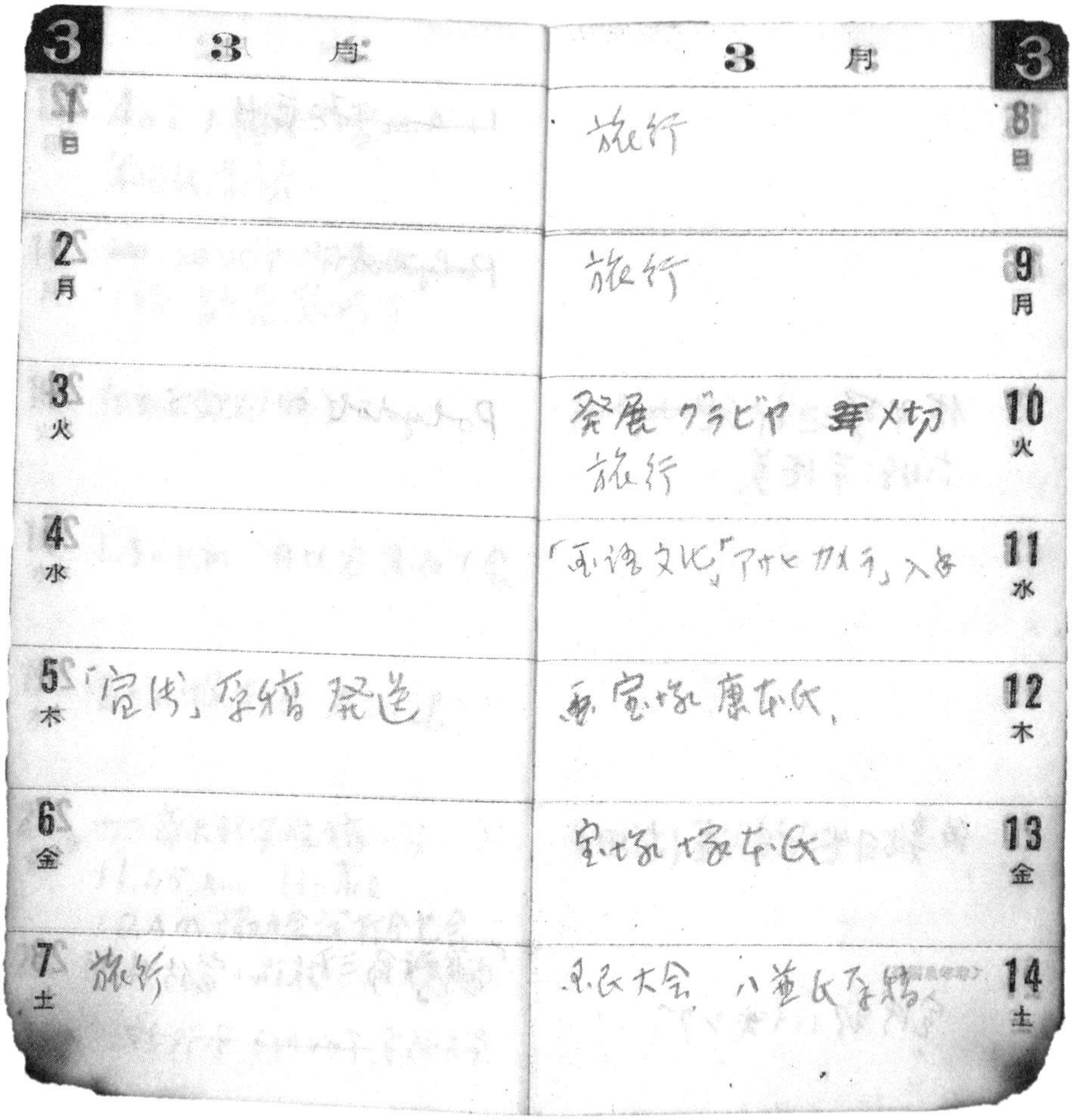

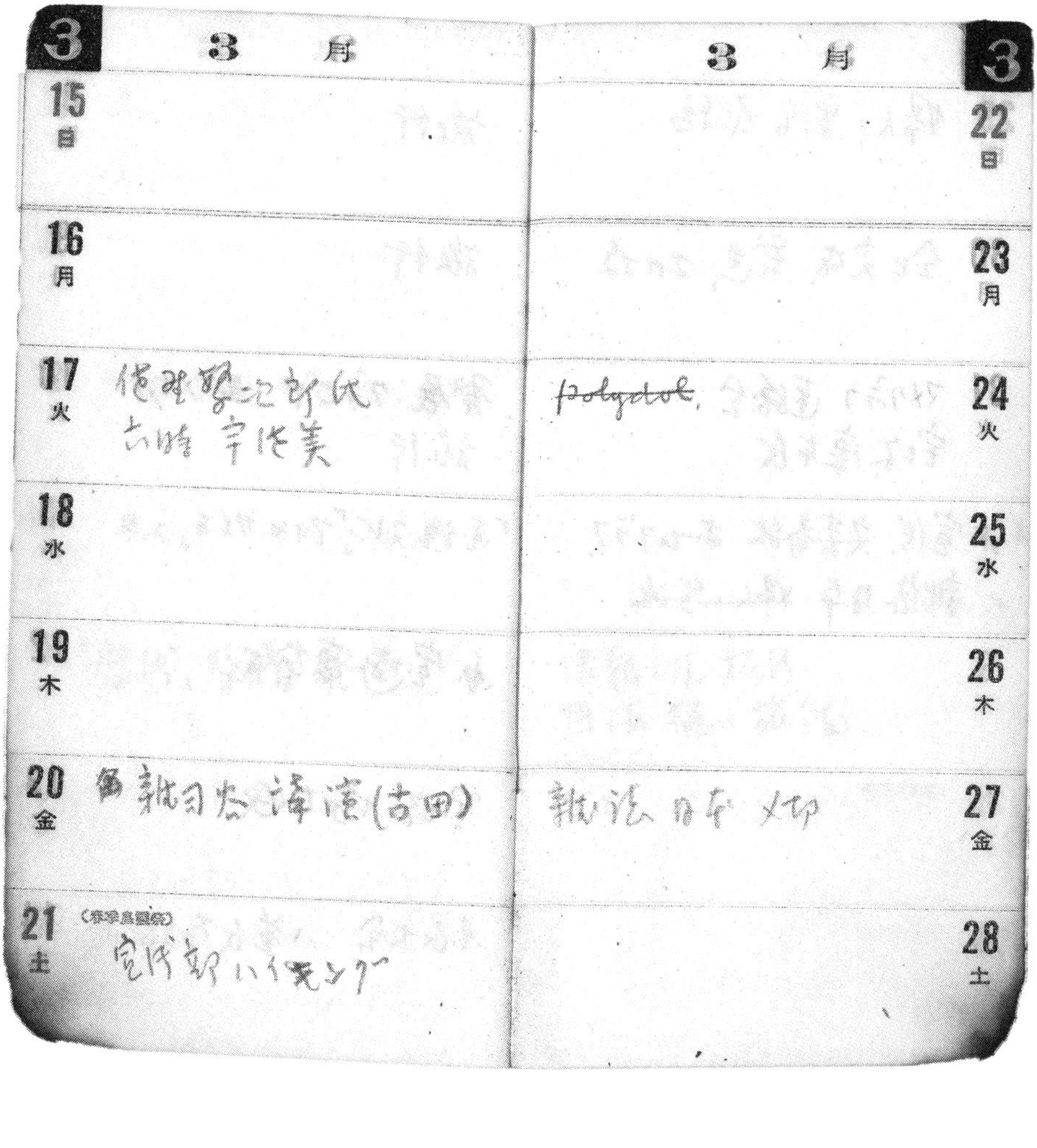

3
3 月
15 日
16 月
17 火
佐野繁次郎氏
六時 宇佐美
18 水
19 木
20 金
講演(吉田)
21 土
(春季皇霊祭)
3 月
3
22 日
23 月
24 火
25 水
26 木
27 金
28 土

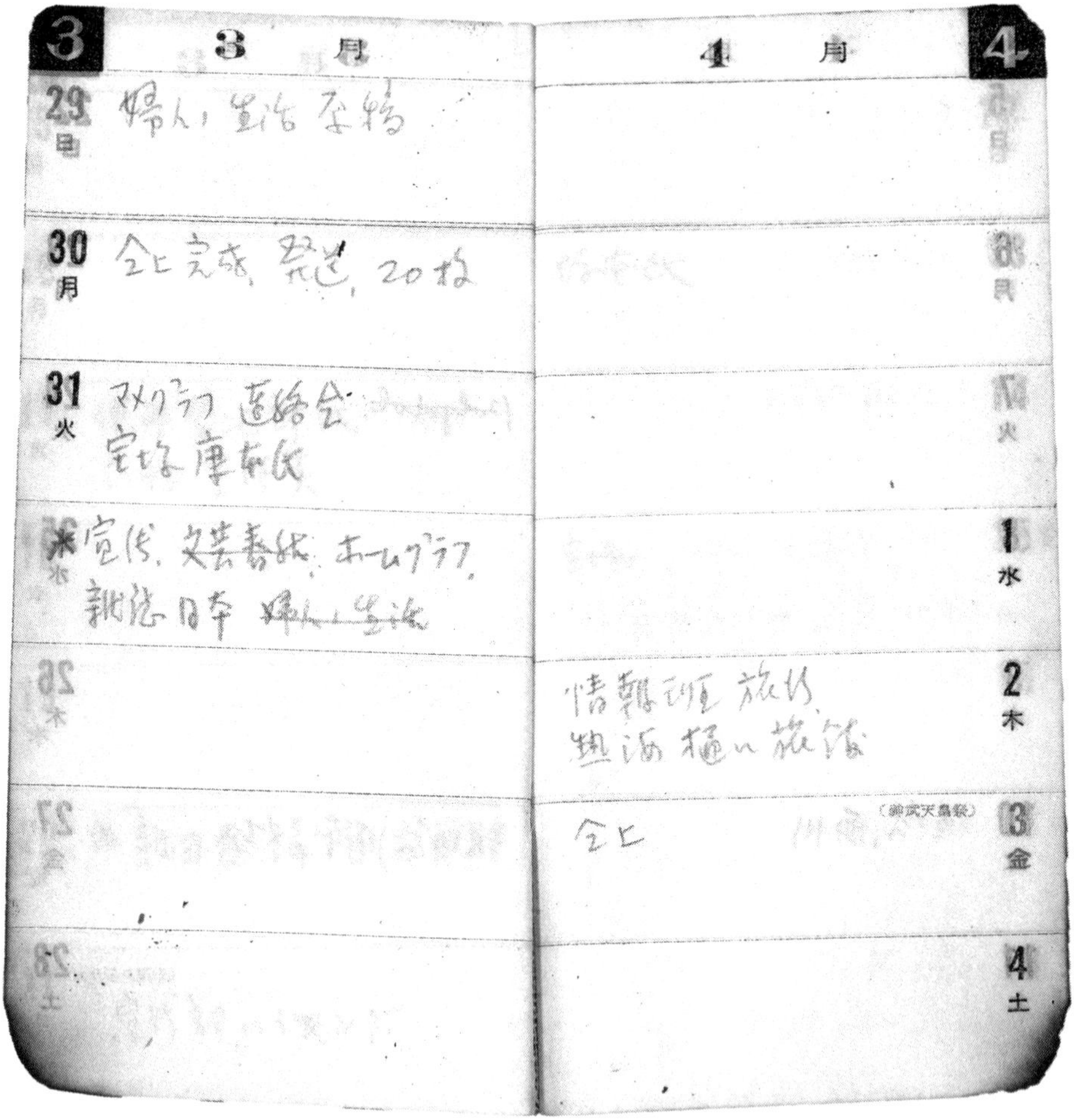
3月
4月
29 日 婦人生活 原稿
30 月 仝上完成、発送、20枚
31 火 連絡会
1 水 宣伝、文芸春秋、ホームグラフ、
2 木 情報班 旅行
熱海 樋口旅館
3 金 （神武天皇祭）
仝上
4 土

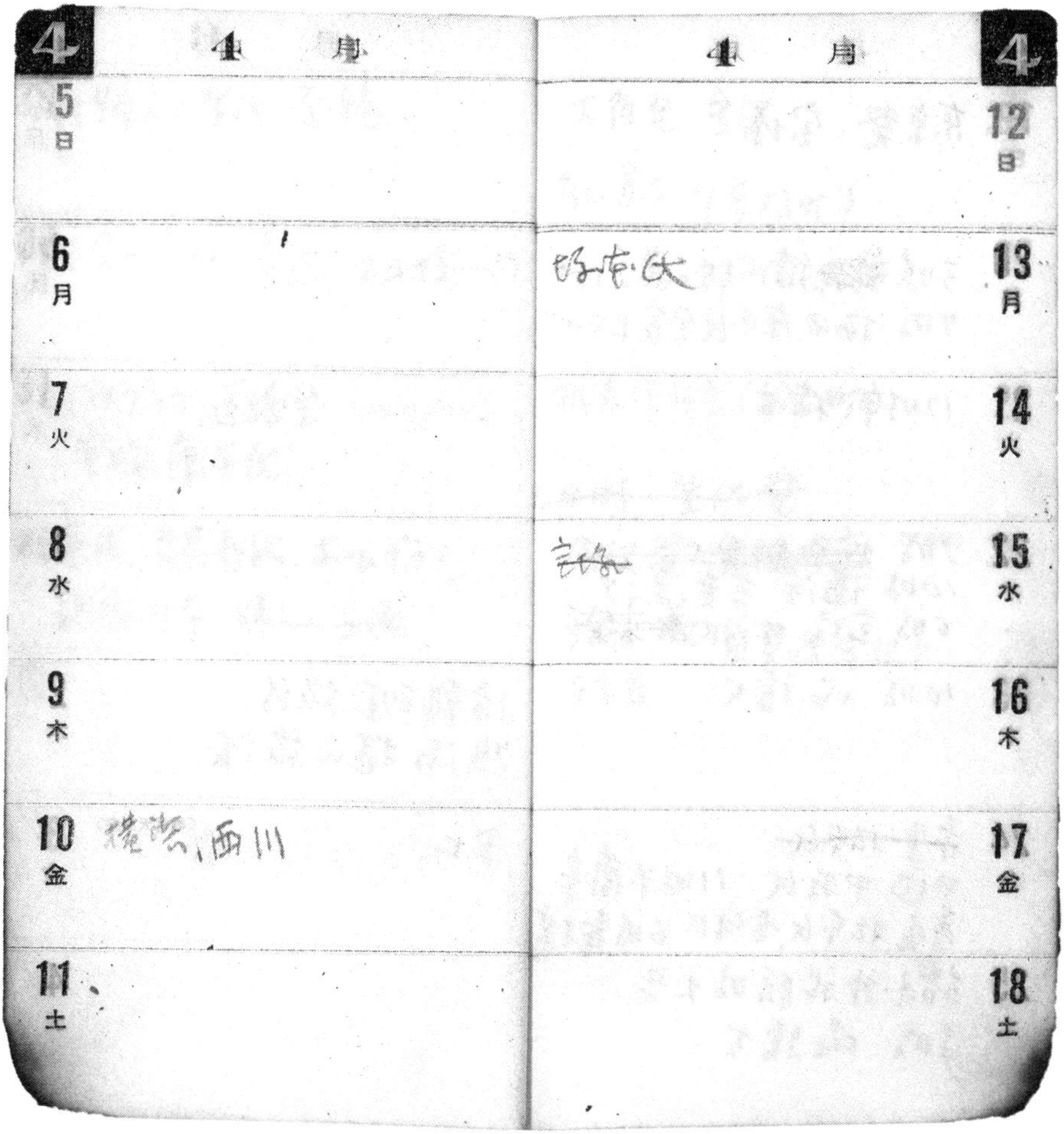
4
4 月
5 日
6 月
7 火
8 水
9 木
10 金
西川
11 土
4 月
4
12 日
13 月
14 火
15 水
16 木
17 金
18 土

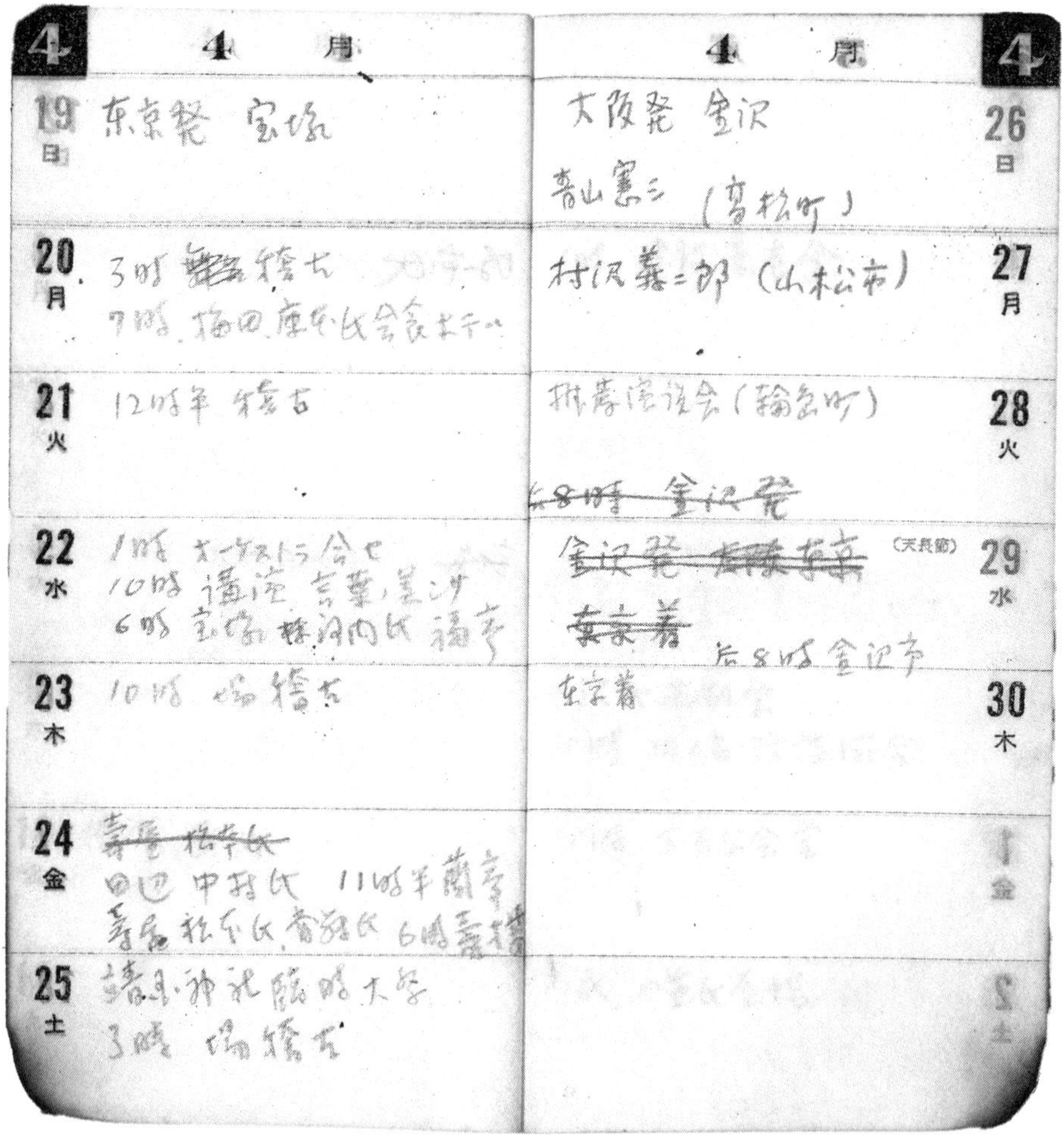

4 月

19 日 東京発 宝塚
20 月 3時 [illegible]稽古
7時 梅田 [illegible]氏会食 [illegible]
21 火 12時半 稽古
22 水 1時 オーケストラ合せ
10時 講演 [illegible]
6時 宝塚 [illegible]氏 [illegible]
23 木 10時 [illegible]稽古
24 金 ~~[illegible]~~
田辺 中村氏 11時半 [illegible]
[illegible]氏 [illegible]氏 6時 [illegible]
25 土 [illegible]神社臨時大祭
3時 [illegible]稽古

4 月

26 日 大阪発 金沢
青山憲三 (高松町)
27 月 村沢義二郎 (山松市)
28 火 [illegible]講演会 (輪島町)
~~后8時 金沢発~~
29 水 (天長節)
~~金沢発 [illegible]~~
~~東京着~~
后8時 金沢発
30 木 東京着
1 金
2 土

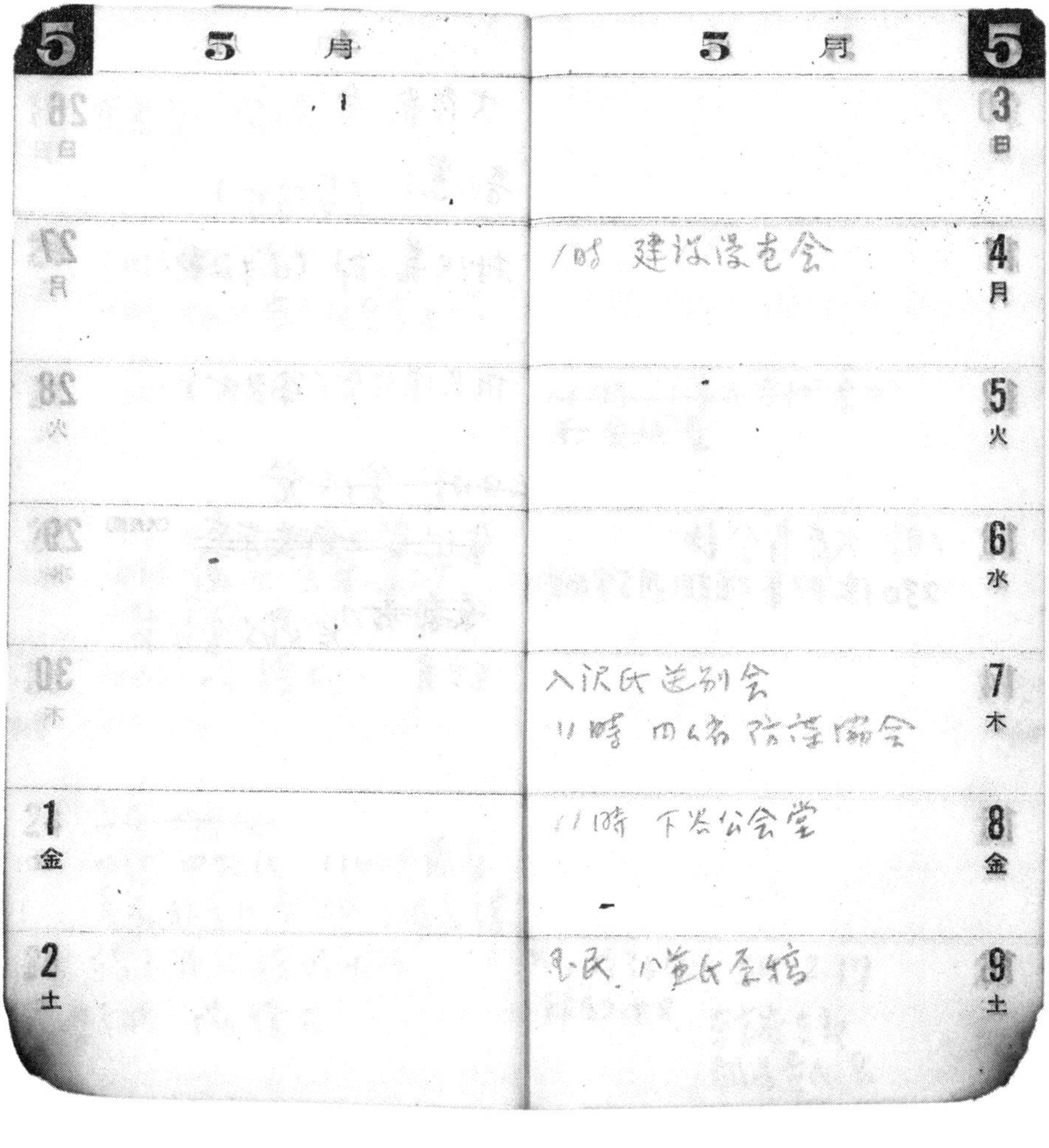

5 5月

26 日

27 月

28 火

29 水

30 木

1 金

2 土

5月 5

3 日

4 月
1時 建設浸走会

5 火

6 水

7 木
入沢氏送別会
11時 四ム名 防諜協会

8 金
11時 下谷公会堂

9 土
色氏、八重氏来訪

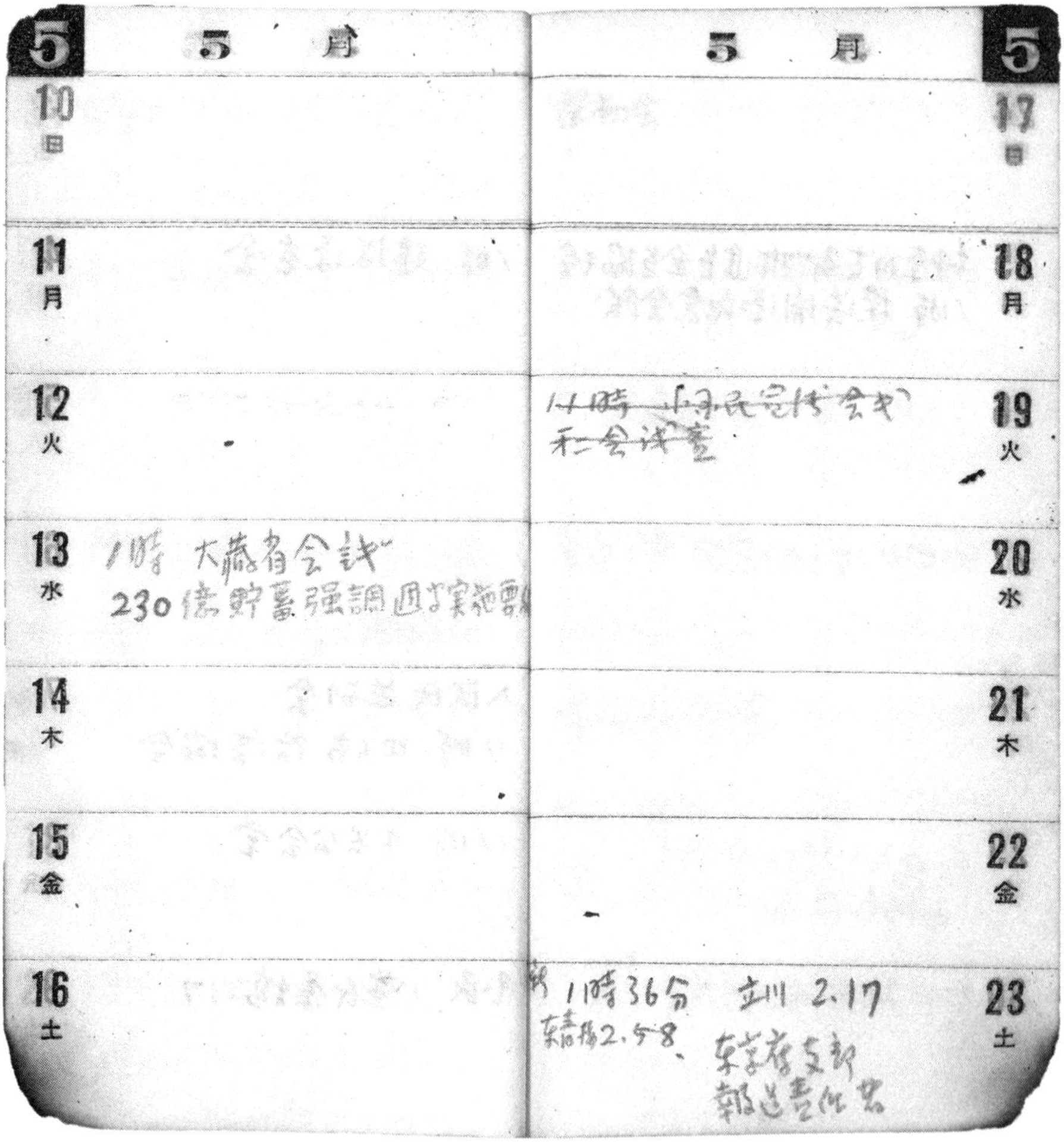

5 5月
10 日
11 月
12 火
13 水
1時 大蔵省会議
230億貯蓄強調週間実施
14 木
15 金
16 土
5月 5
17 日
18 月
19 火
11時 ~~国民安保会議 第二会議室~~
20 水
21 木
22 金
23 土
11時36分 立川 2.17
東青梅2.58、

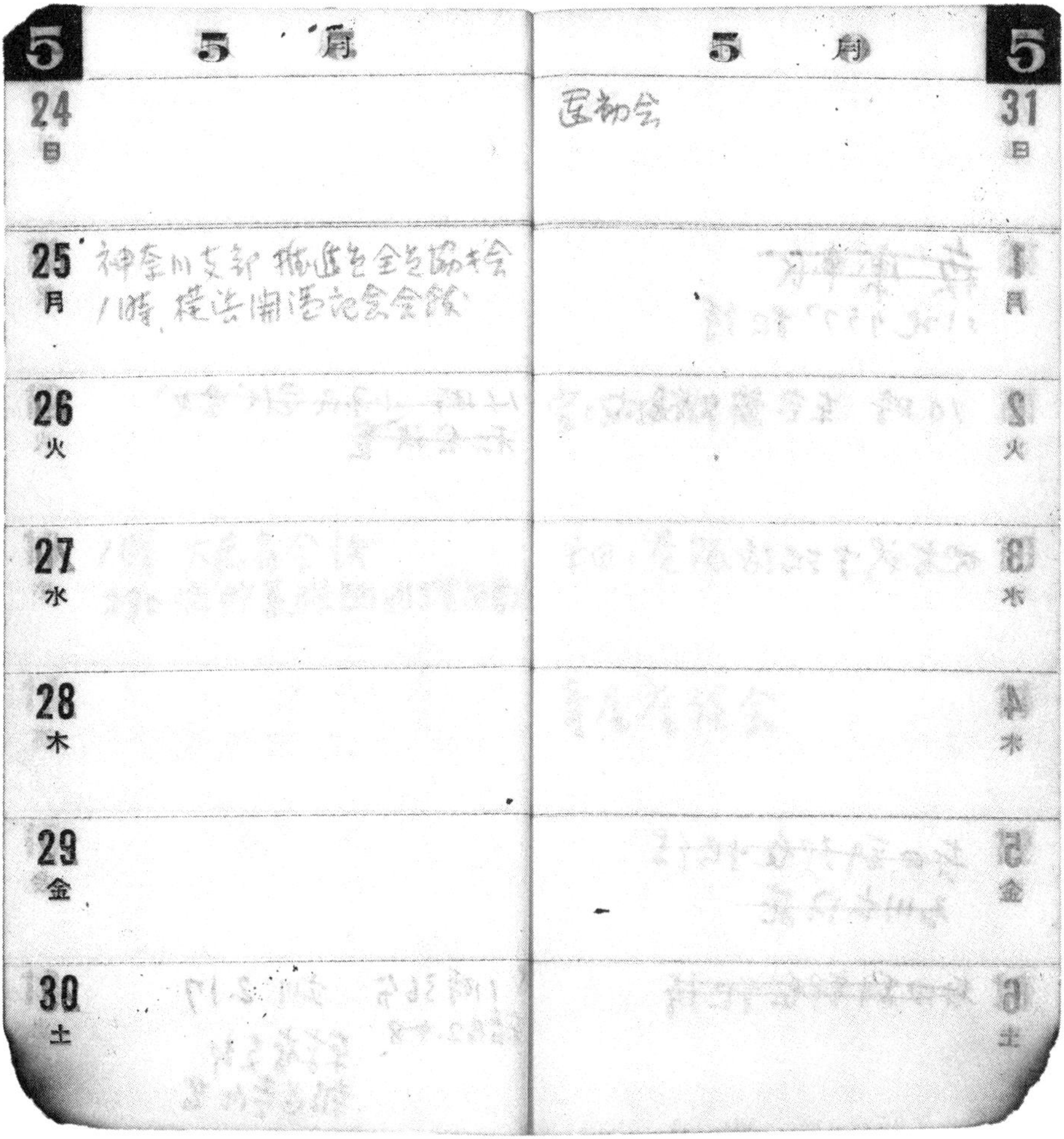
5月
24 日
25 月
神奈川支部 推進会全国協議会
11時、横浜開港記念会館
26 火
27 水
28 木
29 金
30 土
5月
31 日
運動会
1 月
2 火
3 水
4 木
5 金
6 土

6 　　6　月　　　　　　6　月　　**6**

31 日		宝塚	7 日
1 月	~~夜 楽章会~~ ハ池クラブ 招待	3人	8 月
2 火	10時 宝宝舞公稽古	宝塚批評会	9 火
3 水	地方沢雪招待	10.30 鯛の屋飯	10 水
4 木		寺屋座談会	11 木
5 金	吉田新郎会招待 多川会旅荘		12 金
6 土	~~吉田新郎会招待~~		13 土

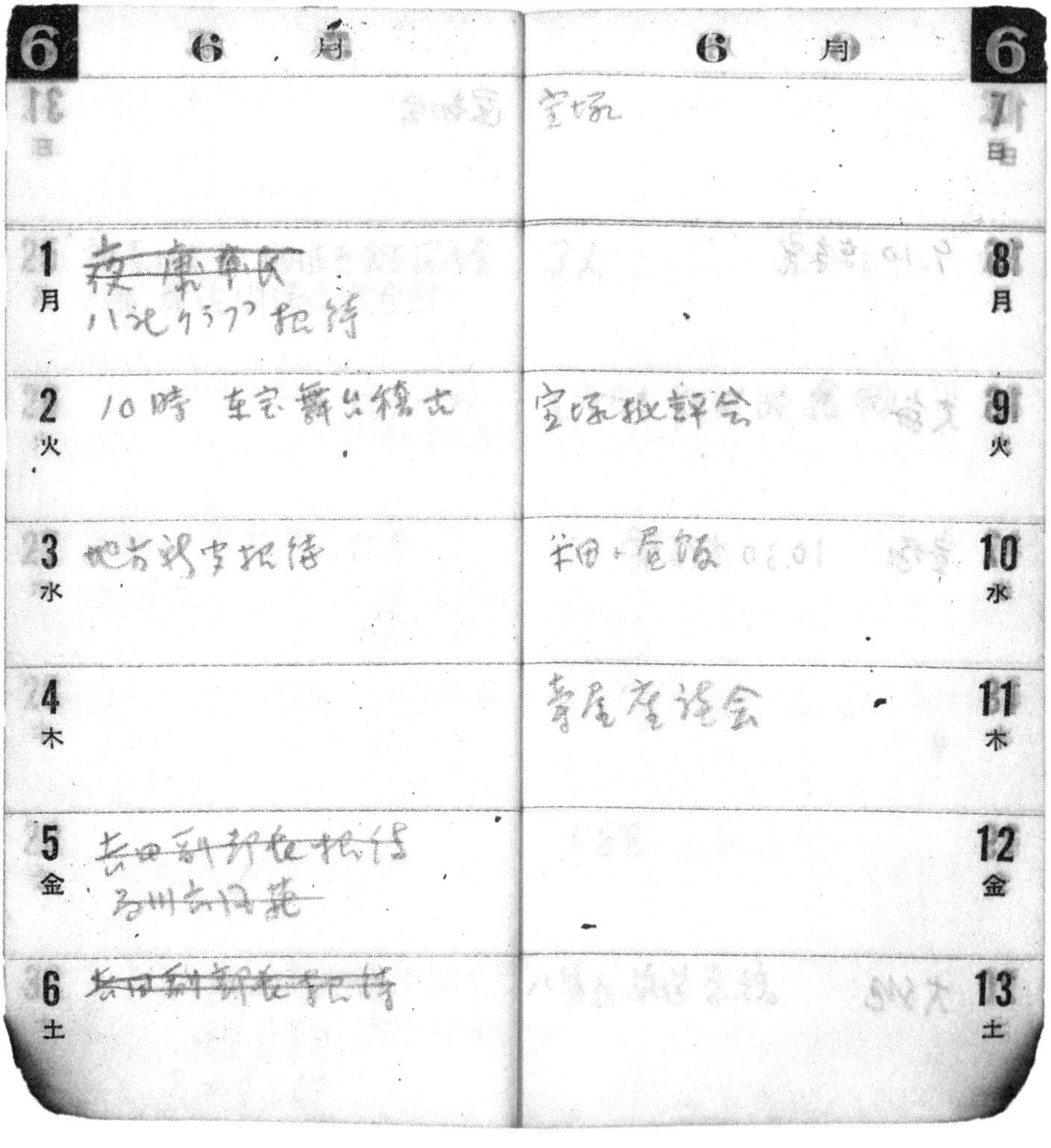

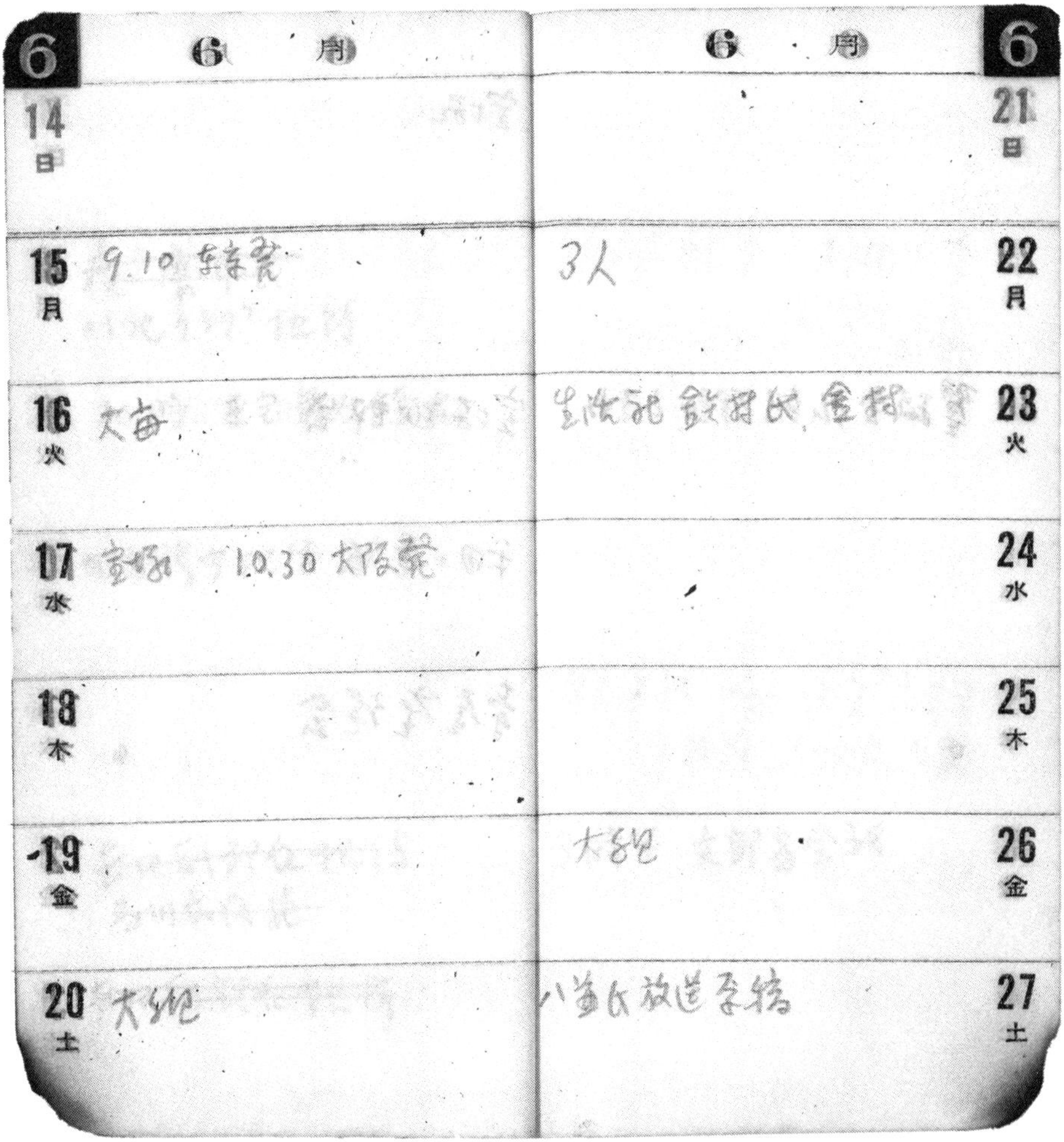
6 月

14 日

15 月 9.10 東京発

16 火 大毎

17 水 宝塚 1.0.30 大阪発

18 木

19 金

20 土 大紀

21 日

22 月 3人

23 火 生活社 鈴村氏, 金村

24 水

25 木

26 金 大紀

27 土 八並氏放送原稿

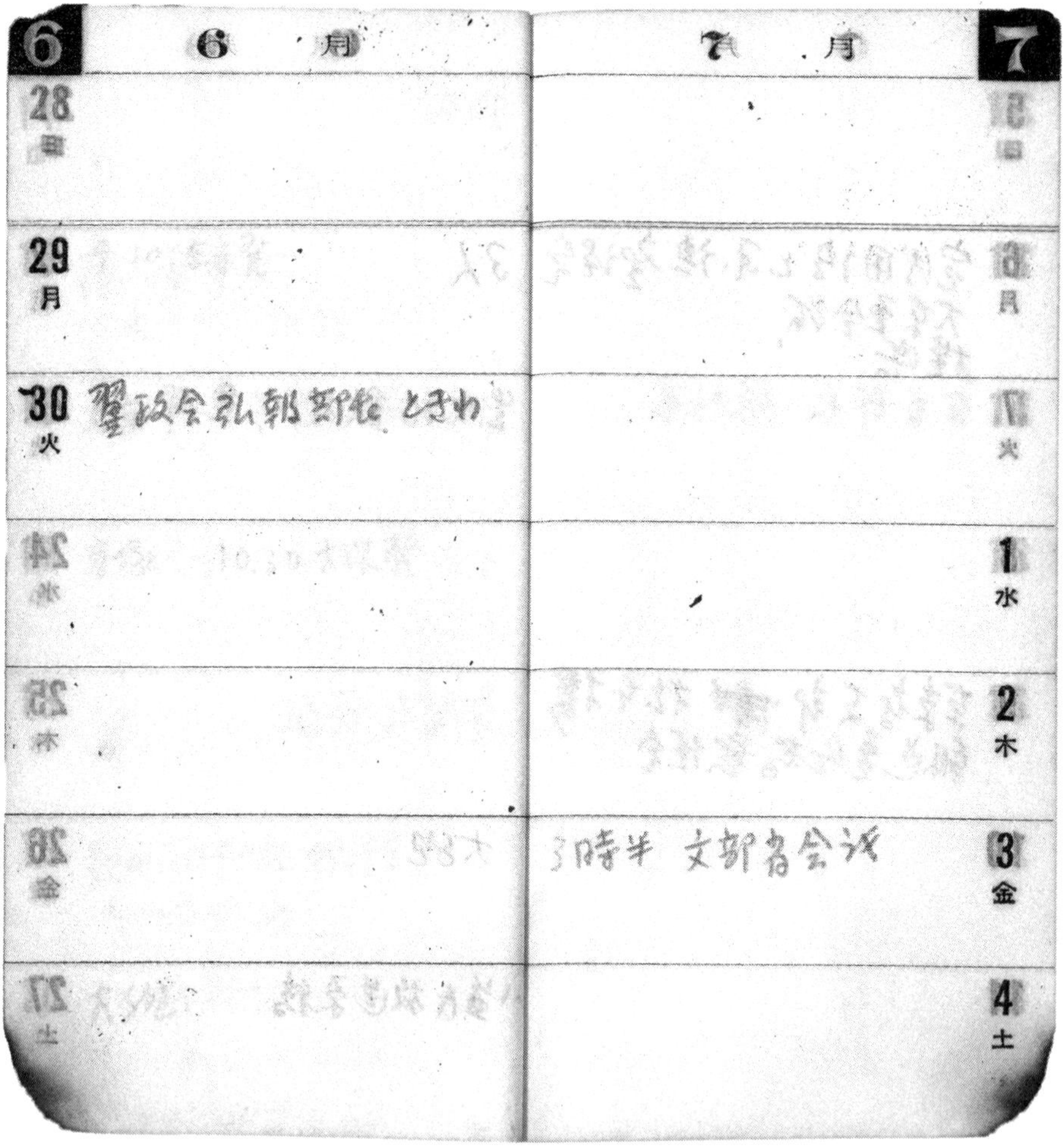
6月　7月

30 火 翼政会弘報部長 ときわ

1 水

2 木

3 金 7時半 文部省会議

4 土

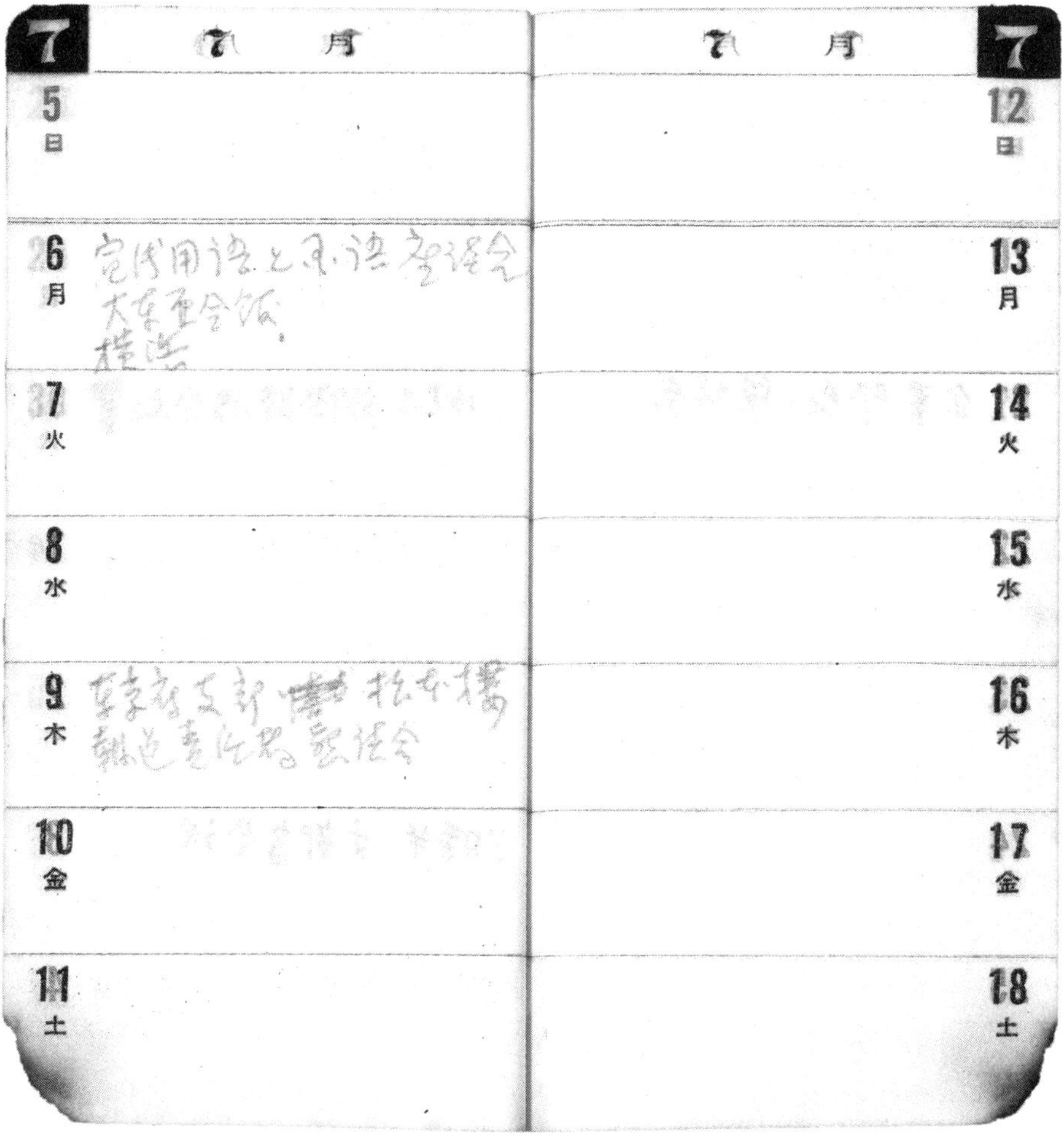

7 7月 7

5 日

6 月 宣伝用語と国語座談会
大東亜会館

7 火

8 水

9 木 東京日日新聞 松本楼
座談会

10 金

11 土

12 日

13 月

14 火

15 水

16 木

17 金

18 土

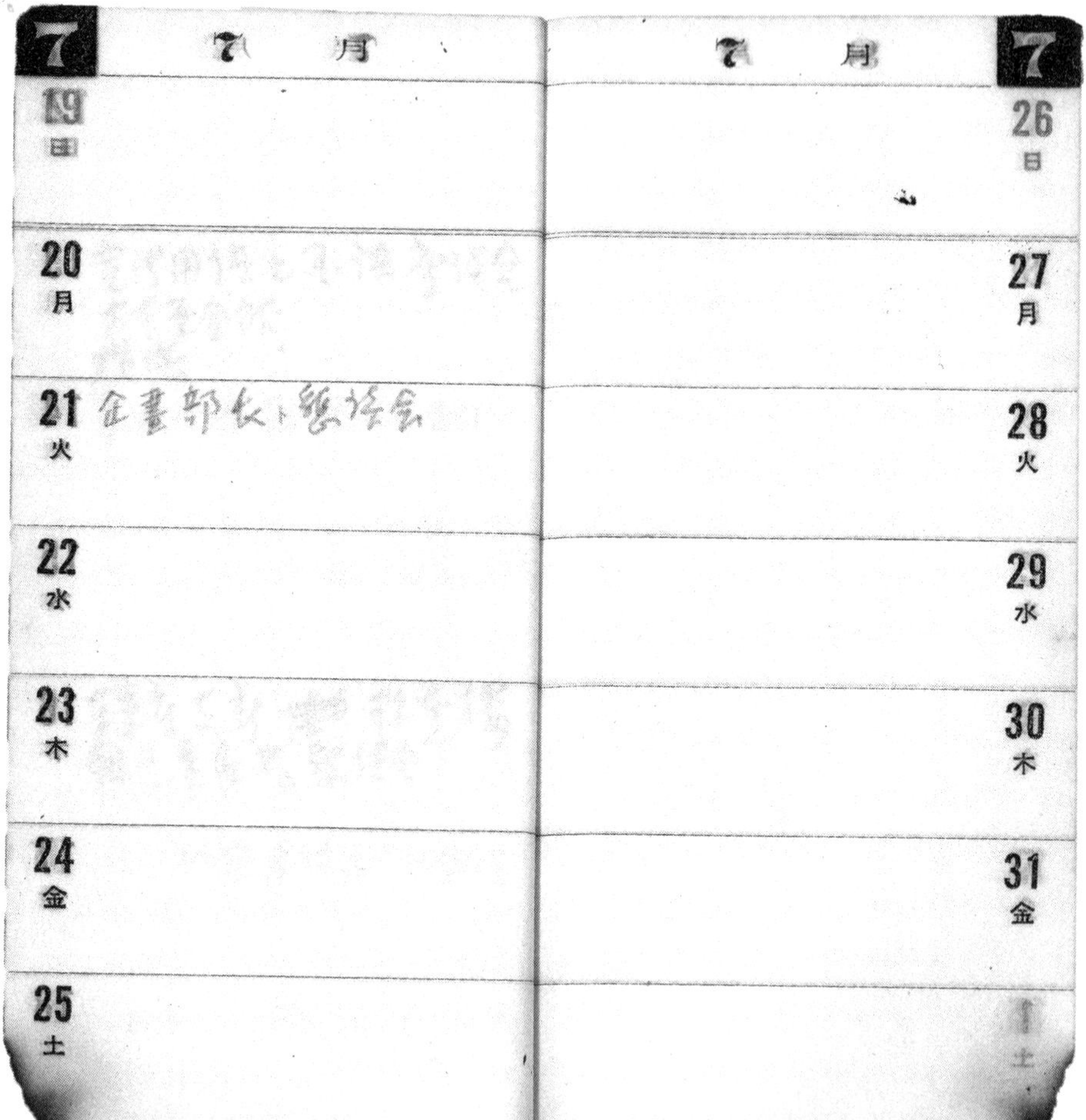

7　7月

19 日
20 月
21 火 企画部長と懇談会
22 水
23 木
24 金
25 土

7月　7

26 日
27 月
28 火
29 水
30 木
31 金

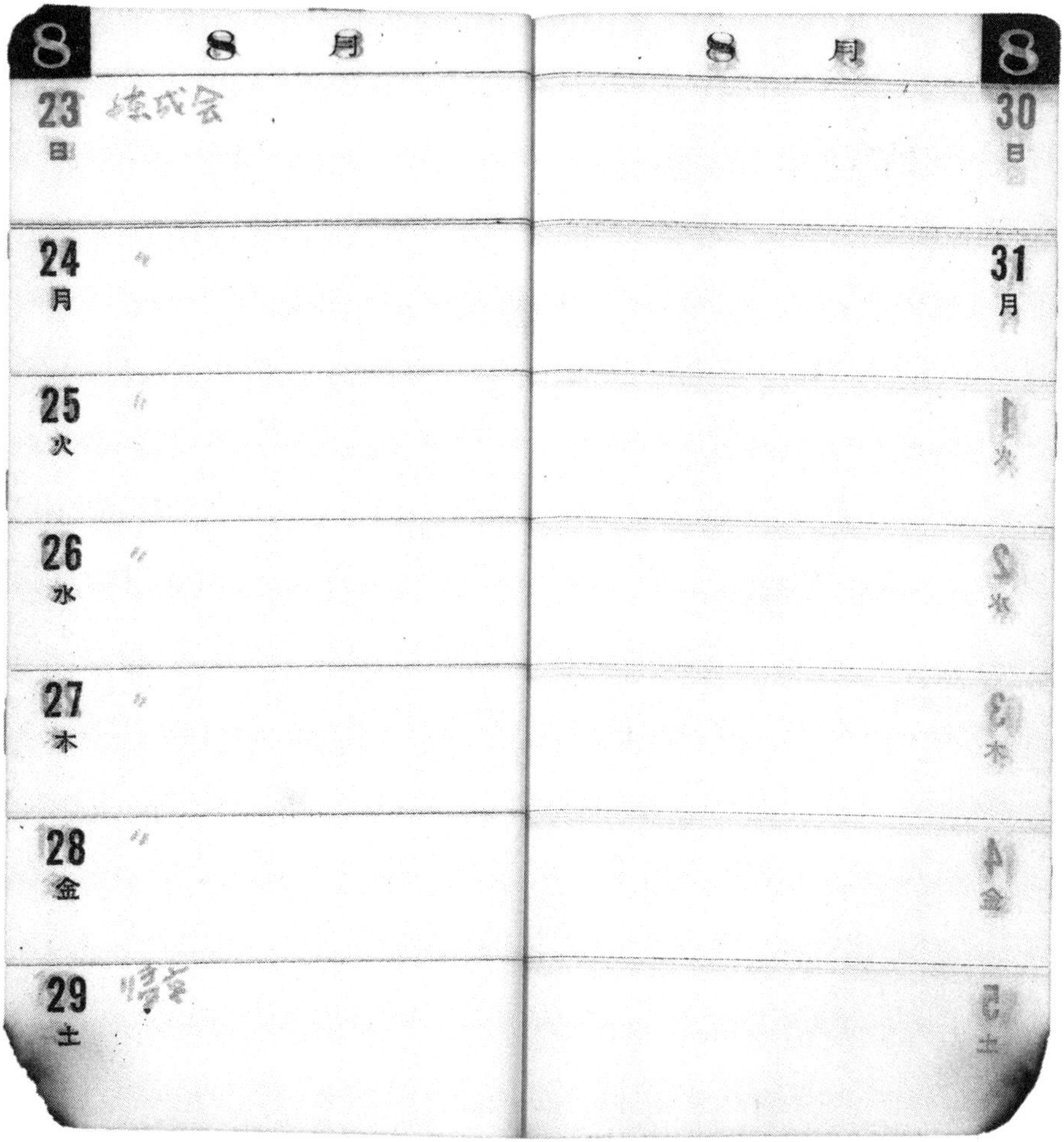
8　8月
23 日　錬成会
24 月
25 火
26 水
27 木
28 金
29 土　帰宅
8月　8
30 日
31 月
1 火
2 水
3 木
4 金
5 土

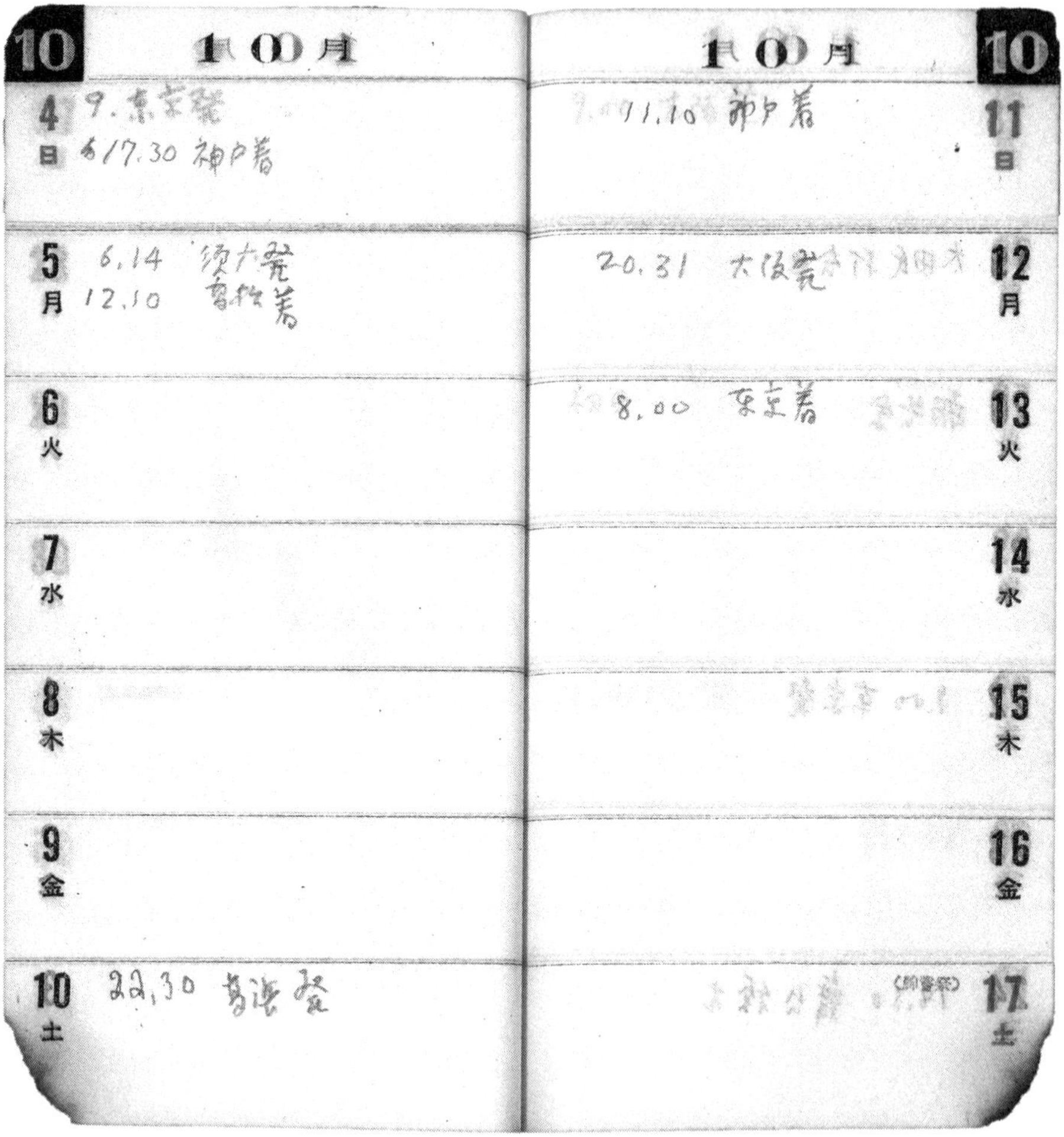
10
10月
4 日
9. 東京発
17.30 神戸着
5 月
6.14
12.10
6 火
7 水
8 木
9 金
10 土
22.30
11 日
11.10 神戸着
12 月
20.31 大阪発
13 火
8.00 東京着
14 水
15 木
16 金
17 土

10 月

日付	記事
18 日	
19 月	太田氏打合せ
20 火	報告会
21 水	
22 木	9.00 東京発
23 金	
24 土	18.30 舞台稽古

10 月

日付	記事
25 日	9.00 大阪発
26 月	
27 火	初日
28 水	
29 木	
30 金	
31 土	

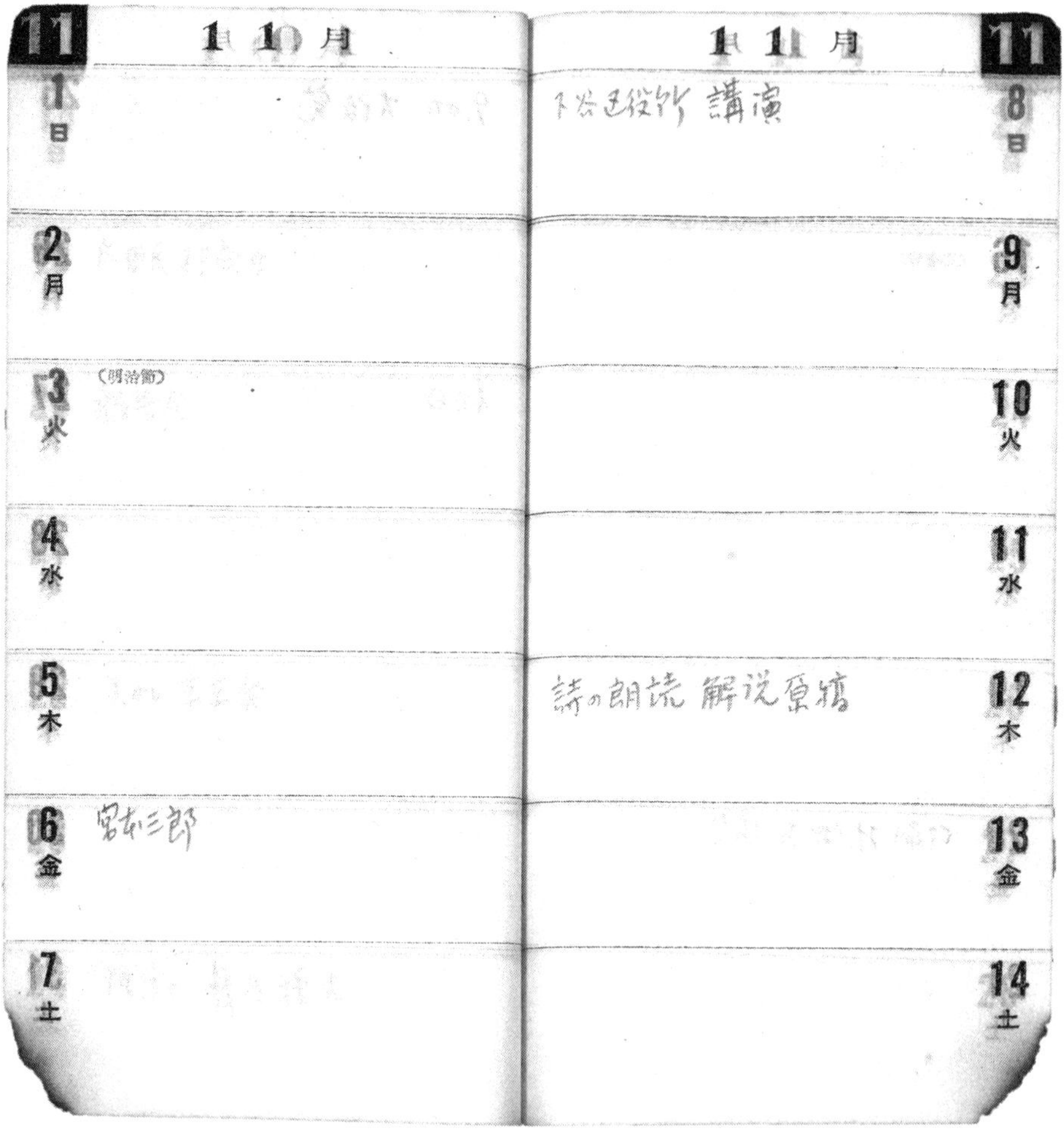

11 月

1 日

2 月

3 火 （明治節）

4 水

5 木

6 金 宮本三郎

7 土

11 月

8 日 下谷区役所 講演

9 月

10 火

11 水

12 木 詩の朗読 解説原稿

13 金

14 土

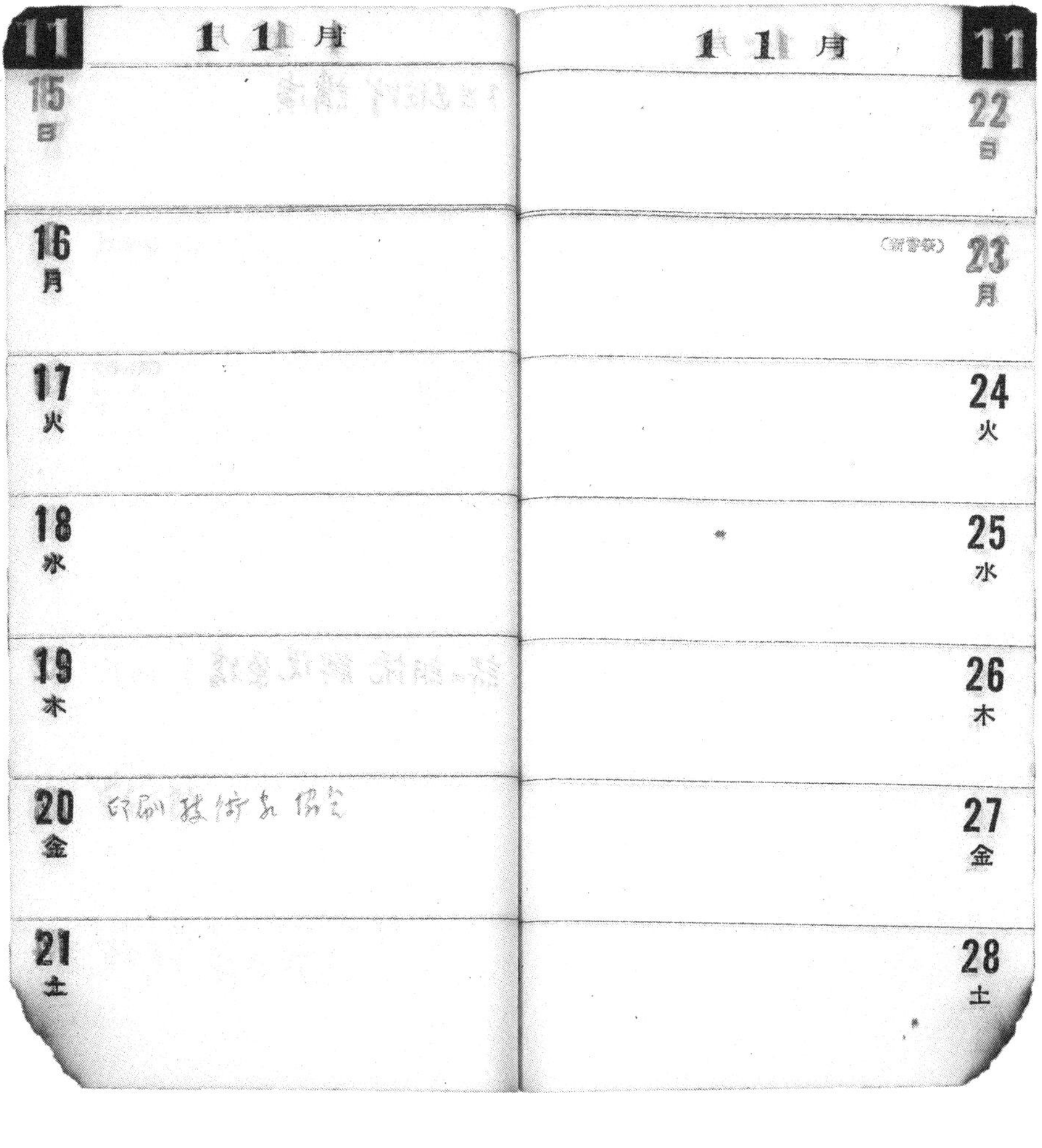

11
11月
15 日
16 月
17 火
18 水
19 木
20 金
印刷技術者協会
21 土
11月
11
22 日
23 月
24 火
25 水
26 木
27 金
28 土

7月下旬一十月下旬

潜 21 撃沈

船 34 25,2400トン

我方 潜 2

船 29 12,2500トン

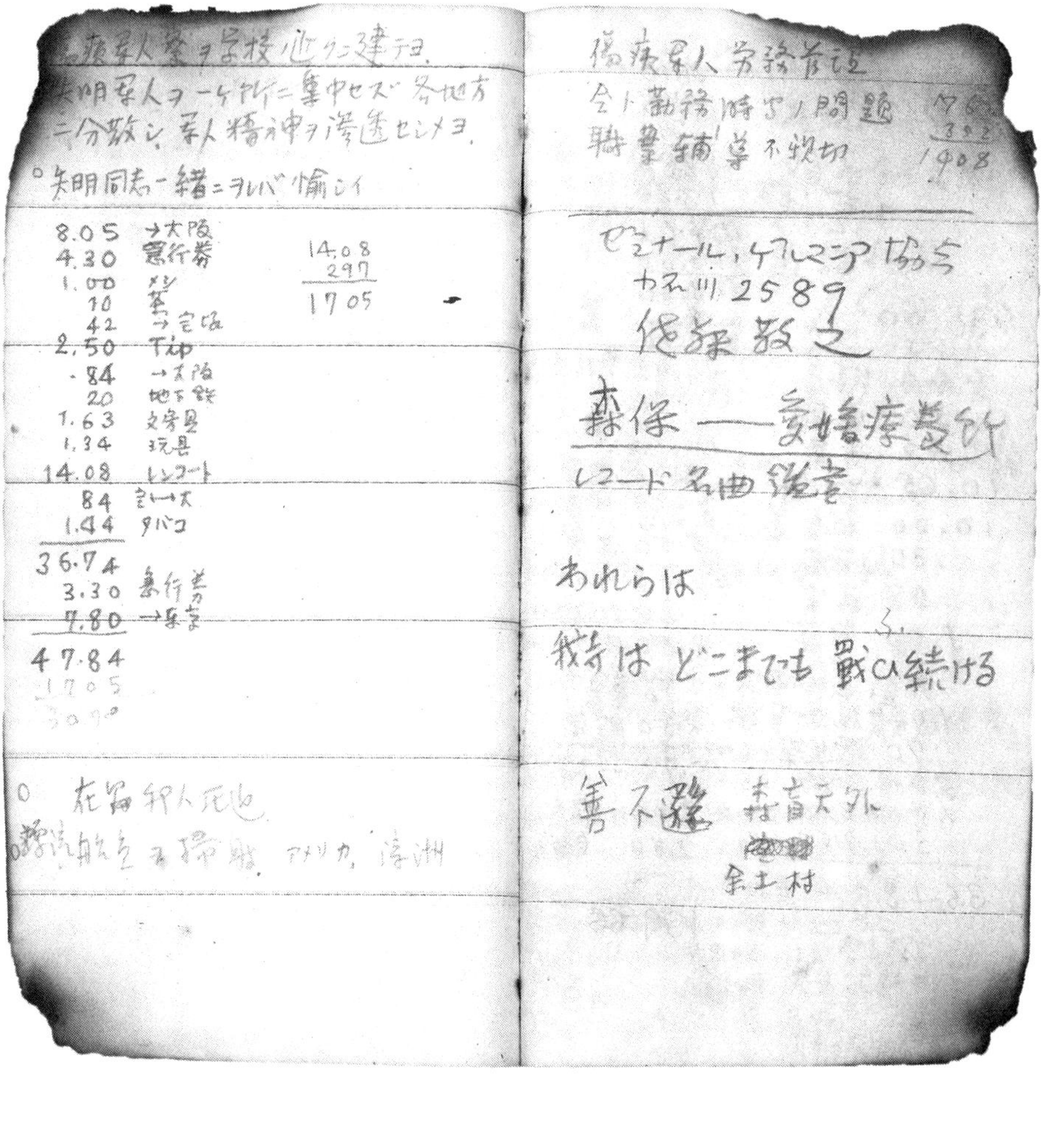

傷痍軍人寮ヲ学校式ニ建テヨ。
失明軍人ヲ一ヶ所ニ集中セズ各地方ニ分散シ、軍人精神ヲ滲透セシメヨ。
○失明同志一緒ニヨレバ愉シイ

8.05 →大阪
4.30 急行券
1.00 メシ
10 茶
42 →宝塚
2.50 Tip
.84 →大阪
20 地下鉄
1.63 文房具
1.34 玩具
14.08 レコード
84 宝→大
1.44 タバコ
36.74
3.30 急行券
7.80 →東京
47.84
17.05

14.08
2.97
17.05

○在留邦人引上
○交換船ニテ引揚 アメリカ、濠洲

傷痍軍人労務指導
会ト勤務時間ノ問題
職業補導不親切
1908

セミナール、ゲルマニア協会
加茂川2589
佐藤敬之

森保 —— 愛婦療養所

レコード名曲鑑賞

われらは

我等は どこまでも 戦ひ《ふ》続ける

善不遜 森盲天外
余土村

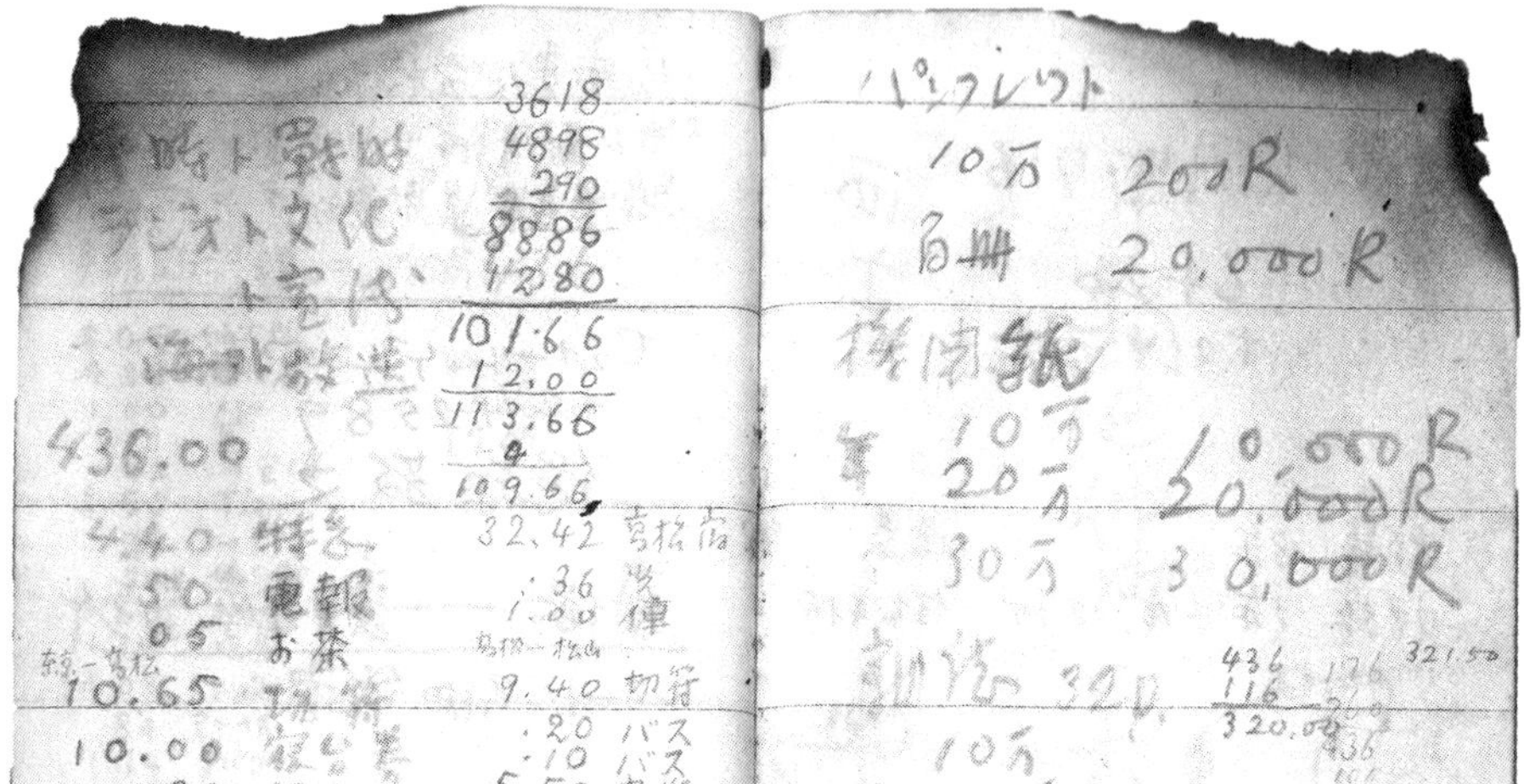

290
8886
12.80

101.66
12.00
113.66
4
109.66

436.00

4.40	特家	32.42	高松市
.50	電報	.36	紫
.05	お茶	…松山	
10.65		9.40	切符
10.00		.20	バス
.30		.10	バス
.08		48.98	七日目
1.00		.40	タバコ日
.65		2.50	円77十日
1.05		.20	タバコ
.70	厚生車	.10	電車
5.00		12.50	船賃
1.50	アンマ	15.70	九日目
.30	タバコ	12.00	宿松
36.18	五日	2.50	自初費

109.65

36.18
48.98
15.70
14.50

パンフレット
10万　200R

白冊　20,000R

…紙
10万　20,000R
20万　20,000R
30万　30,000R

… 32p
10万
… 2,400R

5日	午後一時	…工業学校
6日	午前九時	…洋精機
	午後一時	…農事試験場
7日	午前10.44	高松発
	后 1.36	…着 住な別に就業
18日	午前九時	住な…械
	午前 1時	住な化学
	午後4.02	…
	午後5.59	…
9日	午後8.06	…東洋レーヨン
	午後 2時	農事試験所
	午後 3時	…

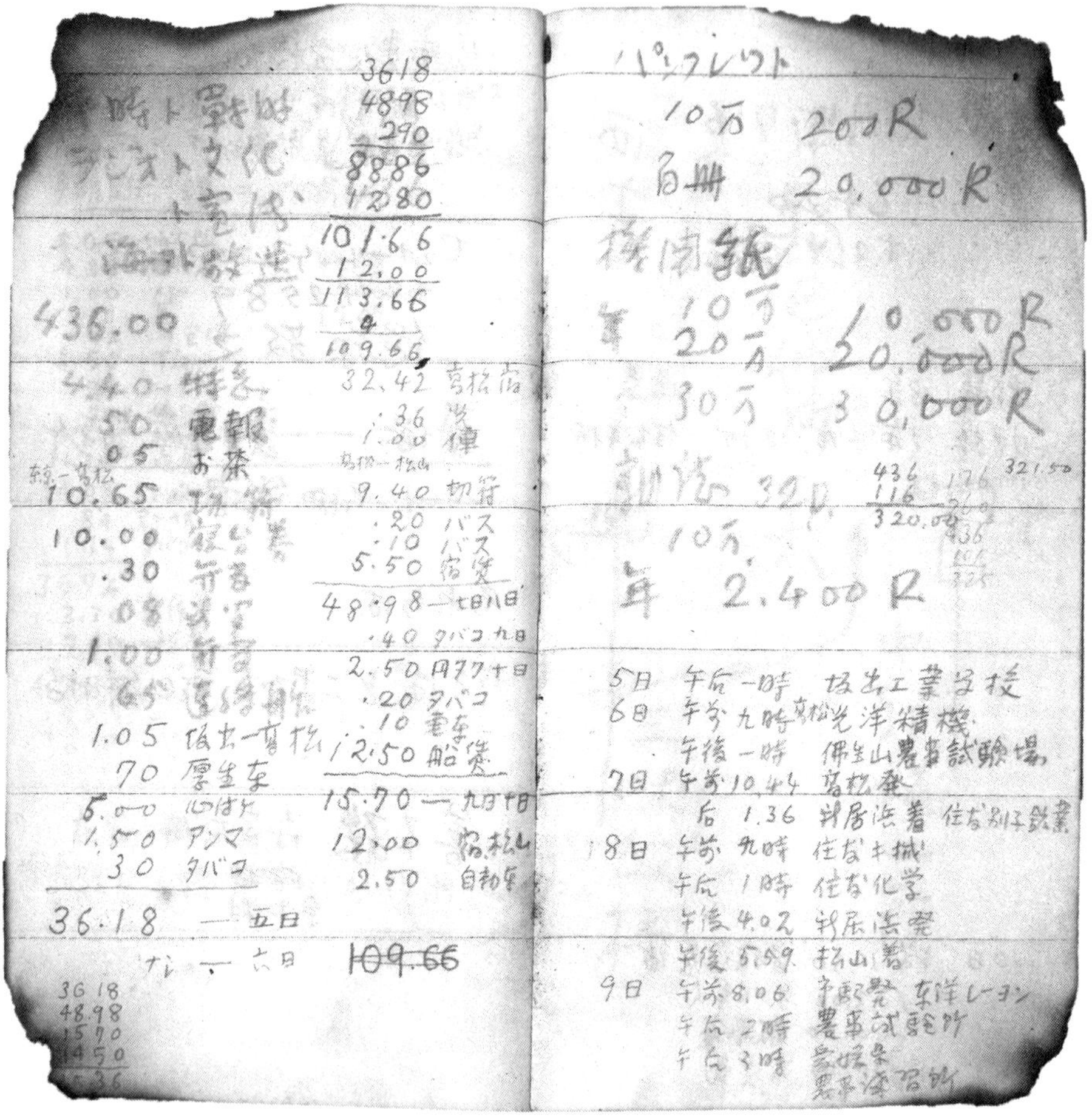

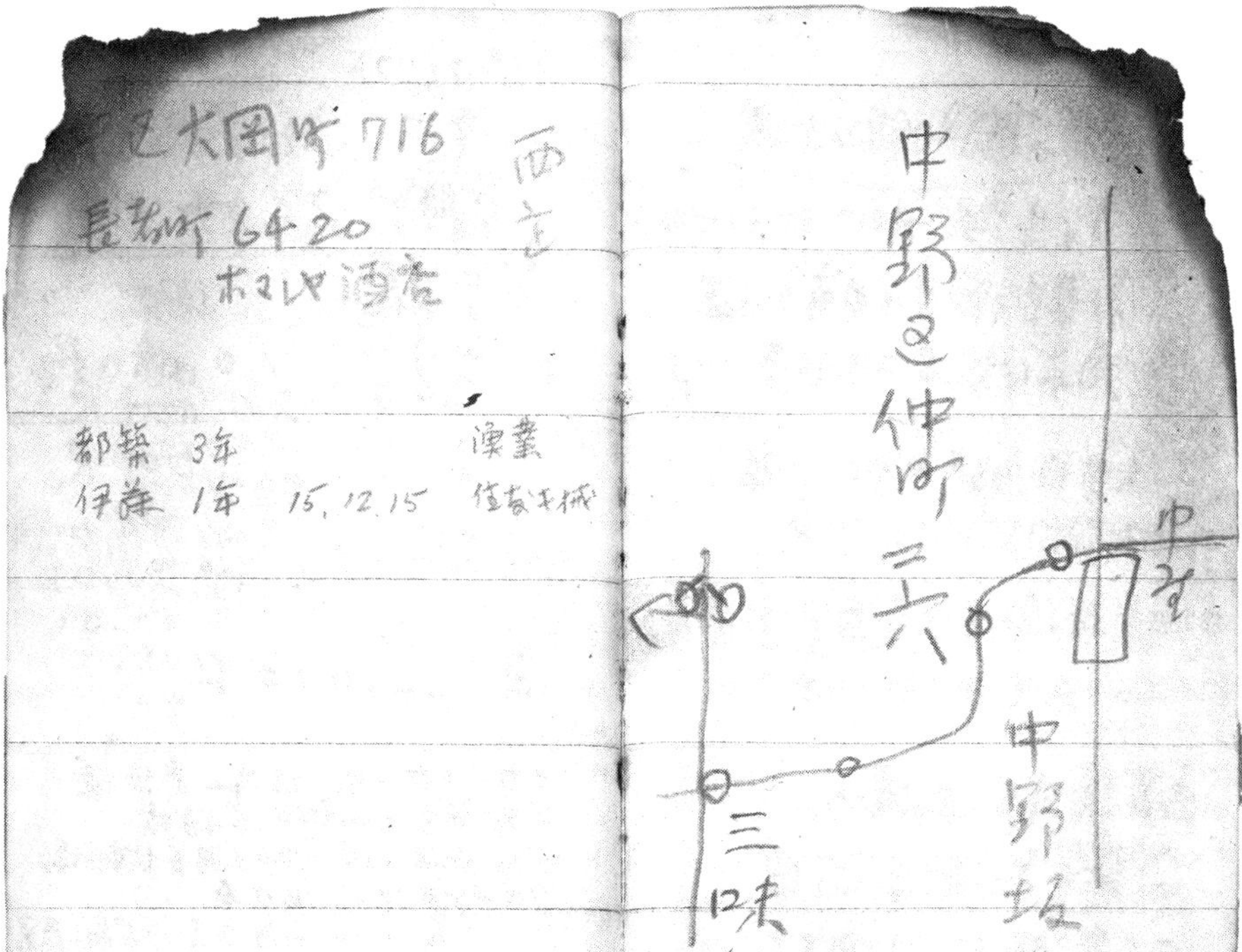

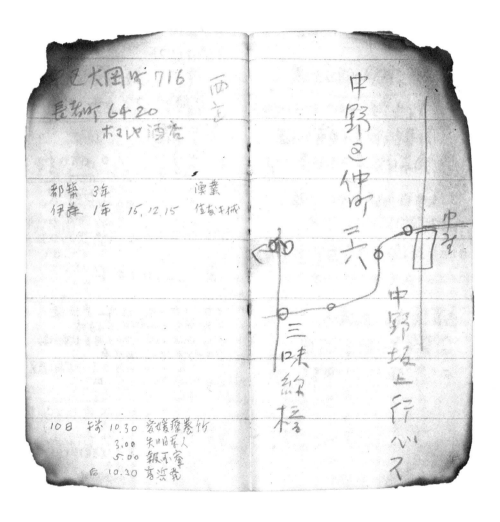

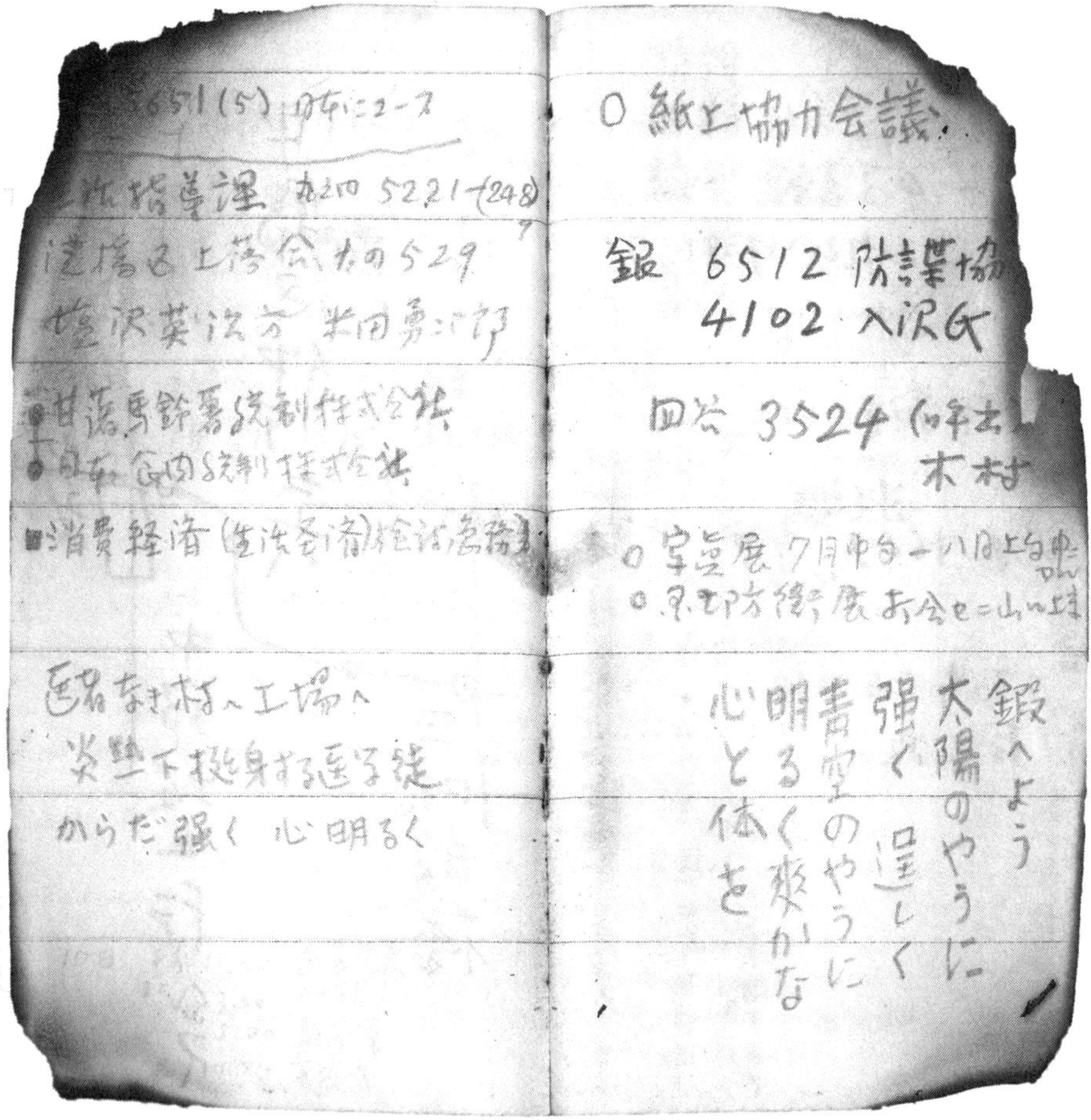
からだ強く 心明るく
〇 紙上協力会議
銀 6512 防諜協
4102 入沢G
3524
木村
銀へよう
太陽のやうに
強く 逞しく
青空のやうに
明るく爽かな
心と体を

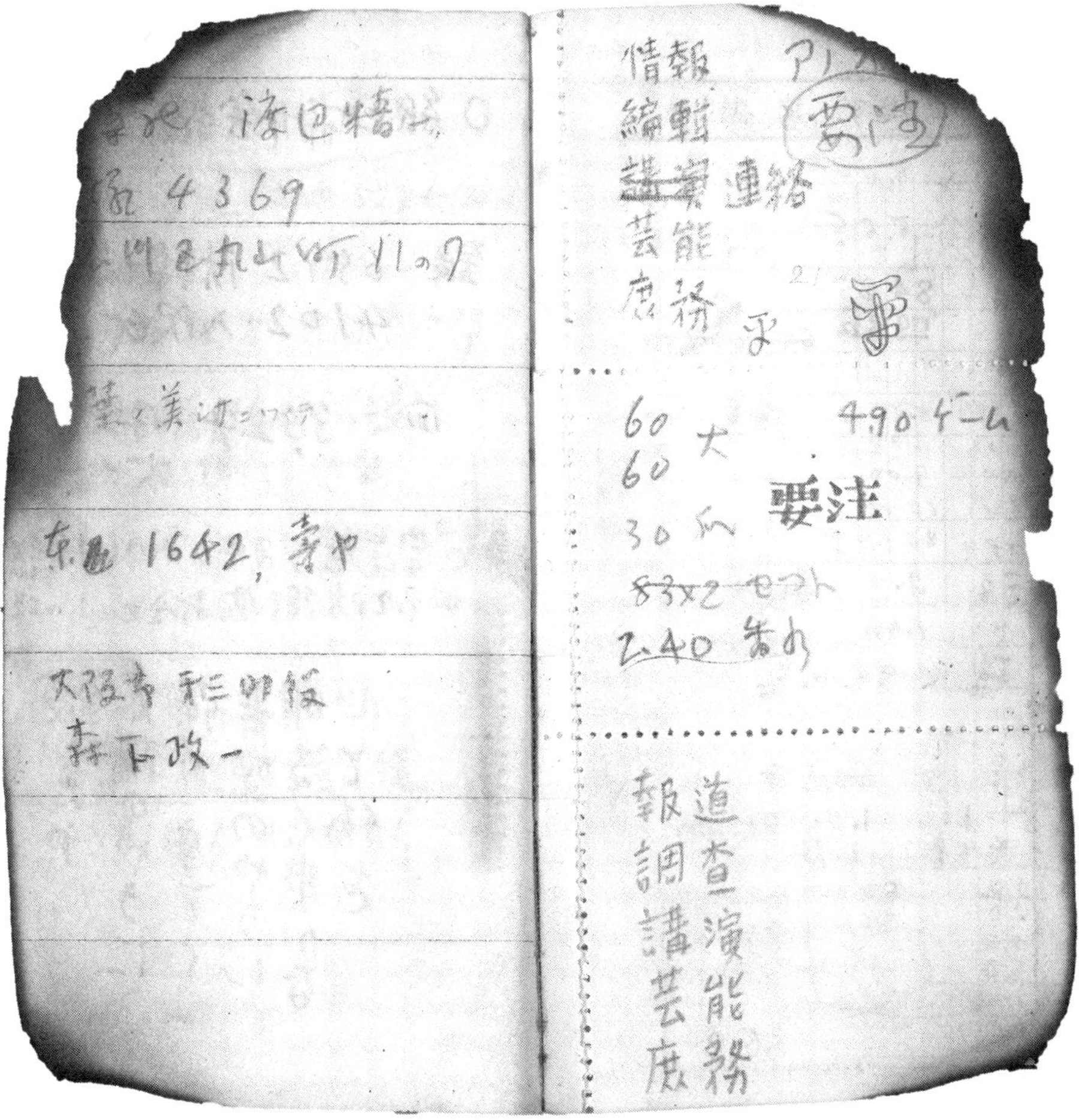
渡辺精

4369

川口丸山町1109

東京 1642

大阪市

森下政一

情報
編輯 要注
~~講演~~ 連絡
芸能
庶務

60 大 490 ゲーム
60
要注
30
~~83x2 セット~~
2.40

報道
調査
講演
芸能
庶務

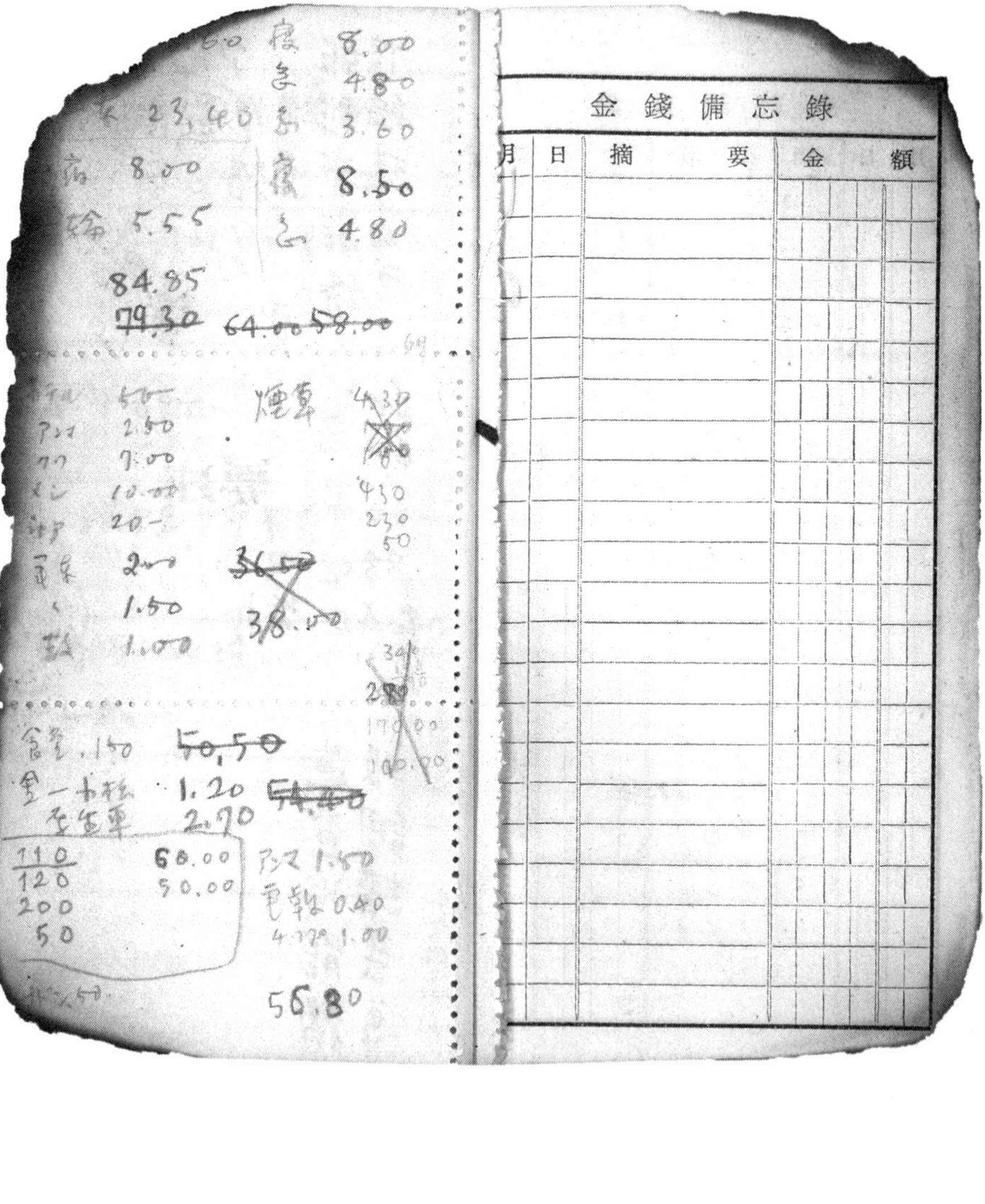
金 銭 備 忘 録
月 日 摘 要 金 額

手帖（一九四二年）*1

1月1日　木　（四方拝）　東京発
2日　金　宝塚着
3日　土　（元始祭）　宝塚大劇場
7日　水　移動宣伝隊組織会議　大阪府庁
10日　土　大阪発
11日　日　東京着
23日　金　駒沢高女　1時
24日　土　軍人会議　日産　産報総会
26日　月　オーム社　学士会館　5時半　1時ビクター吹込
30日　金　宣協連絡会　大森浜田ヤ
31日　土　報道写真
2月2日　月　アサヒカメラ原稿
4日　水　本宅井上氏
5日　木　国語文化原稿
6日　金　渋谷松竹　成城高女

---

*1　東京電気株式会社により配布された手帖。本文横組。
黒皮のカバー表に「東京電気」のシンボル、カバー袖に二段の名刺入れ有り。
一九六六年の花森宅全焼により、全体に焼け焦げた跡有り。
以下、本体の構成。
扉一頁

東京電気株式会社・満州東京電気株式会社の出張所と工場の各連絡先二頁
「東亜共栄圏要図」二頁
〔次頁〕

8日 日 大詔奉載日 本宅（5時）
10日 火 情報連絡会ギ（10時）＊
11日 水（紀元節） シンガポール突入
12日 木 寿屋松本氏宅
13日 金 ポリドール吹込1時半
14日 土 松本氏
15日 日 Aoiト遊ぶ 雪 米田氏来訪
16日 月 コロンビア明本氏 1時 読売、窓新聞
17日 火 府立第五（1時）
18日 水 1.30 p.m 日比谷国民大会
19日 木 宝塚塚本氏 lunch
20日 金 帝大新聞原稿 11.45 Am Hotel 10.Am 協力会議打合セ会第三会議室
24日 火 Polydol
28日 土 「宣伝」〆切 政治ト宣伝技術

3月5日 木 「宣伝」原稿発送
7日 土 旅行
8日 日 旅行
9日 月 旅行
10日 火 発展 グラビヤ 〆切 旅行
11日 水 「国語文化」「アサヒカメラ」入手

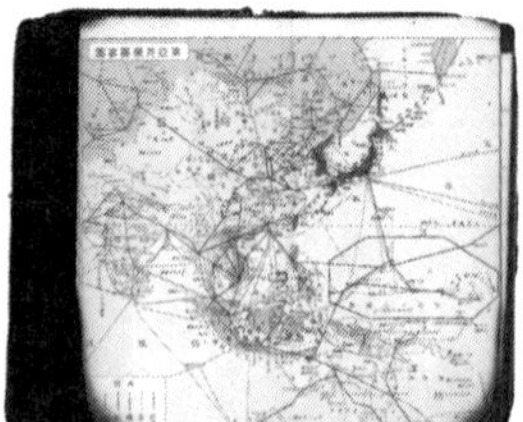

「営業品目」一頁（p38）
「日記」扉一頁（p38）
「昭和十七年略暦」一頁（p39）
一月一日から翌年二月二十日までの予定表七〇頁
「おぼえ」罫線入二二頁、ミシン目入八頁
「金銭備忘録」一二頁（空白）
「便覧」計二八頁
目次
1諸税法摘用（分類所得税／総合所得税／印紙税率）
2年利日歩及日歩年利換算表
3郵便諸料金及規則（通常郵便物ノ種類及料金／郵

12日 木 宝塚康本氏
13日 金 宝塚塚本氏
14日 土 国民大会 八並氏原稿
17日 火 佐野繁次郎氏 六時 宇佐美
20日 金 雑司谷講演（古田）
21日 土（春季皇霊祭） 宣伝部ハイキング
27日 金 雑誌日本〆切
29日 日 婦人ノ生活原稿
30日 月 同上完成 発送 20枚
31日 火 マメグラフ連絡会 宝塚康本氏
＊宣伝 ホームグラフ 雑誌日本
4月2日 木 情報班旅行 熱海樋口旅館
3日 金（神武天皇祭） 同上
10日 金 横浜 西川
13日 月 塚本氏
19日 日 東京発 宝塚
20日 月 3時 稽古 7時 梅田 康本氏会食ホテル
21日 火 12時半 稽古
22日 水 1時 オーケストラ合セ 10時 講演 言葉ノ美シサ 6時 宝塚河内氏 福亭

便物ノ容積及重量ノ制度／小包郵便物ノ料金／内国郵便為替料／速達郵便、内国電報料／航空郵便料金／日満電報料、汽船宛電報料／特殊電報略号及付加料金表）
4航空輸送（航空輸送線路図）
5鉄道時間表（東京下関間急行列車発着時間表／日、鮮、満、支方面主要列車連絡時間表）
6日常要語
7メートル法換算早見表
「ラジオ資料」計二七頁
目次
1我国及び満州国放送局一覧表
2東京電気受信真空管の型名、記号の意義
3東京電気受信真空管一覧表（標準製品［1］／准標準製品［1］／特殊製品／整流管）
4受信用金属真空管
5受信用真空管口金
6金属真空管口金

23日 木 10時 場稽古
24日 金 田辺 中村氏 11時半蘭亭 寿屋松本氏〓〓氏 6時寿橋
25日 土 靖国神社臨時大祭 3時 場稽古
26日 日 大阪発金沢 青山憲三（髙松町）
27日 月 村沢義二郎（山松市）
28日 火 推薦演説会（輪島町）
29日 水（天長節）後8時金沢市
30日 木 東京着
5月4日 月 1時 建設漫画会
7日 木 入沢氏送別会 11時 内ム省防諜協会
8日 金 11時 下谷公会堂
9日 土 国民 八並氏原稿
13日 水 1時 大蔵省会議 230億貯蓄強調週間実施要綱
23日 土 1時36分 立川2・17 東青梅2・58 東京府支部報道責任者
25日 月 神奈川支部推進員全員協ギ会 1時 横浜開港記念会議
31日 日 運動会
6月1日 月 八社クラブ招待
2日 火 10時 東宝舞台稽古
3日 水 地方新聞招待

---

7 東京電気送信真空管一覧表（三極管［第一類］、水冷、強制空冷式三極管［第一類］／四極管、五極管及びビーム電力管［第一類］／熱陰極水銀整流管及び熱陰極格子制御放電管［第一類］／三極管［第二類］／五極管、四極管及び水冷、強制空冷式三極管［第二類］／二極整流管［第一、二類］熱陰極格子制御放電管及び熱陰極水銀整流管［第二類］）
8 東京電気送信真空管の分類及び型名、記号の意義
「控」一頁（空白）
「主要関係会社一覧」二頁
「昭和十七年七曜表」一頁

7日　日　宝塚
9日　火　宝塚批評会
10日　水　米田ト昼飯
11日　木　寿屋座談会
15日　月　9・10東京発
16日　火　大毎
17日　水　宝塚　10・30大阪発
20日　土　大組
22日　月　3人
23日　火　生活社　鉄村氏　金村
26日　金　大組
27日　土　八並氏放送原稿
30日　火　翼政会弘報部長ときわ

7月
3日　金　3時半　文部省会議
6日　月　宣伝用語と国語座談会　大東亜会議　横浜
9日　木　東京府支部松本楼　報道責任者懇談会
21日　火　企画部長ト懇談会

8月
23日　日　練成会〔以下28日まで〕
29日　土　帰京

10月4日　日　9・　東京発　17・30　神戸着
5日　月　6・14　須磨発　12・10　髙松着
10日　土　22・30　髙松発
11日　日　11・10　神戸着
12日　月　20・31　大阪発
13日　火　8・00　東京着
19日　月　太田氏打合セ
20日　火　報告会
22日　木　9・00　東京発
24日　土　18・30　舞台稽古
25日　日　9・00　大阪発
27日　火　初日

11月6日　金　宮本三郎
8日　日　下谷区役所講演
12日　木　詩の朗読解説原稿
20日　金　印刷技術家協会[*2]

[*3]7月下旬―十月下旬　潜21　撃沈　船　34　25・2400トン
我方　潜　2　船　29　12・2500トン

*2　以下、翌年二月二十日まで記述無し。
*3　以下、メモ欄「おぼえ」に書かれた記述。冒頭空白一〇頁。

傷痍軍人寮ヲ学校ノ近クニ建テヨ
失明軍人ヲ一ヶ所に集中セズ各地方ニ分散シ軍人精神ヲ滲透セシメヨ
○失明同志一緒ニヲレバ愉シイ
〔中略〕
14.08〔+〕2.97〔=〕17.05
○在留邦人圧迫
○遵法船員ヲ掃射　アメリカ　豪州
傷痍軍人労務管理
会ト勤務時間ノ問題
職業輔導不親切
17.6〔-〕3.52〔=〕14.08
ゼミナール・ゲルマニア協会　小石川2589　佐藤敬之
森保——愛媛療養所
レコード名曲鑑賞
われらは　我等はどこまでも戦ひ続ける
善不遜　森盲天外　余土村
平時と戦時　ラジオト文化ト宣伝　海外放送

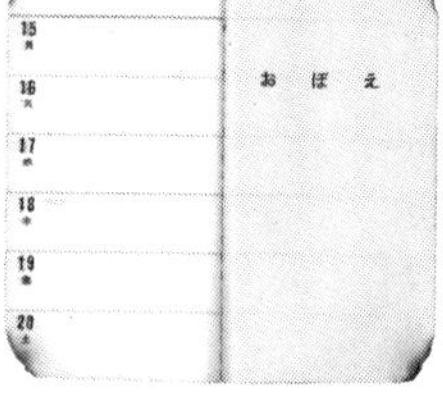

〔中略〕

5日　午後一時　坂出工業高校／6日　午前九時　高松　光洋精機　午後一時　仏生山農事試験場／7日　午前　10・44　高松発　後1・36　新居浜着　住友別子鉱業／8日午前九時　住友キ械　午後一時　住友化学　午後4・02　新居浜発　午後5・59　松山着／9日　午前8・06　市駅発　東洋レーヨン　午後2時　農事試験所　午後3時　愛媛県農事講習所

中区大岡町716　長者町6420　ホマレヤ酒店

都築　3年　漁業
伊藤　1年　15.12.15　住友キ械

10日　午前10・30　愛媛療養所　3・00　失明軍人　5・00　報国寮　後10・30　高浜発

〔中略〕*4

5651（5）日本ニュース
生活指導課　丸之内　5221―（248）
淀橋区上落合　1の529
塩沢英次方　半田勇次郎

*4　地図のイラスト有り（p65）。

●甘藷馬鈴薯統制株式会社
●日本食肉統制株式会社
■消費経済（生活経済）検討急務

医者なき村へ工場へ
炎熱下挺身する医学徒
からだ強く　心明るく

○紙上協力会議

銀　6512　防諜協会
　　4102　入沢氏

四谷　3524（呼出）木村

○写真展7月中旬―八月上旬〓
○国土防衛展打合セニ山口上京

鍛へよう
太陽のやうに
強く　逞しく

青空のやうに
明るく爽かな
心と体を

＝＝渡辺精一　＝塚　4369〔小〕石川区丸山町11の7

〔言〕葉ノ美シサニツイテ

東　1642　寿や

大阪市第三助役　森下政一

情報[*5]　編輯　連絡　芸能　庶務

〔中略〕

報道　調査　講演　芸能　庶務

〔後略〕

＊5　以下、ミシン目の入った箇所の記述。前二頁、後四頁破った跡有り。

従軍手帖（一九四三）

（外観原寸大）

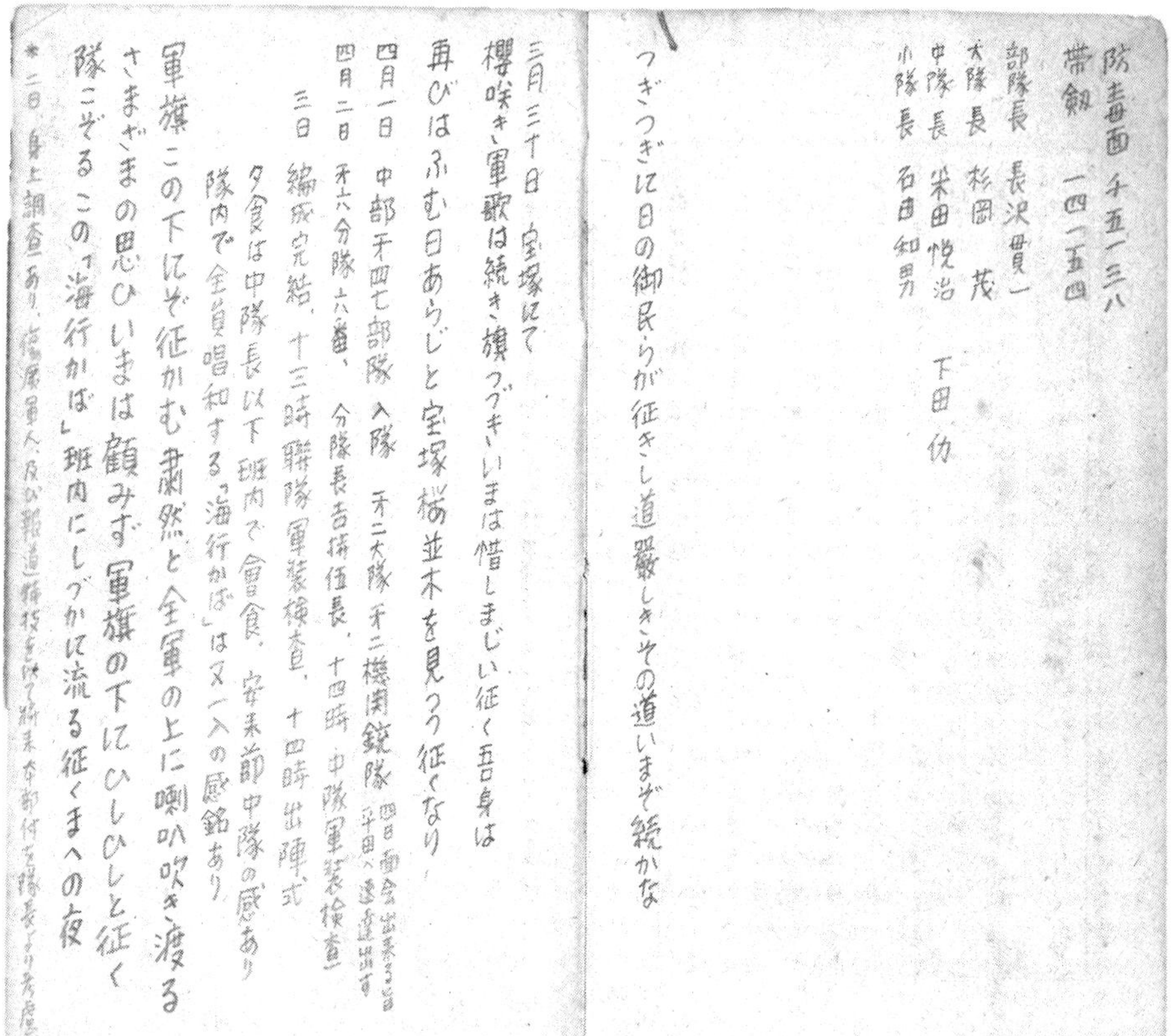
防毒面 千五一三八
帯剣 一四一五四
部隊長 長沢貫一
大隊長 杉岡 茂
中隊長 米田悦治 下田 仂
小隊長 石由知男

つぎつぎに日の御民らが征きし道嚴しきその道いまぞ続かな

三月三十日 宝塚にて
櫻咲き軍歌は続き旗つづきいまは惜しまじい征く吾身は
再びはふむ日あらじと宝塚桜並木を見つつ征くなり
四月一日 中部第四七部隊入隊 第二大隊第二機関銃隊 四日面会出来るよし
四月二日 第六分隊 六番、 分隊長吉梼伍長、十四時 中隊軍装検査 平田へ速達出す
三日 編成完結、十三時聯隊軍装検査、十四時出陣式
夕食は中隊長以下班内で會食、安未節中隊の感あり
隊内で全員唱和する「海行かば」は又一入の感銘あり
軍旗この下にぞ征かむ粛然と全軍の上に喇叭吹き渡る
さまざまの思ひいまは顧みず軍旗の下にひしひしと征く
隊こぞるこの「海行かば」班内にしづかに流る征くまへの夜
＊二日 身上調査あり、傷痍軍人及び報道将校を除て将来本部付き隊長より考慮さる

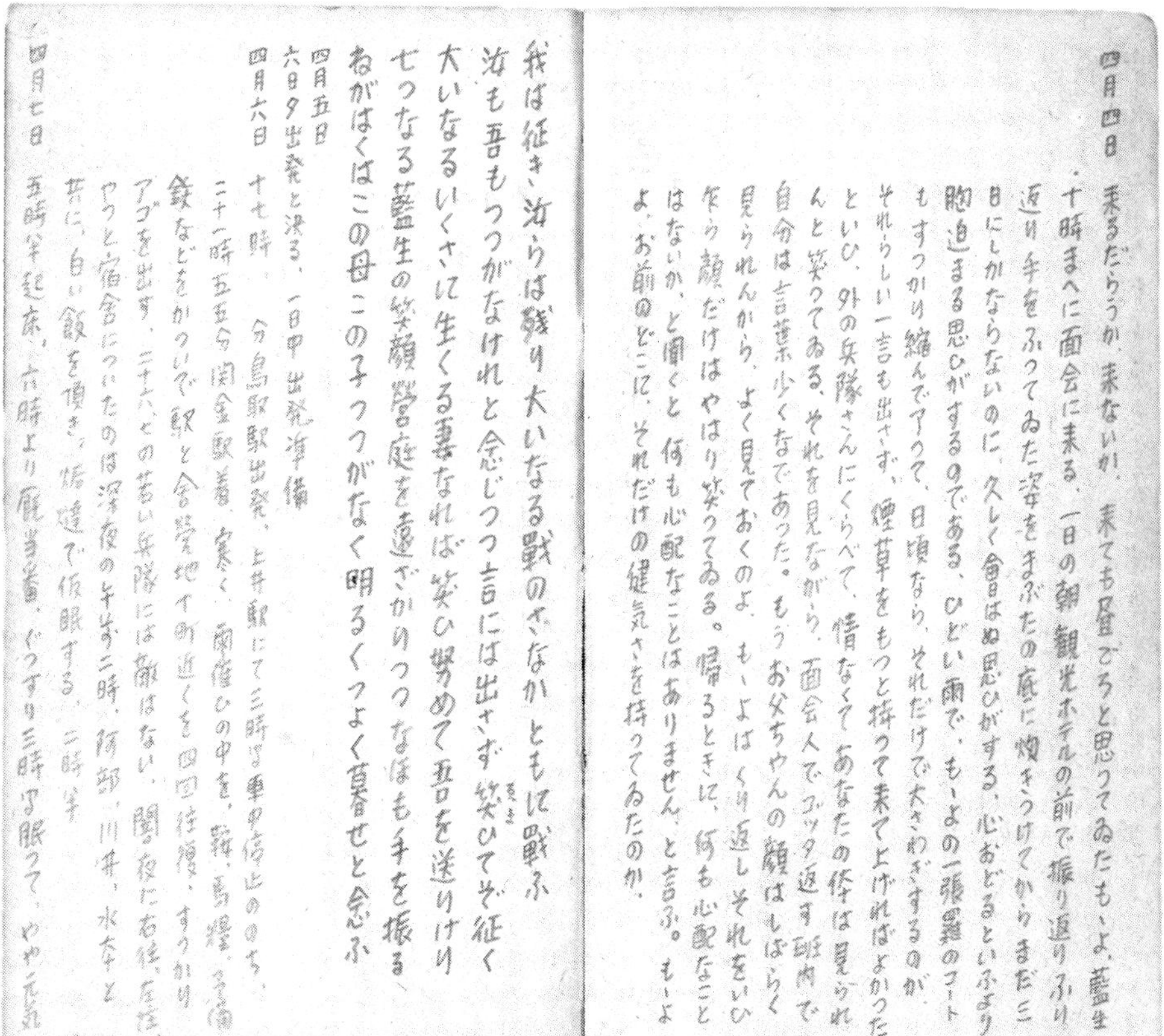

四月四日　来るだろうか、来ないか、来ても昼ごろと思ってゐたもゝよ、藍生
・十時まへに面会に来る、一日の朝観光ホテルの前で振り返りふり
返り手をふってゐた姿をまぶたの底に焼きつけてから　まだ三
日にしかならないのに、久しく会はぬ思ひがする、心おどるといふより
胸迫まる思ひがするのである、ひどい雨で、もゝよの一張羅のコート
もすっかり縮んでアフて、日頃なら、それだけで大さわぎするのが
それらしい一言も出さず、煙草をもっと持って来て上げればよかった
といひ、外の兵隊さんにくらべて、情なくて　あなたの体は見られ
んと笑ってゐる、それを見ながら、面会人でゴッタ返す班内で
自分は言葉少くなであった。もうお父ちゃんの顔はしばらく
見られんから、よく見ておくのよ、もゝよはくり返しそれをいひ
作り顔だけはやはり笑ってゐる。帰るときに、何も心配なこと
はないか、と聞くと　何も心配なことはありません、と言ふ。もゝよ
よ、お前のどこに、それだけの健気さを持ってゐたのか。

我は征き、汝らは残り大いなる戦のさなかともに戦ふ
汝も吾もつつがなけれと念じつつ言には出さず笑《ゑま》ひてぞ征く
大いなるいくさに生くる妻なれば笑ひ努めて吾を送りけり
七つなる藍生の笑顔営庭を遠ざかりつつなほも手を振る
ねがはくばこの母この子つつがなく明るくつよく暮せと念ふ

四月五日
六日夕出発と決る、一日中出発準備
四月六日　十七時　今鳥取駅出発、上井駅にて三時間停車のうち、
二十一時五五分関金駅着、寒く、雨催ひの中を、銃、馬糧、予備
銃などをかついで駅と舎営地との近くを四回往復、すっかり
アゴを出す、二十六、七の若い兵隊には敵はない、闇夜に右往左往、
やっと宿舎についたのは深夜の午前二時。阿部、川井、水木と
共に、白い飯を頂き、炬燵で仮眠する。二時半
四月七日　五時半起床、六時より廐当番、ぐっすり三時間眠って、やや元気

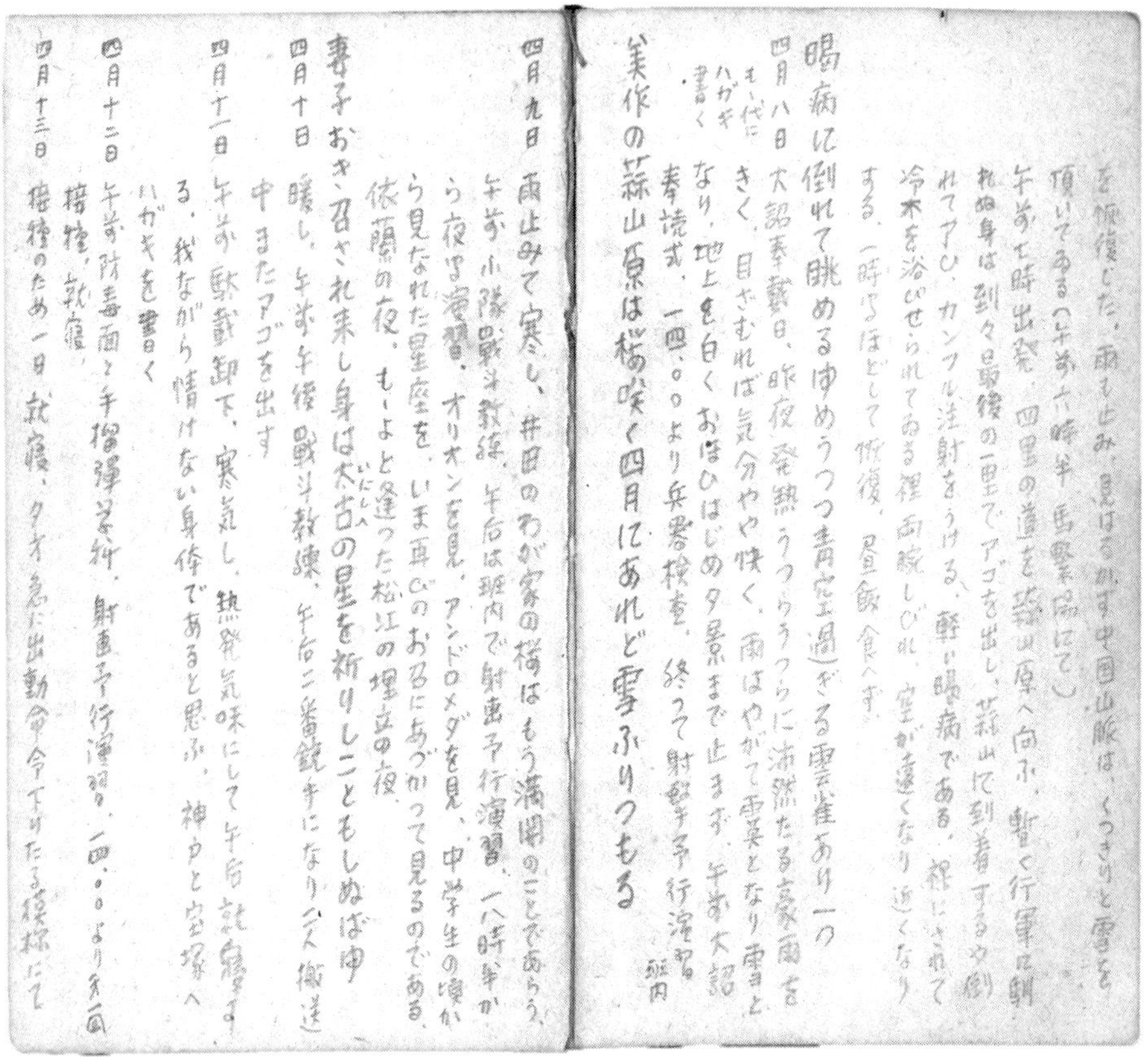
を恢復した。雨も止み、見はるかす中国山脈は、くつきりと雪を
頂いてゐる（午前六時半 馬繋場にて）
午前七時出発。四里の道を蒜山原へ向ふ。暫く行軍は馴
れぬ身は到々最後の一里でアゴを出し、蒜山に到着するや倒
れてアひ、カンフル注射をうける。軽い日射病である。裸にされて
冷水を浴びせられてゐる裡 両腕しびれ、空が遠くなり近くなり
する。一時間ほどして恢復、昼飯食へず。
日射病に倒れて眺めるゆめうつつ青空過ぎる雲雀あり一つ
もゝ代にハガキ書く
四月八日 大詔奉戴日、昨夜発熱うつらうつらに沛然たる豪雨を
きく。目ざむれば気分やや快く、雨はやがて雷となり雪と
なり、地上を白くおほひはじめ夕景まで止まず。午前大詔
奉読式、一四、〇〇より兵器検査、終つて射撃予行演習 班内
美作の蒜山原は桜咲く四月にあれど雪ふりつもる
四月九日 雨止みて寒し、井田のわが家の桜はもう満開のことであらう。
午前小隊戦斗教練、午后は班内で射撃予行演習、一八時半か
ら夜間演習。オリオンを見、アンドロメダを見、中学生の頃か
ら見なれた星座を。いま再びのお召にあづかって見るのである。
依蘭の夜。もゝよと逢つた松江の埋立の夜
妻子おき、召され来し身は太古《いにしへ》の星を祈りしこともしぬばゆ
四月十日 曇し。午前午後戦斗教練。午后二番銃手になり一人搬送
中またアゴを出す
四月十一日 午前駄載卸下、寒気し、熱発気味にして午后就寝す
る。我ながら情けない身体であると思ふ。神力と空塚へ
ハガキを書く
四月十二日 午前防毒面と手榴弾投擲、射撃予行演習、一四、〇〇より夕刻
捻挫、就寝、
四月十三日 捻挫のため一日就寝、夕方急に出動命令下りたる模様にて

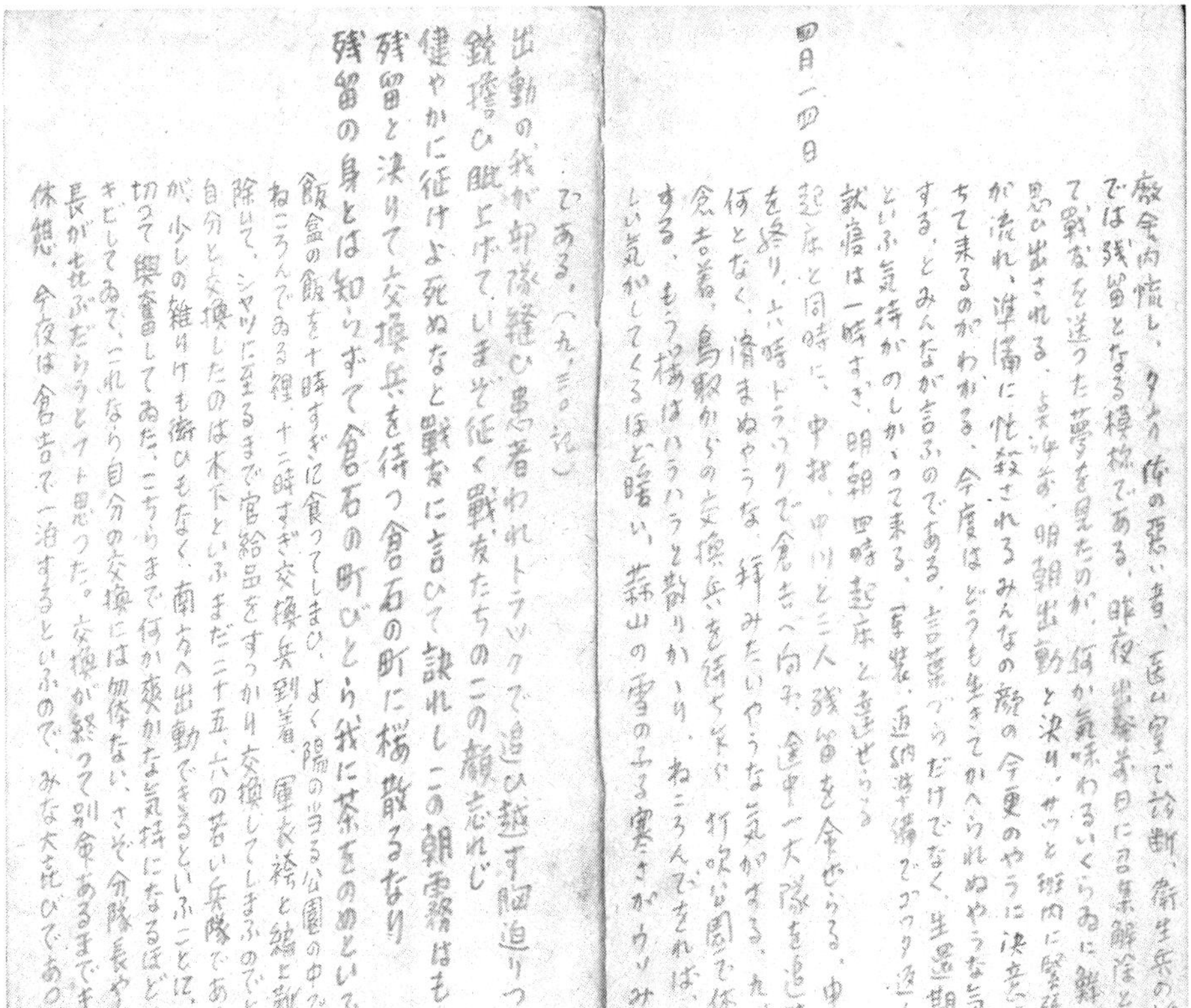
四月一四日

廠舎内悄し、夕方の悪い音、医務室で診断、衛生兵の話では残留となる模様である。昨夜出発前日に召集解除となって戦友を送った夢を見たのが、何か気味わるいくらゐに鮮かに思ひ出される。点呼前、明朝出動と決り、サッと班内に緊張味が流れ、準備に忙殺されるみんなの顔の今更のやうに決意にみちて来るのがわかる。今度はどうも生きてかへられぬやうな気がする、とみんなが言ふのである。言葉つきだけでなく、生還期せずといふ気持がのしかかつて来る。軍装、返納準備でゴタゴタ返して就寝は一時すぎ。明朝四時起床と達せらる

起床と同時に、中村、中川と三人残留を命ぜらる。中隊を送り、六時トラックで倉吉へ向ふ。途中一大隊を追越し何となく、済まぬやうな、拝みたいやうな気がする。九〇〇倉吉着、鳥取からの交換兵を待ち乍ら打吹公園で休憩する。もう桜はハラハラと散りかかり、ねころんでをれば、たのしい気がしてくるほど暖い。蒜山の雪の降る寒さがウソみたいである。（九、三〇記）

出動の我が部隊鞋ひ患者われトラックで追ひ越す胸迫りつつ
銃擔ひ眼上げていまぞ征く戦友たちのこの顔忘れじ
健やかに征けよ死ぬなと戦友に言ひて訣れしこの朝霧はも
残留と決りて交換兵を待つ倉吉の町に桜散るなり
残留の身とは知らずて倉吉の町びとら我に茶をのめといふ

飯盒の飯を十時すぎに食つてしまひ、よく陽の当る公園の中で、ねころんでゐる裡、十二時すぎ交換兵到着。軍衣袴と編上靴を除いて、シャツに至るまで官給品をすっかり交換してしまふのである。自分と交換したのは木下といふまだ二十五、六の若い兵隊であったが、少しの雑りけも衒ひもなく、南方へ出動できるといふことに、ハリきつて興奮してゐた。こちらまで何か爽かな気持になるほどキビキビしてゐて、これなら自分の交換には勿体ない、さぞ分隊長や小隊長が喜ぶだらうとフト思つた。交換が終つて別命あるまでまた休憩。今夜は倉吉で一泊するといふので、みな大喜びであったが

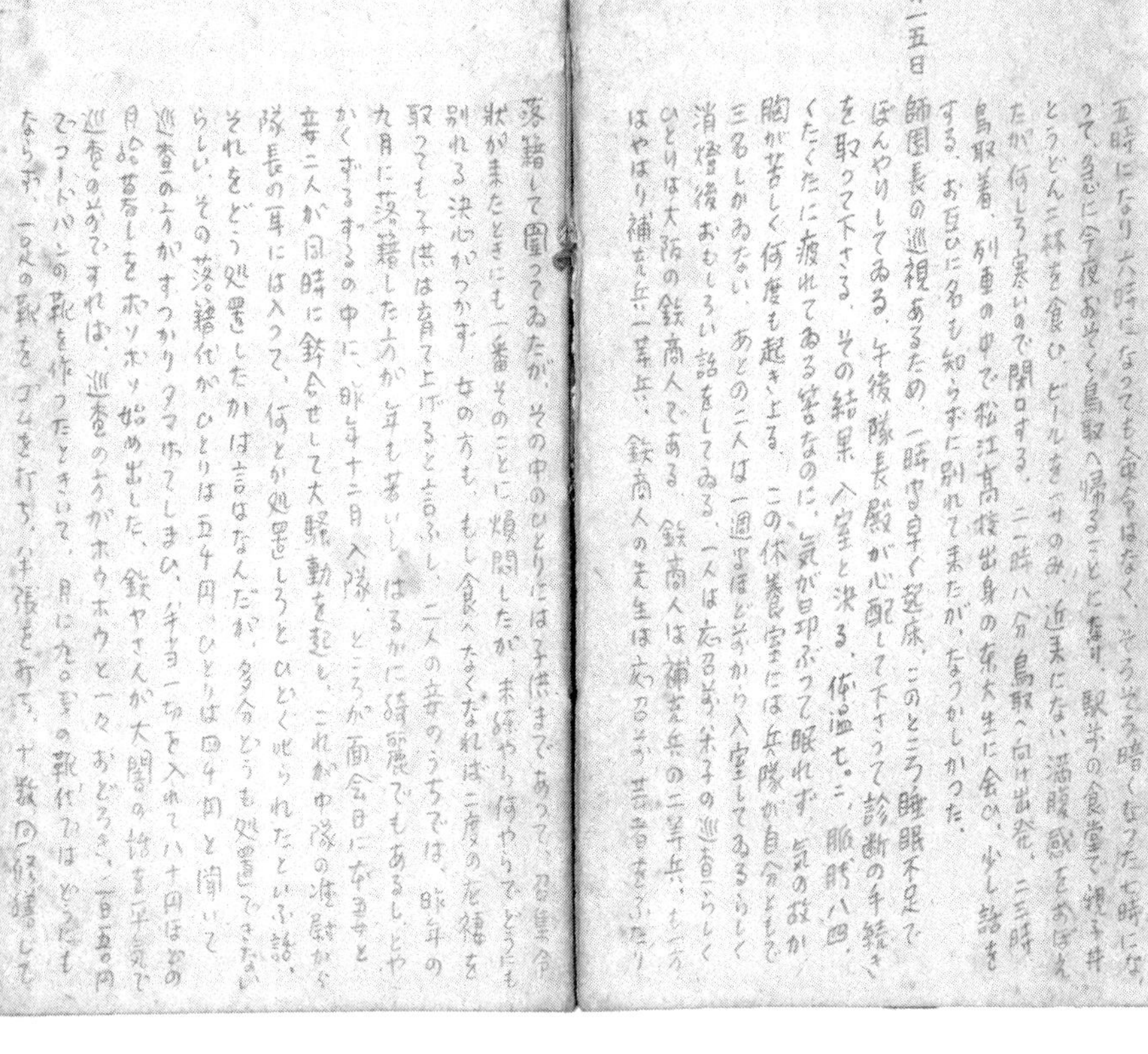

五時になり六時になっても命令はなく、そろそろ暗くなった七時にな、って急に今夜おそく鳥取へ帰ることに成り、駅前の食堂で親子丼とうどん二杯を食ひ、ビールを一ぱいのみ、近来にない満腹感をおぼえ、たが何しろ寒いので閉口する。二時八分鳥取へ向け出発。二三時鳥取着。列車の中で松江高校出身の東大生に会ひ、少し話をする。お互ひに名も知らずに別れて来たが、なつかしかった。

四月一五日 師団長の巡視あるため、一時ほど早く起床。このところ睡眠不足でぼんやりしてゐる。午後隊長殿が心配して下さって診断の手続きを取って下さる。その結果入室と決る。体温七・二、脈膊八四。くたくたに疲れてゐる筈なのに、気が昂ぶって眠れず。気の故か胸が苦しく何度も起きる。この休養室には兵隊が自分ともで三名しかゐない。あとの二人は一週間ほど前から入室してゐるらしく消燈後おもしろい話をしてゐる。一人は応召前米子の巡査らしくひとりは大阪の鉄商人である。鉄商人は補充兵の二等兵、もう一方はやはり補充兵一等兵、鉄商人の先生は応召前芸者をふたり落籍して囲ってゐたが、その中のひとりには子供まであって、召集令状が来たときにも一番そのことに煩悶したが、未練やら何やらでどうにも別れる決心がつかず、女の方も、もし食へなくなれば二度の左褄を取っても子供は育て上げると言ふし、二人の妾のうちでは、昨年の九月に落籍した方が年も若いし、はるかに綺麗でもあるし、とやかくずるずるする中に、昨年十二月入隊、ところが面会日に本妻と妾二人が同時に鉢合せして大騒動を起し、これが中隊の准尉から隊長の耳には入って、何とか処置しろとひどく叱られたといふ話。それをどう処置したかは言はなんだが、多分どうも処置できないらしい。その落籍代がひとりは五千円、ひとりは四千円と聞いて巡査の方がすっかりタマげてしまひ、手当一切を入れて八十円ほどの月給暮しをボツボツ始め出した、鉄やさんが大閤の話を平気で巡査の前ですれば、巡査の方がホウホウと一々おどろき、百五〇円でコードバンの靴を作ったときいて、月に九〇円の靴代ではどうにもならず、一足の靴をゴムを打ち、半張を打ち、十数回修繕して

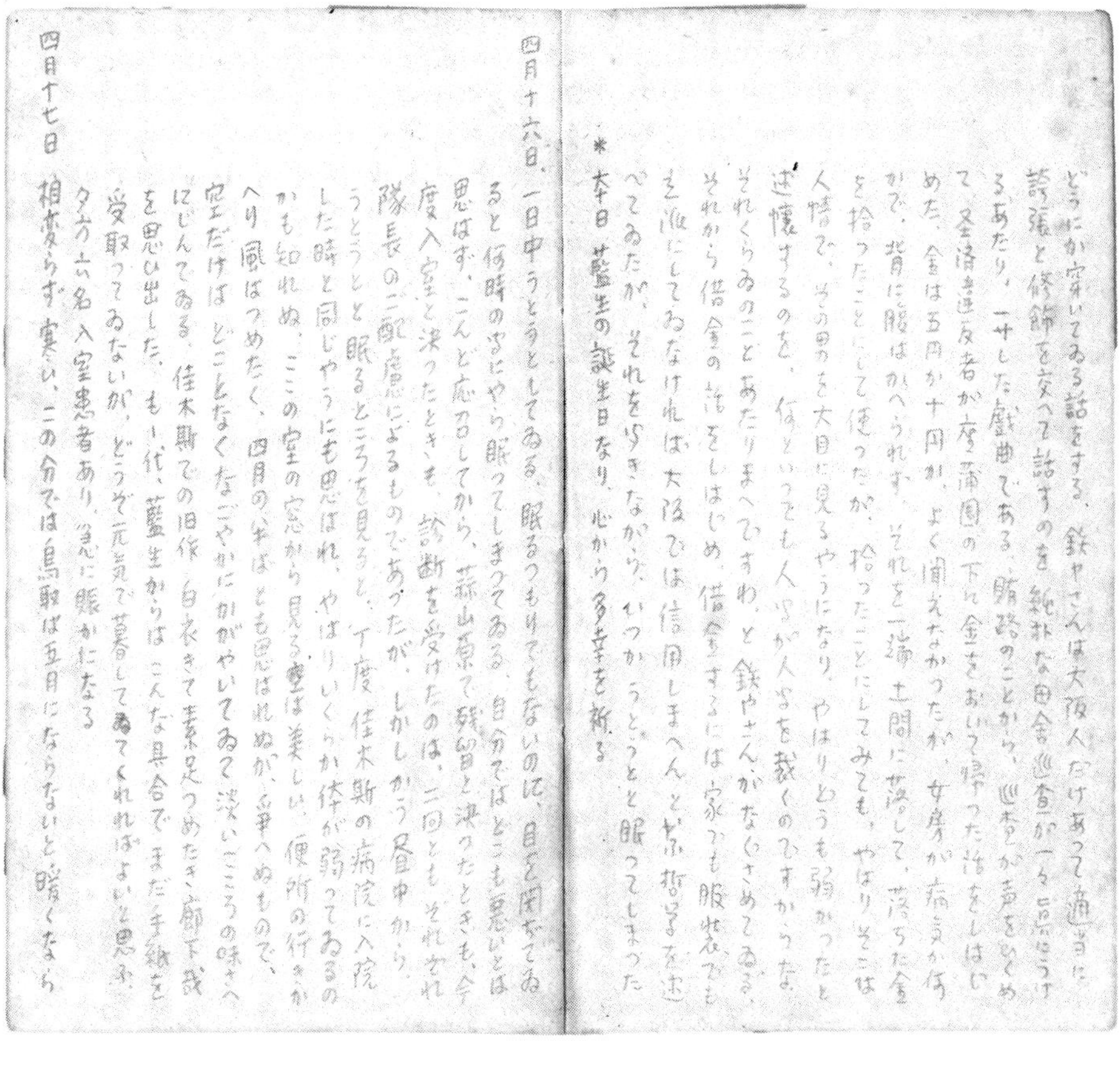

どうにか穿いてゐる話をする。鉄やさんは大阪人だけあつて適当に
誇張と修飾を交へて話すのを純朴な田舎巡査が一々感心してうけ
るあたり、一寸した戯曲である。賄賂のことから、巡査が声をひくめ
て、経済違反者が座蒲団の下に金をおいて帰つた話をしはじ
めた。金は五円か十円か、よく聞えなかつたが、女房が病気か何
かで、背に腹はかへられず、それを一端土間に落して、落ちた金
を拾つたことにして使つたが、拾つたことにしてみても、やはりそこは
人情で、その男を大目に見るやうになり、やはりどうも弱かつたと
述懐するのを、何というても人間が人間を裁くのですからな、
それくらゐのことあたりまへですわ、と鉄やさんがなぐさめてゐる。
それから借金の話をしはじめ、借金するには家でも服装でも
立派にしてゐなければ大阪では信用しまへんとずぶ哲学を述
べてゐたが、それをきゝながら、いつかうとうとと眠つてしまつた
＊本日 藍生の誕生日なり。心から多幸を祈る。

四月十六日。一日中うとうとしてゐる。眠るつもりでもないのに、目を閉ぢてゐ
ると何時のまにやら眠つてしまつてゐる。自分ではどこも悪いとは
思はず、こんど応召してから、蘇山苑で残留と決つたときも、今
度入室と決つたときも、診断を受けたのは、二回ともそれぞれ
隊長の配慮によるものであつたが、しかしかう昼中から
うとうとと眠るところを見ると、丁度佳木斯の病院に入院
した時と同じやうにも思はれ、やはりいくらか体が弱つてゐるの
かも知れぬ。ここの室の窓から見る空は美しい。便所の行きか
へり風はつめたく、四月の半ばとも思はれぬが、争へぬもので、
空だけはどことなくなごやかにかがやいてゐて淡いこころの味さへ
にじんでゐる。佳木斯での旧作、白衣きて素足つめたき廊下哉
を思ひ出した。もう一代、藍生からはこんな具合でまだ手紙を
受取つてゐないが、どうぞ元気で暮してゐてくれればよいと思ふ。
夕方六名入室患者あり、急に賑かになる
四月十七日 相変らず寒い。この分では鳥取は五月にならないと暖くなら

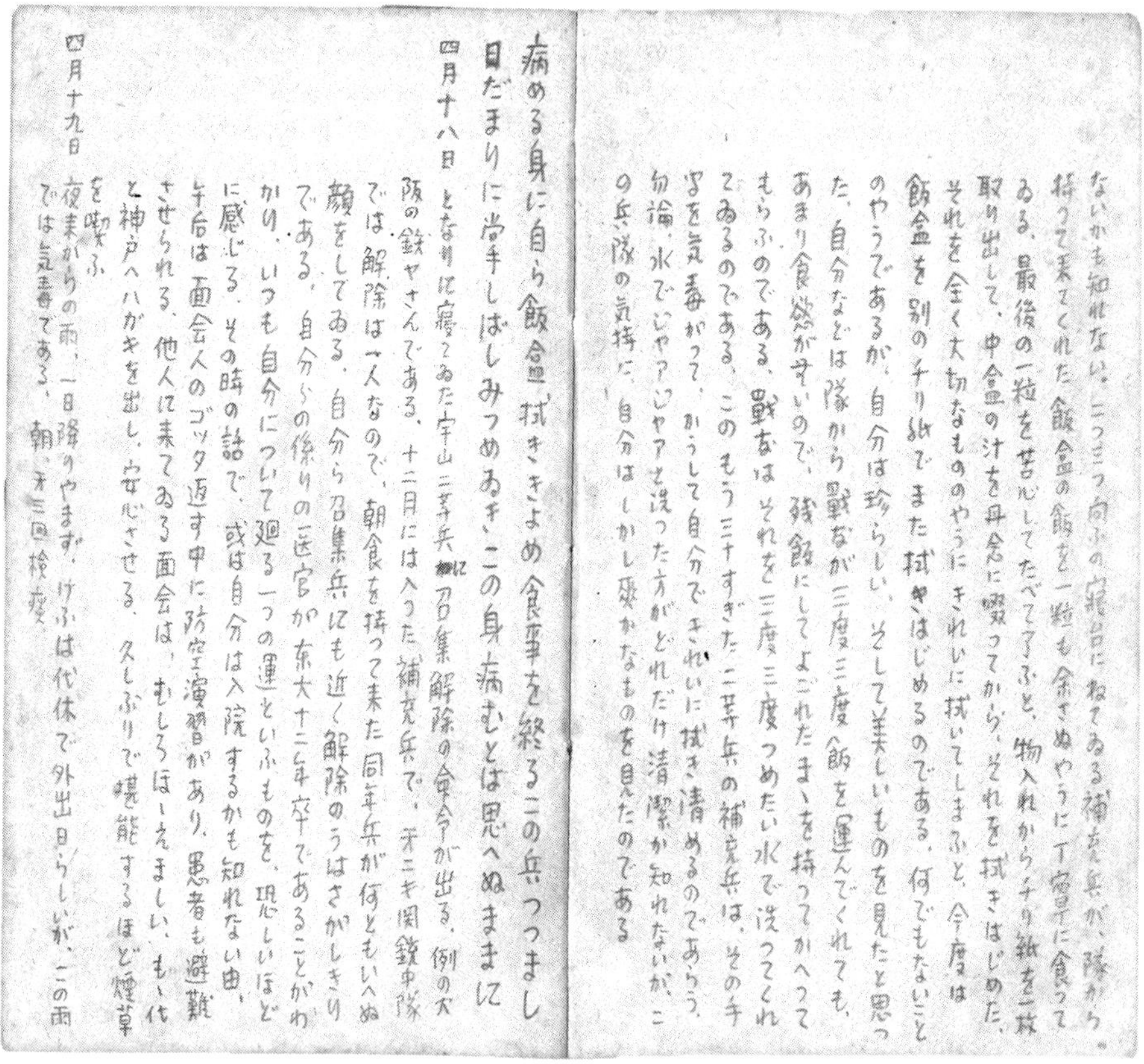
ないかも知れない。二つ三つ向ふの寝台に寝てゐる補充兵が、隊から
持つて来てくれた飯盒の飯を一粒も余さぬやうに丁寧に食つて
ゐる、最後の一粒を苦心してたべて了ふと、物入れからチリ紙を二枚
取り出して、中盒の汁を丹念に吸つてから、それを拭きはじめた、
それを全く大切なもののやうにきれいに拭いてしまふと、今度は
飯盒を別のチリ紙でまた拭きはじめるのである、何でもないこと
のやうであるが、自分は珍らしい、そして美しいものを見たと思つ
た、自分などは隊から戦友が三度三度飯を運んでくれても、
あまり食慾がないので、残飯にしてよごれたまゝを持つてかへつて
もらふのである、戦友はそれを三度三度つめたい水で洗つてくれ
てゐるのである、このもう三十すぎた二等兵の補充兵は、その手
間を気毒がつて、かうして自分できれいに拭き清めるのであらう、
勿論、水でじやアじやア洗つた方がどれだけ清潔か知れないが、こ
の兵隊の気持に、自分はしかし爽かなものを見たのである

病める身に自ら飯盒拭ききよめ食事を終るこの兵つつまし
日だまりに掌しばしみつめゐき、この身病むとは思へぬままに

四月十八日 となりに寝てゐた宇山二等兵に召集解除の命令が出る、例の大
阪の鉄やさんである、十二月には入つた補充兵で、オ二キ関銃中隊
では解除は一人なので、朝食を持つて来た同年兵が何ともいへぬ
顔をしてゐる、自分ら召集兵にも近く解除のうはさがしきり
である、自分らの係りの医官が東大十二年卒であることがわ
かり、いつも自分について廻る一つの運といふものを、恐しいほど
に感じる、その時の話で、或は自分は入院するかも知れない由、
午后は面会人のゴッタ返す中に防空演習があり、患者も避難
させられる、他人に来てゐる面会は、むしろほゝえましい、もゝ代
と神戸へハガキを出し、安心させる、久しぶりで堪能するほど煙草
を喫ふ

四月十九日 夜来からの雨、一日降りやまず、けふは代休で外出日らしいが、この雨
では気毒である、朝、オ三回検痰

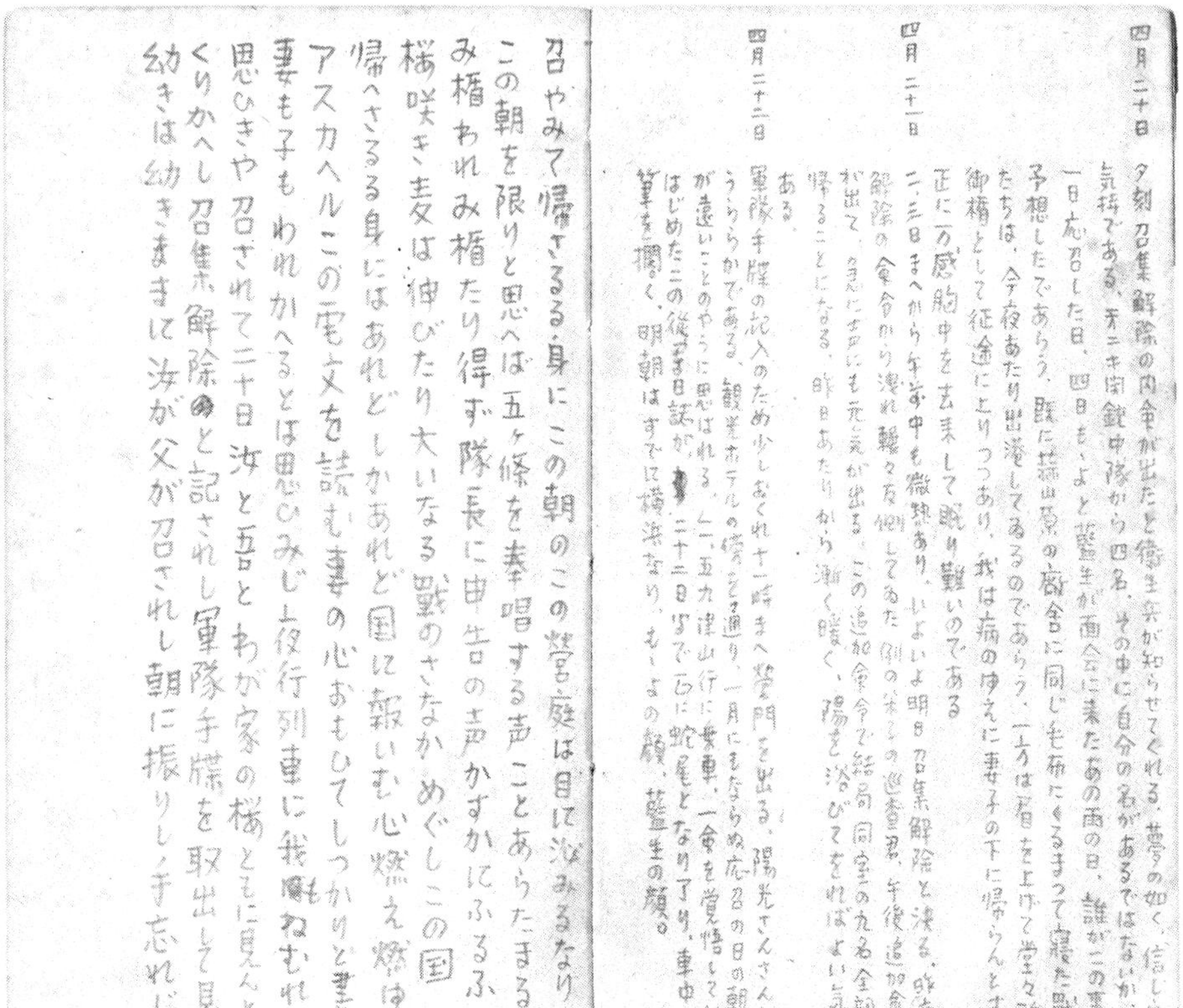
四月二十日　夕刻召集解除の内命が出たと衛生兵が知らせてくれる。夢の如く、信じられぬ気持である。第二機関銃中隊から四名。その中に自分の名があるではないか。この一日応召した日、四日もとよと藍生が面会に来たあの雨の日、誰がこの事を予想したであらう。既に蒜山原の廠舎に同じ毛布にくるまって寝た戦友たちは、今夜あたり出港してゐるのであらう。一方は肩を上げて堂々醜の御楯として征途に上りつつあり、我は病のゆえに妻子の下に帰らんとする。正に万感胸中を去来して眠り難いのである

四月二十一日　二、三日まへから午前中も微熱あり。いよいよ明日召集解除と決る。昨夜解除の命令から洩れ輾々反側してゐた例の米子の巡査君、午後追加命令が出て、急に如何にも元気が出る。この追加命令で結局同室の九名全部が帰ることになる。昨日あたりから漸く暖く、陽を浴びてをればよい気持である。

四月二十二日　軍隊手牒の記入のため少しおくれ十一時まへ営門を出る。陽光さんさんとしてうららかである。観光ホテルの傍を通り、一月にもならぬ応召の日の朝のことが遠いことのやうに思はれる。二・五九津山行に乗車。一命を覚悟して誌しはじめたこの従軍日誌が、二十二日附で正に蛇尾となり了り。車中に筆を擱く。明朝はすでに横浜なり。もとよの顔、藍生の顔。

召やみて帰さるる身にこの朝のこの営庭は目に沁みるなり
この朝を限りと思へば五ヶ條を奉唱する声ことあらたまる
み楯われみ楯たり得ず隊長に申告の声かすかにふるふ
桜咲き麦は伸びたり大いなる戦のさなかめぐしこの国
帰へさるる身にはあれどしかあれど国に報いむ心燃え燃ゆ
アスカヘルこの電文を読む妻の心おもひてしっかりと書く
妻も子もわれかへるとは思ひみじ上夜行列車に我も眠ねむれず
思ひきや召されて二十日汝と吾とわが家の桜ともに見んとは
くりかへし召集解除と記されし軍隊手牒を取出して見る
幼きは幼きままに汝が父が召されし朝に振りし手忘れじ

従軍手帖（一九四三）[*1]

防毒面　千五一三八
帯劒　一四一五四
部隊長　長沢貫一
大隊長　杉岡茂
中隊長　米田悦治　下田仂
小隊長　石田和男

つぎつぎに日の御民らが征きし道厳しきその道いまぞ続かな

三月三十日　宝塚にて

桜咲き軍歌は続き旗つづきいまは惜しまじい征く吾身は
再びはふむ日あらじと宝塚桜並木を見つつ征くなり

四月一日　中部第四七部隊　入隊　第二大隊　第二機関銃隊　四日面会出来る旨平田へ

＊1　陸軍恤兵部により配布された手帖。表紙に星章と「従軍手帖」との表記有り。以下、本体の構成。表見返しに満州国を中心とした地図二頁「本手帖は国民の熱誠なる恤兵寄附金を以て調製し従軍者一同に頒布するものなり／昭和十四年四月／陸軍恤兵部」との記載二頁

昭和十四年（一九三九）時の陸軍大臣・板垣征四郎による書「恤兵　征四郎」の図版二頁

速達出す。

四月二日　第六分隊六番、分隊長吉持伍長。十四時、中隊軍装検査。

　三日　編成完結、十三時、連隊軍装検査、十四時、出陣式。夕食は中隊長以下班内で会食、安来節中隊の感あり。隊内で全員唱和する「海行かば」は又一入《ひとしお》の感銘あり。

軍旗この下にぞ征かむ粛然と全軍の上に喇叭吹き渡る
さまざまの思ひいまは顧みず軍旗の下にひしひしと征く
隊こぞるこの「海行かば」班内にしづかに流る征くまへの夜

＊二日、身上調査あり。傷痍軍人、及び報道特技を以て将来本部付を隊長より考慮さる。

四月四日　来るだらうか。来ないか。来ても昼ごろと思つてゐたもゝよ、藍生、十時まへに面会に来る。一日の朝、観光ホテルの前で振り返りふり返り手をふつてゐた姿をまぶたの底に灼きつけてからまだ三日にしかならないのに、久しく会はぬ思ひがする。心おどるといふより胸迫まる思ひがするのである。ひどい雨で、もゝよの一張羅のコートもすつかり縮んで了つて、日頃なら、それだけで大さわぎするのが、それらしい一言も出さず、煙草をもつと持つて来て上げればよかつたといひ、外の兵隊さんにくらべて、情なくてあなたの体は見られんと笑つてゐる。それを見ながら、面会人でゴッタ返す班内で自分は言葉少くなであつた。もうお父ちやんの顔はしばらく見られんから、よく

「大祭祝日及記念日」二頁
「国旗の知識」一頁
「寒暖計」「度量衡表」一頁
「昭和十四年七曜表」一頁
「昭和十五年七曜表」一頁
「年数一覧」（皇紀二四六四［文化元・１８０４］以降二五九九年［１９３９］まで）二頁
メモ用の白紙一九一頁（内、何らかの書き込みがあるのは一七頁）
「備忘録」一頁（空白）
「住所録」五頁（内、書き込み二頁、住所氏名四件有り）
裏見返しに朝鮮半島から仏領インドシナ北部にかけての地図二頁

見ておくのよ、もゝよはくり返しそれをいひ乍ら顔だけはやはり笑つてゐる。帰るときに、何も心配なことはないか、と聞くと、何も心配なことはありません、と言ふ。もゝよよ、お前のどこに、それだけの健気さを持つてゐたのか。

我は征き汝らは残り大いなる戦のさなかともに戦ふ
汝も吾もつつがなけれと念じつつ言には出さず笑《ゑま》ひてぞ征く
大いなるいくさに生くる妻なれば笑ひ努めて吾を送りけり
七つなる藍生の笑顔営庭を遠ざかりつつなほも手を振る
ねがはくはこの母この子つつがなく明るくつよく暮せと念《おも》ふ

四月五日　六日夕出発と決る。一日中出発準備。

四月六日　十七時、鳥取駅出発。上井《あげい》駅にて三時間車中停止ののち、二十一時五五分、関金《せきがね》駅着。寒く、雨催ひの中を、鞍、馬糧、予備鉄などをかついで駅と舎営地十町近くを四回往復、すつかりアゴを出す。二十六、七の若い兵隊には敵はない。闇夜に右往、左往、やつと宿舎についたのは深夜の午前二時、阿部、川井、水本と共に、白い飯を頂き、炬燵で仮眠する。二時半。

四月七日　五時半起床。六時より厩当番。ぐつすり三時間眠つて、やや元気を恢復した。雨も止み、見はるかす中国山脈は、くつきりと雪を頂いてゐる（午前六時半、馬繋場にて）。
午前七時出発。四里の道を蒜山原《ひるぜんばら》へ向ふ。暫く行軍に馴れぬ身は到々最後の一里でアゴを出し、蒜山に到着するや倒れて了ひ、カンフル注射をうける。軽い暍病《えつびよう》*2である。裸にされて冷水を浴びせられてゐる裡両腕しびれ、空が遠くなり近くなりする。一時間ほどして恢復、昼飯食へず。

暍病に倒れて眺めるゆめうつつ青空過ぎる雲雀あり一つ

四月八日*3　大詔奉戴日。昨夜発熱うつらうつらに沛然たる豪雨をきく。目ざむれば気分やや快く、雨はやがて霙《みぞれ》となり雪となり、地上を白くおほひはじめ夕景まで止まず。午前大詔奉読式。一四・〇〇より兵器検査。終つて射撃予行演習、班内。

美作《みまさか》の蒜山原は桜咲く四月にあれど雪ふりつもる

四月九日　雨止みて寒し。井田のわが家の桜はもう満開のことであらう。午前小隊戦闘教練。午後は班内で射撃予行演習。一八時半から夜間演習。オリオンを見、アンドロメダを見、中学生の頃から見なれた星空を、いま再びのお召にあづかつて見るのである。依蘭《いらん》の夜、もゝよと逢つた松江の埋立の夜。

妻子おき召され来し身は太古《いにしへ》の星を祈りしこともしぬばゆ

四月十日　暖し。午前午後戦闘教練。午後二番銃手になり二人搬送中またアゴを出す。

---

*2　日射病。

*3　日付の横に「もゝ代にハガキ書く」と有り。

四月十一日　午前駄載卸下《ださいしやが》＊4。寒気し、熱発気味にして午後就寝する。我ながら情けない身体であると思ふ。神戸と宝塚へハガキを書く。

四月十二日　午前防毒面と手榴弾学科、射撃予行演習。一四・〇〇より第一回接種、就寝。

四月十三日　接種のため一日就寝。夕方急に出動命令下りたる模様にて廠舎《しようしや》内慌し。夕方体の悪い者、医ム室で診断。衛生兵の話では残留となる模様である。昨夜出発前日に召集解除となつて戦友を送つた夢を見たのが、何か気味わるいくらゐに鮮かに思ひ出される。点呼前、明朝出動と決り、サワと班内に緊張味が流れ、準備に忙殺されるみんなの顔の今更のやうに決意にみちて来るのがわかる。今度はどうも生きてかへられぬやうな気がする、とみんなが言ふのである。言葉づらだけでなく、生還期せずといふ気持がのしかゝつて来る。軍装、返納準備でゴッタ返して就寝は一時すぎ、明朝四時起床と達せらる。

四月一四日《ママ》　起床と同時に、中村、中川と三人残留を命ぜらる。申告を終り、六時トラツクで倉吉へ向ふ。途中一大隊を追越し、何となく、済まぬやうな、拝みたいやうな気がする。九・〇〇倉吉着。鳥取からの交換兵を待ち乍ら、打吹《うつぶき》公園で休憩する。もう桜はハラハラと散りかゝり、ねころんでをれば、たのしい気がしてくるほど暖い、蒜山の雪のふる寒さがウソみたいである。（九・三〇記）

出動の我が部隊縫ひ患者われトラックで追ひ越す胸迫りつつ
銃担《にな》ひ眦《まなじり》上げていまぞ征く戦友たちのこの顔忘れじ

＊4　馬に載せた積荷をおろす。

健やかに征けよ死ぬなと戦友に言ひて訣れしこの朝霧はも
残留と決りて交換兵を待つ倉石〔ママ〕の町に桜散るなり
残留の身とは知らずて倉石〔ママ〕の町びとら我に茶を飲めといふ

飯盒の飯を十時過ぎに食つてしまひ、よく陽の当る公園の中で、ねころんでゐる裡、十二時すぎ交換兵到着。軍衣袴《ぐんいこ》と編上靴を除いて、シャツに至るまで官給品をすつかり交換してしまふのである。自分と交換したのは木下といふまだ二十五、六の若い兵隊であつたが、少しの雑《まじ》りけも衒ひもなく、南方へ出動できるといふことに、ハリ切つて興奮してゐた。こちらまで何か爽かな気持になるほどキビキビしてゐて、これなら自分の交換には勿体ない、さぞ分隊長や小隊長が喜ぶだらうとフト思つた。交換が終つて別命あるまでまた休憩、今夜は倉吉で一泊するといふので、みな大喜びであつたが、五時になり六時になつても命令はなく、そろそろ暗くなつた七時になつて、急に今夜おそく鳥取へ帰ることになり、駅前の食堂で親子丼とうどん二杯を食ひ、ビールを一寸のみ、近来にない満腹感をおぼえたが、何しろ寒いので閉口する。二一時八分鳥取へ向け出発、二三時鳥取着。列車の中で松江高校出身の東大生に会ひ、少し話をする。お互ひに名も知らずに別れて来たが、なつかしかつた。

四月一五〔ママ〕日　師団長の巡視あるため、一時間早く起床。このところ睡眠不足でぼんやりしてゐる。午後隊長殿が心配して下さつて診断の手続きを取つて下さる。その結果入室と決る。体温七。二、脈拍八四。くたくたに疲れてゐる筈なのに、気が昂ぶつて眠れず、気の故か胸が苦しく何度も起き上る。この休養室には兵隊が自分ともで三名しかゐない。あとの二人は一週間ほど前から入室してゐるらしく、消燈後おもしろい話をしてゐる。一人は応召前米子の巡査らしく、ひとりは大阪の鉄商人である。鉄商人は補充兵の二等兵、も一方はやはり補充兵一等兵、鉄商人の先生は応召前芸者をふたり落籍して囲つてゐたが、その中のひとりには子供まであつて、召集令状が来たときにも一番そのことに煩悶したが、未練やら何やらでどうにも別れる決心がつかず、女の方も、もし食へなくなれば二度の左褄《ひだりづま》*5を取つても子供は育て上げると言ふし、二人の妾のうちでは、昨年の九月に落籍した方が年も若いし、はるかに綺麗でもあるし、とやかくずるずるの中に、昨年十二月入隊。ところが面会日に本妻と妾二人が同時に鉢合せして大騒動を起し、これが中隊の准尉から隊長の耳には入つて、何とか処置しろとひどく叱られたといふ話。それをどう処置したかは言はなんだが、多分どうも処置できないらしい。その落籍代がひとりは五千円、ひとりは四千円と聞いて、巡査の方がすつかりタマげてしまひ、手当一切を入れて八十円ほどの月給暮しをボソボソ始め出した。鉄ヤさんが大閤の話を平気で巡査の前ですれば、巡査の方がホウホウと一々おどろき、百五〇円でコードバン*6の靴を作ったときいて、月に九〇銭の靴代ではどうにもならず、一足の靴をゴムを打ち、半張*7を打ち、十数回修繕してどうにか穿いてゐる話をする。鉄ヤさんは大阪人だけあつて適当に誇張と修飾を交へて話すのを純朴な田舎巡査が一々真にうけるあたり、一寸した戯曲である。賄賂のことから、巡査が声をひくめて、経済違反者が座蒲団の下に金をおいて

*5 芸者になる。

*6 馬の尻から採れる希少な革。

*7 靴底のかかと以外の半分を張り直して修理。

帰つた話をしはじめた。金は五円か十円か、よく聞えなかつたが、女房が病気か何かで、背に腹はかへられず、それを一端土間に落して、落ちた金を拾つたことにして使つたが、拾つたことにしてみても、やはりそこは人情で、その男を大目に見るやうになり、やはりどうも弱かつたと述懐するのを、何といつても人間が人間を裁くのですからな、それくらゐのことあたりまへですわ、と鉄やさんがなぐさめてゐる。それから借金の話をしはじめ、借金をするには家でも服装でも立派にしてゐなければ大阪では信用しまへん、といふ哲学を述べてゐたが、それを聞きながら、いつからうとうとと眠つてしまつた。

＊本日藍生の誕生日なり、心から多幸を祈る。

四月十六日　一日中うとうとしてゐる。眠るつもりでもないのに、目を閉ぢてゐると何時の間にやら眠つてしまつてゐる。自分ではどこも悪いとは思はず、こんど応召してから、蒜山原で残留と決つたときも、今度入室と決つたときも、診断を受けたのは、二回ともそれぞれ隊長のご配慮によるものであつたが、しかしから昼中から、うとうとと眠るところを見ると、丁度佳木斯《〔チャムス〕》の病院に入院した時と同じやうにも思はれ、やはりいくらか体が弱つてゐるのかも知れぬ。ここの室の窓から見る空は美しい。便所の行きかへり風はつめたく、四月の半ばとも思はれぬが、争へぬもので、空だけはどことなくなごやかにかがやいてゐて淡いこころの味さへにじんでゐる。佳木斯での旧作、白衣きて素足つめたき廊下哉、を思ひ出した。もゝ代、藍生からはこんな具合でまだ手紙を受取つてゐないが、どうぞ元気で暮してゐてくれればよいと思ふ。夕方六名入室患者あり、急に賑かになる。

四月十七日　相変らず寒い。この分では鳥取は五月にならないと暖くならないかも知れない。二つ三つ向ふの寝台にねてゐる補充兵が、隊から持つて来てくれた飯盒の飯を一粒も余さぬやうに丁寧に食つてゐる。最後の一粒を苦心してたべて了ふと、物入れからチリ紙を一枚取り出して、中盒《なかごう》の汁を丹念に啜つてから、それを拭きはじめた。それを全く大切なもののやうにきれいに拭いてしまふと、今度は飯盒を別のチリ紙でまた拭きはじめるのである。何でもないことのやうであるが、自分は珍らしい、そして美しいものを見たと思つた。自分などは隊から戦友が三度三度飯を運んでくれても、あまり食欲がないので、残飯にしてよごれたまゝを持つてかへつてもらふのである。戦友はそれを三度三度つめたい水で洗つてくれてゐるのである。このもう三十すぎた二等兵の補充兵は、その手間を気毒がつて、かうして自分できれいに拭き清めるのであらう。勿論、水でジヤアジヤアと洗つた方がどれだけ清潔か知れないが、この兵隊の気持に、自分はしかし爽かなものを見たのである。

病める身に自ら飯盒拭ききよめ食事を終るこの兵つつまし
日だまりに掌しばしみつめゐきこの身病むとは思へぬままに

四月十八日　となりに寝てゐた宇山二等兵に召集解除の命令が出る。例の大阪の鉄ヤさんである。十二月には入つた補充兵で、第二キ関銃中隊では解除は一人なので、朝食を持つて来た同年兵が何ともいへぬ顔をしてゐる。自分ら召集兵にも近く解除のうはさがしきりである。自分らの係りの医官が東大十二年卒であることがわかり、いつも自分について廻る一つの運といふものを、恐しいほどに感じる。その時の話で、或は自分は入院するかも知れない由。午後は面会人のゴッタ返す中に防空演習があり、患者も避難させられる。他人に来てゐる面会は、むしろほゝえましい。もゝ代と神戸へハガキを出し、安心させる。久しぶりで堪能するほど煙草を喫ふ。

四月十九日　夜来からの雨、一日降りやまず、けふは代休で外出日らしいが、この雨では気毒である。朝、第三回検痰。

四月二十日　夕刻召集解除の内命が出たと衛生兵が知らせてくれる。夢の如く、信じられぬ気持である。第二キ関銃中隊から四名、その中に自分の名があるではないか。この一日応召した日、四日もゝよと藍生が面会に来たあの雨の日、誰がこの事を予想したであらう。既に蒜山原の廠舎に同じ毛布にくるまつて寝た戦友たちは、今夜あたり出港してゐるのであらう。一方は眉を上げて堂々醜《しこ》の御楯《みたて》として征途に上りつつあり、我は病のゆえに妻子の下に帰らんとする。正に万感胸中を去来して眠り難いのである。

四月二十一日　二、三日まへから午前中も微熱あり。いよいよ明日召集解除と決る。昨夜解除の命令から洩れ輾々反側《てんてんはんそく》してゐた例の米子の巡査君、午後追加命令が出て、急に声にも元気が出る。この追加命令で結局同室の九名全部が帰ることになる。昨日あたりから漸く暖く、陽を浴びてをればよい気持である。

四月二十二日　軍隊手牒の記入のため少しおくれ十一時まへ営門を出る。陽光さんさんとしてうららかである。観光ホテルの傍を通り、一月にもならぬ応召の日の朝のことが遠いことのやうに思はれる。一一・五九津山行に乗車、一命を覚悟して誌しはじめたこの従軍日誌が、二十二日間で正に蛇尾となり了り、車中に筆を擱《お》く。明朝はすでに横浜なり、もゝよの顔、藍生の顔。

召やみて帰さるる身にこの朝のこの営庭は目に沁みるなり
この朝を限りと思へば五ヶ條を奉唱する声ことあらたまる
み楯われみ楯たり得ず隊長に申告の声かすかにふるふ
桜咲き麦は伸びたり大いなる戦のさなかめぐしこの国
帰へさるる身にはあれどしかあれど国に報いむ心燃え燃ゆ
アスカヘルこの電文を読む妻の心おもひてしつかりと書く
妻も子もわれかへるとは思ひみじ夜行列車に我もねむれず
思ひきや召されて二十日汝と吾とわが家の桜ともに見んとは
くりかへし召集解除と記されし軍隊手牒を取出して見る
幼きは幼きままに汝が父が召されし朝に振りし手忘れじ

〔後略〕*8

＊8　以下の頁の詳細。
空白一六五頁
破った跡八頁（内、一頁に「神22・21／横9・32」との書き込み有り）

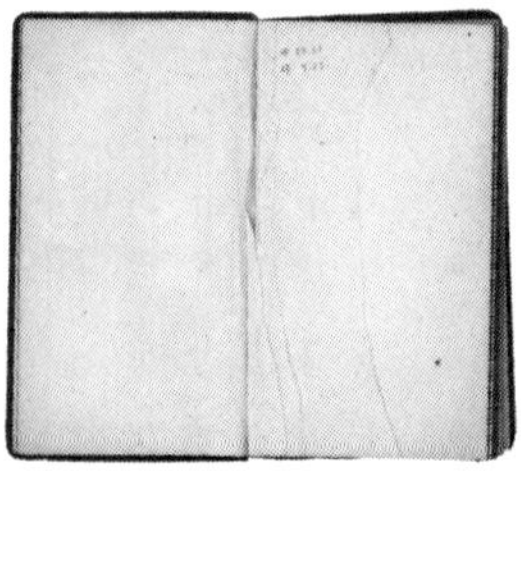

空白二頁

手帖（一九四四年）

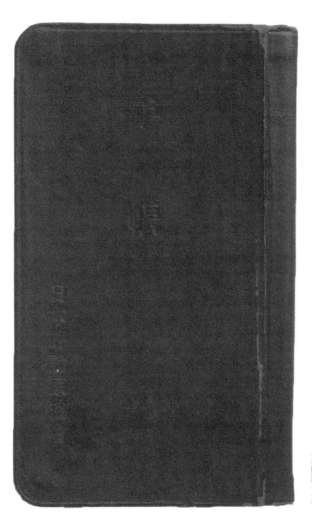

（外観原寸大）

縞木綿ねれし着たる襟に仕立けり
母形見藍なつかしく足袋に縫ふ
どの道もどの木も光り國の春
初常会地図をひろげて設けけり
地図ひろげ初常会を設けたり
薄墨に富士を残して冬枯るる
爆破四時導火線雪の上を匍ふ
兵伏せり導火線雪の上を匍ふ
繃帯の白きが沁みていくさ春
松花江は凍りて戦車小さく来る
ねんごろに病衣も洗ひ春を待つ
初常会ひろげし地図に座を占めぬ
真夜中の駅に軍歌や牡丹雪
雛飼ひし妻をほめつつ春の客
雛飼へる幸きいひけり春の膳
村暮し事新しう春の膳
村暮《ずまひ》し宵寝に馴れて晦日かな
村ぐらし宵寝になれて初の雪
村暮し雪となりつつ宵寝する
村暮し宵寝に馴れて雪となる
村ぐらしかたじけなさよ春の膳
元朝や手縫ひの足袋もありがたく
たんねんに妻は初着つくろへる
おごそかに富士燃えに燃ゆ國の春
紅に富士まづ燃えて大き朝
頂に雪しまく見ゆ紅の富士
元朝や富士くれないに勢ひ立つ
くれないに富士もゆる見よ國の春
紅に富士燃ゆる見よ國いくさ春
村揃ひ恙もなくて春の膳
何よりもみなすくやかに春の膳
空は燃えいま富士は燃え年明くる

切り貼りも了へて冬日に爪を剪る
村に住み寝るほかはなき大晦日
手作りの野菜もまじる雑煮かな
筆紙に戦地のひとの名も書きぬ
出征の兄にも据える雑煮かな
ねんごろに白衣をたたむ年の夜
消燈の喇叭正しく年暮るる
行年や消燈喇叭乱れずに
かはりなき消燈喇叭や大晦日
かはりなく消燈喇叭や今年逝く
紅に富士先づ燃えて年明くる
消燈の喇叭正しく今年逝く
おごそかに富士まづ燃えていくさ春
村ずまひ賀の禮もなく宵寝かな
村すまい禮着もなくて宵寝かな
垢じみし蒲団乾したり年暮るる
ねんごろにモンペも畳み除夜にゐる
年明くるいま富士は燃ゆ空は燃ゆ
八ぎの凧買ふてやり電車混む
羽子板をつくろふてゐる炬燵かな
兒の春は八ぎの凧上げてをり
清元のラジオしづかに春の昼
空は燃えいま富士燃えて大き朝
空は燃えいま富士は燃え大き朝
みの富士有のあたりに雪しまく
元日や応召の旗に名をしるす
出征の旗に筆とり四方拝
応召の旗に墨する四方拝
元旦や手縫ひの足袋は真さらにて
ありがたや一椀の餅いくさ春
縫ぞめや母の形見の藍裾せず
初日暮れ照空燈は冴え止まず
霜焼けの妻をいとしむ炬燵かな
元日は暮れ照空燈冴え止まず
元朝や馳足勢ふ声のして
切り貼りに初明りして寝正月
応召の礼者もありてはや暮るる
凍雀子は拾ひ来て焼けといふ
出征の襷も見ゆる初詣
切り貼りもありて寝温泉宿しづか
映写会果てし頃より春の雨
桃畑梨花をまじへて朧月
道訊けば強き訛りや桃畑
おぼろ夜や旅の女を追ひ越しぬ
梨花桃花ほめて会話へ急ぎけり
泣かされて村の子帰る桃畑
桃の花梨の花道ひとすぢに
おぼろ夜や旅の女の道をきく
梨花桃花ラジオは戦果を伝へつつ
おぼろ夜や風見の雞は寝もやらず
窓外に花あり遠山に雪のこり
梨花桃花この辺りに散らば散れ
時計舗の時計の音や朧月
古き町古き屋並に朧月
夢もなくさめし宿場の青葉かな
おぼろ夜や風呂の戯も人寡る
おぼろ夜や隣家は早く戸を閉てり
おぼろ夜やしまひ忘れし古手紙
ひとりゐて腹立たしきをおぼろ月
吸殻の汚なく散りて春の月

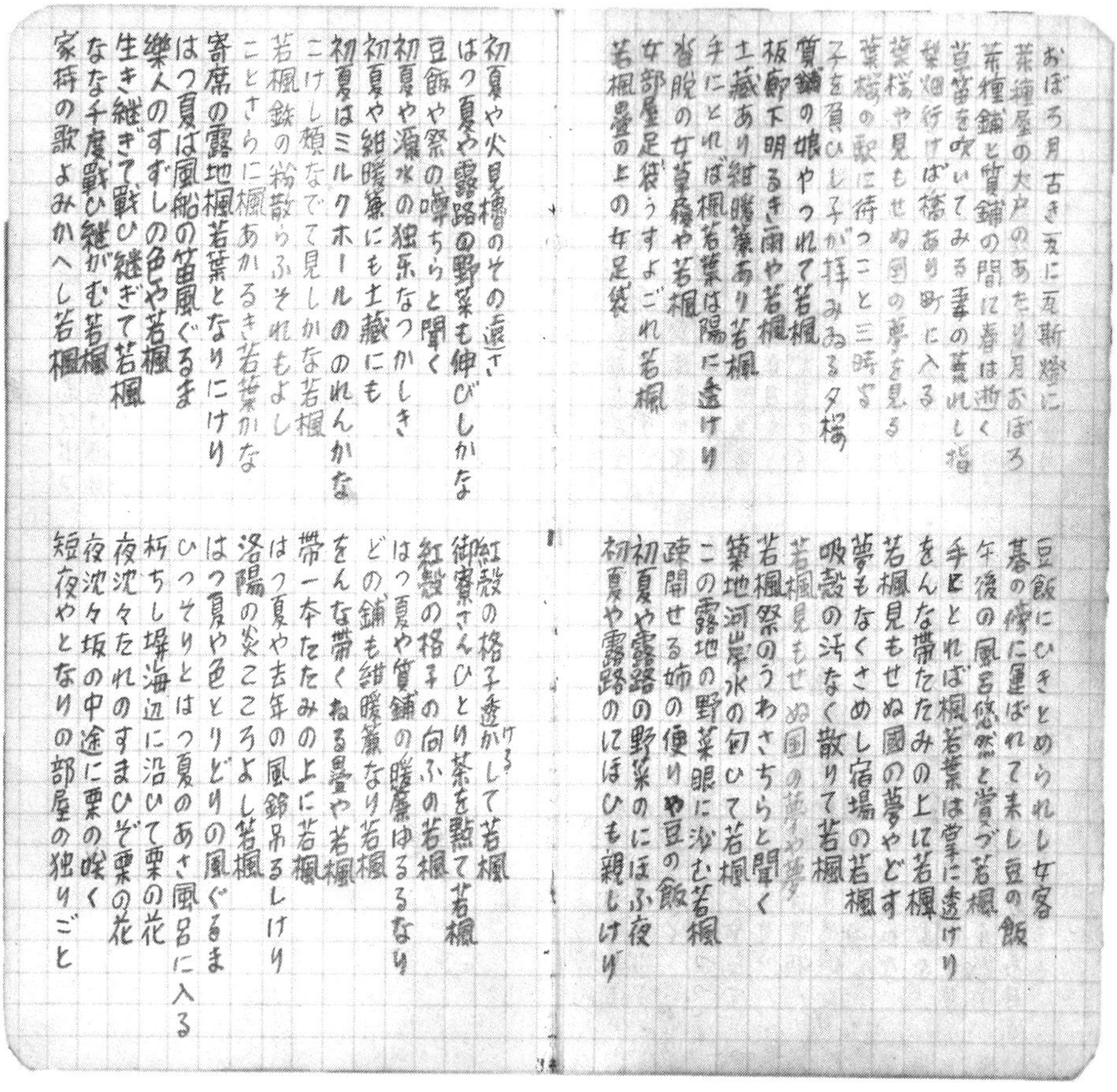
おぼろ月古き友に瓦斯燈に
茶種屋の大戸のあたり月おぼろ
茶種鋪と質鋪の間に春は逝く
草笛を吹いてみる事の蕉れし指
桑畑行けば標あり町に入る
葉桜や見もせぬ國の夢を見る
葉桜の歌に待つこと三時ざ
子を負ひし子が拝みゐる夕桜
質鋪の娘やつれて若楓
板廊下明るき雨や若楓
土蔵あり紺暖簾あり若楓
手にとれば楓若葉は陽に透けり
沓脱の女草履や若楓
女部屋足袋うすよごれ若楓
若楓畳の上の女足袋

豆飯にひきとめられし女客
碁の傍に運ばれて来し豆の飯
午後の風呂悠然と賞づ若楓
手にとれば楓若葉は掌に透けり
をんな帯たたみの上に若楓
若楓見もせぬ國の夢やどす
夢もなくさめし宿場の若楓
吸殻の汚なく散りて若楓
若楓見もせぬ國の夢や夢
若楓祭のうわさちらと聞く
築地河岸水の匂ひて若楓
この露地の野菜眼に沁む若楓
疎開せる姉の便りや豆の飯
初夏や露路の野菜のにほふ夜
初夏や露路のにほひも親しけり

初夏や火見櫓のその遠さ
はつ夏や露路の野菜も伸びしかな
豆飯や祭の噂ちらと聞く
初夏や源水の独楽なつかしき
初夏や紺暖簾にも土蔵にも
初夏はミルクホールののれんかな
こけし顔なでて見しかな若楓
若楓鋏の粉散らふそれもよし
ことさらに楓あかるき若葉かな
寄席の露地楓若葉となりにけり
はつ夏は風船の笛風ぐるま
樂人のすずしの色や若楓
生き継ぎて戦ひ継ぎて若楓
なな千度戦ひ継がむ若楓
家持の歌よみかへし若楓

紅殻の格子透か《ける》して若楓
御寮さんひとり茶を點て若楓
紅殻の格子の向ふの若楓
はつ夏や質鋪の暖簾ゆるるなり
どの鋪も紺暖簾なり若楓
をんな帯くねる畳や若楓
帯一本たたみの上に若楓
はつ夏や去年の風鈴吊るしけり
洛陽の炎こころよし若楓
はつ夏や色とりどりの風ぐるま
ひっそりとはつ夏のあさ風呂に入る
朽ちし堤海辺に沿ひて栗の花
夜沈々たれのすまひぞ栗の花
夜沈々坂の中途に栗の咲く
短夜やとなりの部屋の独りごと

みじか夜やふと遠きひと思ひ出づ
みじか夜や夜勤のあかり點け殘り

11.45 東一広 1.00 朝酒 8.60
2.20 急行券 10.00 宿 11.40
10.00 飯 21.00
13.65
54.65

○職場の女は親切に

○自由印度仮政府

○日露戦争当時軍人の家庭

○女中を使ひ勤労奉仕、働くことはた楽

○アメリカの女でさへ働くといはれなければ

○靴のこと、ズボンのこと

＊心の中の陰路を去れ

私達は何のために生れたのでせうか
われらは特別の人にあらざるなり
われらは臣民の一人なり 臣民の一人先づ動かずして
何ぞ一億の臣民動かんや
これ宣伝者の信念なり
信ずることはその道に努力することなり
必勝の信念とは必勝への努力なり
無きを果なりとし、本能のみに動くとするは
外道の宣伝なり
万人が
勤皇護国の烈士となす
これ日本宣伝道なり

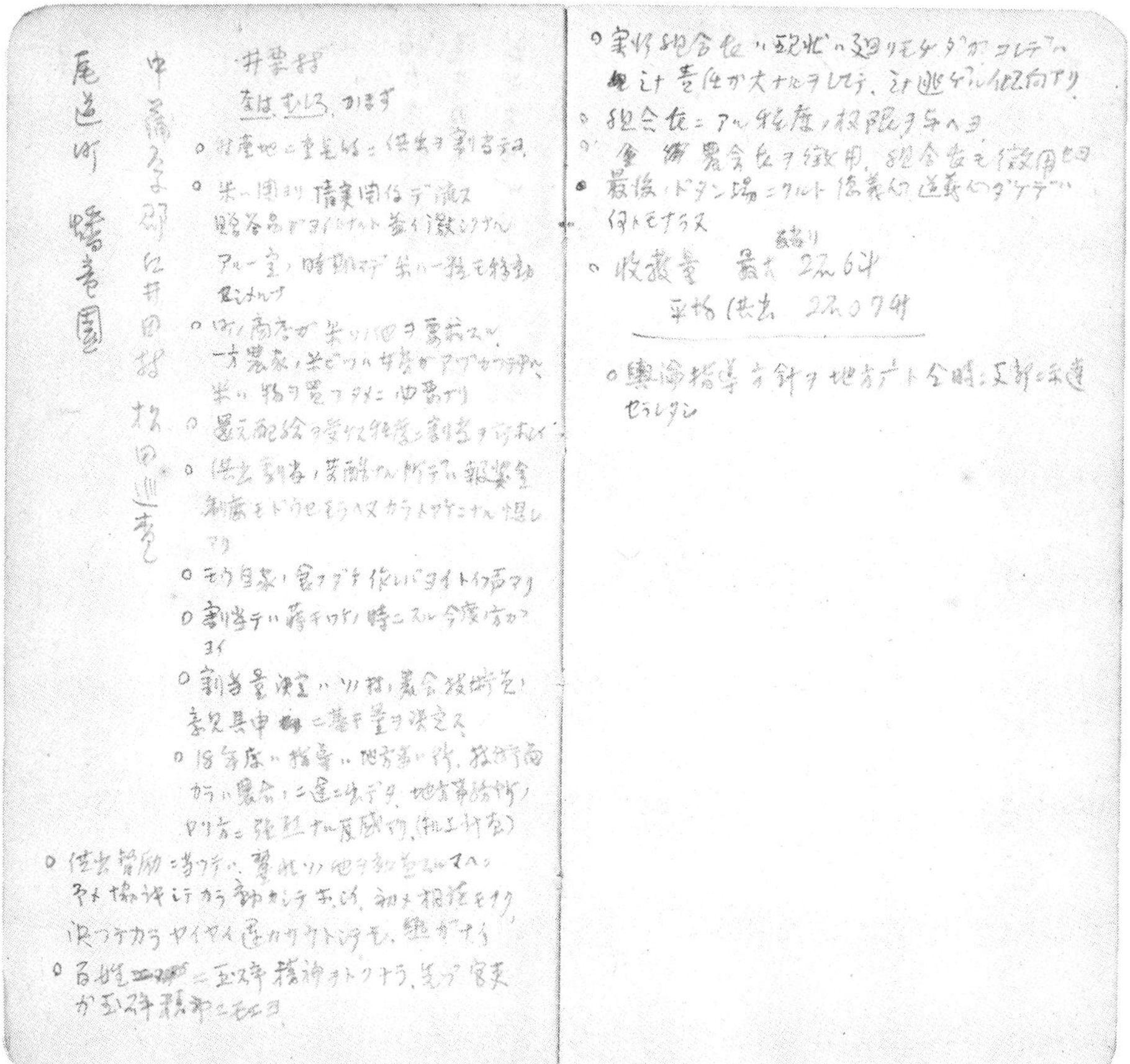

手帖（一九四四年）*1

〔冒頭空白二頁〕

縞木綿《しまもめん》ねれし《たる》を足袋に仕立けり
母形見藍なつかしく《ほあせず》足袋に縫ふ
どの道もどの木も光り国の春
初常会地図をひろげて設けけり
地図ひろげ初常会を設けたり
薄墨に富士を残して冬枯るる
爆破四時導火線雪の上を匍ふ
兵伏せり導火線雪の上を匍ふ
繃帯の白きが沁みていくさ春
松花江《スンガリ》は凍りて馬車《マアチョ》小さく来る
ねんごろに病《白》衣も洗ひ春を待つ
初常会ひろげし地図に座を占めぬ
真夜中の駅に軍歌や牡丹雪
鶏飼ひし妻をほめつつ春の客

---

*1　日本評論家協会より配布された手帖。
茶皮のカバー表に「手帳　日本評論家協会」との表記有り。
見返しに
「銀　4356
　　　4377
防諜
銀　6512」
との書き込み有り。
以下、本体の構成。
冒頭部計五四頁
目次
1　趣意書
2　当面の任務
3　規約
4　委員
5　常任委員
6　幹事
7　会計監督
8　顧問
9　会員住所録
10　官庁一覧表
11　主要団体一覧表
12　主要雑誌、通信新聞社一覧表
13　新聞記者倶楽部

鶏飼へる幸を《も》いひけり春の膳
村暮し事新しう春の膳
村暮し《ずまひ》宵寝に馴れて晦日かな
村ぐらし宵寝になれて初の雪
村暮し雪となりつつ宵寝する
村暮し宵寝に馴れて雪となる
村ぐらしかたじけなさよ春の膳
元朝《〔がんちょう〕》や手縫ひの足袋もありがたく
たんねんに妻は初着つくろへる
おごそかに富士燃えに燃ゆ国の春
紅に富士まづ燃えて大き朝
頂に雪しまく見ゆ紅の富士
元朝や富士くれないに勢ひ立つ
くれないに富士もゆる見よ国の春
紅に富士燃ゆる見よいくさ春
打揃ひ恙《〔つつが〕》もなくて春の膳
何よりもみなすくやかに春の膳
空は燃えいま富士は燃え年明くる
切り貼も了へて冬日に瓜を剪《〔き〕》る
村に住み寝るほかはなき大晦日
手作りの野菜もまじ《香へる》る雑煮かな

14　主なる集会所
15　社交団体その他
16　大日本帝国憲法
17　国家総動員法
18　著作権ニ関スル仲介業務ニ関スル法律
19　軍機保護法
20　治安警察法
21　治安維持法
22　内国通常郵便物料金
23　市内郵便料／速達郵便取扱料
24　特殊郵便取扱料
25　内国小包郵便料及振替貯金
26　航空郵便及写真電報
27　外国郵便料、日満電報料
28　住所録（十頁。空白）
縦横罫線入ページ三二頁（内、書き込み六頁）
白紙ページ七八頁（内、書き込み四頁）

箸紙に戦地のひとの名も書きぬ
出征の兄にも据える雑煮かな
ねんごろに白衣をたたむ年の夜
消燈の喇叭正しく年暮るる
行年や消燈喇叭乱れずに
かはりなき消燈喇叭や大晦日
かはりなく消燈喇叭や今年逝く
紅に富士先づ燃えて年明くる
消燈の喇叭正しく今年逝く
おごそかに富士まづ燃えていくさ春
村ずまひ賀の礼もなく宵寝かな
村ずまひ礼者もなくて宵寝かな
垢じみし蒲団乾したり年暮るる
ねんごろにモンペも畳み除夜にゐる
年明くるいま富士は燃ゆ空は燃ゆ
八銭の凧買ふてやり電車混む
羽子板をつくろふてゐる炬燵かな
児の春は八銭の凧上げてをり
清元のラジオしづかに春の昼
空は燃えいま富士燃えて大き朝
空は燃えいま富士は燃え大き朝

紅の富士肩のあたりに雪しまく
元日や応召の旗に名をしるす
出征の旗に筆とり四方拝
応召の旗に墨する四方拝
元旦や手縫ひの足袋は真さらにて
ありがたや一椀の餅いくさ春
縫ぞめや母の形見の《は》藍褪せず
初日暮れ照空燈は冴え止まず
霜焼けの妻をいとしむ炬燵かな
元日は《も》暮れ照空燈冴え止まず
元朝や馳足勢ふ声のして
切り貼に初明りして寝正月
応召の礼者もありてはや暮るる
凍雀子《〔こごえすずめ〕》は拾ひ来て焼けといふ
出征の襷も見ゆる初詣
切り貼りもありて温泉宿しづか
映写会果てし頃より春の雨
桃畑梨花《〔りか〕》をまじへて朧月
道訊けば強き訛りや桃畑
おぼろ夜や旅の女を追ひ越しぬ
梨花桃花ほめて会議へ急ぎけり

泣かされて村の子帰る桃畑
桃の花梨の花道ひとすぢに
おぼろ夜や旅の女の道をきく
梨花桃花ラジオは戦果を伝へつつ
おぼろ夜や風見の鶏は寝もやらず
窓外に花あり遠山に雪のこり
梨花桃花この憤りに散らば散れ
時計鋪の時計の音や朧月
古き町古き屋並に朧月
夢もなくさめし宿場の青葉かな
おぼろ夜や風見の鶏も人恋ふる
おぼろ夜や隣家は早く戸を閉《た》てり
おぼろ夜やしまひ忘れし古手紙
ひとりゐて腹立たしきをおぼろ月
吸殻の汚なく散りて春の月
おぼろ月古き瓦に瓦斯《ガス》燈に
菜種屋の大戸のあたり月おぼろ
菜種鋪と質鋪の間に春は逝く
草笛を吹いてみる妻の荒れし指
梨畑行けば橋あり町に入る
葉桜や見もせぬ国の夢を見る

葉桜の駅に待つこと三時間
子を負ひし子が拝みゐる夕桜
質鋪の娘やつれて若楓
板廊下明るき雨や若楓
土蔵あり紺暖簾あり若楓
手にとれば楓若葉は陽に透けり
沓脱《くつぬぎ》の女草履や若楓
女部屋足袋うすよごれ若楓
若楓畳の上の女足袋
豆飯にひきとめられし女客
碁の傍に運ばれて来し豆の飯
午後の風呂悠然と賞《め》づ若楓
手にとれば楓若葉は掌に透けり
をんな帯たたみの上に若楓
若楓見もせぬ国の夢宿す
夢もなくさめし宿場の若楓
吸殻の汚なく散りて若楓
若楓見もせぬ国の夢や夢
若楓祭のうわさちらと聞く
築地河岸水の匂ひて若楓
この露地の野菜眼に沁む若楓

疎開せる姉の便りや豆の飯
初夏や露路の野菜のにほふ夜
初夏や露路のにほひも親しけり
初夏や火見櫓のその遠さ
はつ夏や露路の野菜も伸びしかな
豆飯や祭の噂ちらと聞く
初夏や源水《げんすい》の独楽《こま》なつかしき
初夏や紺暖簾にも土蔵にも
初夏はミルクホールののれんかな
こけし頬なでて見しかな若楓
若楓鉄の粉散らふそれもよし
ことさらに楓あかるき若葉かな
寄席の露地楓若葉となりにけり
はつ夏は風船の笛風ぐるま
楽人のすずしの色や若楓
生き継ぎて戦ひ継ぎて若楓
なな千度戦ひ継がむ若楓
家持の歌よみかへし若楓
紅殻の格子透かして若楓
御寮さんひとり茶を点て若楓
紅殻の格子の向ふの若楓

はつ夏や質鋪の暖簾ゆるるなり
どの鋪も紺暖簾なり若楓
をんな帯くねる畳や若楓
帯一本たたみの上に若楓
はつ夏や去年の風鈴吊るしけり
洛陽の炎こころよし若楓
はつ夏や色とりどりの風ぐるま
ひつそりとはつ夏のあさ風呂に入る
朽ちし塀海辺に沿ひて栗の花
夜沈々たれのすまひぞ栗の花
夜沈々坂の中途に栗の咲く
短夜やとなりの部屋の独りごと
みじか夜やふと遠きひと思ひ出づ
みじか夜や夜勤のあかり点け残り

〔空白二四頁、および中略〕

○自由印度仮政府
○日露戦争当時軍人ノ写真
○職場の女は親切に

○女中を使ひ勤労奉仕、働く＝はた《他》楽
○アメリカの女でさへ働く、といはれなければ
○鞄のこと、ズボンのこと

＊心の中の隘路《あいろ》を破れ

私たちは何のために生れたのでせうか

われらは特別誂《あつらえ》の人間にあらざるなり
われらは国民の一人なり、国民の一人先づ動かずして何ぞ万の、億の国民動かんや
これ宣伝者の信念なり

信ずることはその道に努力することなり
必勝の信念とは必勝への努力なり

衆を愚なりとし、本能のみに動くとするは外国の宣伝なり
万人が
勤王護国の烈士となす
これ日本宣伝道なり

〔空白七四頁〕

尾道町　蟠竜園

中蒲原郡臼井＝村松田巡査

井栗村

なは、むしろ　かます

○特産地ニ重点的ニ供出ヲ割当テヨ

○米ハ固ヨリ情実関係デ流ス

贈答品ガヨイトナルト益々激シクナル

アル一定ノ時期マデ米ハ一粒モ移動セシメルナ

○町ノ商店ガ米ソノ他ヲ要求スル

一方農家ノ米ビツハ女房ガアヅカツテキル

米ハ物ヲ買フタメニ必要ナリ

○還元配給ヲ受ケヌ程度ニ割当ヲシテホシイ

○供出割当ノ過酷ナル所デハ報奨金制度モドウセモラヘヌカラトヤケニナル惧レアリ

○モウ自家ノ食フダケ作レバヨイトイフ声アリ

○割当テハ蒔キワケノ時ニスル今度ノ方ガヨイ

○割当量決定ハソノ村ノ農会技術員ノ意見具申ニ基キ量ヲ決定ス

○18年度ハ指導ハ地方事ム所、技術面カラハ農会ノ二途ニ出デタ、地方事務所ノヤリ方ニ強烈ナル反感アリ（机上計画）

○供出督励ニ当ツテハ、翼壮[*2]ソノ他ヲ動員スルマヘニ予メ協議シテカラ動カシテホシイ、

＊2　大日本翼賛壮年団＝大政翼賛運動の実践部隊。

初メ相談モナク、決ツテカラヤイヤイ運《うご》カサウトシテモ、熱ガナイ

○百姓ニ玉砕精神ヲトクナラ、先ヅ官吏ガ玉砕精神ニモエヨ

○実情組合長ハ現状ハ廻リモチダガ、コレデハミナ責任ガ大ナルヲ以テ、ミナ逃ゲル傾向アリ

○組合長ニアル程度ノ権限ヲ与ヘヨ

○農会長ヲ徴用、組合長モ徴用セヨ

●最後ノドタン場ニクルト徳義心、道義心ダケデハ何トモナラス

○収穫量　最大　反当り　2石6斗
　　　　平均供出　2石07升

○与論指導方針ヲ地方庁ト同時ニ支部ニ示達セラレタシ

〔後略〕*3

*3　以下、書き込み一頁。次の三件の旅館名記載有り。
「福島県飯坂温泉花水館
福井県芦原温泉べにや
新潟市古町大野屋別館」

手帖（一九四五年）

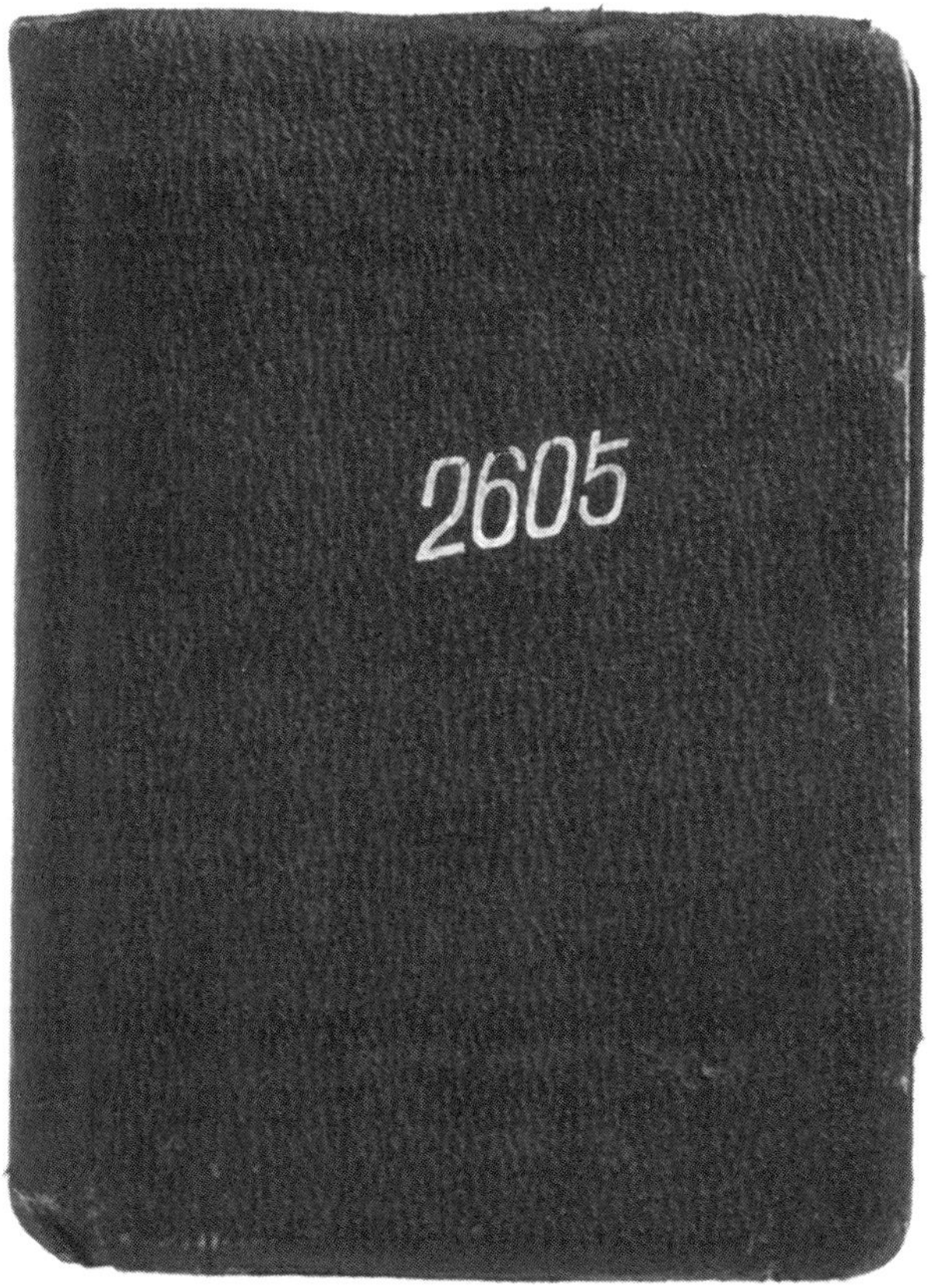

（外観原寸大）

東京都麹町区霞ヶ関 大政翼賛会 花森安治
日記
昭和二十年・皇紀二千六百五年
2605
富士電機製造株式會社

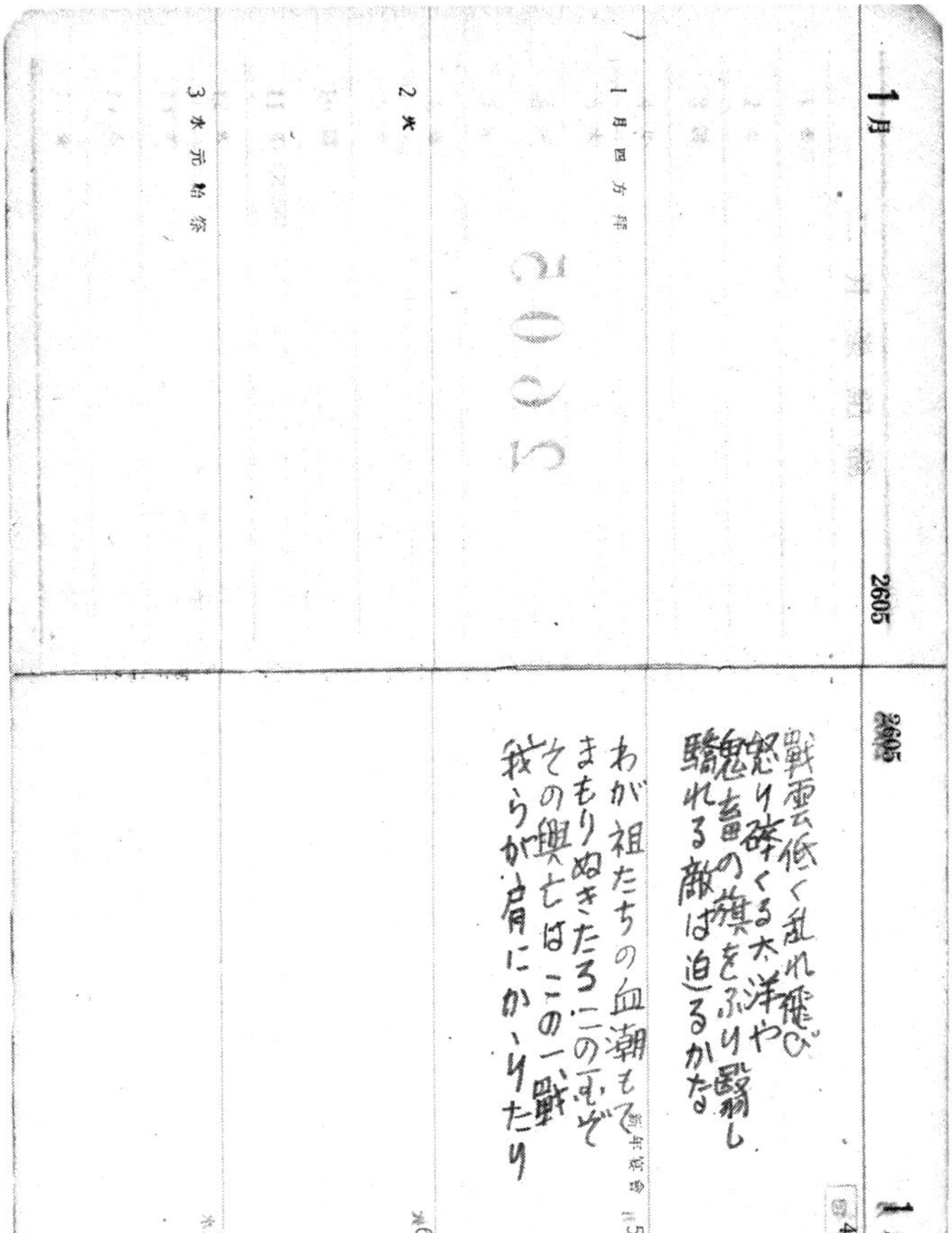
1月
2605
1月 四方拝
2 水
3 木 元始祭
2605
1月
4 木
戦雲低く乱れ飛び
怒り砕くる太洋や
鬼畜の旗をふり翳し
驕れる敵は迫るかな
わが祖たちの血潮もて
まもりぬきたるこの国ぞ
その興亡はこの一戦
我らが肩にかゝりたり
新年宴会 5 金
6 土

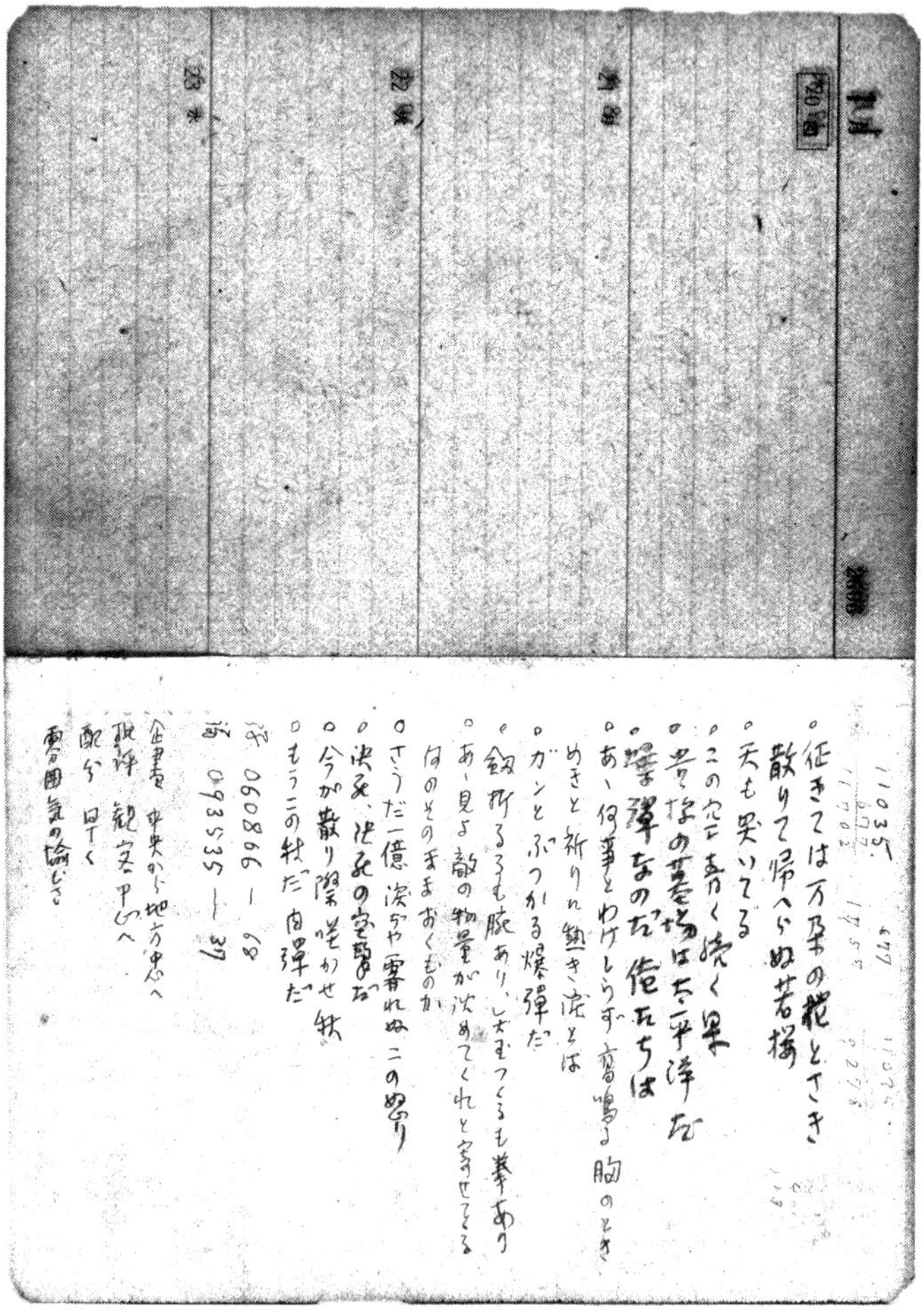
20 木
21 金
22 土
23 日

11035　477　11075
。征きては万朶の花とさき
散りて帰へらぬ若桜
。天も哭いてる
。この空青く焼く果
。貴様の墓場は太平洋だ
。爆弾なのだ俺たちは
。あゝ何事とわけしらず高鳴る胸のとき
めきと祈りれ熱き泪とは
。ガンとぶつかる爆弾だ
。鉤折るるも腕あり、ぶつかるも拳あり
。あゝ見よ敵の物量が沈めてくれと寄せてくる
はのそのままおくものか
。さうだ一億涙がや霽れぬこの怒り
。決死、必死の突撃だ
。今が散り際咲かせ秋
。もう二の秋だ肉弾だ
前　060866－68
后　093535－37
企画　中央から地方中心へ
批評　観客中心へ
配分　日下く
雰囲気の論じさ

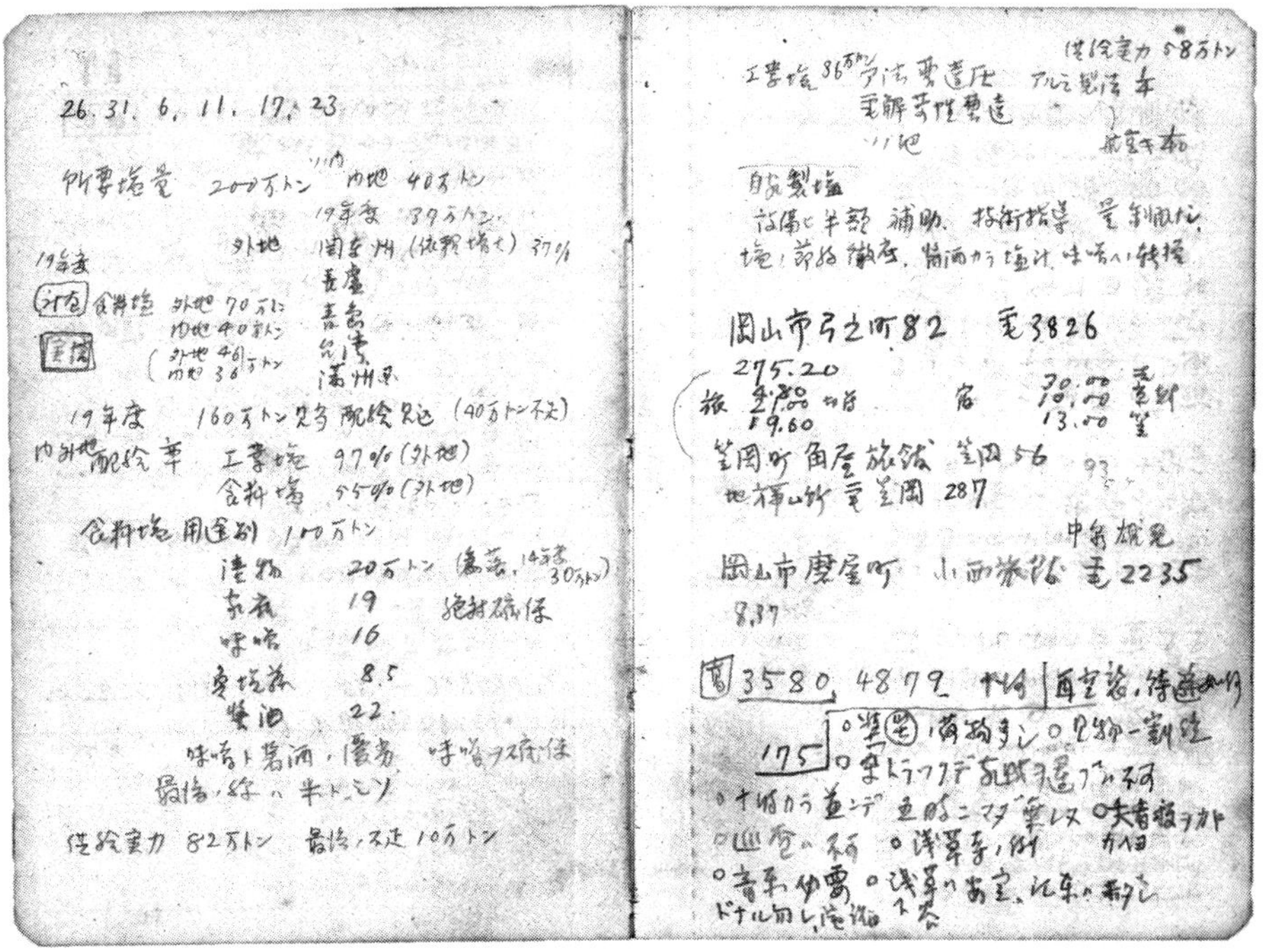

26. 31. 6. 11. 17. 23

所要塩量 200万トン 内地 40万トン

19年度 37万トン

外地 関東州（依頼増大）37%

[illegible]

青島

台湾

満州国

19年度 160万トン见当 配給見込（40万トン不足）

配給率 工業塩 97%（外地）

食料塩 95%（外地）

食料塩用途別 100万トン

漬物 20万トン

[illegible] 19

味噌 16

[illegible] 8.5

醤油 22.

[illegible]

供給実力 82万トン [illegible] 10万トン

供給実力 58万トン

工業塩 86万トン

[illegible]

自家製塩

[illegible]

岡山市弓之町82 電3826

275.20

19.60

70.00

13.00

[illegible]

287

岡山市[illegible]町 小西旅館 電2235

8.37

3580. 4879

175

[illegible]

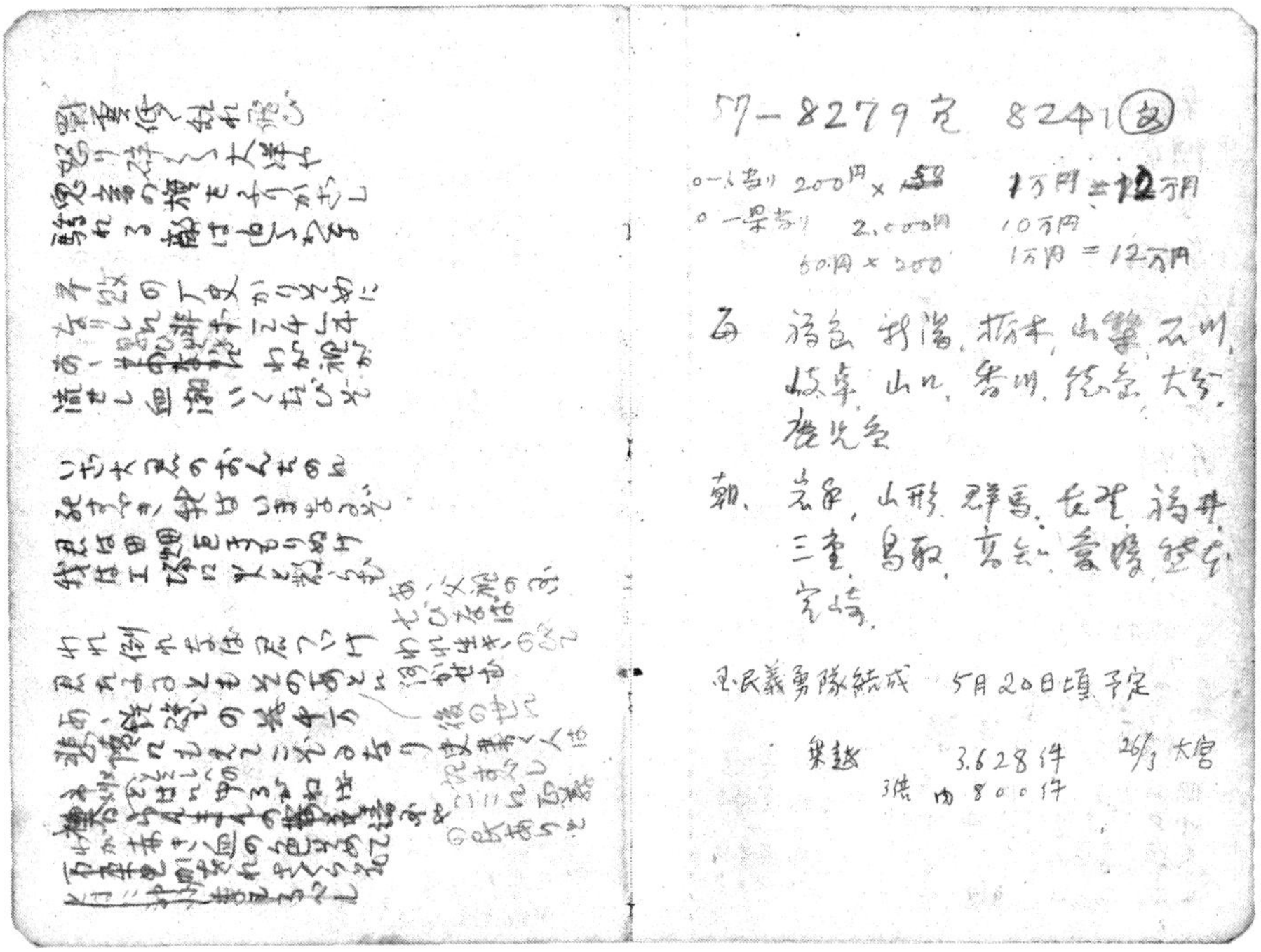

57-8279宅　8241（文）

○一人当り　200円×58　1万円＝12万円
○一県当り　2,000円　10万円
50円×200　1万円＝12万円

西　福島、新潟、栃木、山梨、石川、
岐阜、山口、香川、徳島、大分、
鹿児島

東、岩手、山形、群馬、長野、福井、
三重、鳥取、高知、愛媛、熊本、
宮崎、

国民義勇隊結成　5月20日頃予定

衆議　3.628件　26/3　大宮
3億　内　800件

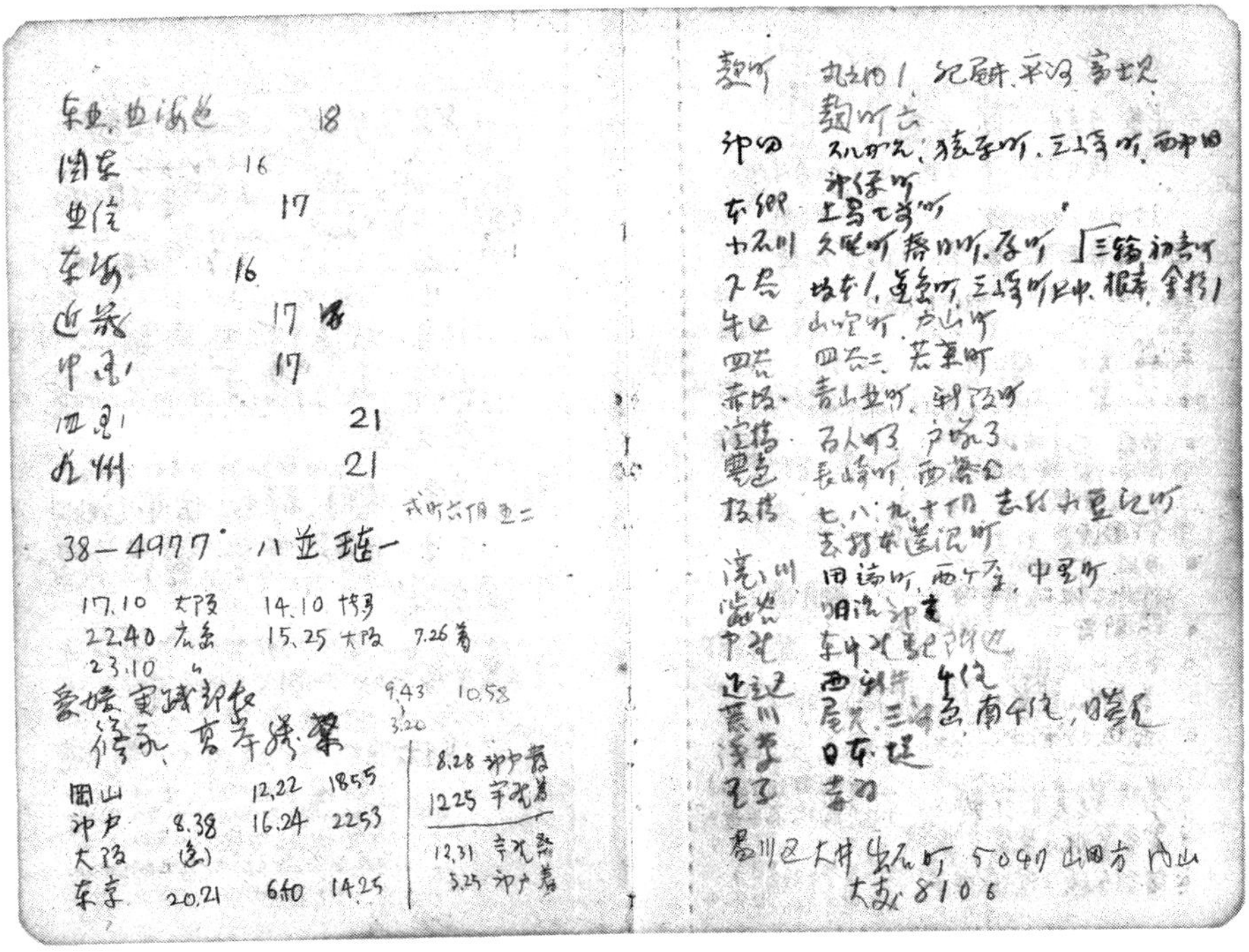

东北、北海道 18
関东 16
北陸 17
东海 16
近畿 17
中国 17
四国 21
九州 21
38—4977 八並
17.10 大阪 14.10 博多
22.40 広島 15.25 大阪 7.26 着
23.10 〃
9.43 10.58
3.20
8.28 神戸着
12.25 宇野着
12.31 宇野発
3.25 神戸着
岡山 12.22 18.55
神戸 8.38 16.24 22.53
大阪 (急)
东京 20.21 6.40 14.25
麹町 丸之内1、紀尾井、平河、富士見
神田
本郷
小石川
牛込
四谷 四谷三、若葉町
赤坂 青山北町
品川区 大井 5047 山田方 内山
大森 8106

宮田5　　4月20日PM
米英 9割　阪 6割
　残り3割ノ中 2割　近7さん日佐リ
　350キ/セメ/88
更ニ　半勤部改　教練　21勇力

400
600
28.50　　　　130外中　300外井
120.00

● 解散 5.13開始
　治衛行P改、警防団
　日政 18P軍
　今下国1軍
● 月給 3
● 陸幹部一　　美術隊
● 市会、N…ヘ＋推運
　義勇隊N…隊志一直志
● 最後マデ敵中

● 声明書、号号印刷
● 翠音翠北、翠号ヲ取締ニ
● 解散系統ニ造版4万

亮 9.50　11.05　745
沖 16.21　17.21

沖 14.56　16.21　2250
束 5.55　6.40　14.25
臾 18.31　22.04　0.04　4.05
東橋 87.34　5.19

茎3 紅3 藍 オリーブ 嚴2

三色甲乙　幸卯美術　美主心偏惰　三地七
大乙四　等　日本美術

5月8日 周戈決定

横浜袋
5.00　　7.14　8.07　9.29
5.18　　7.17　8.14
6.05　　7.22　8.22
6.13　　7.29
6.22　　9.34　8.39
6.37　　7.37　8.39
6.52　　7.44　8.44
6.59　　7.52　8.59
7.07　　8.58　9.07　9.14

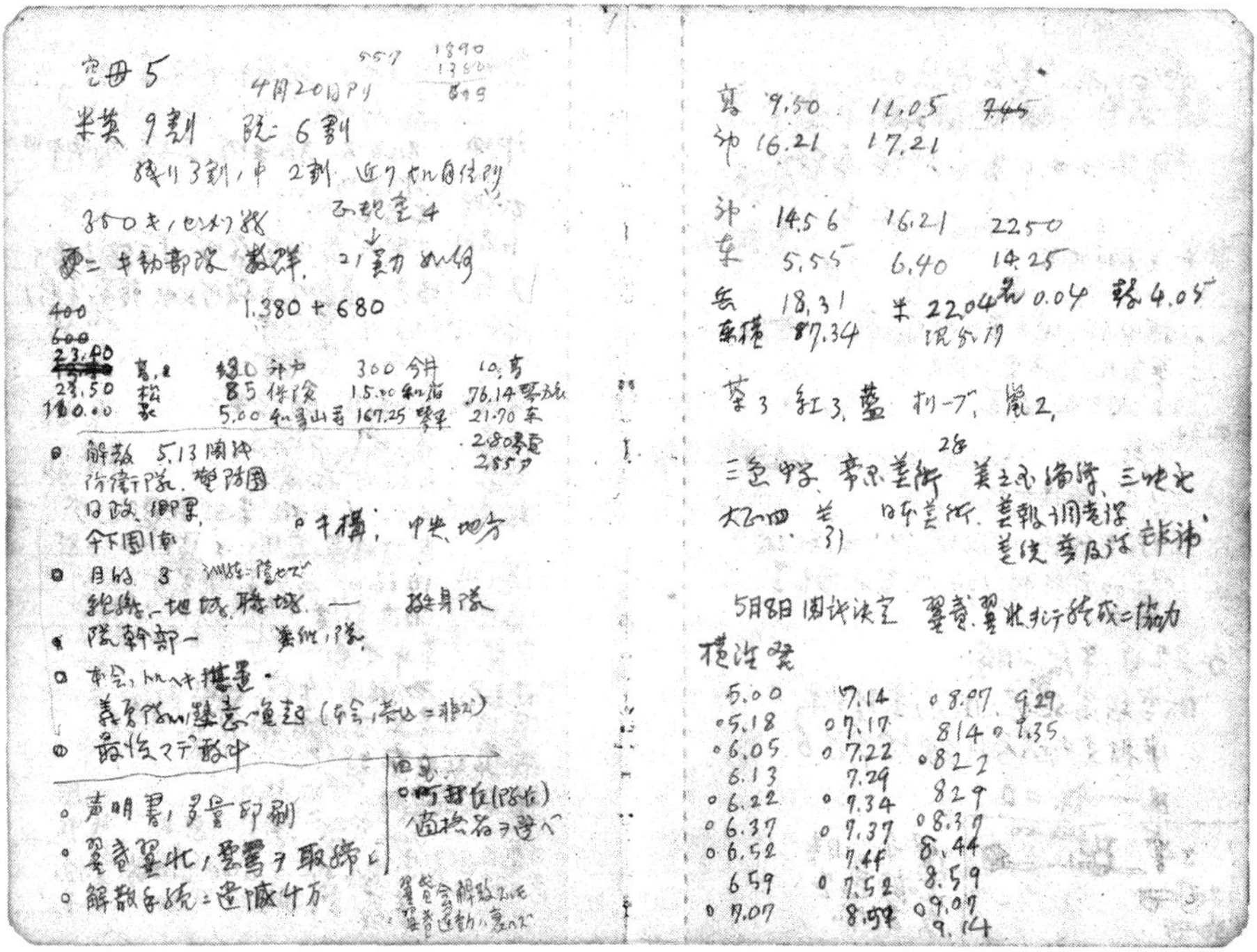

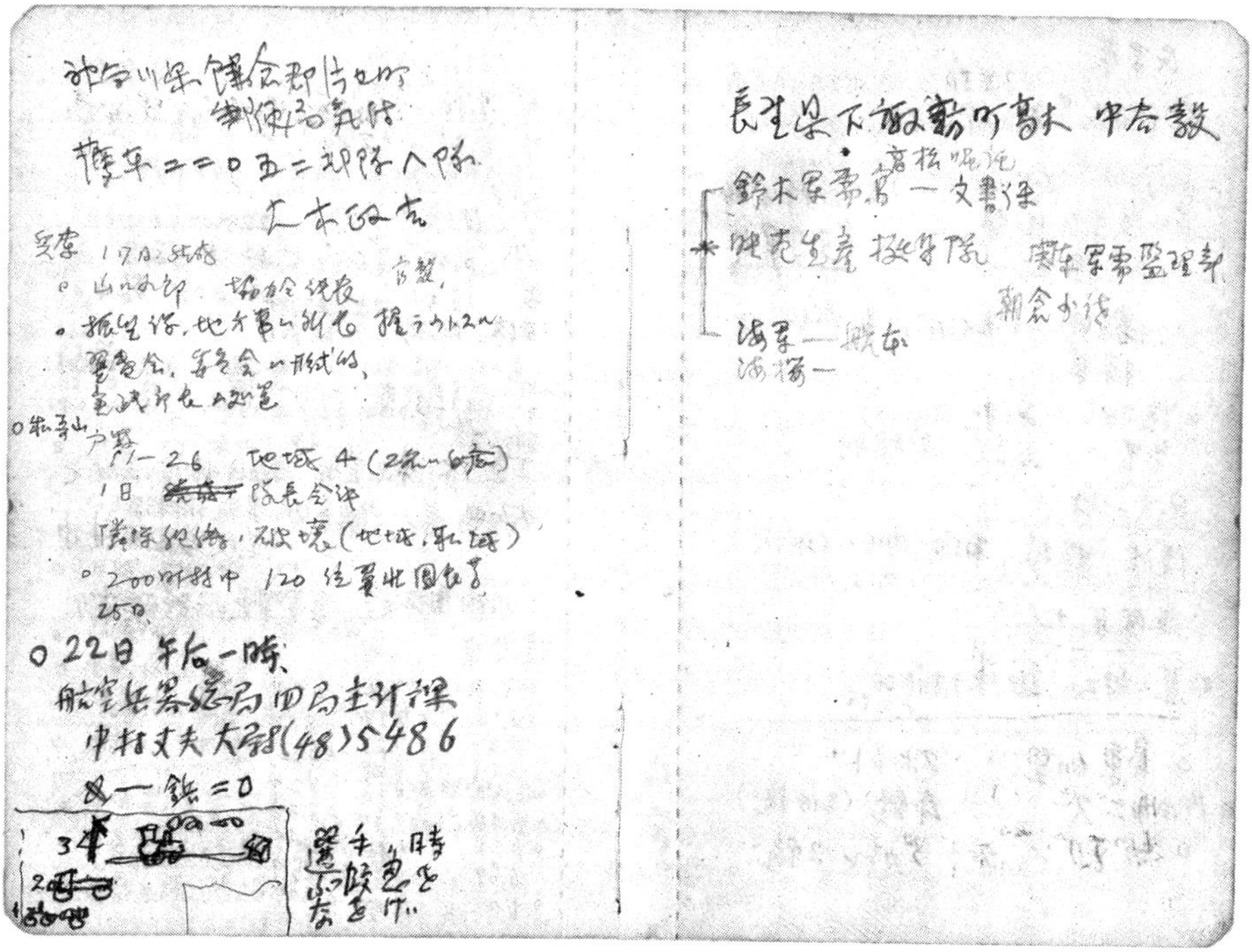

○22日 午后一時
航空兵器総局四局主計課
中村文夫大尉(48)5486

長生郡下飯岡町

民了業
化る分店業名　見込ナシ

6-700 カラ 130　1946.6.14
新聞事デ代替
　鈴へとい　　399号

栽培　長イモデ10年　短イモデ3年
採集
○熱さまし　みず　風邪ニワケ
　虫害ぺり　虫数　制服剤

忍民一般
濾過　榕樹、南支那、佛印、インド

麻酔薬 ナシ

◎葉ニ対ス～　趣 生ち排出

　○臭素加里　　2ポンド
○印刷用ニス　　4錢（石油錢）
　○ガソリン　　5ガロン2錢

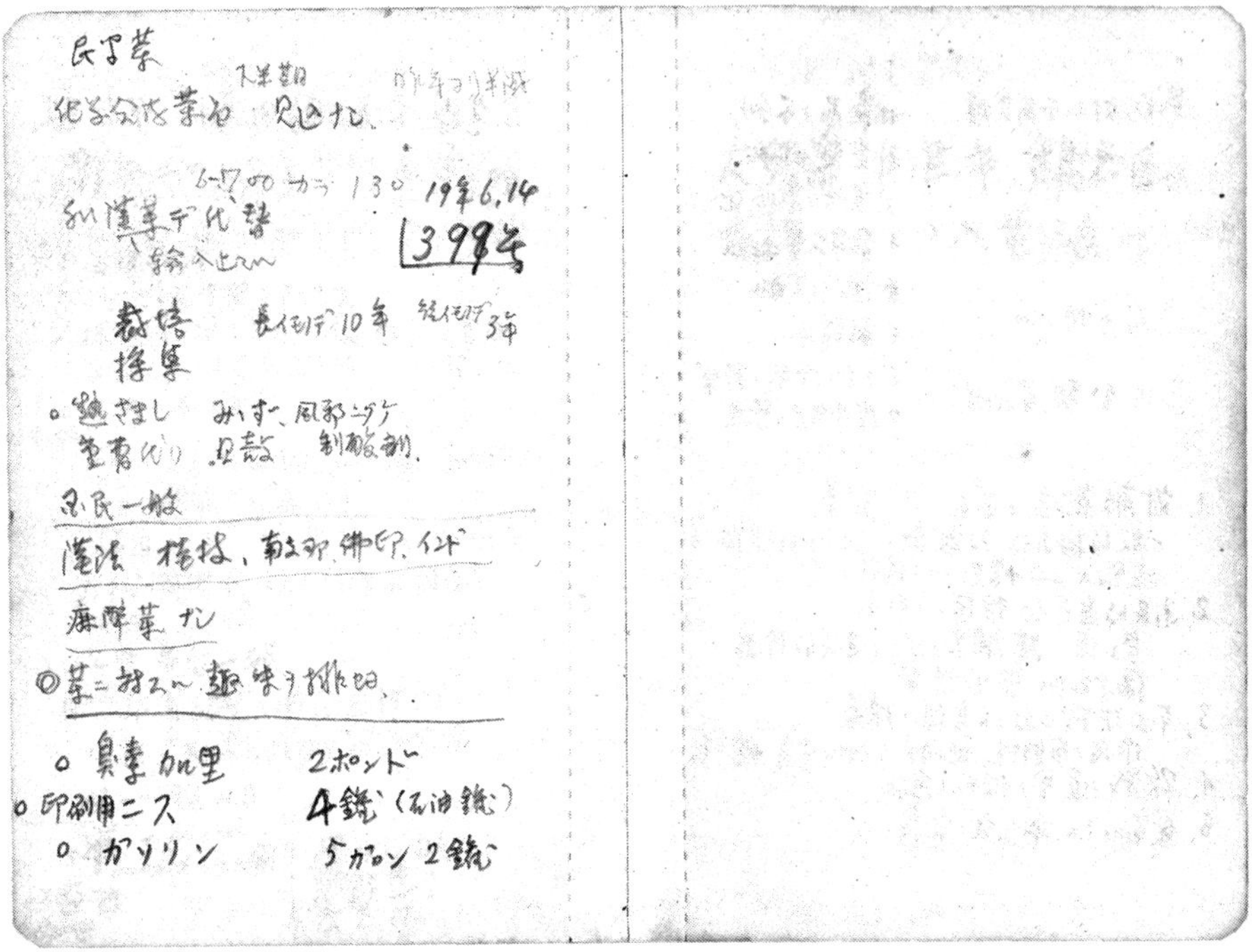

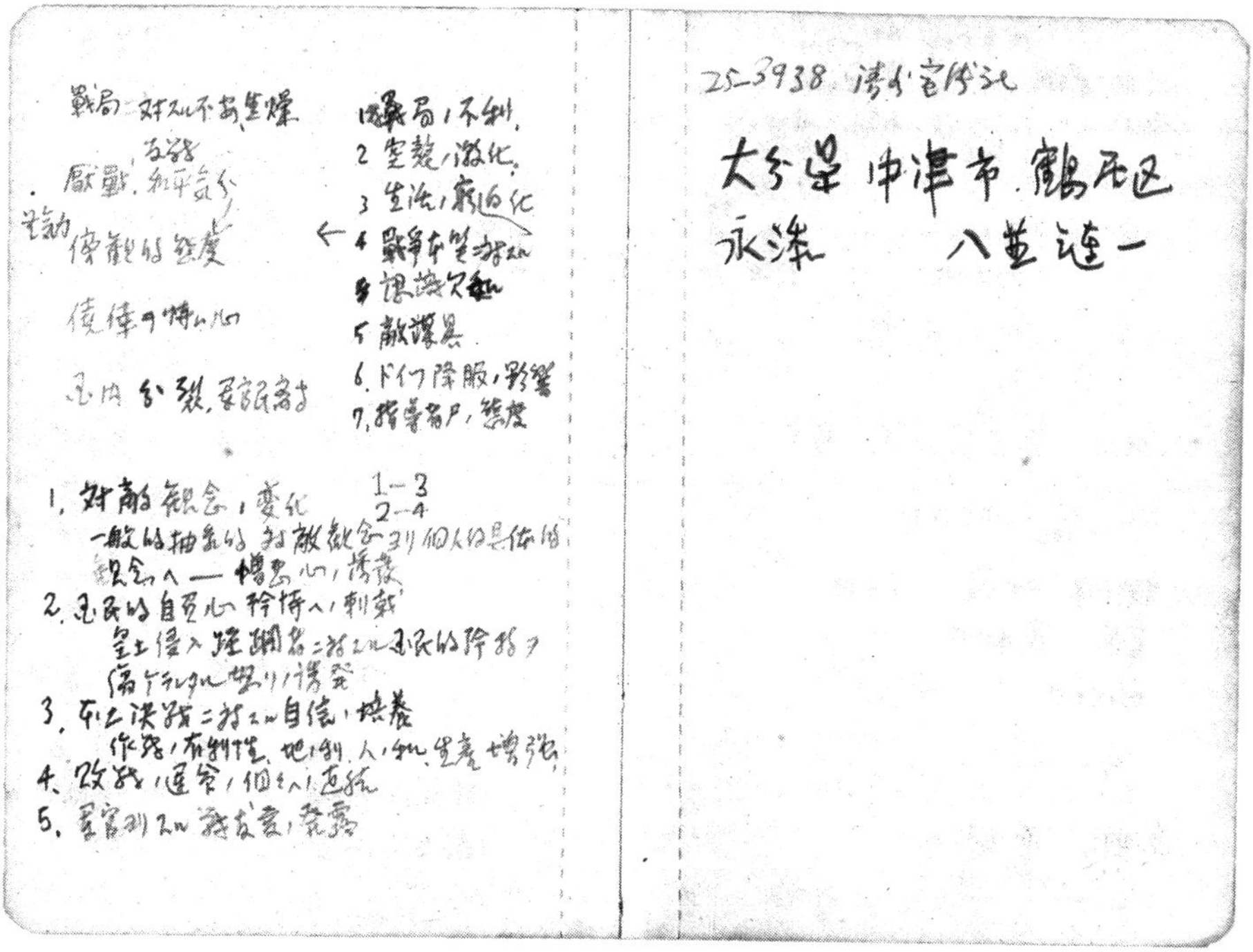
戦局ニ対スル不安焦燥
厭戦、和平気分 高揚
傍観的態度
僥倖ヲ待ツ心
国内分裂、[illegible]

1 戦局ノ不利
2 空襲ノ激化
3 生活ノ窮迫化
4 戦争ノ前途ニ対スル
認識欠如
5 敵謀略
6 ドイツ降服ノ影響
7 指導者ノ態度

1—3
2—4

1、対敵観念ノ変化
一般的抽象的対敵観念ヨリ個人的具体的観念ヘ——憎悪心ノ誘発
2、国民的自尊心矜持ヘノ刺戟
皇土侵入蹂躙者ニ対スル国民的矜持ヲ傷ケラレタル怒リノ誘発
3、本土決戦ニ対スル自信ノ培養
作戦ノ有利性、地ノ利、人ノ和、生産増強、
4、政戦ノ運命ノ個々人ノ直結
5、軍官ニ対スル猜疑心ノ発露

25-3938 [illegible]
大分県中津市鶴居区
永添　八並達一

用紙　　　　　印刷用紙
用材　　　　　ベニヤ板
塗料
庶方材料　　　印刷用紙
　　　　　　　技ボール
ソノ他　　　　釘、画鋲、糊

科目　　項目　　使途　　数量

輸送材料　　梱包材料
ガソリン
　　　　　　　　　　　7.5
　　　　　　　　　　　4
　　　　　　　　　　30.0

補給庫 50枚　　14円
　　　@400円
　　　　　　　　　　　　5
カンバンヤ　325)7500
　　　　　　　　1625
24—25　　　　　1250
　　　　　　　　　975
　　　　　　　　　275

兵粮　兵糧

二硫化炭素

○　　　起用せ

○　　　利用ニ経営ノ

○

○　　　芸術的進歩

○

○

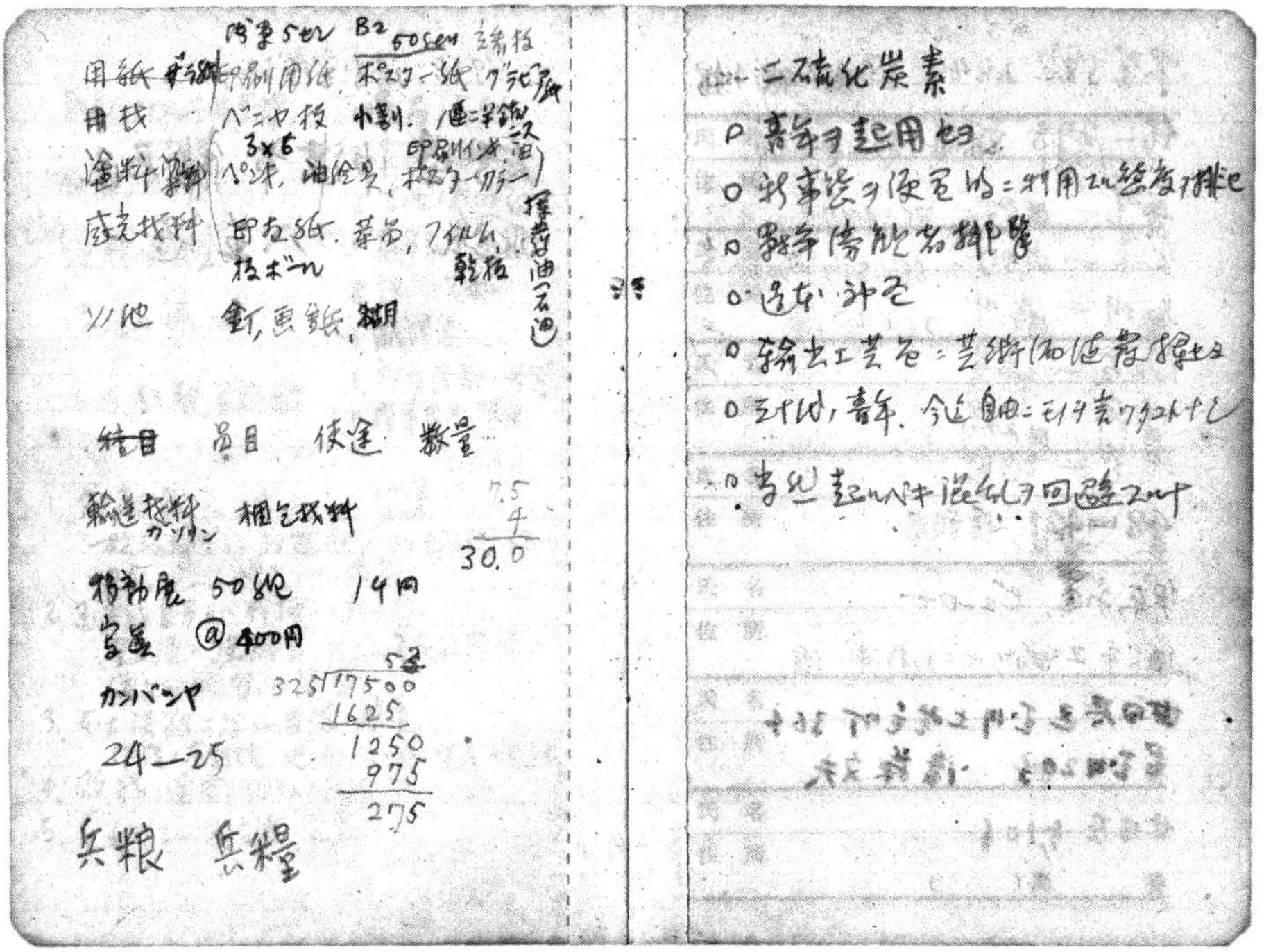

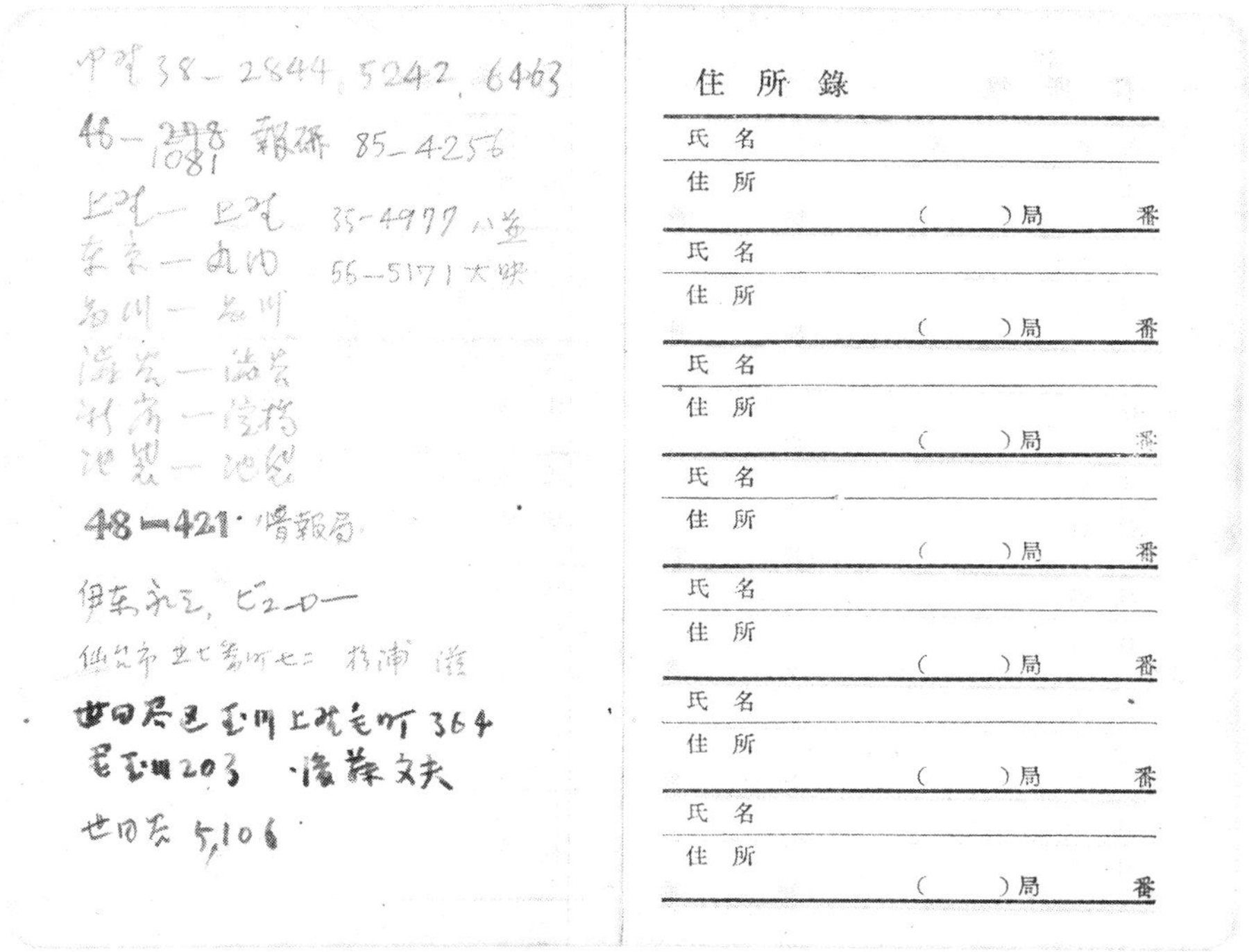
中野38-2844, 5242, 6463
46-298 1081 報知 85-4256
上野一上野 35-4977 八並
東京一丸の内 56-5171 大映
品川一品川
渋谷一渋谷
新宿一新宿
池袋一池袋
48-421・情報局
仙台市
世田谷区玉川上野毛町364
斎藤文夫
世田谷 5,106
住所録
氏名
住所
( )局 番
氏名
住所
( )局 番
氏名
住所
( )局 番
氏名
住所
( )局 番
氏名
住所
( )局 番
氏名
住所
( )局 番
氏名
住所
( )局 番

手帖（一九四五年）[*1]

1月4日　木

戦雲低く乱れ飛び
怒り砕くる太洋や
鬼畜の旗をふり翳し
驕れる敵は迫るかな

5日　金

わが祖《おや》たちの血潮もて
まもりぬきたるこの国ぞ
その興亡はこの一戦
我らが肩にかゝりたり

○[*2]征きては万朶《ばんだ》の花とさき
　散りて帰へらぬ若桜
○天も哭《な》いてる
○この空青く続く果

＊1　富士電機製造株式会社により配布された手帖。茶革の表紙に「2605」の表記有り。
以下、本体の構成。
扉一頁
富士電機製造関連計八頁
富士電機製造株式会社の社長以下取締役の名簿
本社、事務所、代理店、工場、産業報国会、関係各社の一覧
1富士電機ノ主要製品
2富士電機ノ記録製品
3富士電機へ御用ノ節ハ先ヅ各事務所へ御申付下サイ（連絡先一覧）
4川崎工場へ御出ノ節は下記部課へ御用命下サイ（連絡先一覧）
冒頭部計九頁
祝・祭・紀念日・日曜表
昭和二十一年度七曜表
昭和二十二年度七曜表
郵便料（通常郵便・小包郵便）
特殊郵便取扱料
電報料金

○貴様の墓場は太平洋だ
○爆弾なのだ俺たちは
○あゝ何事とわけしらず高鳴る胸のときめきと祈りに熱き涙とは
○ガンとぶつかる爆弾だ
○劒折るるも腕《かいな》あり、矢玉つくるも拳あり
○あゝ見よ敵の物量が沈めてくれと寄せてくる
　何のそのままおくものか
○さうだ一億涙ぢや〓れぬこの怒り
○決死、決死の突撃だ
○今が散り際咲かせ秋《とき》
○もうこの秋だ肉弾だ
●　06866—68
●　093535—37
企画　中央から地方中心へ
批評　観客中心へ
配給　早く
雰囲気の愉しさ
26、31、6、11、17、23
所要塩量　200万トン　ソノ内　内地40万トン
19年度　37万トン

温度出力比較計
年数早見表
日歩年利・年利日歩換算表
度量衡比較表
一月から十二月までの予記欄二四頁（空白）
一月一日から翌年一月二十三日までの予定表一一一頁
ミシン目入白紙ページ二〇頁（内、書き込み一七頁。空白一頁。破った跡二頁）
住所録二九頁（空白）

＊2　以下、ミシン目ページの記述。

外地　　関東州（依頼増大）37％
長蘆　青島　台湾　満州国

19年度
計画　食料塩　外地70万トン
内地40万トン
実際　外地46万トン
内地36万トン
19年度　160万トン見当配給見込（40万トン不足）
内外地配給率　工業塩　97％（外地）
食料塩　55％（外地）
食料塩用途別　100万トン
漬物　20万トン（急落、14年度30万トン）
〃〃 19　絶対確保
味噌　16
魚塩〃　8・5
醤油　22
味噌ト醤油ノ優劣　味噌ヲ確保
最後ノ線ハ米トミソ
供給実力82万トン　最後ノ不足10万トン　工業塩36万トン　ア法曹達圧　供給実力58万トン　アルミ製法1／4　〃〃〃1／40
電解苛性曹達　ソノ他

自家製塩
設備ヒ半額補助、技術指導　量制限ナシ
塩ノ節約徹底、醤油カラ塩汁、味噌ヘノ転換
岡山市弓之町82　電3826
275.20
4.80　　30.00　[redacted]
旅　21.00　切符　宿　10.00　京都
19.60　　13.00　笠
笠岡町角屋旅館　笠岡56
地方事ム所　電　笠岡287
中条雄[redacted]
岡山市磨屋町　小西旅館　電　2235
8.37
[redacted]3580　4879　[redacted]　175
再空襲、待避如何
○準[redacted]荷物多シ○見物一割位
○[redacted]トラックデ[redacted]ヲ運ブハ不可
○十時カラ並ンデ五時ニマダ乗レヌ　○大看板ヲカキカヘヨ
○巡査ハ不可　○浅草寺ノ例
○音楽必要　ドナル勿レ、演説　○浅草下谷ハ安全、江東ハ[redacted]

戦雲低く乱れ飛び
怒り砕くる大洋や
鬼畜の旗をふりかざし
驕れる敵は迫るかな

不敗の歴史かりそめに
なりしに非ず三千年
あゝ思ひ見よわが祖が
流せし血潮いくたびぞ

いざ大君のおんために
死すべき秋はいまなるぞ
君は田畑をまもりぬけ
我は工場に火と散らむ

われ倒れなば君つゞけ
君たふるともそのあとに
あゝ鉄壁の幾千万
悲憤にもえてこぞるなり
神州とはにゆるがねば

春とこしへの靖国や
わが赤き血の色そめて
万朶とかをれさくら花
とはに神州まもるべし

あゝ父祖の国亡びなば
われ生きのびて何かせむ
後の世に史書く人は記すべし
ここに正義の民ありと

〔中略〕

毎　福島、新潟、栃木、山梨、石川、岐阜、山口、香川、徳島、大分、鹿児島
朝　岩手、山形、群馬、長野、福井、三重、鳥取、高知、愛媛、熊本、宮崎

国民義勇隊結成　5月20日頃予定

〔中略〕

東北、北海道　18
関東　16

甲信　17
京阪　16
近畿　17
中国　17
四国　21
九州　21

〔中略〕

麹町　丸之内1、紀尾井、平河、富士見、麹町六
神田　スルガ台、猿楽町、三崎町、西神田、神保町
本郷　上富士前町
小石川　久堅町、春日町、原町
下谷　坂本1、真島町、三崎町上中、根岸、金杉1、三輪、初音町
牛込　山吹町、戸山町
四谷　四谷二、若葉町
赤坂　青山北町、新坂町
淀橋　百人町3、戸塚3
豊島　長崎町、西落合
板橋　七、八、九、十丁目　志村小豆沢町、志村蓮沼沢町
滝ノ川　田端町、西ヶ原、中里町

渋谷　明治神宮
中野　東中野駅附近
足立区　西新井、千住
荒川　尾久、三河島、南千住、日暮里
浅草　日本堤
王子　赤羽
品川区大井出石町５０４７　山田方内山
大森８１０６

空母５　４月20日アリ
米英９割　既ニ６割
残り３割ノ中２割近クヤル自信アリ
３５０キノセンメツ戦　正規空４↓コノ実力如何
更ニ機動部隊数群

〔中略〕

◯解散　５・13閣議
防衛隊、警防団
日政、郷軍
傘下団体　◯キ構、中央、地方

○目的　3　訓練ニ臆セズ
　組織―地域、職域―挺身隊
　隊幹部―　〓〓ノ隊
○本会トルヘキ措置
　義勇隊ノ勢意ノ喚起（本会ノ売込ニ非ズ）
○最後マデ敢斗
○声明書ノ多量印刷
○翼賛翼壮ノ悪罵ヲ取締レ
○解散手続ニ遺憾千万
四国
○町村長（隊長）ノ適格者ヲ選ベ
翼賛会解散スルモ翼賛運動ハ衰ヘズ

〔中略〕

三島中学、帝国美術、美之国〓〓、三映社
大正四、〓3、日本美術、美報調達課　美〓普及課主事補
5月8日　閣議決定　翼賛翼壮ヲシテ結成ニ協力
横浜発

〔中略〕

神奈川県鎌倉郡片セ町　郵便局気付
護京二二〇五二部隊入隊　大木政吉

兵庫　17日　結成
○山口[redacted]郎　協力会議長
○振興隊、地方事ム所長　握ラウトスル
翼賛会、委員会ハ形式的
実践部長ノ処置
○和歌山　戸数　11―26　地域4（2名に[redacted]）
　1日　隊長会議
隣保組織ノ破壊（地域、職域）
○200町村中120位翼壮団長[redacted]
25日
○22日午後一時、航空兵器総局四局主計課　中村丈夫大尉（48）5486

時を急げ手段を選ぶな

長野県下諏訪町高木　中谷毅
　高松嘱託
鈴木軍需官―文書係

映画生産挺身隊　関東軍需整理部　朝倉少佐
海軍―船本
海＝―

民間業　化学合成薬品　下半期見込ナシ　昨年ヨリ半減
和漢薬デ代替　輸入止マル
栽培　長イモノデ10年　短イモノデ3年
採集
○熱さまし　みゝず、風邪ニダケ
　重曹代リ　貝殻　制酸剤
国民一般
漢法　桂林、南支那、仏印、インド
麻酔薬ナシ
○薬ニ対スル趣味ヲ排セヨ
○臭素加里　2ポンド
○印刷用ニス　4缶（石油缶）
○ガソリン　5ガロン2缶

戦局ニ対スル不安焦燥
厭戦、和平気分
無気力、傍観的態度

僥倖ヲ恃ム心
国内分裂、軍官民離
→
1戦局ノ不利
2空襲ノ激化
3生活ノ窮迫化
4戦争本質ニ対スル認識欠如
5敵謀略
6ドイツ降伏ノ影響
7指導者層ノ態度

1. 対敵観念ノ変化
一般的抽象的対敵観念ヨリ個人的具体的観念ヘ――憎悪心ノ誘発
2. 国民的自負心矜持ヘノ刺戟
皇土侵入蹂躙者ニ対スル国民的矜持ヲ傷ケラレタル怒リノ誘発
3. 本土決戦ニ対スル自信ノ培養
作戦ノ有利性、地ノ利、人ノ和、生産増強
4. 敗戦ノ運命ノ個々ヘノ直結
5. 軍官ヨリスル戦友愛ノ発露

〔中略〕

用紙　ザラ紙　＝5セン　B2　50sen　立看板　印刷用紙、ポスター紙、グラビア紙
用材　ベニヤ板、小割、1連ニ半缶ニス　揮発油（石油）
塗料染料　ペンキ、油絵具、印刷インキ、ポスターカラー
感光材料　印画紙、薬品、フイルム、乾板、板ボール
ソノ他　釘、画鋲、糊

品目　使途　数量
輸送材料　ガソリン　梱包材料
移動展50組　14円
写真@400円
カンバンヤ
24―25
兵粮　兵糧
二硫化炭素
○青年ヲ起用セヨ
○新事態ヲ便宜的ニ利用スル態度ヲ排セ
○戦争傍観者排撃
○造本計画
○輸出工芸品ニ芸術価値発揮セヨ

○三十代ノ青年、今迄自由ニモノヲ言ウタコトナシ
○当然起ルベキ混乱ヲ回避スルナ
〔後略〕

事実証明書と陸軍兵籍簿

事實證明書

歩兵第七十聯隊第二機関銃中隊
陸軍歩兵上等兵　花森安治

右者昭和十三年一月十日歩兵第七十聯隊留守隊機関銃中隊ニ入隊昭和十三年陸満密第一一九號達ニ基キ満洲派遣要員ニ命セラレ同年四月二十日満洲國三江省依蘭縣依蘭到着同地警備ニ服シ當時小地區内ノ匪情最悪ヲ極メ到底他地區ニ其ノ比ヲ見ス然シテ其行動ハ頗ニ活潑巧妙ヲ極メ眞ニ侮リ難キモノアリ

同年五月下旬ヨリ六月中旬ニ亘リ之等匪ヲ徹底的ニ殲滅ヲ期スル目的ヲ以テ實施セラレタル依蘭小地區春季大討伐ニ際シテハ率先出動シ機関銃手トシテノ任務ヲ完全ニ遂行セリ

以テ同年十一月下旬ヨリ十二月末旬ニ亘リ實施セラレタル澤田部隊秋季大討伐ニ際シテモ率先出動シ其ノ任務ヲ全ウセリ

爾後依蘭東兵營ニアリテ一意警備勤務ニ精勵シアリシカ昭和十四年二月九日月例身体検査ニ於テ胸部ニ異常アルヲ發見爾後隊治療ヲ受ツヽアリシモ二月十六日佳木斯陸軍病院依蘭分院ニ入院ス　當時体格榮養共ニ中等　体温三七・五度　脉膊九十二至整　實顔貌生氣ニ乏シ口内舌白苔アルモ輕微ニシテ濕

潤シ咽頭發赤ス胸部ニ心音心界共ニ異常ナシ呼吸器音ハ右胸部ニ於テ稍減弱シ湿性小水泡音ヲ聴取シ打診上抵抗ヲ認ムルモ聲音振顫ハ正常ト認ム腹部異常ナシ二月十七日佳木斯陸軍病院ヘ轉送三月七日牡丹江陸軍病院ニ轉送三月九日鐵山領陸軍病院ニ轉送同院ニ於テ加療中三月二十日病名ヲ右肺下葉浸潤ト決定ス

而シテ之カ原因ヲ深究スルニ本人ハ生来強健ニシテ著患ヲ知ラス同家族ニ同病ニ罹リタル者ナク皆頑健ニシテ全ク同病素因ヲ認メス殊ニ入隊當時實施サレシ身体検査並ニ「マントー」氏反應喀痰検査等ニハ該症状ナク在隊間至極健康ナリキ然ルニ前記ノ如ク氣候風土ヲ異ニスル非衛生的ナル異郷ニ於テ寧日ナキ討伐警備等ノ繁劇ナル勤務ハ逐時疲労ノ蓄積ヲ来シ不知不識ノ間身体ノ抵抗力ヲ減弱シ遂ニ發病ニ至ラシメタルモノニシテ全ク公務ニ基因スルモノト認ム

右證明ス

歩兵第七十一聯隊第三機関銃中隊長
陸軍歩兵中尉 吉本重敏 (吉本)

歩兵第七十一聯隊第三大隊附
陸軍軍醫中尉 酒井一郎 (酒井)

兵種
歩兵

適任證書

本籍族稱
兵庫縣神戸市葺合区熊内町四丁目拾壹番地
須磨區平田町五丁目十三番地

氏名
花森安治
明治四拾四年拾月貳拾五日生

出身別
現役兵

服役區分
現役
昭和十三年一月十日

豫備役

後備役

第一補充兵役

國民兵役

退役

免除
昭和十五年一月二十日
現役免除

備考

位階

勲等功級
昭和一五、四、二九
稱八等

特業及特有ノ技能
昭和十三年四月一日
機

官等級
昭和一三、一、一〇　歩兵二等兵
昭和一三、七、一〇　歩兵一等兵
昭和一三、一二、一　歩兵上等兵
昭和一五、九、一五　上等兵
（勅令第五八〇号ニ依リ）

賞典
昭和十三年七月十日兵精勤章附與
◎昭和十五年四月二十九日支那事變従軍記章授與◎

刑罰

死亡
妻
子
父
母
兄弟姉妹孫

父祖
母祖

14

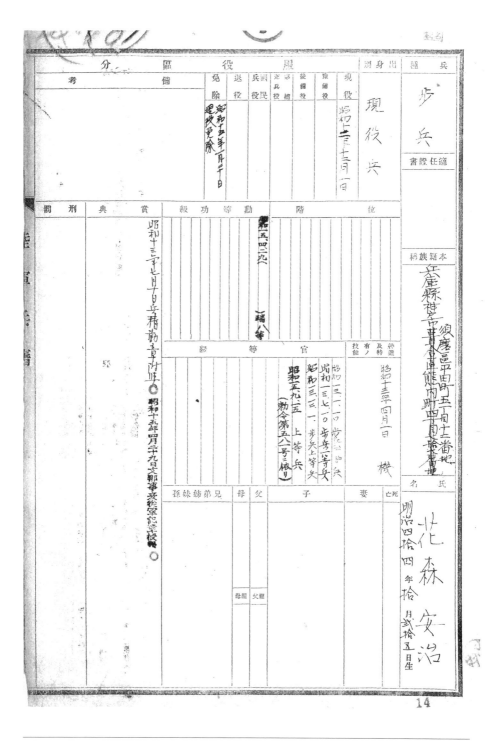

履歴

昭和十二年三月東京帝國大學文學部卒業○同年同校ノ教
教練検定ニ不合格○昭和八年三月松江高等學校ノ教
練検定ニ合格○

昭和十三年
昭和十三年四月十三日大連上陸○同月十六日關東州界通過○同月十九日勃利
着○同月二十日三江省依蘭縣依蘭到着同地警備○
自昭和十三年六月十八日至同年六月二十八日松井部隊春季討伐ニ際シ依蘭軍
依蘭ニアリテ木場掃蕩隊參加○

昭和十三年
昭和十三年七月十日命一等兵○自十月十五日至十月二十四日依蘭
縣依蘭ニ於テ石川部隊秋季討伐ニ参加○十一月二十九日標高五四二
高地附近ノ戰鬪ニ参加○自十一月二十日至十二月六日依蘭縣五道家屯ニ在リ
テ澤田部隊秋季大討伐ニ参加○昭和十三年軍令陸第五号ニ

昭和十四年
同日歩兵第七十聯隊留守隊ニ轉屬○十月二十六日大阪
陸軍病院深山分院転送○昭和十五年一月二十日現役免
除○

昭和十八年
四月一日臨時召集ノ為歩兵第百二十一聯隊ニ應召○同日補充隊第三機関銃
中隊ニ編入○四月三日編成完結○四月十四日補充隊第三機関銃中
隊ニ転属○四月二十二日召集解除○

年 | 年 | 年 | 年

昭和十三年
一月十日現役兵トシテ歩兵第七十聯隊留守隊機關銃隊ニ入營○同
日歩兵第七十聯隊第三機関銃隊ニ編入○○昭和十三年三月三十日
臨滿衛第一一九號達ニ依リ滿洲派遣ヲ命セラル○昭和十三年四月十
日大阪港出帆○

昭和十三年
自昭和十三年五月二十三日至同年六月一日依蘭[illegible]一回大討伐ニ際シ
依蘭縣依蘭ニアリテ湯口討伐隊ニ參加○
自昭和十三年六月十日至同年六月十七日依蘭[illegible]二回討伐ニ際シ依
蘭縣依蘭ニアリテ木場掃蕩隊ニ參加○

昭和十四年
依リ留守隊ニ轉屬ヲ命ス○昭和十四年二月十六日依蘭陸軍
病院入院○三月三十五日内地還送ノタメ大連陸軍病院転送○
三月二十五日關東州境通過○三月二十八日大連港出發○
四月二日大阪港上陸○同日大阪陸軍病院天王寺分院收容

年

昭和十五年度簡閲點呼参

年 | 年 | 年 | 年 | 年

（大阪　阪本納）

事実証明書

歩兵第七十連隊第三機関銃中隊
陸軍歩兵上等兵　花森安治

右者昭和十三年一月十日歩兵第七十連隊留守隊機関銃中隊ニ入隊　昭和十三年陸満密第一一九号達ニ基キ満洲派遣要員ニ命セラレ同年四月二十日満洲国三江省依蘭県依蘭到着同地警備ニ服シ当時小地区内ノ匪情最悪ヲ極メ到底他地区ニ其ノ比ヲ見ス然シテ其行動頓《とみ》ニ活発巧妙ヲ極メ眞ニ侮リ難キモノアリ

同年五月下旬ヨリ六月中旬ニ亘リ之等匪ヲ徹底的ニ殲滅ヲ期スル目的ヲ以テ実施セラレタル依蘭小地区春季大討伐ニ際シテハ率先出動シ機関銃手トシテノ任務ヲ完全ニ遂行セリ

以テ同年十一月下旬ヨリ十二月下旬ニ亘リ実施セラレタル澤田部隊秋季大討伐ニ際シテモ率先出動シ其ノ任務ヲ全ウセリ

爾後依蘭東兵営ニアリテ一意警備勤務ニ精励シアリシカ昭和十四年二月九日月例身体検査ニ於テ胸部ニ異常アルヲ発見爾後隊治療ヲ受ツ、アリシモ二月十六日佳木斯陸軍病院依蘭分院ニ入院ス　当時体格栄養共ニ中等　体温三七・五度　脈搏九十ニ至整実顔貌生気ニ乏シ口内舌白苔アルモ軽微ニシテ湿潤シ咽頭発赤ス　胸部ニ心音心略共ニ以上ナシ　呼吸器音ハ右胸部ニ於テ稍減弱シ湿性小水泡音ヲ聴取シ打診上抵抗ヲ認ムルモ声音振顫《しんせん》ハ正常

ト認ム　腹部異常ナシ　二月十七日佳木斯陸軍病院へ転送　三月七日牡丹江陸軍病院ニ転送　三月九日鉄嶺陸軍病院ニ転送同院ニ於テ加療中三月二十日病名ヲ右肺下葉浸潤ト決定ス

而シテ之カ原因ヲ深究スルニ本人ハ生来強健ニシテ著患ヲ知ラス　同家族ニ同病ニ罹リタル者ナク皆頑健ニシテ全ク同病素因ヲ認メス

殊ニ入隊当時実施サレシ身体検査並ニ「マントー氏」反応喀痰検査等ニハ該症状ナク在隊間至極健康ナリキ　然ルニ前気ノ如ク気候風土ヲ異ニスル非衛生的ナル異郷ニ於テ寧ノ日ナキ討伐警備等ノ繁劇ナル勤務ハ逐時疲労ノ蓄積ヲ来シ不和不識ノ間身体ノ抵抗力ヲ減弱シ遂ニ発病ニ到ラシメタルモノニシテ全ク公務ニ基因スルモノト認ム

右証明ス

歩兵第七十連隊第三機関銃中隊長
陸軍歩兵中尉　吉本重敏　印

歩兵第七十連隊第三大隊附
陸軍軍医中尉　酒井一郎　印

陸軍兵籍簿

兵種　歩兵
本籍族称　兵庫県神戸市須磨区平田町五丁目十二番地
氏名　花森安治　明治四拾四年拾月弐拾五日生
出身別　現役兵
服役区分　現役　昭和十二年十二月一日
　免除　昭和十五年一月二十日　現役免除
勲等功級　昭和一五、四、二九　瑞八等
特業及特有ノ技能　昭和十三年四月一日　機
官等級　昭和一三、一、一〇　歩兵二等兵
　昭和一三、七、一〇　歩兵一等兵
　昭和一三、一二、一　歩兵上等兵
　昭和一五、九、一五　上等兵（勅令第五八一号ニ依リ）
賞典　昭和十三年七月十日兵精勤章付与〇昭和十五年四月二十九日支那事変従軍記章授与

履歴

昭和十二年三月東京帝国大学文学部卒業○同年同校ノ教練検定ニ不合格○昭和八年三月松江高等学校ノ教練検定ニ合格○

昭和十三年　一月十日現役兵トシテ歩兵第七十連隊留守隊機関銃隊ニ入営○同日歩兵第七十連隊第三機関銃隊ニ編入○昭和十三年三月三十日陸満密第一一九号達ニ依リ満洲派遣ヲ命セラル○昭和十三年四月十日大阪港出発○

昭和十三年　昭和十三年四月十三日大連上陸○同月十六日関東州界通過○同月十九日勃利着○同月二十日三江省依蘭県依蘭到着同地警備○

自昭和十三年六月十八日至同年六月二十八日松井部隊春季討伐ニ際シ依蘭県依蘭ニアリテ木場掃蕩隊ニ参加○

昭和十三年　自昭和十三年五月二十三日至同年六月一日依蘭小地区第一回大討伐ニ際シ依蘭県依蘭ニアリテ湯口討伐隊ニ参加○

自昭和十三年六月十日至同年六月十七日依蘭小地区春季第二回討伐ニ際シ依蘭県依蘭ニアリテ木場掃蕩隊ニ参加○

昭和十三年　昭和十三年七月十日命一等兵○自十月十五日至十月二十四日依蘭県依蘭ニ於テ石川部隊秋季討伐ニ参加○十一月二十九日標高五四二北側附近の戦闘に参加○自十一月二十日至十二月六日依蘭県五道家屯ニ在リテ澤田部隊秋季大討伐ニ参加○昭和十三年軍令陸第五号ニ依リ留守隊ニ転属ヲ命ス○

昭和十四年　昭和十四年二月十六日依蘭陸軍病院入院○三月二十五日内地還送ノタメ大連陸軍病院転送○三月二十五日関東州境通過○三月二十八日大連港出発○四月二日大阪港上陸○同日大阪陸軍病院天王寺分院収容○同日歩兵第七十連隊留守隊ニ転属○十

月二十六日大阪陸軍病院深山分院転送○
昭和十五年　一月二十日現役免除○　昭和十五年度簡閲点呼済
昭和十八年　四月一日臨時召集ノタメ歩兵第百二十一連隊ニ応召○同日補充隊第一機関銃中隊ニ編入○四月三日編成完結○四月十四日補充隊第二機関銃中隊ニ転属○四月二十二日召集解除○

Ⅱ　書簡類

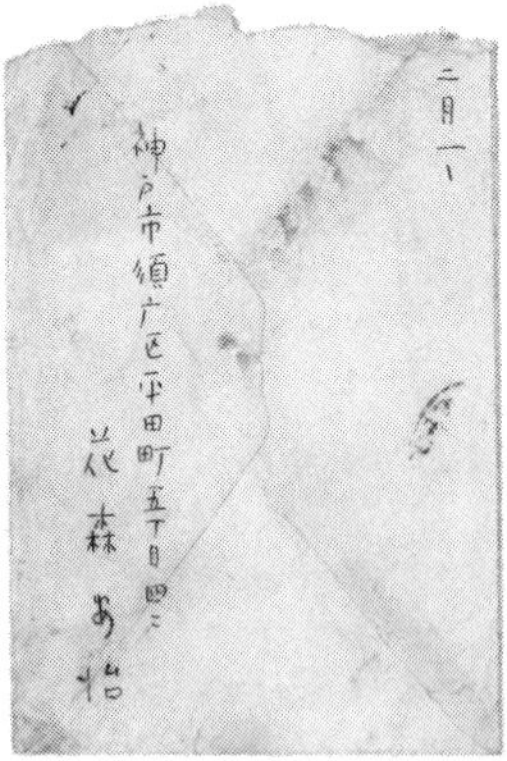

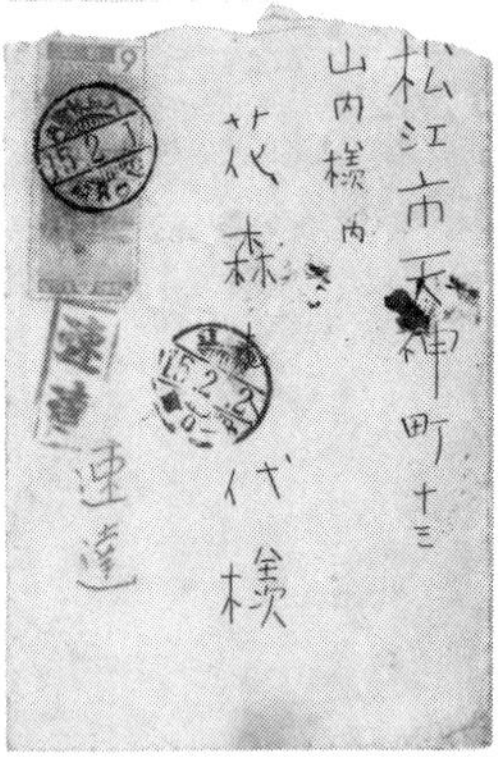

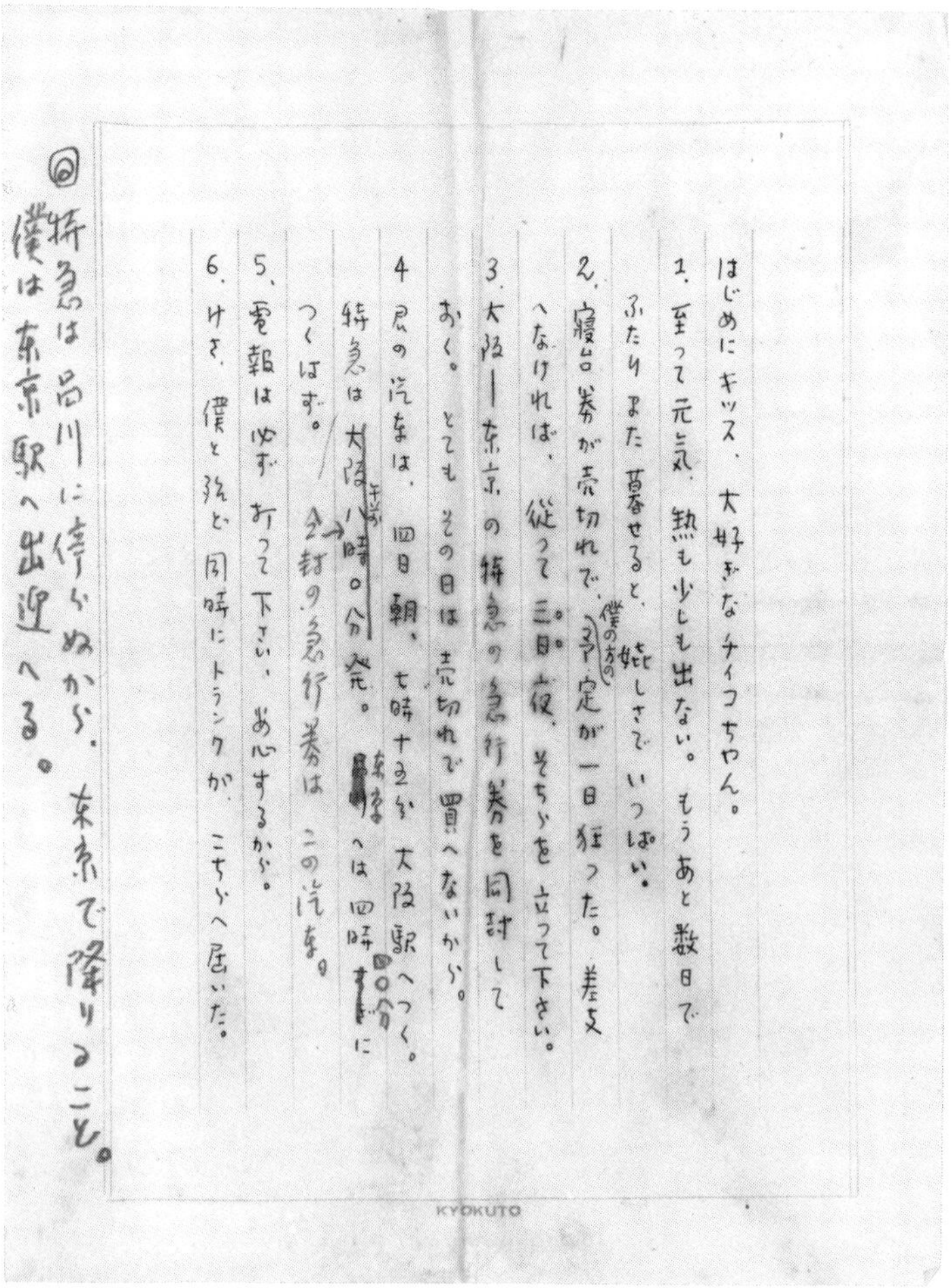
はじめにキッス、大好きなチイコちゃん。
1. 至って元気、熱も少しも出ない。もうあと数日で
ふたりまた暮せると、嬉しさでいっぱい。
2. 寝台券が売切れで、僕の方の予定が一日狂った。差支
へなければ、従って三日夜、そちらを立って下さい。
3. 大阪―東京の特急の急行券を同封して
おく。とてもその日は売切れで買へないから。
4 君の汽車は、四日朝、七時十五分大阪駅へつく。
特急は大阪八時〇分発。東京へは四時四〇分に
つくはず。同封の急行券はこの汽車。
5. 電報は必ず打って下さい。安心するから。
6. けさ、僕と殆ど同時にトランクが、こちらへ届いた。
◎特急は品川に停らぬから、東京で降りること。
僕は東京駅へ出迎へる。

KYOKUTO

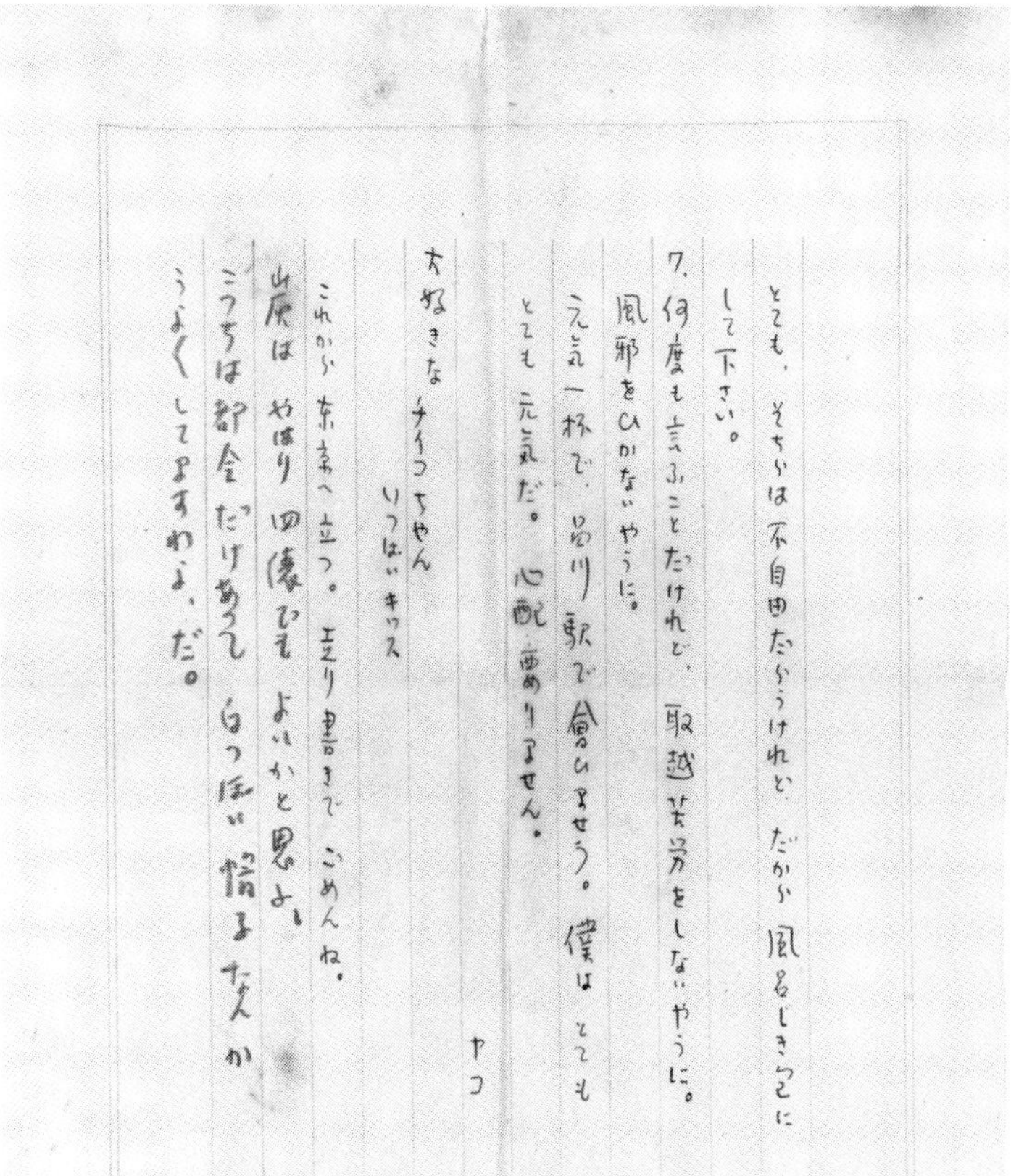

とても、そちらは不自由だらうけれど、だから風呂しきつこにして下さい。
7、何度も言ふことだけれど、取越苦労をしないやうに。
風邪をひかないやうに。
元気一杯で、品川駅で会ひませう。僕は とても
とても 元気だ。心配ありません。

ヤコ

大好きな チイコちゃん
いつぱいキッス

これから 東京へ 立つ。走り書きで ごめんね。
山床は やはり 田舎でも よいかと思ふよ。
こつちは都会だけあつて 白つぽい 情なんか
うよくしてますわよ、だ。

2

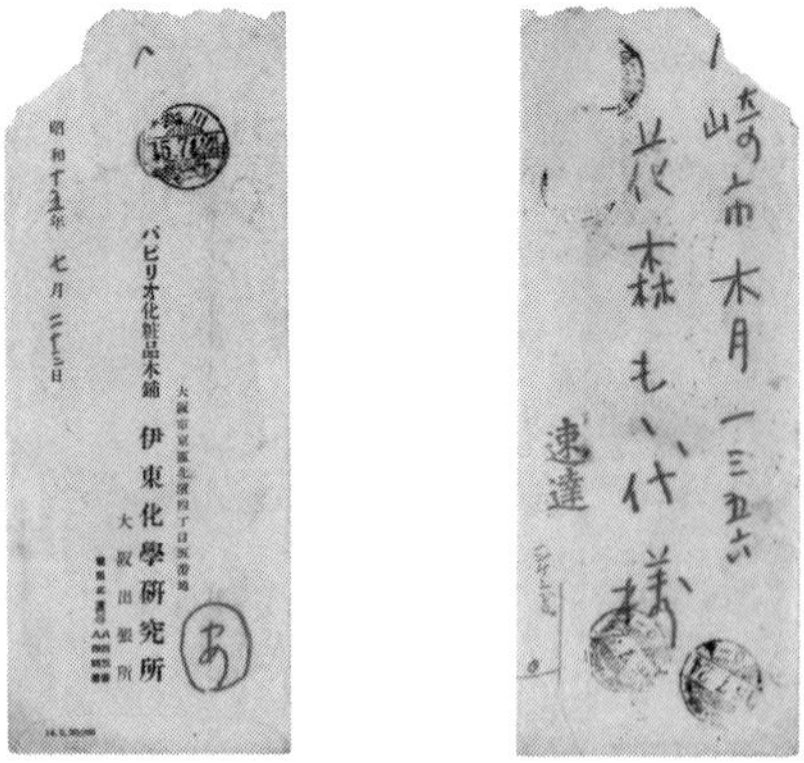

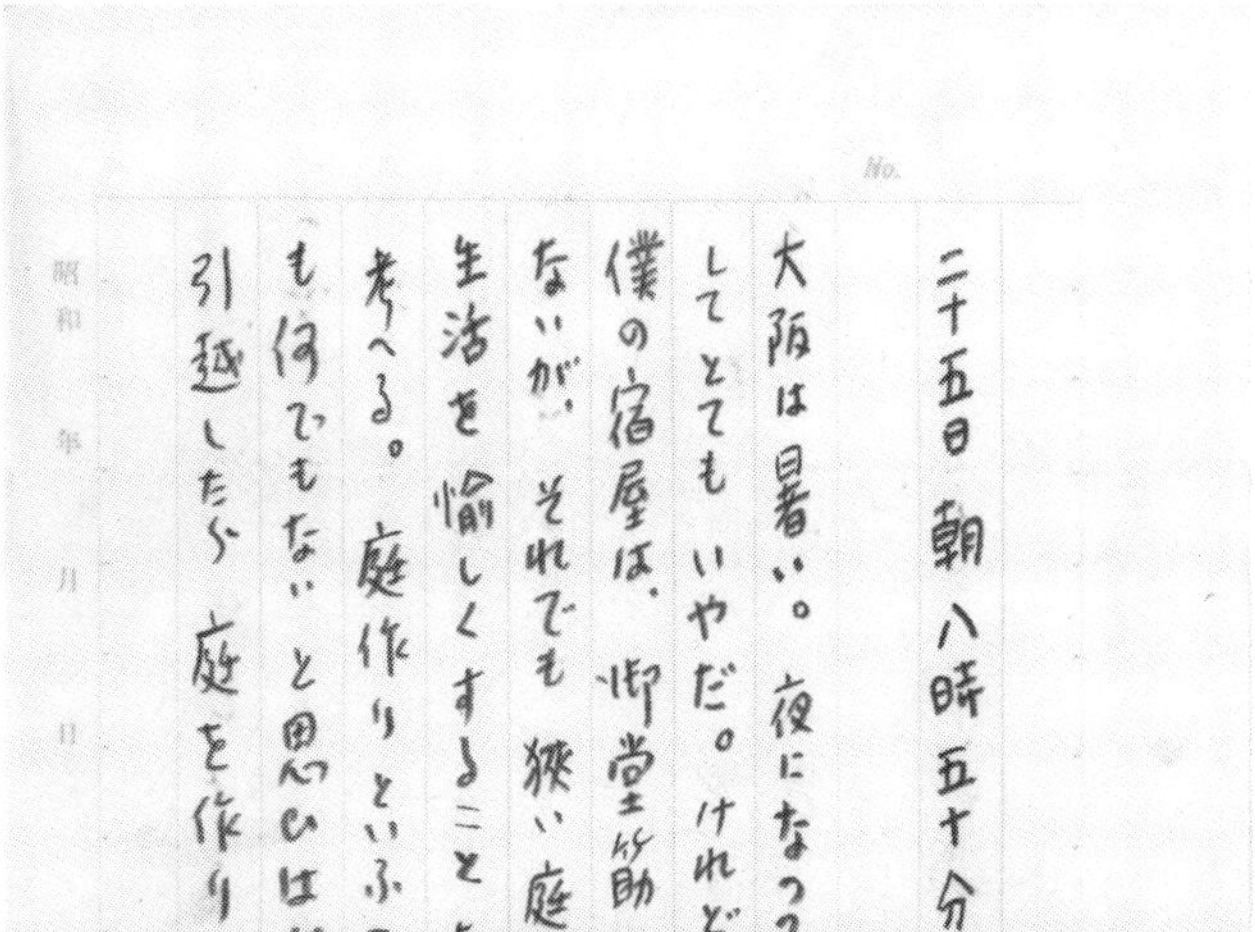
No.

二十五日 朝八時五十分 横浜へ着きます。

大阪は暑い。夜になつても、風がないので、肌がべつとりしてとてもいやだ。けれども、町の朝は、気持がいい。僕の宿屋は、御堂筋から、もの、二十歩もひつこんでないが、それでも狭い庭を工夫してある。大阪人の生活を愉しくすることを考へる。大阪人といふものを考へる。庭作りといふことは、決してあれはぜい沢でも何でもないと思ひはじめてゐる。僕もこんど引越したら庭を作りたくなつちやつた。

昭和　年　月　日

パピリオ化粧品　伊東胡蝶園大阪支店

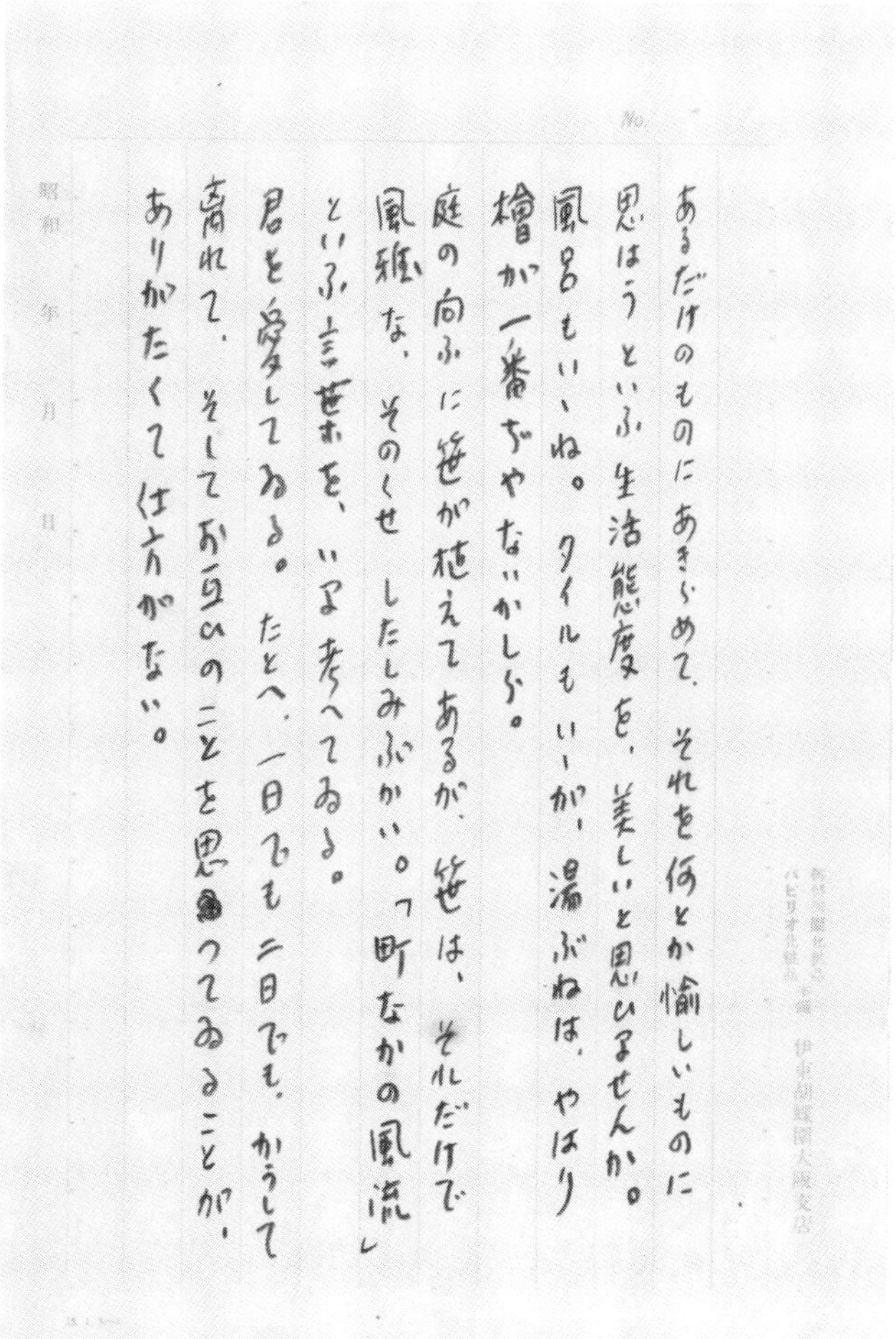

あるだけのものにあきらめて、それを何とか愉しいものに
思はうといふ生活態度を、美しいと思ひませんか。
風呂もいゝね。タイルもいゝが、湯ぶねは、やはり
檜が一番ぢやないかしら。
庭の向ふに笹が植えてあるが、笹は、それだけで
風雅な、そのくせ　したしみぶかい。「町なかの風流」
といふ言葉を、いま考へてゐる。
君を愛してゐる。たとへ、一日でも二日でも、かうして
離れて、そしてお互ひのことを思つてゐることが、
ありがたくて仕方がない。

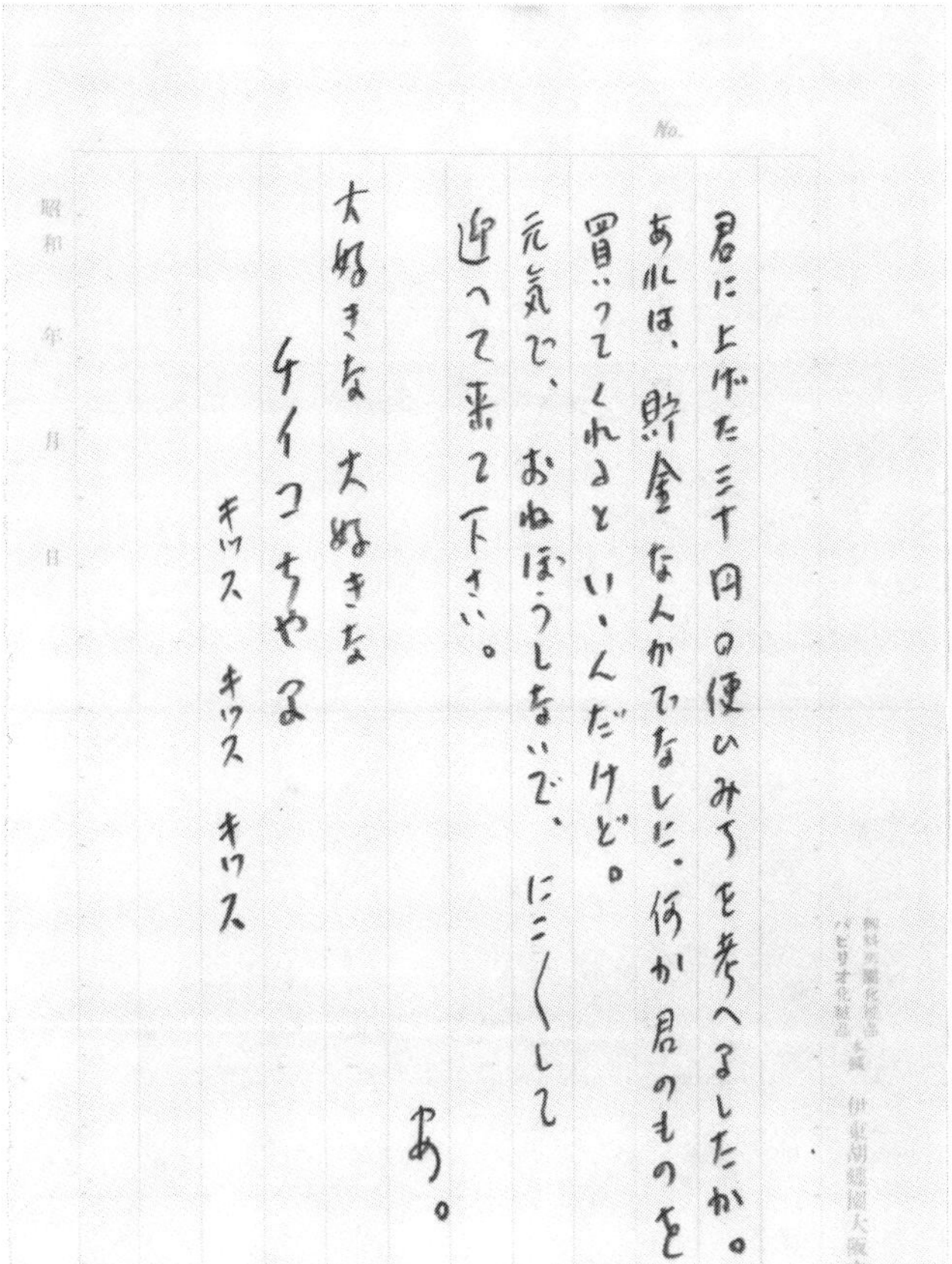

No.

君に上げた三十円の使ひみちを考へましたか。
あれは、貯金なんかでなしに、何か君のものを
買ってくれるといゝんだけど。
元気で、おねぼうしないで、にこ〱して
迎へて来て下さい。
ああ。

大好きな　大好きな
チイコちゃん
キッス　キッス　キッス

昭和　年　月　日

伊東胡蝶園大阪支店

3

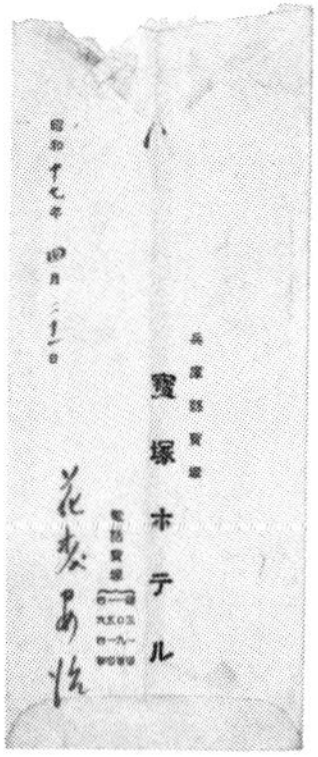

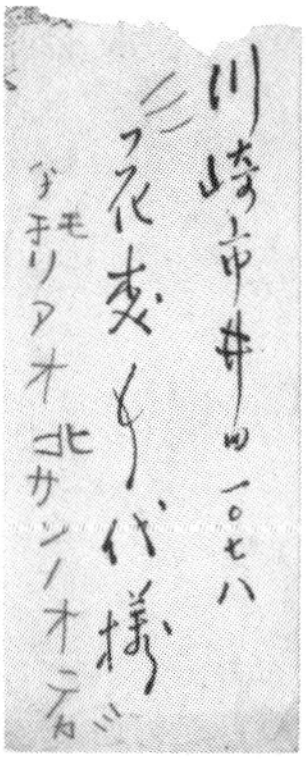

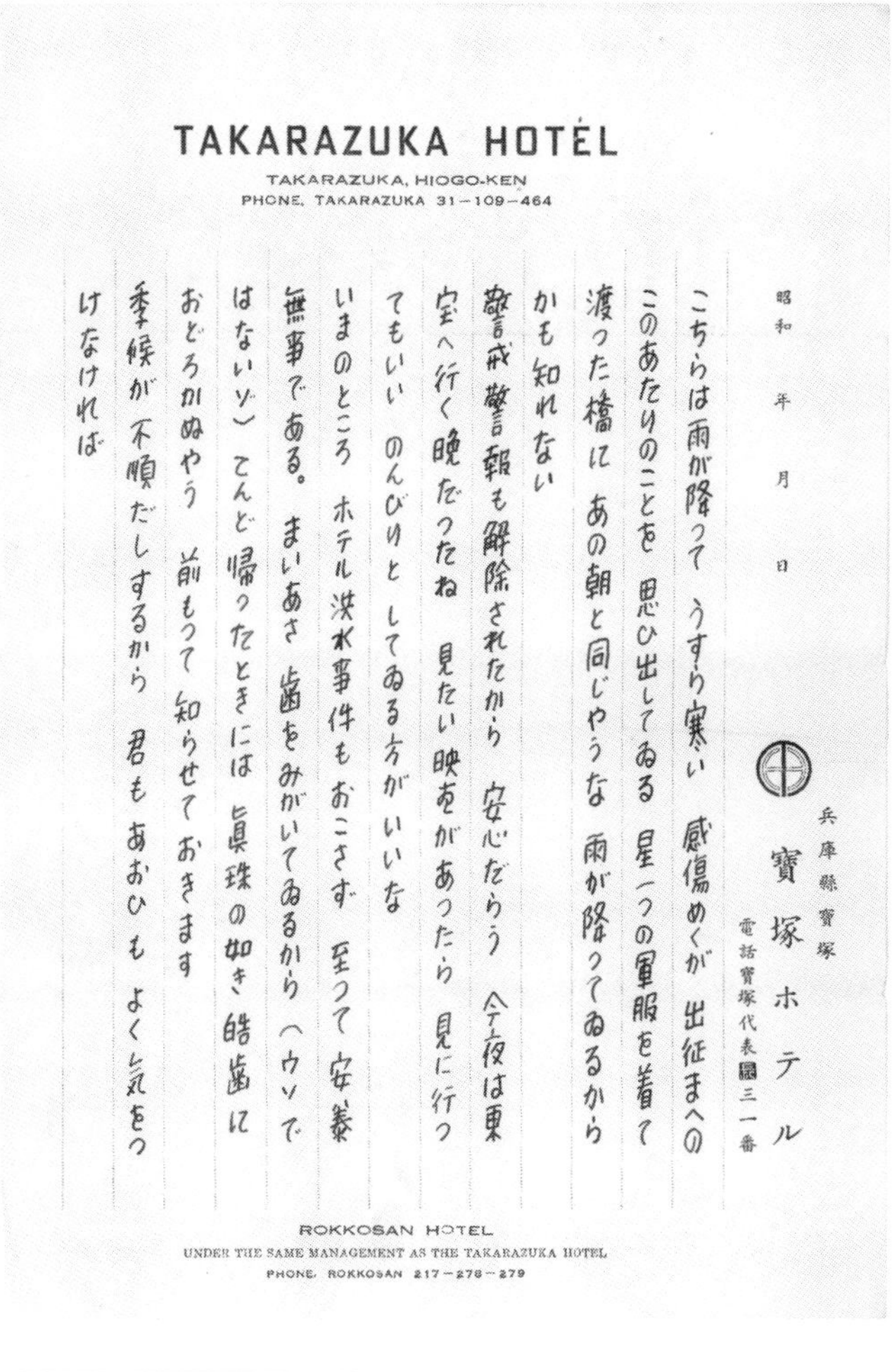
TAKARAZUKA HOTEL

TAKARAZUKA, HIOGO-KEN
PHONE, TAKARAZUKA 31-109-464

兵庫縣寶塚
寶塚ホテル
電話寶塚代表局三一番

昭和　年　月　日

こちらは雨が降つて うすら寒い 感傷めくが 出征まへの
このあたりのことを 思ひ出してゐる 星一つの軍服を着て
渡った橋に あの朝と同じやうな 雨が降つてゐるから
かも知れない
警戒警報も解除されたから 安心だらう 今夜は東
宝へ行く晩だったね 見たい映画があったら 見に行つ
てもいい のんびりと してゐる方がいいな
いまのところ ホテル洪水事件もおこさず 至つて安泰
無事である。 まいあさ 歯をみがいてゐるから（ウソで
はないゾ） こんど帰ったときには 真珠の如き皓歯に
おどろかぬやう 前もつて 知らせておきます
季候が不順だしするから 君も あおひも よく気をつ
けなければ

ROKKOSAN HOTEL
UNDER THE SAME MANAGEMENT AS THE TAKARAZUKA HOTEL
PHONE, ROKKOSAN 217-278-279

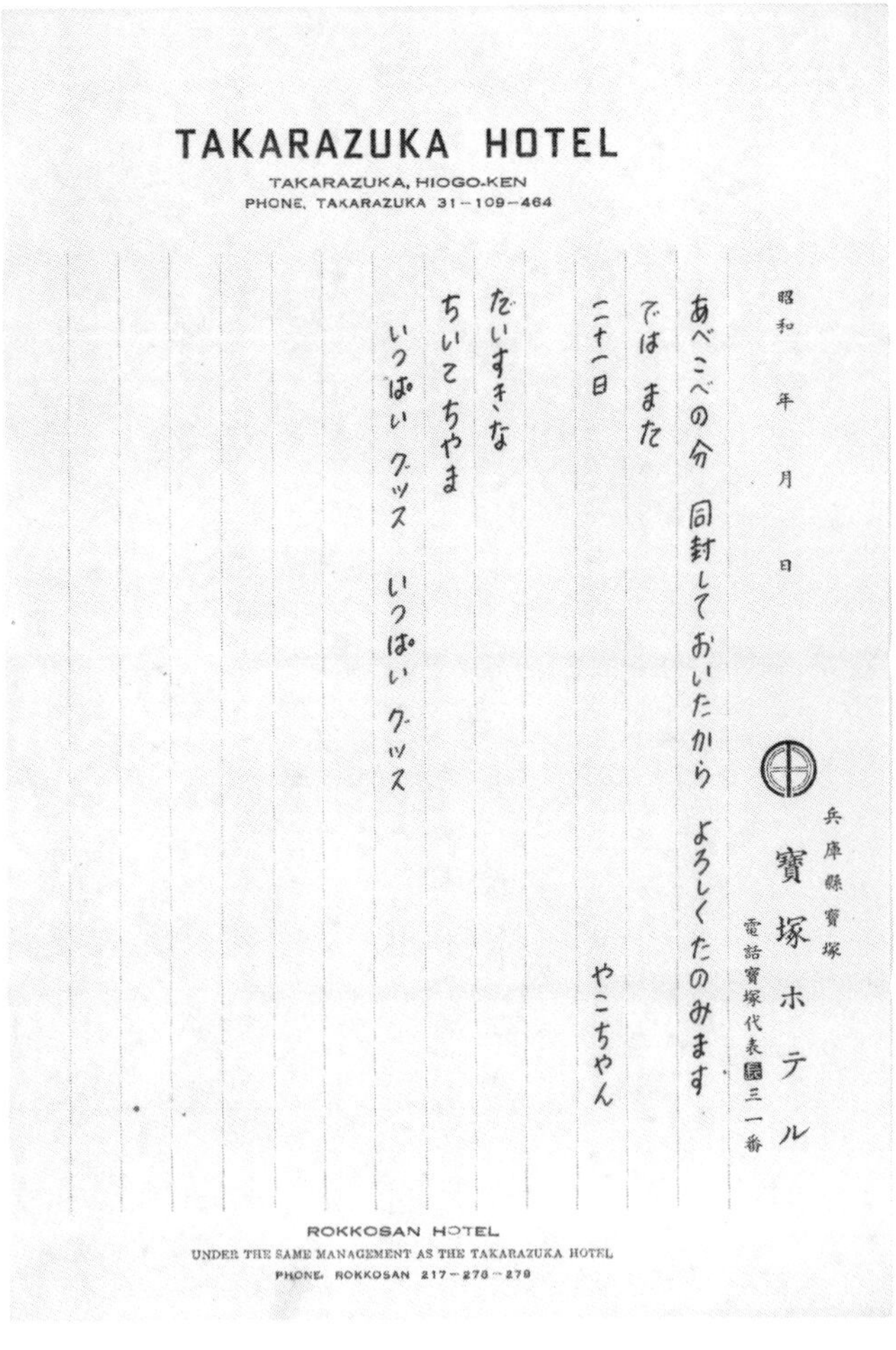

TAKARAZUKA HOTEL

TAKARAZUKA, HIOGO-KEN
PHONE, TAKARAZUKA 31－109－464

昭和　年　月　日

あべこべの分　同封しておいたから　よろしくたのみます

では　また

二十一日　やこちゃん

だいすきな

ちいてちやま

いっぱい　グッス　いっぱい　グッス

兵庫縣寶塚
寶塚ホテル
電話寶塚代表園三一番

ROKKOSAN HOTEL
UNDER THE SAME MANAGEMENT AS THE TAKARAZUKA HOTEL
PHONE, ROKKOSAN 217－278－279

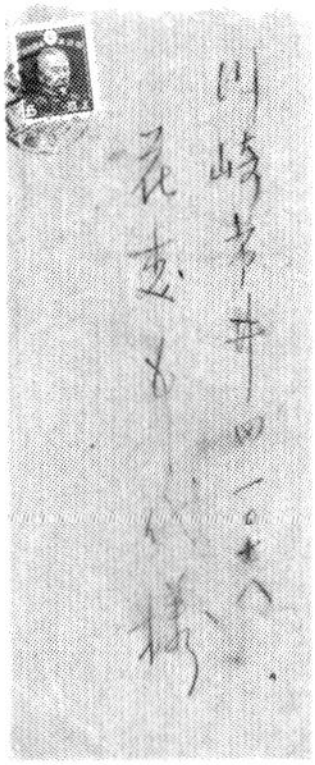

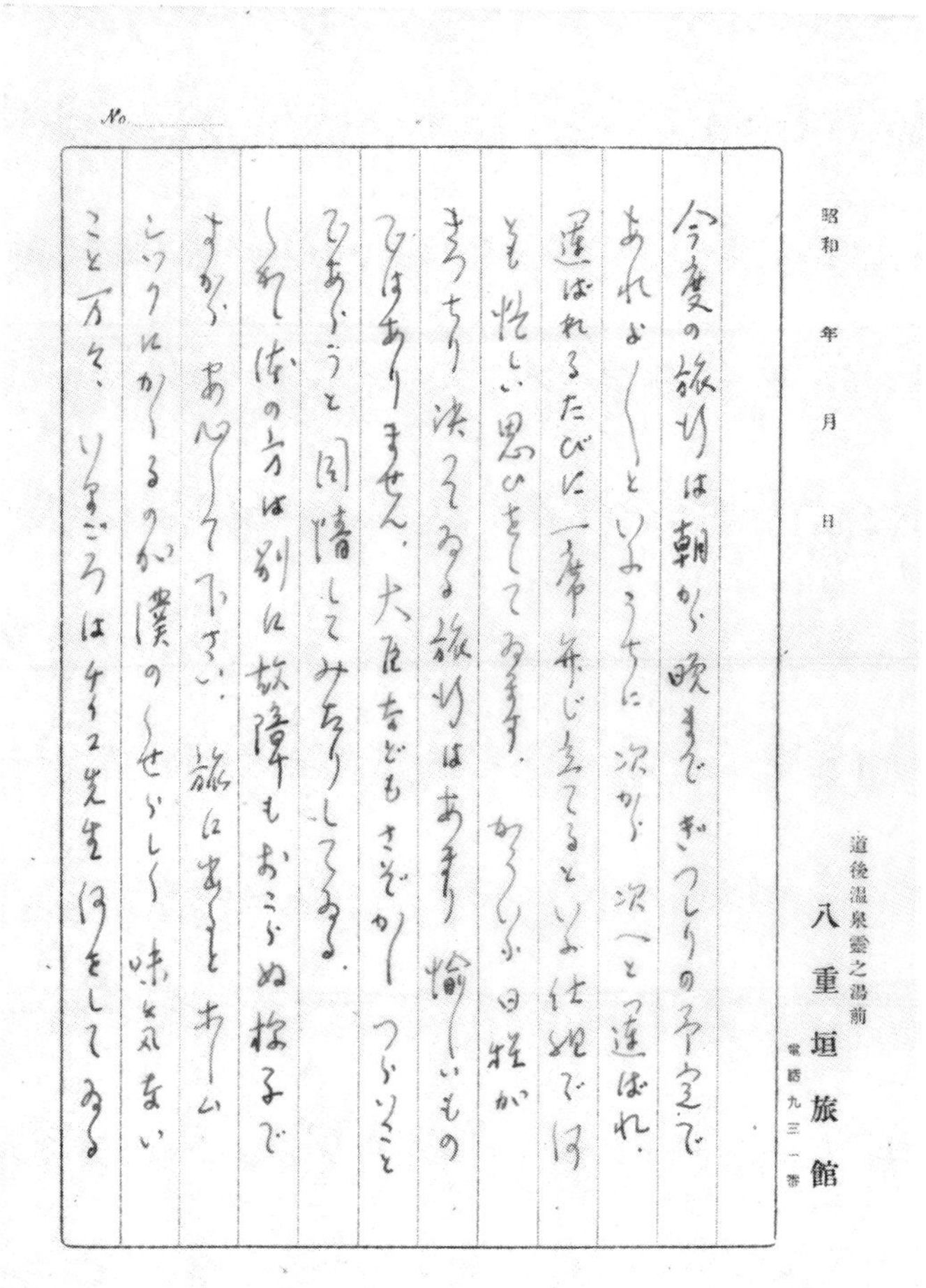
No.

昭和　年　月　日

今度の旅行は朝から晩まで ぎつしりの予定で
あれよあれよといふうちに次から次へと運ばれ、
運ばれるたびに一席弁じてるといふ仕組では
とも忙しい思ひをしてゐます。かういふ日程が
きつちり決つてゐる旅行はあまり愉しいもの
ではありません。大臣などもさぞかしつらいこと
であらうと同情してみたりしてゐる。
しかし体の方は別に故障もおこらぬ様子で
すから御安心して下さい。旅に出るとホーム
シックにかゝるのが僕のくせらしく、味気ない
こと万々。いまごろはチイコ先生何をしてゐる

道後温泉霊之湯前
八重垣旅館
電話九三一番

昭和　年　月　日

道後温泉霊之湯前
八重垣旅館
電話九三一番

No

ここやらと、ことに高松といひ、松山といひ城下町と
いふものはどこか似たところがあると見えて、松江を
思ひ出させら。一入の感慨です。
松山や秋より高き天主城　子規
濠端に鳥舞ふ昼や暮あらふ　あほ
くらべてみると一寸僕の方が上手らしい
はじめの日すこし降られたきりで　まるで
子規の句そのまゝの日が続いて　その点
は作をありがたいと思ってゐます。

りく

ヤコチヤン

大好きな大好きな
チイコちやんに

5

十一日
花森安治
KANKO HOTEL, NAGOYA
JAPAN

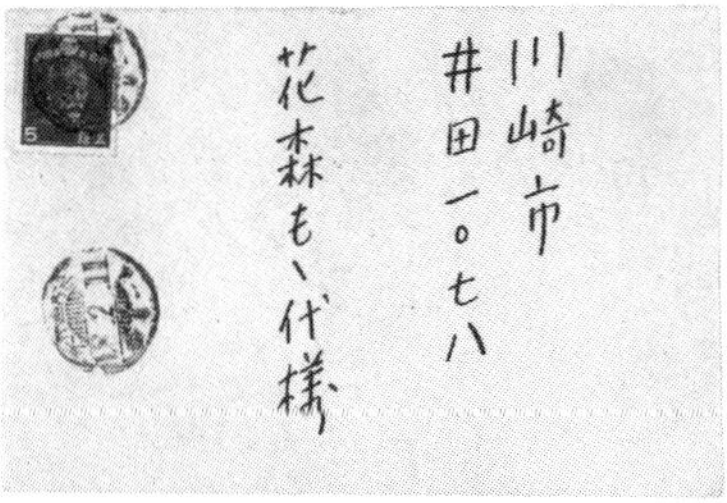
川崎市
井田一〇七八
花森もゝ代様

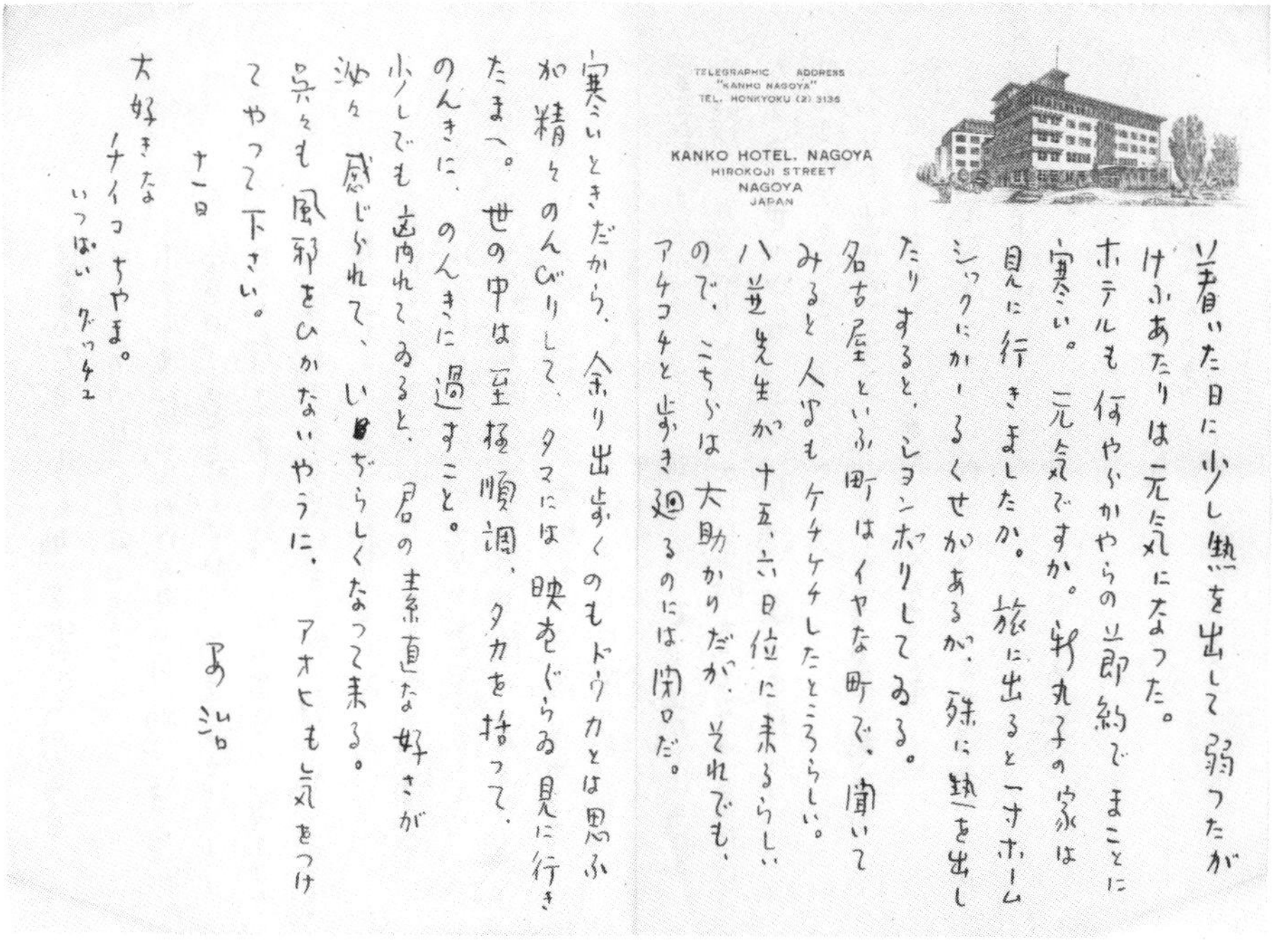
TELEGRAPHIC ADDRESS
"KANHO NAGOYA"
TEL. HONKYOKU (2) 3136

KANKO HOTEL, NAGOYA
HIROKOJI STREET
NAGOYA
JAPAN

着いた日に少し熱を出して弱つたが
けふあたりは元気になつた。
ホテルも何やかやらの節約でまことに
寒い。元気ですか。新丸子の家は
見に行きましたか。旅に出ると一寸ホーム
シックにかゝるくせがあるが、殊に熱を出し
たりすると、シヨンボリしてゐる。
名古屋といふ町はイヤな町で、聞いて
みると人間もケチケチしたところらしい。
八並先生が十五、六日位に来るらしい
ので、こちらは大助かりだが、それでも、
アケコチと歩き廻るのには閉口だ。
寒いときだから、余り出歩くのもドウカとは思ふ
が精々のんびりして、タマには映画ぐらゐ見に行き
たまへ。世の中は至極順調、タカを括つて、
のんきに、のんきに過すこと。
少しでも離れてゐると、君の素直な好さが
沁々感じられて、いぢらしくなつて来る。
呉々も風邪をひかないやうに、アオヒも気をつけ
てやつて下さい。

十一日　安治

大好きな
ノナイコちやま。
いつぱい グッチュ

6

TAKARAZUKA HOTEL

大好きなノナイコちゃよ。いっぱいグッス。
来る早々から案の定 何やかやと
忙しくて、手紙も書くひまもない
くらゐだった。然し身体の方は
絶対に大丈夫だから安心なさい。
絵をみると一寸ステキなホテル
でせう。泊ってみるとさほどでない。
第一ホテルの方がまだいい。

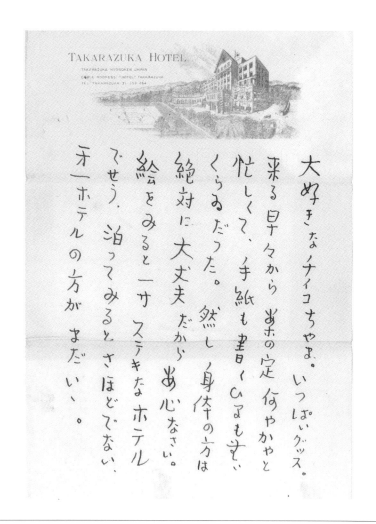

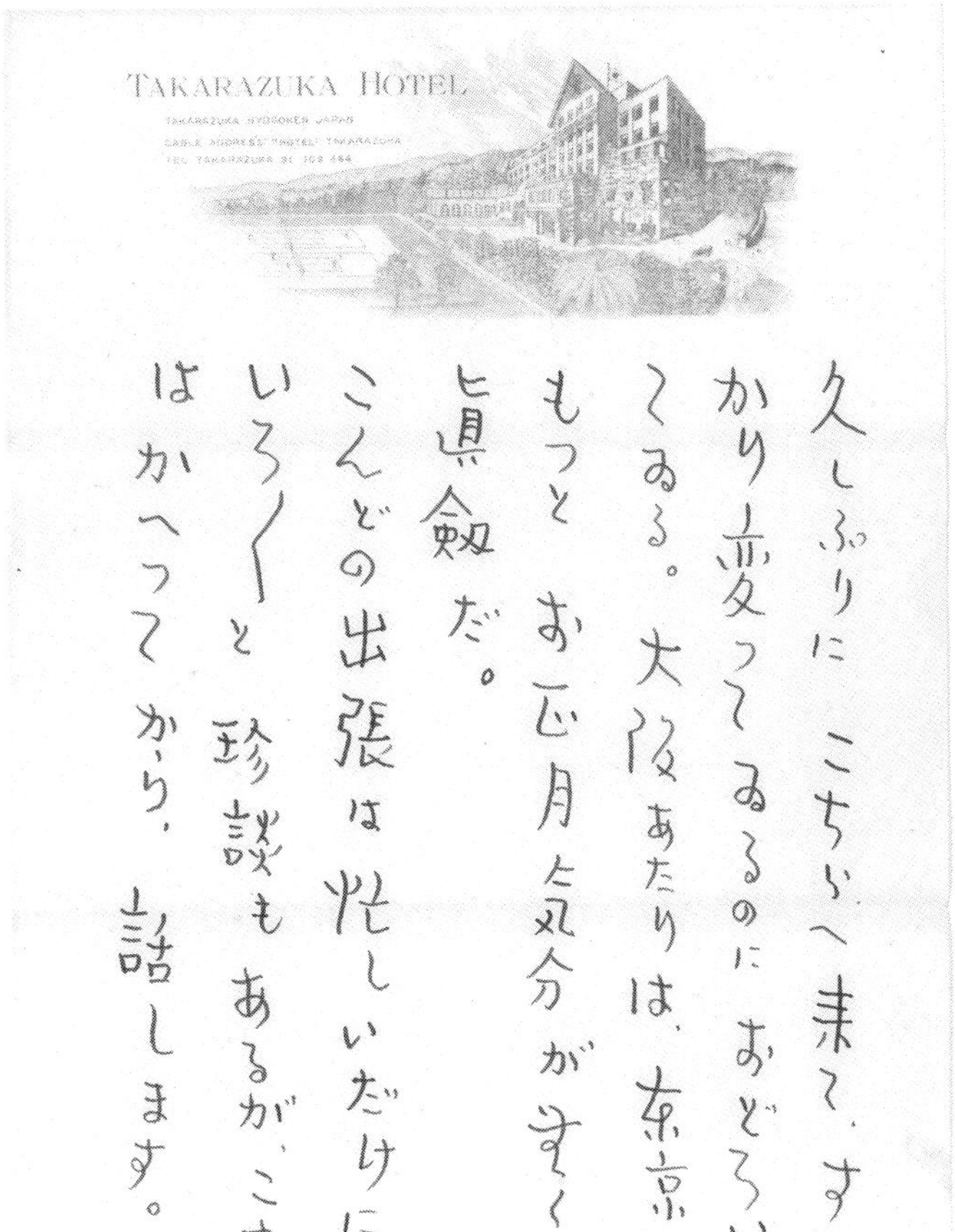
TAKARAZUKA HOTEL
TAKARAZUKA HYOGOKEN JAPAN
CABLE ADDRESS: "HOTEL" TAKARAZUKA

久しぶりにこちらへ来て、すっかり変ってゐるのにおどろいてゐる。大阪あたりは、東京よりもっとお正月気分がすく、眞劍だ。

こんどの出張は忙しいだけに、いろ〳〵と珍談もあるが、これはかへってから、話します。

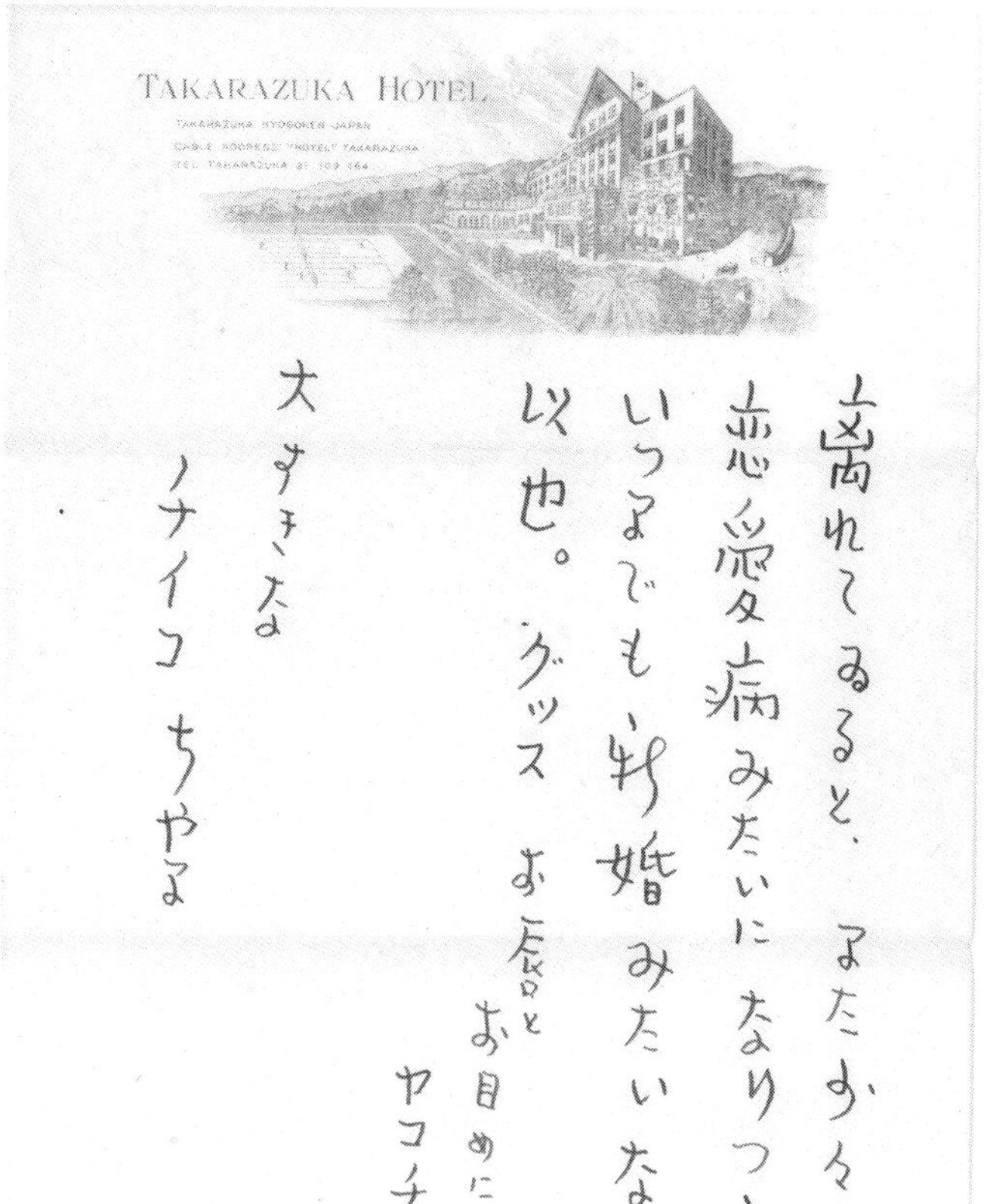
TAKARAZUKA HOTEL

離れてゐると、またお々チイコに
恋愛病みたいになりつゝある。
いつまでも、新婚みたいな所
以也。グッス
お唇と
お目めに
ヤコノチヤン

大すきな
ノナイコ ちやま

7

それほどまで松江へ行きたがつてゐたのか、と知つて、たいへん
わるいことをしたと思ふ。いろんな理くつはあるとしても、
いま考へてみると、つまりチイコと、たとへ二、三日でも離
れてゐるのがさみしい、といふ我マヽが いけなかつた。
どんなにか、すまないことをした。ごめんなさい。

チイコにしても、気持よく、行きたかつたらう、と思ふ。
ほんとに、すまなかつたと思ふ。

けふボーナスをもらつた。家へ帰つて、ひとりで、さみしく
開けた。思つたより多かつた。三百四〇円。うれしくとも
何ともなかつた。チイコが、こゝにゐてくれたら、きつと
喜んでくれたのに、と思ふと、涙が出て来た。

けさ、家を出るとき、どうもチイコは、身体がわるいので
はないか、とふと思つた。神経痛なんか、どうして
だまつてゐるの。こんどは月給も上つたし、少し切詰め
たら女中さんぐらゐ来てもらへるやうに思ふ。その他
にも、何か、いくらか、チイコをらくにすることは、相談す
ればあるのではないかしら。

チイコが可哀想でたまらない。どんなに、心配して
ゐることか。身体の具合は、どう。

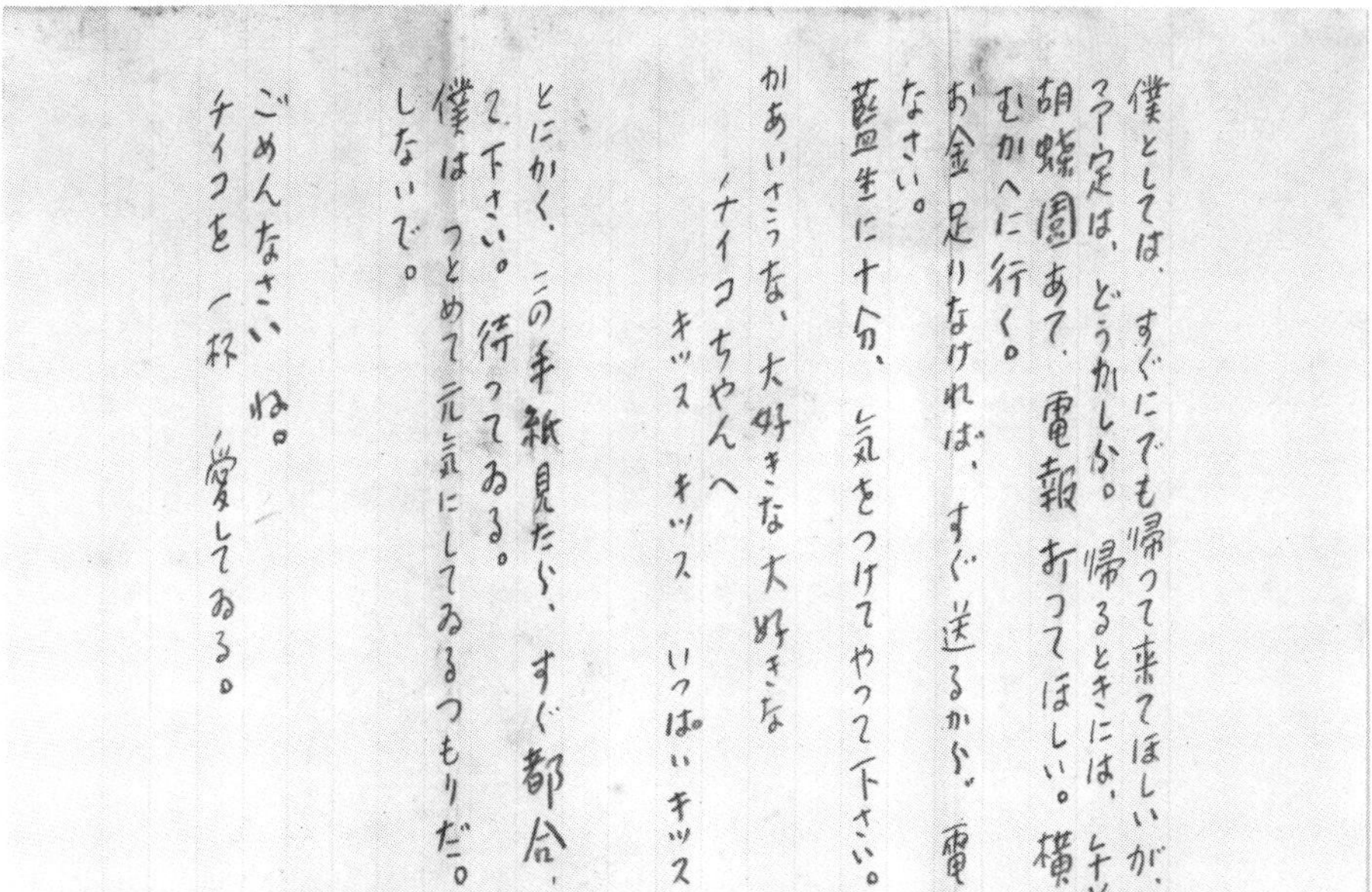
僕としては、すぐにでも帰って来てほしいが、チイコの
予定は、どうかしら。帰るときには、午前中に
胡蝶園あて、電報打ってほしい。横浜まで
むかへに行く。
お金足りなければ、すぐ送るから、電報打ち
なさい。
藍生に十分、気をつけてやって下さい。
ヤコ

かあいさうな、大好きな大好きな
チイコちゃんへ
キッス キッス いっぱいキッス

とにかく、この手紙見たら、すぐ都合、知らせ
て下さい。待ってゐる。
僕は つとめて元気にしてゐるつもりだ。心配
しないで。

ごめんなさいね。
チイコを一杯 愛してゐる。

8

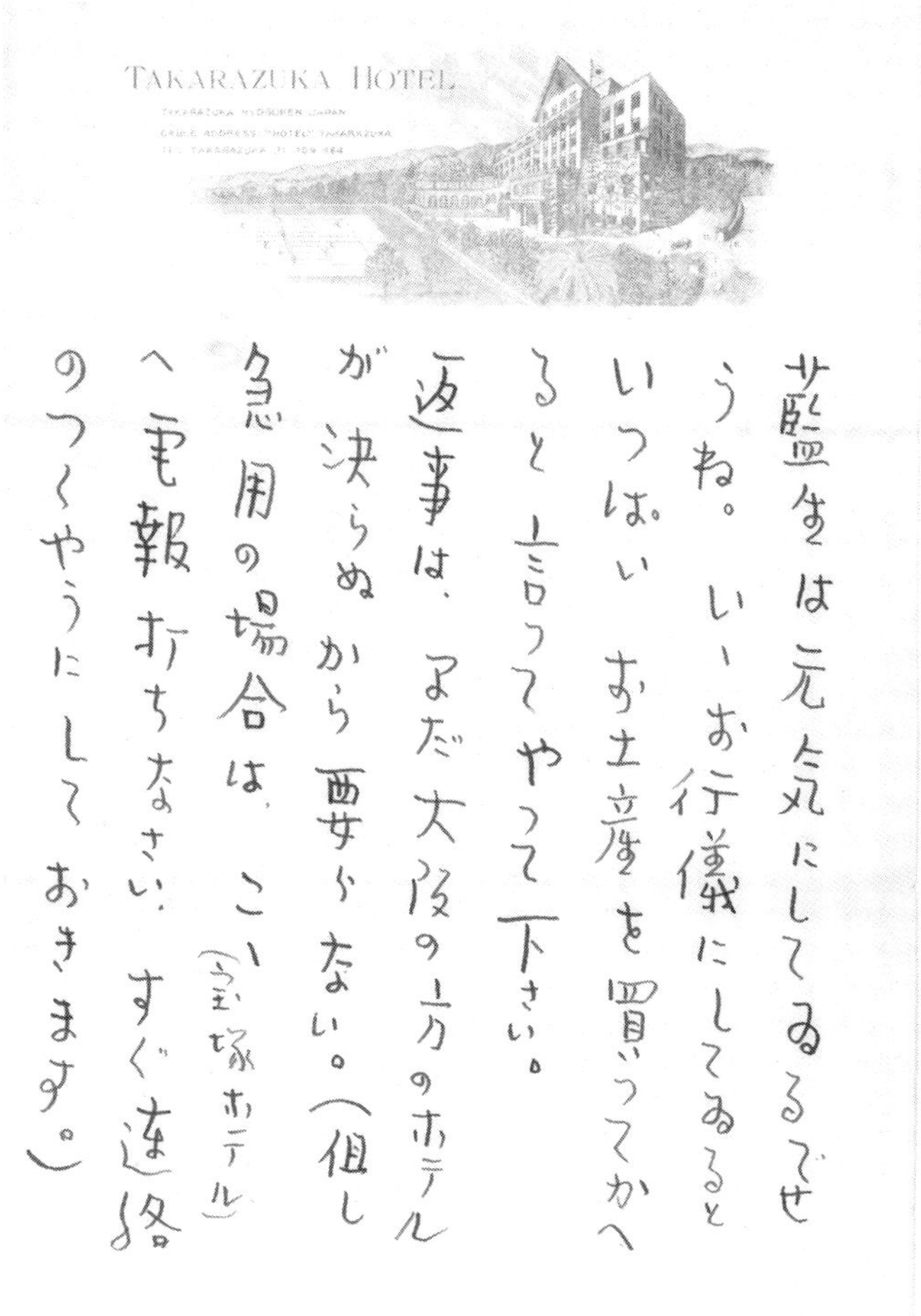
TAKARAZUKA HOTEL

TAKARAZUKA HYOGOKEN JAPAN

CABLE ADDRESS: "HOTEL" TAKARAZUKA

藍生は元気にしてゐるでせうね。いゝお行儀にしてゐるといっぱいお土産を買ってかへると言ってやって下さい。

返事は、まだ大阪の方のホテルが決らぬから要らない。(但し急用の場合は、こゝ(宝塚ホテル)へ電報打ちなさい。すぐ連絡のつくやうにしておきます。)

TAKARAZUKA HOTEL
TAKARAZUKA HYOGOKEN JAPAN
CABLE ADDRESS: "HOTEL" TAKARAZUKA
TEL. TAKARAZUKA 21 109 464

きのふは大劇場の舞台から
一場のエンゼツを試みた盛況で
した。
帰る日はまだはつきりしない
ので、決まり次第すぐ知らせ
ます。
あまり、こせ〳〵と働かないで、
のんびりとしてゐなさいね。身体
をこはさないことが何より。

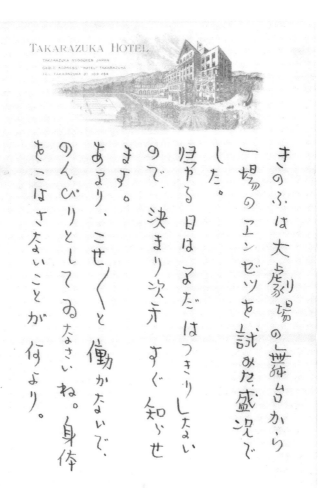

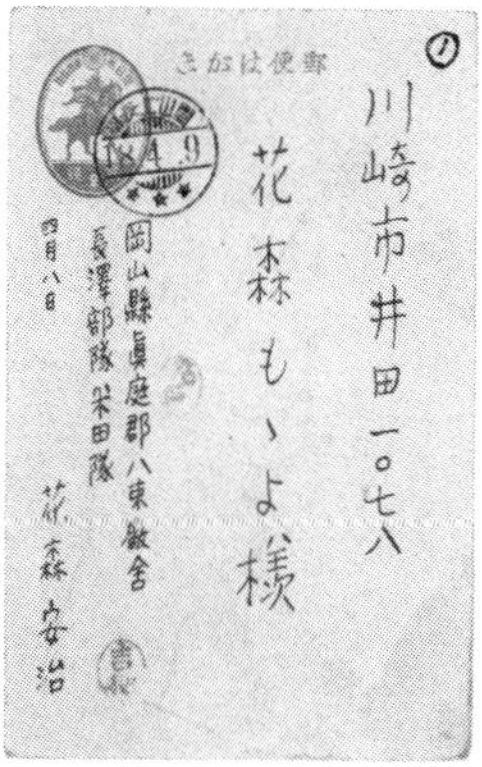
郵便はがき

①

川崎市井田一〇七八
花森もゝよ様

18.4.9

岡山縣眞庭郡八束廠舎
長澤部隊栄田隊
花森安治

四月八日

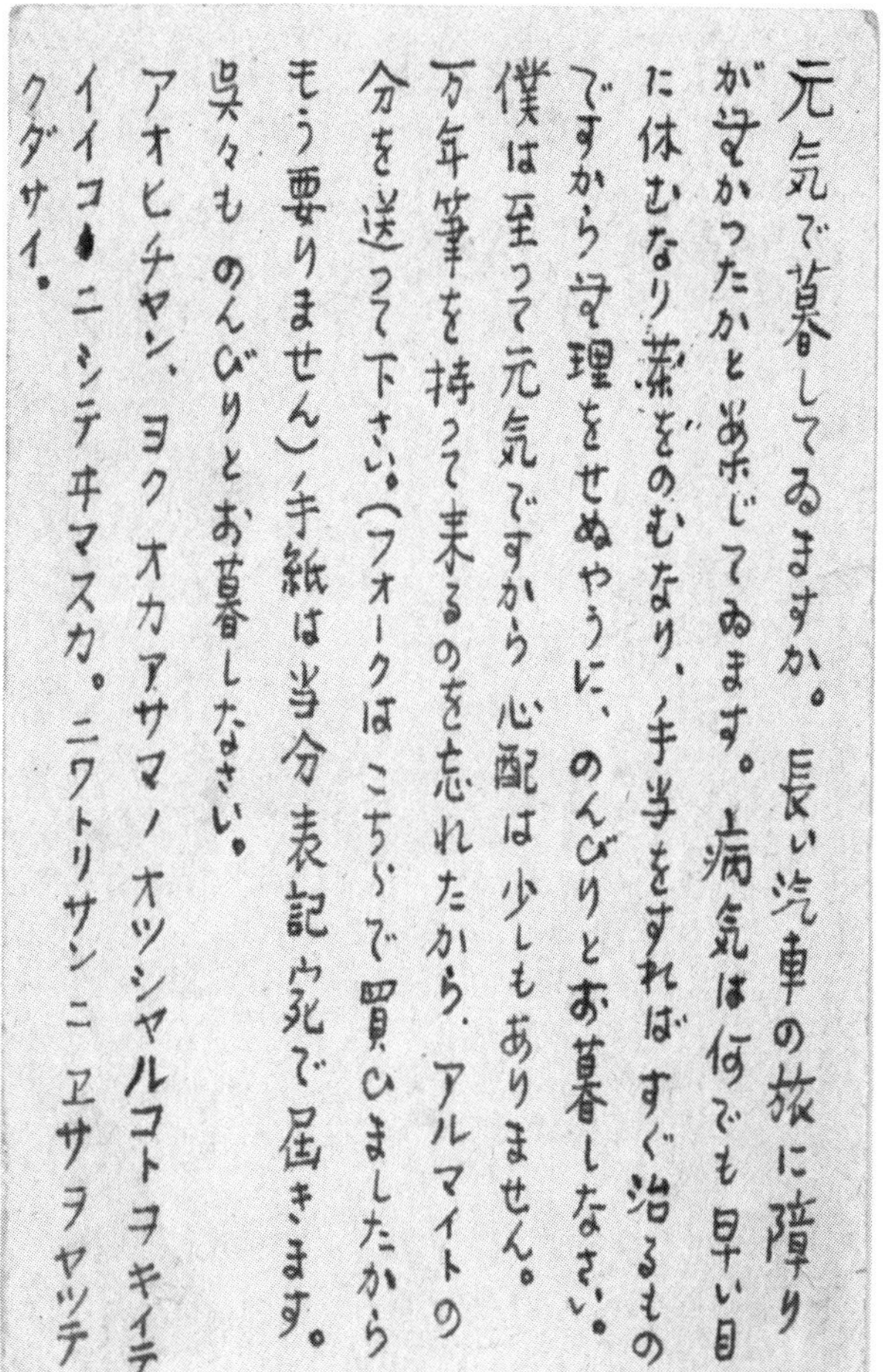
元気で暮してゐますか。長い汽車の旅に障り
が無かつたかとあんじてゐます。病気は何でも早い目
に休むなり薬をのむなり、手当をすればすぐ治るもの
ですから無理をせぬやうに、のんびりとお暮しなさい。
僕は至つて元気ですから心配は少しもありません。
万年筆を持つて来るのを忘れたから、アルマイトの
分を送つて下さい。(フォークはこちらで買ひましたから
もう要りません)手紙は当分表記宛で届きます。
呉々ものんびりとお暮しなさい。
アオヒチャン、ヨク オカアサマノ オツシャルコトヲキイテ
イイコニシテヰマスカ。ニワトリサンニ エサヲヤツテ
クダサイ。

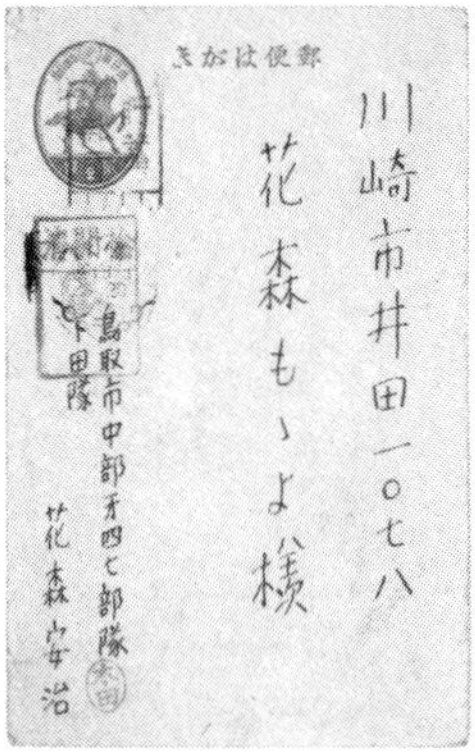

郵便はがき

川崎市井田一〇七八

花森もゝよ様

鳥取市中部才四七部隊 下田隊

花森安治

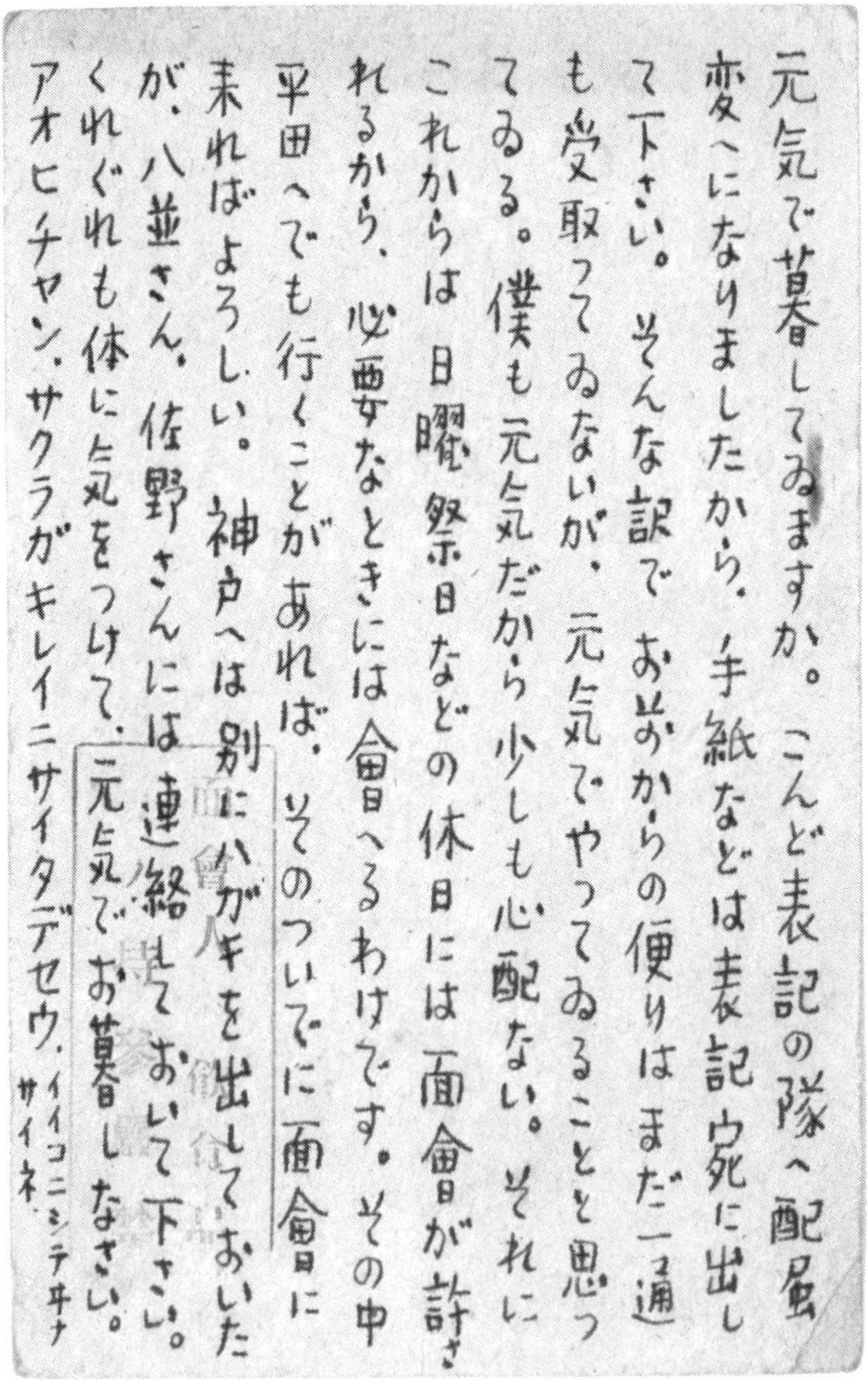

元気で暮してゐますか。こんど表記の隊へ配属変へになりましたから、手紙などは表記宛に出して下さい。そんな訳でお前からの便りはまだ一通も受取つてゐないが、元気でやつてゐることと思つてゐる。僕も元気だから少しも心配ない。それにこれからは日曜祭日などの休日には面會が許されるから、必要なときには會へるわけです。その中平田へでも行くことがあれば、そのついでに面會に來ればよろしい。神戸へは別にハガキを出しておいたが、八並さん、佐野さんには連絡しておいて下さい。くれぐれも体に気をつけて、元気でお暮しなさい。

アオヒチヤン、サクラガキレイニサイタデセウ、イイコニシテヰナサイネ。

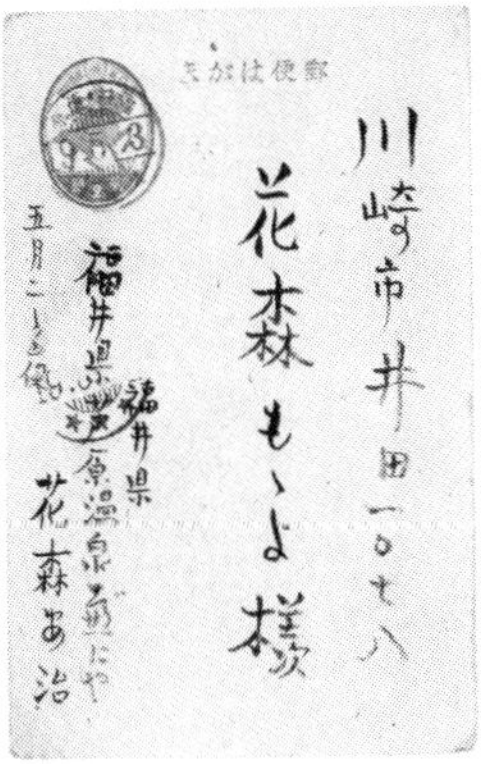

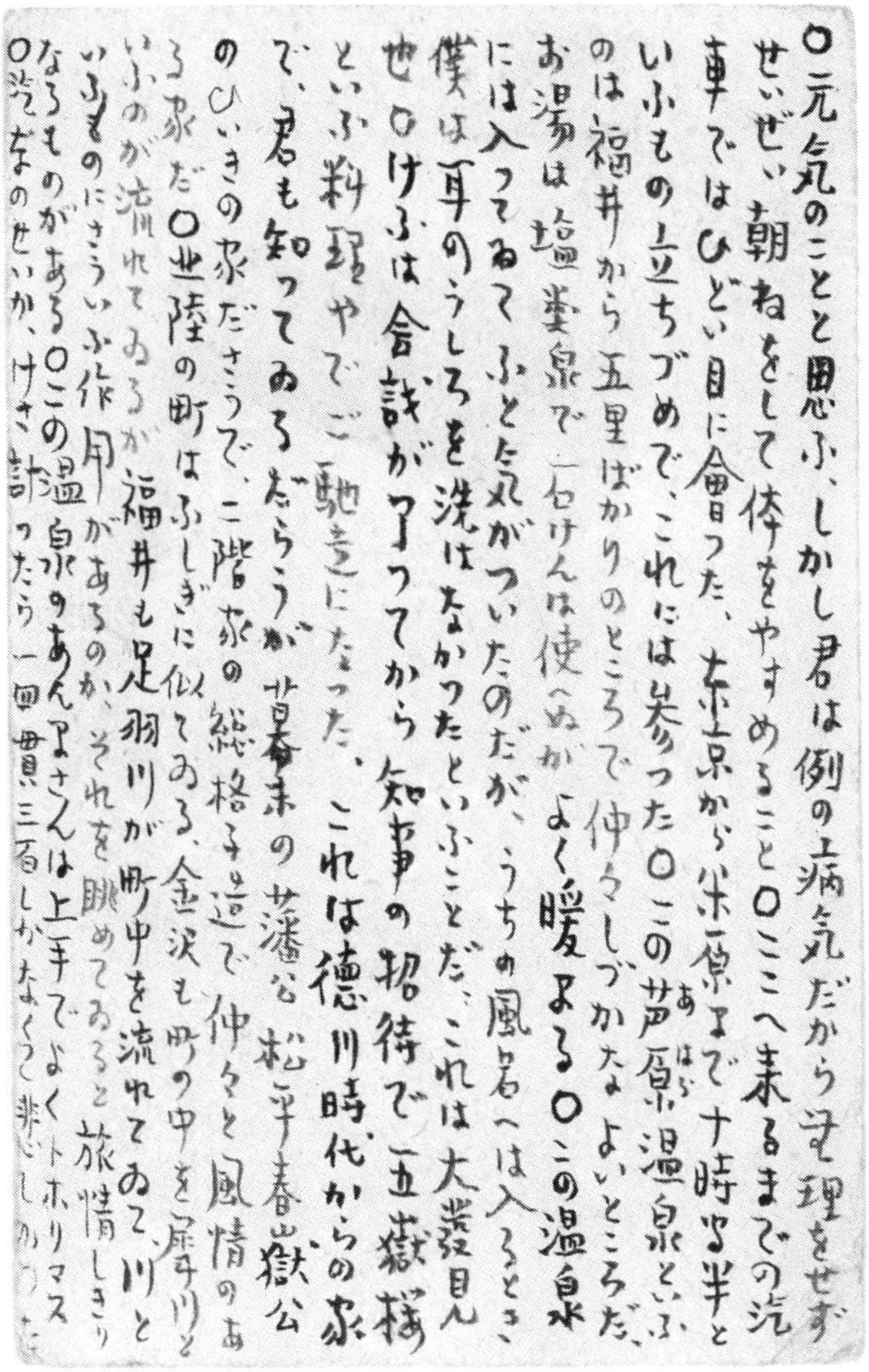
○元気のことと思ふ、しかし君は例の病気だから無理をせず
せいぜい朝ねをして体をやすめることと○ここへ来るまでの汽
車ではひどい目に會つた、東京から米原まで十時間半と
いふもの立ちづめで、これには参つた○この芦原《あはら》温泉といふ
のは福井から五里ばかりのところで仲々しづかなよいところだ、
お湯は塩気泉で石けんは使へぬがよく暖まる○この温泉
には入つてゐてふと気がついたのだが、うちの風呂へは入るとき、
僕は耳のうしろを洗はなかつたといふことだ、これは大発見
也○けふは会議がすんでから知事の招待で五嶽樓
といふ料理やでご馳走になつた、これは徳川時代からの家
で、君も知つてゐるだらうが幕末の藩公松平春嶽公
のひいきの家ださうで、二階家の総格子造で仲々と風情のあ
る家だ○北陸の町はふしぎに似てゐる、金沢も町の中を犀川と
いふのが流れてゐるが福井も足羽川が町中を流れてゐて川と
いふものにさういふ作用があるのか、それを眺めてゐると旅情しきり
なるものがある○この温泉のあんまさんは上手でよくトホリマス
○汽車のせいか、けさ計つたら一四貫三百しかなくて悲しかつた

12

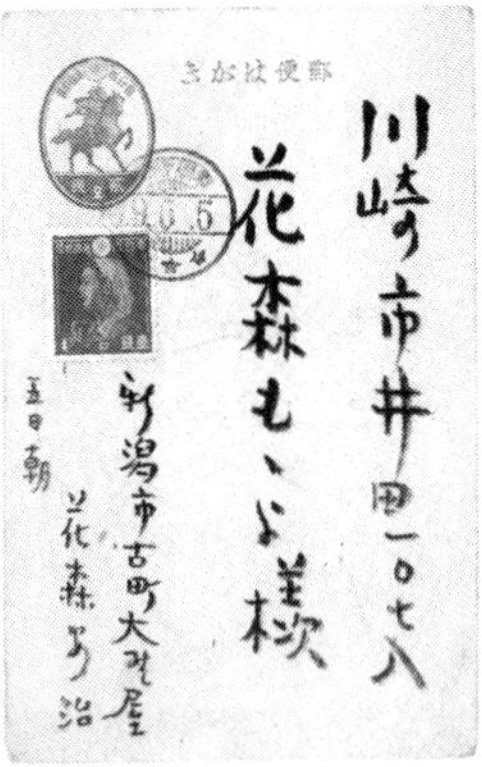
郵便はがき

川崎市井田一〇七八
花森もゝよ様

新潟市古町大和屋
花森安治
五日朝

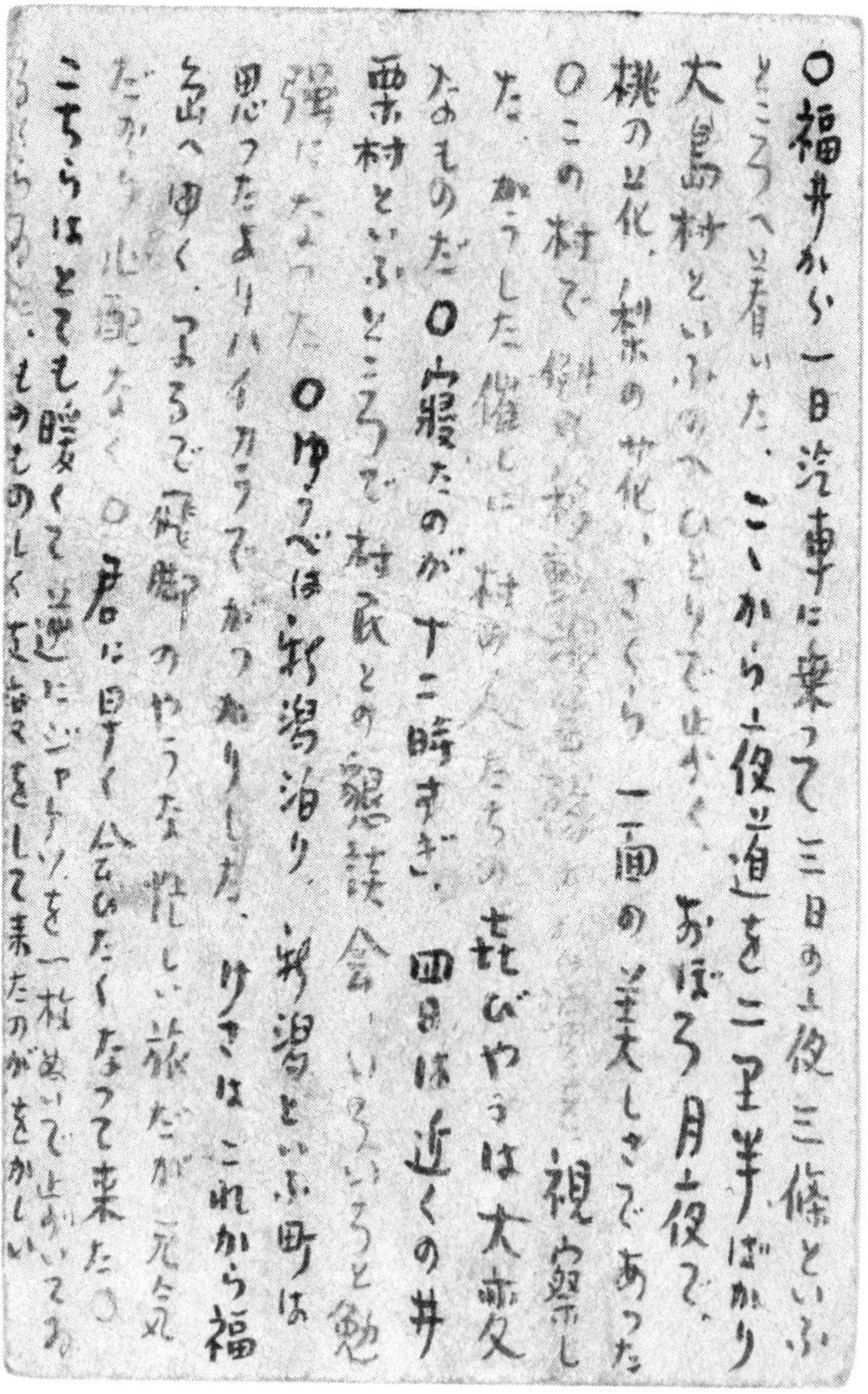
○福井から一日汽車に乗って三日の夜三條といふ
ところへ着いた。こゝから夜道を二里半ばかり
大島村といふ所へひとりで歩く おぼろ月夜で、
桃の花、梨の花、さくら 一面の美しさであった
○この村で[illegible]視察し
た かうした催しには村の人たちの喜びやうは大変
なものだ ○寝たのが十二時すぎ。四日は近くの井
栗村といふところで村民との懇談会 いろいろと勉
強になった ○ゆうべは新潟泊り。新潟といふ町は
思ったよりハイカラでがっかりした。りさはこれから福
島へゆく。まるで飛脚のやうな忙しい旅だが元気
だから心配なく ○君に早く会ひたくなって来た○
こちらはとても暖くて逆にジャケツを一枚ぬいで歩いてゐ
るくらゐだ。ものものしく支度をして来たのがをかしい

13

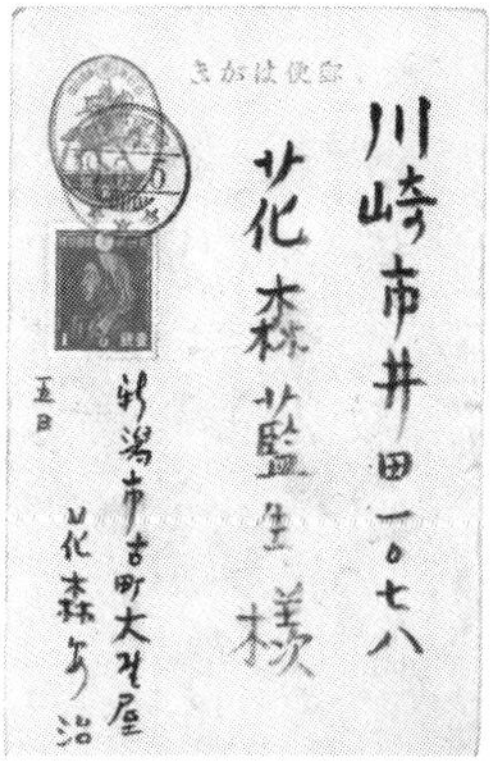
郵便はがき
川崎市井田一〇七八
花森藍生様
新潟市古町大和屋
花森安治
五日

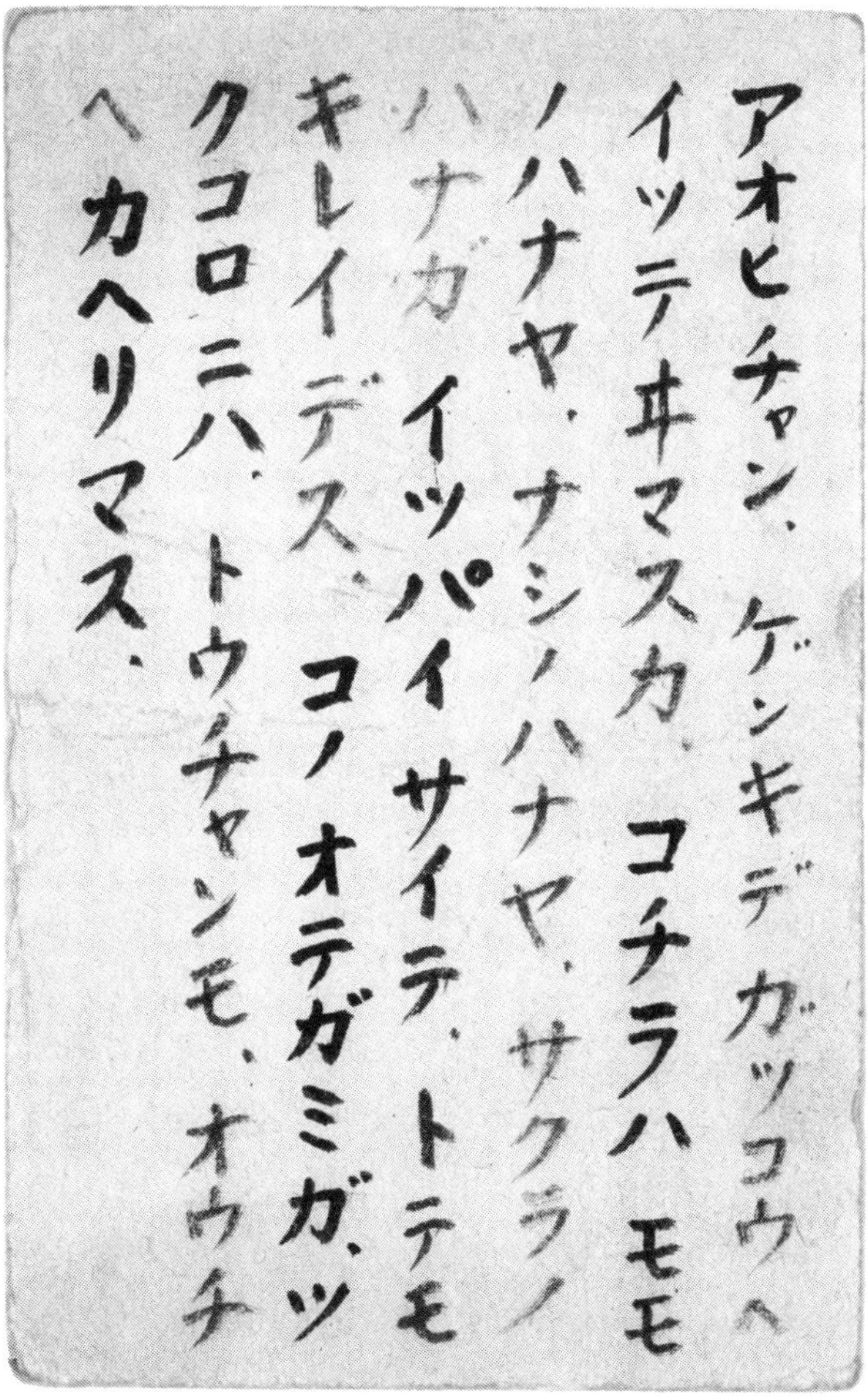
アオヒチャン、ゲンキデガッコウヘ
イッテヰマスカ、コチラハモモ
ノハナヤ、ナシノハナヤ、サクラノ
ハナガイッパイサイテ、トテモ
キレイデス、コノオテガミガ、ツ
クコロニハ、トウチャンモ、オウチ
ヘカヘリマス、

1

はじめにキッス、大好きなチイコちゃん。

1. 至つて元気、熱も少しも出ない。もうあと数日でふたりまた暮せると、嬉しさでいっぱい。

2. 寝台券が売切れで、僕の方の予定が一日狂つた。差支へなければ、従つて三日夜、そちらを立つて下さい。

3. 大阪―東京の特急の急行券を同封しておく。とてもその日は売切れで買へないから。

4. 君の汽車は、四日朝、七時十五分大阪駅へつく。特急は大阪午前八時〇分発。同封の急行券はこの汽車。東京へは四時四〇分につくはず。

5. 電報は必ず打つて下さい、安心するから。

6. けさ、僕と殆ど同時にトランクが、こちらへ届いた。とても、そちらは不自由だらうけれど、だから風呂しき包にして下さい。

◎[*1]特急は品川に停まらぬから、東京で降りること。僕は東京駅へ出る。

7. 何度も言ふことだけれど、取越苦労をしないやうに。風邪をひかないやうに。

（封筒表面）
松江市天神町十三
山内様内
花森もゝ代様
速達
（消印：15・2・1）

（封筒裏面）
二月一日
神戸市須磨区平田町五丁目
四二
花森安治

＊1　この行は欄外に書き足した形跡有り。

元気一杯で、品川駅で会いませう。僕はとてもとても元気だ。心配要りません。

ヤコ

大好きな

チイコちやん

いつぱいキッス

これから東京へ立つ。走り書きでごめんね。
炭はやはり四俵でもよいかと思ふ。
こつちは都会だけあつて白つぽい帽子なんかうよ〳〵してますわよ、だ。

2

二十五日　朝八時五十分横浜へ着きます。

大阪は暑い。夜になつても、風がないので、肌がべつとりしてとてもいやだ。けれども、町の朝は、気持がいゝ。僕の宿屋は、御堂筋から、ものゝ二十間もひつこんでないが、それでも狭い庭を工夫してある。大阪人の生活を愉しくすることを考へる。大阪人といふものを考へる。庭作りといふことは、決してあれはぜい沢でも何でもないと思ひはじめてゐる。僕もこんど引越したら庭を作りたくなつちやつた。

あるだけのものにあきらめて、それを何とか愉しいものに思はうといふ生活態度を、美しいと思ひませんか。風呂もいゝね。タイルもいゝが、湯ぶねは、やはり檜が一番ぢやないかしら。

庭の向ふに笹が植えてあるが、笹は、それだけで風雅な、そのくせ　したしみぶかい。「町なかの風流」といふ言葉を、いま考へてゐる。

君を愛してゐる。たとへ、一日でも二日でも、かうして離れて、そしてお互ひのことを思つてゐることが、ありがたくて仕方がない。

（封筒表面）
川崎市木月一三五六
花森もゝ代様
速達
（消印：15・7・24）
（封筒裏面）
大阪市東区北浜四丁目五番地
パピリオ化粧品本舗　伊東化学研究所
大阪出張所
昭和十五年七月二十三日
安

君に上げた三十円の使ひみちを考へましたか。あれは、貯金なんかでなしに、何か君のものを買つてくれるとい丶いんだけど。

元気で、おねぼうしないで、にこ〳〵して迎へて来て下さい。

安。

大好きな　大好きな

チイコちやま

キツス　キツス　キツス

3

こちらは雨が降つて　うすら寒い　感傷めくが　出征まへの　このあたりのことを　思ひ出してゐる　星一つの軍服を着て　渡つた橋に　あの朝と同じやうな　雨が降つてゐるからかも知れない

警戒警報も解除されたから　安心だらう　今夜は東宝へ行く晩だつたね　見たい映画があつたら　見に行つてもいい　のんびりと　してゐる方がいいな

いまのところ　ホテル洪水事件もおこさず　至つて安泰無事である。まいあさ　歯をみがいてゐるから（ウソではないゾ）こんど帰つたときには　真珠の如き皓歯《こうし》におどろかぬやう　前もつて　知らせておきます

季候が不順だしするから　君もあおひもよく気をつけなければ

あべこべの分　同封しておいたから　よろしくたのみます

では　また

二十一日

やこちやん

だいすきな

ちいこちやま

いつぱい　グッス　いつぱい　グッス

（封筒表面）

川崎市井田一〇七八

花森もゝ代様

ハナモリアオヒサンノオテ

カミ

（封筒裏面）

兵庫県宝塚

宝塚ホテル

花森安治

昭和十七年四月二十一日

4

今度の旅行は朝から晩までぎつしりの予定であれよ〳〵といふうちに次から次へと運ばれ、運ばれるたびに一席弁じ立てるといふ仕組で何とも忙しい思ひをしてゐます。かういふ日程がきつちり決つてゐる旅行はあまり愉しいものではありません。大臣などもさぞかしつらいことであらうと同情してみたりしてゐる。

しかし体の方は別に故障もおこらぬ様子ですから安心して下さい。旅に出るとホームシツクにかゝるのが僕のくせらしく味気ないこと万々、いまごろはチイコ先生何をしてゐることやらと、ことに高松といひ、松山といひ城下町といふものはどこか似たところがあると見えて、松江を思ひ出させられ、一入《ひとしお》の感慨です。

松山や秋より高き天主城[*1]　子規

濠端に鳶舞ふ昼や妻おもふ　安治

ならべてみると一寸僕の方が上手らしい。

はじめの日少し降られたきりで　まるで子規の句そのまゝの日が続いて　その点は仲々ありがたいと思つてゐます。

ヤコチヤン

大好きな　大好きな

チイコちやま

（封筒表面）

川崎市井田一〇七八

花森もゝ代様

（消印：17・10・9）

（封筒裏面）

伊予国道後湯之町玉ノ湯前

八重垣旅館

花森安治

昭和十七年十月八日

*1　正岡子規の実際の句では「閣」。

5

着いた日に少し熱を出して弱つたがけふあたりは元気になつた。

ホテルも何やらかやらの節約でまことに寒い。元気ですか。新丸子の家は見に行きましたか。旅に出ると一寸ホームシックにかゝるくせがあるが、殊に熱を出したりすると、シヨンボリしてゐる。

名古屋といふ町はイヤな町で、聞いてみると人間もケチケチしたところらしい。八並先生が十五、六日位に来るらしいので、こちらは大助かりだが、それでも、アチコチと歩き廻るのには閉口だ。

寒いときだから、余り出歩くのもドウカとは思ふが精々のんびりして、タマには映画ぐらゐ見に行きたまへ。世の中は至極順調、タカを括つて、のんきに、のんきに過すこと。

少しでも離れてゐると、君の素直な好さが泌々感じられて、いぢらしくなつて来る。

呉々も風邪をひかないやうに、アオヒも気をつけてやつて下さい。

十一日　安治

大好きな

チイコちやま。

いつぱい　グツチユ

(封筒表面)

川崎市井田一〇七八

花森もゝ代様

(消印：18・2・11)

(封筒裏面)

十一日

名古屋市西区仲ノ町一ノ六

名古屋観光ホテル

花森安治

6 *1

大好きなチイコちやま。いつぱいグッス。来る早々から案の定何やかやと忙しくて、手紙も書くひまもないくらゐだつた。然し身体の方は絶対に大丈夫だから安心なさい。絵をみると一寸ステキなホテルでせう。泊つてみるとさほどでない、第一ホテルの方がまだい丶。

久しぶりに　こちらへ来て、すつかり変つてゐるのに　おどろいてゐる。大阪あたりは、東京よりもつと　お正月気分がなく、真剣だ。

こんどの出張は忙しいだけに、いろ〳〵と珍談もあるが、これはかへつてから、話します。

離れてゐると、また少々チイコに恋愛病みたいになりつ丶ある。いつまでも新婚みたいな所以也。グッス　お唇とお目めに

ヤコチヤン

大すきなチイコちやま

*1 日付不明。封筒無し。便箋は宝塚ホテルのもの。

7 *1

それほどまで松江へ行きたがつてゐたのか、と知つて、たいへんわるいことをしたと思ふ。いろんな理くつはあるとしても、いま考へてみると、つまりチイコと、たとへ二、三日でも離れてゐるのがさみしい、といふ我まゝがいけなかつた。どんなにか、すまないことをした、ごめんなさい。

チイコにしても、気持よく、行きたかつたらう、と思ふ。

ほんとに、すまなかつたと思ふ。

けふボーナスをもらつた。家へ帰つて、ひとりで、さみしく開けた。思つたより多かつた、三百四〇円。うれしくとも何ともなかつた。チイコが、こゝにゐてくれたら、きつと喜んでくれたのに、と思ふと、涙が出て来た。

けさ、家を出るとき、どうもチイコは、身体がわるいのではないか、とふと思つた。神経痛なんか、どうしてだまつてゐるの。こんどは月給も上つたし、少し切詰めたら女中さんぐらゐ来てもらへるやうに思ふ。その他にも、何か、いくらかチイコをらくにすることは、相談すればあるのではないかしら。

---

*1　日付不明。封筒無し。332ミリ×207ミリの大きさの一枚の紙を二つ折りにし、表と裏に書かれている。

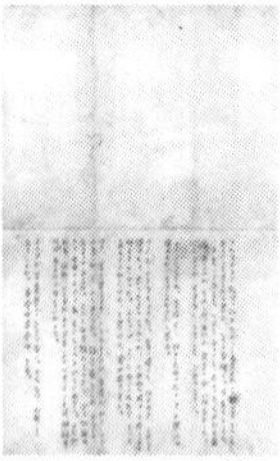

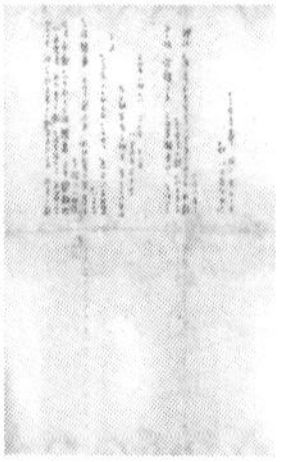

チイコが可哀想でたまらない。どんなに、心配してゐることか。身体の具合は、どう。僕としては、すぐにでも帰つて来てほしいが、チイコの予定は、どうかしら。帰るときには、午前中に胡蝶園あて、電報打つてほしい。横浜までむかへに行く。お金足りなければ、すぐ送るから、電報打ちなさい。藍生に十分、気をつけてやつて下さい。

ヤコ

かあいさうな、大好きな大好きな

チイコちやんへ

キツス　キツス　いつぱいキツス

とにかく、この手紙見たら、すぐ都合、知らせて下さい。待つてゐる。僕はつとめて元気にしてゐるつもりだ。心配しないで。

ごめんなさい　ね。

チイコを一杯　愛してゐる。

8 *1

藍生は元気にしてゐるでせうね。いゝお行儀にしてゐるといつぱい　お土産を買つてかへると言つてやつて下さい。

返事は、まだ大阪の方のホテルが決らぬから要らない。（但し急用の場合は、こゝ（宝塚ホテル）へ電報打ちなさい、すぐ連絡のつくやうにしておきます。）

きのふは大劇場の舞台から一場のエンゼツを試みた。盛況でした。

帰る日はまだはつきりしないので、決まり次第すぐ知らせます。

あまり、こせ〳〵と働かないで、のんびりとしてゐなさいね。身体をこはさないことが何より。

*1　日付不明。封筒無し。便箋は宝塚ホテルのもの。

9

元気で暮してゐますか。長い汽車の旅に障りが無[*1]かつたかと案じてゐます。病気は何でも早い目に休むなり薬をのむなり、手当をすればすぐ治るものですから無[*1]理をせぬやうに、のんびりとお暮しなさい。

僕は至つて元気ですから心配は少しもありません。万年筆を持つて来るのを忘れたから、アルマイトの分を送つて下さい。（フオークはこちらで買ひましたからもう要りません）手紙は当分表記宛で届きます。呉々ものんびりとお暮しなさい。

アオヒチヤン、ヨク　オカアサマノ　オツシヤルコトヲキイテ　イイコ　ニ　シテヰマスカ。ニワトリサン　ニ　エサヲヤツテクダサイ。

（表面）
川崎市井田一〇七八
花森もゝよ様
（消印：18・4・9）

岡山県真庭郡八束廠舎
長澤部隊米田隊
四月八日　花森安治

＊1　原文はいずれも「無」を崩した変体仮名。

10

元気で暮してゐますか。こんど表記の隊へ配属変へになりましたから、手紙などは表記宛に出して下さい。そんな訳でお前からの便りはまだ一通も受取つてゐないが、元気でやつてゐることと思つてゐる。僕も元気だから少しも心配ない。それにこれからは日曜祭日などの休日には面会が許されるから、必要なときには会へるわけです。その中平田へでも行くことがあれば、そのついでに面会に来ればよろしい。神戸へは別にハガキを出しておいたが、八並さん、佐野さんには連絡しておいて下さい。くれぐれも体に気をつけて、元気でお暮しなさい。

アオヒチヤン、サクラガキレイニサイタデセウ、イイコニシテヰナサイネ

（表面）
川崎市井田一〇七八
花森もゝよ様
（消印：18・4・20）
鳥取市中部第四七部隊
下田隊
一八日　花森安治
（「検閲済」の印有り）
（裏面）
（「面会人ハ飲食品ノ持参厳禁」の印有り）

11

○元気のことと思ふ、しかし君は例の病気だから無理をせずせいぜい朝ねをして体を休めること○ここへ来るまでの汽車ではひどい目に会つた、東京から米原まで十時間半といふもの立ちづめで、これには参つた○この芦《あ》原《はら》温泉といふのは福井から五里ばかりのところで仲々しづかなよいところだ、お湯は塩類泉で石けんは使へぬがよく暖まる○この温泉には入つてゐてふと気がついたのだが、うちの風呂へは入るとき僕は耳のうしろを洗はなかつたといふことだ、これは大発見也○けふは会議が了つてから知事の招待で五嶽楼といふ料理やでご馳走になつた、これは徳川時代からの家で、君も知つてゐるだらうが幕末の藩公松平春嶽公のひいきの家ださうで、二階家の総格子造で仲々と風情のある家だ○北陸の町はふしぎに似てゐる、金沢も町の中を犀川といふのが流れてゐるが福井も足羽《〔あすわ〕》川が町中を流れてゐて、川といふものにさういふ作用があるのか、それを眺めてゐると旅情しきりなるものがある○この温泉のあんまさんは上手でよくトホリマス○汽車のせいか、けさ計つたら一四貫三百[*1]しかなくつて悲しかつた

（表面）
川崎市井田一〇七八
花森もゝよ様
（消印：19・5・3）
福井県芦原温泉べにや
五月二日夜　花森安治

＊1　53・625kg。

12

○福井から一日汽車に乗つて三日の夜三條といふところへ着いた、こゝから夜道を二里半ばかり大島村といふのへひとりで歩く、おぼろ月夜で、桃の花、梨の花、さくら一面の美しさであつた○この村で例の移動演芸隊の公演を視察した、かうした催しに村の人たちの喜びやうは大変なものだ○寝たのが十二時すぎ、四日は近くの井栗村といふところで村民との懇談会、いろいろと勉強になつた○ゆうべは新潟泊り、新潟といふ町は思つたよりハイカラでがつかりした、けさはこれから福島へゆく、まるで飛脚のやうな忙しい旅だが元気だから心配なく○君に早く会ひたくなつて来た○こちらはとても暖くて逆にジャケツを一枚ぬいで歩いてゐるくらゐだ、ものものしく支度をして来たのがをかしい

（封筒表面）
川崎市井田一〇七八
花森もゝよ様
（消印：19・5・5）

新潟市古町大野屋
五日朝
花森安治

13

アオヒチャン、ゲンキデ　ガツコウヘ　イツテヰマスカ、コチラハ　モモノハナヤ、ナシノハナヤ、サクラノハナガ　イツパイ　サイテ、トテモ　キレイデス、コノ　オテガミガ、ツクコロニハ、トウチャンモ、オウチヘカヘリマス.

（封筒表面）
川崎市井田一〇七八
花森藍生様
（消印：19・5・5）

新潟市古町大野屋
五日　花森安治

Ⅲ エッセイほか

世界最初の衣裳美学

ボクぐらい怠け者だった学生も、そういなかったにちがいない。念には念を入れて、前後四年もいた大学で、教室へ出たのは、それこそ何日もない。二十年もたった今でも、あれとあれと、といったふうに指を折ることができるし、その指も、片手だけで足りるのである。

その代り、卒業論文は、二ど書いた。卒業論文を二ど書いた学生も、そうなかったにちがいない。一どは勿論自分のために書いた。あとの一どというのは、こういうイキサツがある。三年の冬、ちょうど論文を書く時期に、友人が急に発病して入院した。だから論文が書けなくなった。論文が書けないと、その春卒業出来ない。しかも、卒業したら結婚するという佳人が一日千秋の思いで、その男を待っている、というわけである。これを見たボクは、そのころから多分にお人好しでオッチョコチョイだったとみえて、よし、それなら俺が書いてやろうという気になった。映画の何とか、というテーマで、三週間ほどかかって、とにもかくにもデッチ上げた。おかげで、その友人はめでたく卒業して天下晴れて、佳人と結婚式を上げた。

しかし、そのために、かんじんのこちらの論文ができなくて、やむを得ず一年卒業をのばした、というチョイとした友情美談だが、いくらボクでも、そこまで徹底したオッチョコチョイではない。四年いたのは、在学中帝大新聞の編集をやっていて、それが面白くて夢中になって、学校へは毎日きても教室など出ないから、三年では単位がとても足りなかったからである。他人の卒業論文を書いたのはどうせこちらが、卒業できなくてヒマだったからで、自分のを打っちゃって、人のをやるという崇高な奉仕精神などから発したことでないことは確かである。その友人は、お礼にチェリーの罐を五つくれた。

ところで、ボクの方は「社会学的美学の立場から見た衣粧」というテーマだった。〈衣粧〉というのは〈衣裳〉と〈化粧〉を合せたボクの造語である。この衣粧に興味を持ちはじめたのは、自分でおぼえている限りでは、高等学校へ入ったころからだとおもう。社会的現象として、人間が何かを着るということ、それを考えると面白くて仕方がなかった。考えるだけでなく、自分の生活も、考えたように組み変えて行こうとした。

友人の田宮虎彦が、こんなことを書いている。「昭和十年頃の、本郷を知っている人は、自分でぬった変なかっこうと紺のダブルの上衣を着て、茶碗帽ともいう妙な帽子をかぶって歩いていた花森のことを、知っているはずである」

自分でぬった、というのは彼の曲筆で、ボクでも今だに雑巾一枚させるわけはないが、変なかっこう、という点は、たとえば現在ボクが着ているものも、変な、といえるとしたら、その意味では当っている。

そんなわけで、卒業論文のテーマは、大学に入ったときから、衣裳にするときめていた。それでいよいよ四年前〔ママ〕、今年は卒業しようという気になったから、主任教授の大西克礼《〔よしのり〕》博士のところへ、論文のテーマのことで、相談しに行った。すると「衣粧論」という題をみただけで、言下にこりゃダメですね、と言われた。これには文献がないよ、とも言われたのである。たぶんボクが希代の怠け者だから、もっとシラーの美学か何か一杯文献のあるテーマをえらんで、引用だらけでごまかしてしまえという親切心からだったのだろう。

ところが、こちらは、何しろこれ以外にやる気はないし、第一、一年前には、他人の名義でこそあれ、自分の論文が、この同じ教授の審査をパスしたという強味があるから、ハイそうですか、とは引き下がらない。ねばりにねばって、やっと前後二日かかって、それではまあやってみたまえ、ということにこぎつけた。

そのとき書いたのは、今から考えると、全く冷汗のでるようなものだが、当時はそんなわけで、これぞ世界最初の衣裳〔ママ〕美学に関する文献だと、大いに得意になっていたものである。

東京大学学生新聞会編『私の卒業論文』同文館、1956年より

卒業論文草稿 ——社会学的美学の立場から見た衣粧

序章　対象とそれへの態度

1　茲《ここ》に衣粧といふ言葉は所謂《いわゆる》衣服を意味するものではあるが、この表現はその外に、それに直接さまざまな関係を有つてゐる頭飾、履物、装身具、乃至《ないし》化粧などをも併せて意味せしめやうといふ意図に基くものである。然し乍らいま主として衣裳について考察する場合にあつては、これらのものは、決して個々に分離して考察され得る性質のものではなくて、あくまで衣服に従属したものとしてのみ論ぜられることになるのは当然であらうと思ふ（註1　他の装飾がそのまゝ衣服である場合、原始民族に於ける衣装と身体装飾の地位）。

2　扨《さて》、衣粧といふものを通常に思ふときには、それを直接に構成してゐる諸単位、即ちその材料、型、色彩乃至図柄等が一般に研究の対象となるのであつて、これは衣裳を一種の工芸品と見做されることが可能である限り妥当であり、吾々も当然これらの分野に鍬を入れずして衣裳及びその美に就ての研究はなし得ないのである。然し乍ら、他の工芸品例へば壺や鉢と異なつて、衣裳の場合、単にそれを直接に構成してゐる諸単位を検討するのみでは十分ではない、それらを如何やうに分析し、解明しても尚且割切り得ぬXがそこに残るのではないかと考へられる。といふのは衣裳は本来の目的として、「着られるべく」在るからである。「着られる」ためには、着るべき人格の好悪選択感情、意識乃至体格を看過し得ない。

　即ち衣裳といふ一個の工芸品の創作過程は、「所謂工芸」的操作、例へば織る、染める、裁つ、のみによつて終了を告げるものではなく、「着られる」ことによつてはじめてそれは完成するべきものであらう。例へば衣裳の生地、色彩、図柄などの価値を決定するものは布地であり、布地はそれ自身工芸品としての価値を要求するものではあるが、それ故にといつて布地の価値が直ちに衣裳そのものの価値とはなり得ぬのは明らかであり、同様に、その布地に「形式を与へた」衣裳だけを研究の対象とすることは、決して「真実の意味」での衣裳の検討ではないのである。何故ならば、それは「着られてない」からである。衣裳が「着られてある」状態にあつて、はじめて我々はこれを真の意味で衣裳と呼ぶことが出来るのである。それ故、いま吾々が考察の対象とすべきは、「着られてある」衣裳であるべきことを明確に主張する必要があると思はれる。

言ふまでもなく「着られてある」衣裳にあつても、その材料、色彩、図柄、形式に勿論多大の研究面積を分つべきことは明白当然の事であるが、それが「着られてある」ことによつて、その上に幾多の要素が投影せられてゐることを見逃すことは出来ない。着られてある衣裳は、真空の空間に存在してゐるのではないから、吾々はその衣裳の存在してゐる基底や、その衣裳を照明してゐる幾種かの光線を仔細に分析してゆくことも亦重要な任務となるのである。これは具体的に言つて、衣裳そのものの研究と並行、関連して、その衣裳の着られた人格の肉体、生活感情、趣味、教養、生活程度、職業、その属してゐる社会的階級、或は属してゐる社会の文化内容、経済機構等の研究の必要を示すものである。かくて衣裳に対する吾々の立場は自ら定まるのである。吾々は最も妥当的に社会学的美学の立場から衣裳へ向つて出発する。

3　かうした出発に際して、先づ吾々が出会ふのは対象を理解する事の困難さであらう。殆ど数へ切れぬほどの衣裳が、かつて存在したし、又存在してゐる。それにも関らず吾々がいま、それを精細に研究し得る衣裳の数は、わづかにその微々たる一小部分に過ぎないのであつて、文献にその名称のみ残つて、原型は想像するよすがも無いものも間々あり、更に現在ではその名称すら知られぬ衣裳が如何に多かつたかも考へられるのである（註2　ギイヨ　芸術　151頁）。加ふるに、現在吾々の所有してゐる衣裳のみに就て考へて見ても、吾々は果して風俗、習慣、乃至時代を異にしてゐる衣裳を完全に理解することは可能であらうか。如何なる環境にあつて、如何にして着られたか、厳密に言つて、そうしたことだけでも、理性的には勿論、体験的にも十分理解することが、「着られてある」衣裳を研究する上には要求されるであらう。これは衣裳に限らず、他の装身具に於ても意味は同様である。然し吾々の能力には自ら限度がある（註3　芸術の始原　66頁）。かうしたことは到底なし得ぬことであるが、然し、単に吾々の能力限度外にあることに藉口《しゃこう》して、真実の意味に於ける衣裳を吾々の対象から抛棄《ほうき》することはあくまで避けるべきであらう。いふならば、かうした研究上の欠陥は彼の物理学等の実験に於ける所謂実験者誤差に比すべきものであつて、吾々はその能ふ限りの限度内に於て、たとへいくらかでも前進するのが正しい方法であらうと考へぬわけにはゆかない。

第一章　衣粧の発生

1　如何にして衣粧は生じたのであらうか。常識的に考へて、それはさまざまな危害や気候の障害から肉体を防衛せんがためと言ひ得る。実際に見ても北極地方の種族は完全に肉体を被覆することなくしては到底生活して行けぬことは容易に想像し得られる。然し粧飾《ママ》については、シュルッ Schurtz は、多くの原始民族の腰部装飾物に就て研究の結果、

——被覆としての衣服の起源は羞恥の感情の動機以外の原因に帰することは出来ない

（註1　Schurtz; Grundzüge einer Philosophie der Tracht）

と述べて、羞恥感によつて吾々の衣粧の生じたことを語つてゐる。

一方、かのグローセ Ernst Grosse はその著書「芸術の始源」Anfänge der Kunst に於てこれを反駁して、羞恥の感情は吾々の社会の道徳進歩によつて育成せられたものであつて、決してそれによつて衣服が生じたのではないと断じ、却つて他人に対する吸引乃至誘惑の手段としての実際的意味にその始源を求めてゐる

（註2　芸術の始原　152頁）。

2　かくの如く、殆ど相反する見解が、衣粧の発生に就て行はれてゐるのであるが、もとよりその何れを採り、何れを捨てるかは軽々には断じ得ないであらう。例へば、前述のエスキモー族に於ては、衣服は明らかに保温の目的を以て存在するのではあるが、気候がそれほどまでに酷《きび》しくない温帯、亜熱帯などの民族のあるものに於ては（註3　芸術の始原　144頁）、必ずしも衣服が気候の障害を防衛する目的のためにのみ生れ来つたとは考へ得られないし、又その数の比例から考へて、エスキモー族の如く酷薄なる気候状態と闘ひ

つつ生存する民族は寧ろ例外と見做すべきであるといふ論も生じ得る。

　然し乍ら、衣粧の始源を羞恥の感情に求めんとする説にも難点が含まれてゐるであらう。クックCook（註97P）、エーレンライヒEhrenreich（註4　151頁註15　P147）、バロウBarrow（註5　P148）、ウエスタアマアクWestermarck（註6　153P）、ラペローズLa Pérouseその他が多数の原始民族に就て観察したところによれば、その大部分は肉体を露出することに何ら羞恥の感情を有してゐないことが認められ得るものの如くである。即ち一般に羞恥の感情に基くものであると考へられてゐる腰部の装飾物に就ても、これらの観察者の大部分は、陰覆〔ママ〕する目的から生れたのではなくて、却て他人の注意を惹かうとする意図によるものであることを指摘してゐる。

　一方、グローセの主張するやうに、他人に対する吸引、誘惑の手段としての実際的意味にのみ、その始源を見出さうとするのは、或は一側面的観察と言ひ得ないであらうか。彼は先づ幾多の例を以て衣粧が装飾の一種であると述べてゐる（この場合、彼はエスキモー族の例を無視したのではないが、それを例外と見做す観点に立つてゐる）（註7　158P）。その点に於ては、先づ妥当性を認めるとしても、その装飾といふ行為を、単に吸引並に誘惑の意図のみを以て説明するのには、にはかに承服し難いものがあるやうに思はれる。かうした結論は、かの精神分析に於て、凡て性欲にその原因を結びつけて説明したフロイドの所説を想起せしめるのではなからうか。グローセは芸術的乃至游戯本能を原始民族に於て認めないで、寧ろ社会的、実際的意義をそこに跡づけるのである。けれども装飾の社会的、実際的意義が直ちに吸引並に誘惑を指すものであらうか。

　かく考へるならば、衣粧は如何にして発生したか、衣粧の目的とは何であるか、を明確に定義づけることに、吾々は少しく困難を覚えるのである。各々、地形、気候、天産物、言語感情、生産様式、集団機構等を異にしてゐる各民族、各個人の雑多なる衣粧形式を視野に望むとき、些《いささ》かの混乱もなくして直ちにその目的を推定することは容易ではあるまい。一は保温のためにのみ在り、一は装飾のためにのみ生じ来り、或は羞恥の感情にのみ基くと想像されるこれらの諸型式の中に、しかも吾々は共通して認められ得る始源を求めなければならない。

3　茲に於て、吾々の注意を惹くのは、衣粧といふ形式が、人類に固有のものであつて、他の如何なる動物もかうした形式を有してゐないといふ事実であらう。

これを、先づ気候、地形の障害といふ点に就て考へて見ると、皮膚、骨骼その他の点で、確かに人類よりも気候に対して有利な条件を具へてゐる動物の多いことは認め得るけれども、同時に、人類よりも遙かに不利な条件の下に生存してゐる動物も又尠《すくな》くないのである。それ故、気候、地形などの障害は人類のみが衣粧形式を有してゐる因由とはなり得ぬであらう。

又、羞恥の感情が動物に欠除してゐることが立証されるとしても、人類に於ても、前に述べた如くに、幾多の民族に於て同様にその欠除を指摘し得るのである。

他者に対する吸引、誘惑の表現も亦、動物にあつても幾多の形式を認め得るが、たゞ衣粧といふ形式は其処に全く存在しないのであつて、これが必ずしも、人類と他の動物との智能の差異にのみ帰せしめられる可きでないことは、類人猿に於てすらこの形式を見ないにも関らず、類人猿と同じ程度の智能しか有してゐないと考へられる民族が、衣粧を有してゐたといふ事によつても明かであらう。

茲に於て、吾々は人類に特有なものとして生活意欲を挙げることが出来ると思ふ。他の動物には勿論生存本能は在るが、生活意欲は無い。動物たちは本能的に、生きんことを希ひ、それに適した環境を求めるのであつて、彼等は温く眠り、十分に食ふことが出来たならば、それ以上に敢て何らその生活を豊かにすることを知らぬ。たゞ、人類のみが、生活への逞ましい意欲を持つのである。吾々は気候と積極的に闘ふ。土地と闘ふ。すべての自然と闘ふ。つねによりよき生活への翹望《ぎようぼう》は、かうして、或は火の使用を知り、或は器具の製作を知り、住居、生活具の装飾ともなつて現はれたのであらう。

そこで、当然衣粧もまた生活意欲の現れとして、その発生を理由づけることが出来るのではなからうか。気候の障害への防衛も、他者に対する吸引、誘惑の手段としての装飾も、その他直接に衣粧の必要を感ぜしめると考へる凡ての要因は、悉《ことごと》く生活意欲に結び得るのである。

それ故に、衣粧は人類と共に、その生活意欲の一表現として発生したといふことは妥当であらう。衣粧はかうして、人類にとつて固有な、そして最も密接なものとして、人類の歴史の線に沿ふて成長して行くのである。

第二章　衣粧と生活

第一節　衣粧と風土

1　ひとしく衣粧が生活意欲の一つの現れであるとしても、その表現せられた形式は、すべての民族を通じて決して同一ではないのは明かな事実である。既に衣粧が、人類と共に発生し、成長してゆくものであるならば、人類の生存する自然的乃至人為的のあらゆる環境によつてそれが何らかの形で影響されるのは当然であらう。何が、如何なる形式で、衣粧にその翳を投げかけてゐるか。

2　気候が先づ考へられる。熱帯の民族と、寒帯の民族とが、同一の衣粧形式の下に生活することは全く不可能である（註1　エスキモー　熱帯人種）。或は同じ温帯にあつても、湿度の多少は、必ず衣粧を左右する（註2　日本とフランス）。その型にも、材料にも、色彩にも、当然このことは言ひ得るのである。エスキモー族の居住するやうな寒い地方ではどうしても身体を十分に覆ひ得るやうな衣服が必要であり、専ら保温を目的とするために、殆ど他の粧飾は第二義的に視られ、場合によつては、活動能力さへもが犠牲にされる事は考へられる。

之に反して熱帯地方たとへばアフリカ大陸にあつては、高度の気温に耐える必要から、衣服といふ形式は殆ど存在しないか、又は単に肉体の一部を覆ふにすぎないものであつて、むしろ衣服以外の粧飾が非常に一般的な形式となつてゐる（註3〔註の内容に記述無し〕）。

更に温帯地方で、概して快適な気候の下に生活してゐる民族は、最も自由な、変化に富む衣粧を有して居り、或は湿度、或は四季の変化、雨量などによつて気候の制約を蒙つてゐるとしても、その程度が寒帯、熱帯などより比較的緩かであるために、さまざまな型、色彩、材料を取入れることが可能であり、その点に衣粧形式の変遷が大きな曲線を画く余地が生じ、絢爛たる流行の波が生起してゆくのである。けれどもこの場合、気候の制約を超えて衣粧形式が飛躍すると考へることは妥当ではない。如何に些々《ささ》たる気候の制約も、吾々の感じ得る限りのものであるならば、それを無視しては衣粧形式は存在価値を失ふのである（註4　日本の東北と鹿児島の例）。

3　地貌、地質なども又衣粧に重大な関連を有してゐる。海に近い土地、山に囲まれた土地、平野の多い地方、大河のある地方、島国、半島夫々《それぞれ》によつて、或は交通の便不便が分れ、生産様式の変化が生じ、生活の難易が起る。

概して固定的な、たとへば農耕を主な生産方法とする平野などでは、移動的な狩猟を生産方法とする山林などよりも、その衣粧形式は複雑である（註5　その理由）。又、沼沢の多い地方と、砂漠地方とでは衣服の仕立、靴などにも明かな差異があるべきであり（註6　その例）、舟を交通機関とする土地と、馬によつてする土地とでは、同様に明かな相違が見られるであらう（註7　その例）。更に、交通の便利な土地の衣粧は、絶えず他からの影響を受けて変化しがちであるが（註8　その例）、不便な土地に於ては、殆どさうした現象を認め得ないのが普通である（註9　その例）。

一方、その土地の固有な産物は、主として衣粧の材料、色彩に対して殆ど決定的勢力を有してゐるものである。例へばその土地が牧畜に適してゐるか、或は農業に適してゐるかによつて、その衣服の材料は必然的に、或は毛皮、毛織物となり、又は絹、木綿、麻などの布類となるのであつて、欧洲諸民族の衣服にも織物が多く、吾国に於ては主として布製品を見るのもこれによるのである（註10　我国の衣服の変遷）。又、染色料、顔料に就ても同様のことが言へる。吾国の衣服は殆ど植物色素によつたものであり、支那の丹、青は土塊乃《すなわ》ち鉱物の色である。アラビア、ペルシヤ地方に於ては植物の一種である海蒳《ヘンナ》を化粧に用ひ、欧洲では鉛粉を以て顔、手を粉飾する（註11　我国に於ける白粉）。

粧飾品に就ても、鉱山のある地方では黄金、銀、金剛石その他が装身具として用ひられることが起り、海岸地方では貝殻を磨き、真珠を採つて身体を装飾する。

4　民族の本質的差異といふことが認められるならば、それも亦衣粧を左右するに足るものである。

民族そのものが一般的に言つて、高い程度の智能を有するとき、衣粧形式もつねに彼等の生活に最も有利であるやうに、絶えず変革を続けてゆくであらうし、之に反する場合は恐らく原始的形式の持続されてゆくことが考へられる。更に、器用さ、即ち工芸的才能に恵まれた民族は、然らざる民族に比して遙かに豊富な衣粧形式を有するであらうし（註12　日本民族）、卓抜した骨骼、体力を有すると否とも亦、大きな差異を形づくるに違ひない。

亦、地理的条件によつて民族性といふものが助成されるといふことが言ひ得るならば（註13　民族が一定の土地に固定する場合）、その事から同様な気候、同様な生産様式を有してゐる二民族が、しかも異つた衣粧形式を有するといふ可能性が民族性の相違として説明され得るであらう。

5　然し乍ら、一方に於て吾々が絶えず自然と格闘することによつて、如上《じよじよう》の風土的制約は次第にその加重を減じつゝある傾向に注意する必要がある。

科学の発達は、気温の変化を調節し、その障害を除くことに努力する。世界は交通通信機関の進歩によつて急速に単一化される。各民族はお互ひの生活を知り、お互ひの思想を諒解する。豪洲の羊毛は日本の衣服となり、日本の絹糸はアメリカの靴下となる。ケープタウンの金剛石はロンドンの指環となり、巴里《パリ》の香水は印度の衣裳にも調和《マッチ》する。刻々として地球はその風貌を覆はれつゝある。一個の自然物であつた地球は、やがて人類の建築した球塊と変化してゆく。

それ故に、最も素朴な意味に於て風土の衣粧に及ぼす影響は、原始時代に於て最も強く、文明と共に勢力を弱めてゆくのを認めなければならない。

第二節　衣粧と階級

1　既に吾々は互ひに独立した個の存在ではなくて、何らかの社会に属してゐるのは明かである。然し乍らこの事実は個の存在が、それ自身、一単位として社会を構成してゐるまへに、吾々は先づ既定的に何らかの階級に属し、その階級が集つて社会を構成してゐると見る方がより正しいのであらう。従つて吾々は社会生活を営んでゆく場合、何らかの形で、その属してゐる階級の性質から絶えず制約を受けるのは当然で、茲に於て衣粧とも重大な関連を有つに至るのである。

幾つかの階級が社会に在る以上、同時原則的に言つて、支配階級と被支配階級がそこに在る。あらゆる時代に在つて、支配階級の生活程度は、被支配階級のそれに比べて優位を示すことは必然であり、具体的に言つて、それらが教養、営養、住居、乃至は衣粧に著しい差位〔ママ〕となつて表現されて来ることは考へられる。

2　素朴な意味に於て、支配階級は経済的に卓れた地位に在る故、衣粧の場合にも、ある程度高価な材料を用ひることが出来、巧緻な技術を駆使することが出来る。彼等は殆ど己が意のまゝの衣服を装ひ、欲するが如くに粧《よそお》ふことが出来るのである（註1　衣裳能力について）。

けれども、実際に彼等が社会と密接に関連して存在してゐる以上、そこに何らの制約も加はらないとは考へられぬのである。前節に述べた風土的制約はもとより、その生活に最も適応する如くに、その衣粧形式は規定せられる。

即ち、同じく支配階級であつても、その性質によつて異つた事情が生じるのである。例を吾国にとれば、戦闘によつて政権を確立、維持して行つた大和時代には、衣服は当然活動を容易ならしめるために、上衣と下衣に分れ下衣はヅボンの如き簡素な形式が存在した（註2　材料、色彩）。それが漸く政権も安定し、都城も定まり、支配階級はその階級の優位を維持するに何ら肉体的活動を要求されることなく、所謂女性的文化のおこる時代、桜かざして大宮人の行き交ふ奈良、平安朝では、衣服は大体に寛《くつろ》かとなり、色彩に意を用ひ、材料も絹を主とした柔かな生地が使用せられると共に、粧飾も亦絢爛華美なものが生れる。十二単衣、花釵子《さいし》、檜扇《ひおうぎ》、などその一例として挙げることが出来やう（註3　当時の衣裳）。

これが更に一転して武士が支配階級となつた時代、鎌倉、足利期などでは、衣粧は再び粗剛《そごう》な形式をとるに至る。狩衣、直垂《ひたたれ》、素襖《すおう》の如く屋外生活に有利な、耐久力のあるものが行はれ、粧飾またこれに準じた（註4　当時の衣裳）。けれども同様に武家政治の行はれた徳川期では、すでに文化熟して、衣粧も亦剛毅の風を脱し、袖、帯なども大きく、結髪、化粧、その他すべて装飾を第一とした形式が生じたのである（註5　当時の衣裳）。

3　かくの如く支配階級は自己の性質によつてその衣粧形式に制約を受けるのであるが、更に彼等はその政治的、経済的優位に拠つて、被支配階級の衣粧形式を規定することが始まる。

社会が比較的原始的状態にあるとか、又は民主、共和的政治形態をとる場合には、比較的かうした傾向を見ることは尠いが（註6　その理由、被支配者と同一）、支配者の階級が明瞭に、且完全に独裁権を把握してゐる社会にこの傾向は最も顕著である。

　かうした社会にあつては、支配階級は、自己の優位を希《ねがわ》くは永久に確保してゆくために、階級の差等を明らかに規定することが絶対に必要であり、何れの社会に於ても支配階級は意識的にかうした意図を示してゐるのである。例へば徳川時代には、既にその初期から階級制度が確立し、一般に「士農工商」なる語を以て現はされてゐる（註7　大阪の経済、又その実例）。

　この政策的意図が精神的方面に於ては道徳、罰則、宗教等にあらはれ（註8　その実例）、形式的な方面に於ては衣粧その他の規定となるのである（註9　実例）。

　金銭がある場合、生活能力の標準である如く、衣粧はそれゆえそれを装ふ者の階級を表象する必要がある。即ち、支配階級の衣粧形式は被支配階級のそれと明確に区別されねばならない。従つて、かうした規定を侵す場合は、屢々《しばしば》権力を以て制裁される場合も考へ得られる（註10　大宝令）。

　徳川時代に於ては、このことが最も明白である。この時代には、支配者たる武士階級はその髪形、衣服、持物、履物、その他衣粧形式全般に亙《わた》つて、厳密に定まつた形式を有つてゐて、他の階級と区別されてゐた。

　亦同様な目的から、支配階級は被支配階級に対する優位意識に基いて、その形式に誇示、威嚇の意味を含ませやうとする。権力的優位の場合はその形式に（註11　その例）、経済的優位の場合は、その材料、技巧にそれが表現されるのを普通とする（註12　その例）。

4　一方、被支配階級は、かうした階級的制約に対し反撥する。その階級的制約の中に在る衣粧は明かに被支配階級であることを示すものであるから、それを自ら認識することは忍び得ぬところである。それ故に、突破し得ざる障碍《しょうがい》（例へば法律、経済能力）が其処に存在しなければ、彼等は意識的に支配階級の衣粧形式に近付かうとする現象が見られ（註13　その例）、その結果、階級的差等は僅少となる。

　尚、この事は二個以上の社会に於て、或る社会が優位を把握してゐる場合にも言ひ得る。侵略その他によつて征服せられた国家の衣粧形式は次第に主権国のそれに近付き（註14　その例）、亦単に交通してゐるに過ぎない二社会に於ても、文化程度の高い社会の衣粧形式が一般に指導性を有してゐることは、往々見られるところである（註15　その例）。

第三節　衣粧と性別

1　社会に於て、男性であること、女性であること、それは夫々一つの階級を示すものであることは疑ひを容れない。然し乍ら男性、女性は互ひに肉体的差異によつて生じたものであつて社会が構成されると否とに関らず存在し、恒に並立してゐるものであるから、所謂社会的に階級と呼ばれるものとは、若干性質を異にしてゐる。従つてこれを単に階級と見倣すとき、或はそこに混乱の生ずることを恐れるのである。

いま性別といふ点から社会を見れば、それは如何なる時代、如何なる民族に於ても、明かに男性と女性から成立し、その数も一般に略々《りやくりやく》同じであると言ひ得る。しかも本来的に言つて、男性と女性とは肉体的にも精神的にも一種の補角であり、合して完全な一となるべきものと考へられ、相互間に誘引反撥の磁気が流れるのである。

又、かうして既に男性と女性がある場合、二者の地位が恒に均衡を保つてゐることは到底考へ得られない。殆ど如何なる場合に於ても二者の中何れかゞ優位を執るであらうし、その勢力に絶えず消長のあることは勿論である（註1　その例）。

一般に言つて、一個の男性と一個の女性が社会の一単位である場合（さうして、大部分の社会がさうであるが）生活能力の高低が両者の勢力を決定する基準となりがちであつて、何れかゞ他に依存する現象を見るのが普通である（註2　多くの場合男性、又その例外）。

2　衣粧の形式が従つて男性と女性とでは異つて来ることが考へられる。吾々が服飾史を辿つて見るとき、この事は明白である。そこでは男性の衣粧は女性のそれとの比較に於て、通常簡素で変化に乏しく、線は剛く、色彩は地味であり、材料も耐久性のあるものを用ひられ、之に反して女性は柔い、派手な、変化に富んだ形式を有してゐたのを見る。而《しか》してこれらの差異は主として両性の身体的なものに基くものと考へられてゐる。

勿論そのことも考へられるが、たゞ身体的なものだけが、かうした差異を生じたとなすのは稍《やや》不当であつて、むしろ両性の地位から制約されることのより多いことを思ふのである。

両性が一の社会生活を構成してゐる場合、劣位にある性は、心理的に言つてたえず優位にある性に「好感をもたれる」ことを希ふのは必然であつて、そのためには相手の意に叶ふやう自己を装飾する要求が生まれる。それ故に、両性の裡で劣位にある側の衣粧は、たゞ実用的以外に装飾的要因が多大に含まれてゐるのが通則である。

　更に、社会的に言つて優位にある性は、生活能力を維持してゆくために活動的であり、その衣粧も従つて第一にその目的に適する形式を採るが、之に依存する性は、かうした必要は尠く、一方自己の依存生活を遂行せねばならぬ故に、装飾的であることが、その形式の大きな部分を占めるのである。

　たゞ、吾々の大部分の社会に於て、男性がその優位を占めてゐたから、女性の衣粧は比較的に柔い華美なものであり、身体装飾は殆どその特権の如く考へられ来つたのに過ぎないのであつて、若しも女性が優位を占め男性がそれに依存する社会を考へるなら、恐らく女性の衣粧は簡素な実用的な形式をとり、これに反して男性の衣粧は、しなやかな、線の柔い、優雅な形式を持つに至るであらうことは考へ得られないであらうか。例へば唐の通典《つてん》、南斉書（その引用）、梁書（その引用）などに誌された一、二の所謂女国《じよこく》の條には、かうした風俗を見ることが出来るのである。

　更に両性の身体的条件も、亦社会的地位の移動によつて、その本質的差異以外のもの、身長、筋力、骨骼などもある程度変化し得ることも不可能ではない。アマゾンの伝説はこの間の消息を語るものであらう。

3　かくの如く、両性の衣粧形式はその社会的地位と身体的条件によつて決定されるが、更に両性が相互に模倣するといふ点からも多大に影響される。

　両性は、一方に於て自己の性を強烈に主張すると共に、他方自己に在らざるものへ、異性へ、羨望に似た心理をも有してゐる。それが衣粧に於ては、形式に於ける相互模倣となつて現れて来るのである。

　勿論、本質的にかうした心理が両性のうちにあるとしても、それが形式に表現される場合は、その程度、方向に就て、種々の社会的状態から規定されることは明かである（註3　その具体例）。

　かうした模倣性は衣粧への関心を前提としてはじめて考へられる（註4　その説明）。そして衣粧への関心は文化の高まりと共に深められてゆくべきであるから、所謂文化の爛熟した時代に於て最も顕著である。吾国に於ては、元禄時代の如きがその一例であつて、いはゞ衣粧の混乱期であつた（註5　その実例）。

〔第三章無し〕

第四章　衣粧美の表象

第一節　衣粧美と装飾

1　装飾といふことが、必ずしも衣粧を発生せしめた要因ではなかつたことは、既に述べたところである。然し乍ら、もはや存在してゐる衣粧といふ形式を観察するときには、其処に装飾といふ目的を明らかに認めるのを疑ふわけには行かないのである（註1　既に存在せる衣粧の目的）。

装飾するといふことは、その対象を美化することである。その対象の裡に在つて、そこに美を表現（創造）することである。それ故に、この表現意図は、その対象を離れて行為することは不可能であり、対象を離れた場合には、もはや装飾と呼ぶことは適当でない。

従つて、装飾はその対象との相対的意味に於ては、芸術として恒に第二義的地位しか占めることが出来ない。如何なる場合に於ても、装飾は対象の制約内に在つて行為せねばならぬから、それは芸術の純粋度を稀薄にせしめると考へられるのである（註2　それの学説）。

けれども装飾自身に就て考へるならば、かうした制約の裡にあることは、何らその行為を第二義の芸術的なものとしないのである。かうした制約の裡にあることが、すでに装飾の本質の一であり、乃ち、制約が装飾のうちに在るのであつて、装飾が制約の裡にあるのではないのである。

いま、衣粧の場合に於ても、その装飾的目的は、種々な制約にも関らず、それらの制約が衣粧にとつて本質的なものである限り、芸術として、それ自身では第二義的なものと言ふことは出来ないと思ふ。

2　たゞ、茲に注意しなければならぬことは、衣服に於ては、他の装飾芸術に比して、美の表現意図の内容及び性質を異にすることである。

衣服に於いて美を表現する行為は、一個の人間によつてなされるのではなく、通常その材料を制作するもの、それに形式を与へるもの（デザイナー、裁縫者）並びにそれを装ふものに分たれる。材料の制作といふ過程に於ては殆ど一般装飾芸術と同様であるが、それ以後に於ては、更に別の諸制約が、働きはじめるのである。

ある人間の有してゐる経済能力、その属してゐる階級、職業、性別、年齢、教養、これら社会的の諸制約は、他の芸術（それが装飾的と否とを問はず）にあつてはたとへ無視することは出来なくても、決定的な制約とはなり得ないに違ひない。

それにも関らず、衣粧に於てこれらを無視することは絶対に不可能である。若い女性がその年齢を考慮しないで老人の如く装ふことは考へられないし、男性が女性の衣服をつけることもあり得ない。

これらの諸制約は、その装飾の対象が身体であることに基いてゐる。即ち、社会を構成してゐる人間を装飾の対象とするために、必然的にかうした社会的制約の加重することが考へられるのである。

3　装飾の対象が身体であることによつて、いまや装飾の二元性が生じる。即ち、人間は個人として独立して存在してゐると共に、一方に社会人として何らかの階級に属してゐることによつて、その装飾も亦個性の表現であると同時に階級乃至時代の表現でなければならないからである（註3　その例）。

個性の裡にあつて美を表現せんとする意図は、当然その個人の美的教養の深浅によつて甚だしく左右せられる（註4　装飾本能とその性差について）。然し乍ら多くの場合個人の美的教養は、それ単独では殆ど形式の新しい美の創作に就ては与へるところ尠いのである（註5　社会的制約によつて）。これらの向ふところは、主としてある既存の形式の中に於て、その配列のわづかな変化、色彩の調和、又は如何に美しく装ふかの技巧である。この点に於て一般には厳密な意味に於て、これらは形式の創造とは言ふに値しないと考へられる。

之に反して時代の変化、階級の差異によつて、大いに形式の異なるのを見ることが出来るのであつて（註6　その例）、勿論この場合にも実際的には個人がその形式を用ひるのではあるが、決して個人単独の創作ではなく、その背景をなしてゐる時代乃至階級の必然的勢力を認めなくてはなるまいと思ふ。

然し乍ら、これらのことから考へて直ちに衣粧美に於ける一つの型（フォルム）は社会的勢力によつて殆ど作り上げられるもので、個人は単にその具現者であると考へることには危険が潜んでゐる。

衣粧することを一の芸術であると考へるとき、その芸術を創る個人にとつて、かうした時代乃至階級から決定される型（フォルム）は一種の素材に過ぎない。それは具体化されぬ構想である（註7　その説明）。構想が直ちに作品の価値とはなり得ない。芸術は、それが表現されるところから出発する。

それゆえに個々の衣粧美に時代、階級の影響を求めることは正しいことであつても、それが価値を決定する規準であつてはならない。個々の衣粧美の表現の出発点は、明かにその個人に帰着せしめるのが妥当である。

第二節　衣粧美の変移と流行

1　衣粧形式が互ひに変移してゆく現象をここで流行と呼ぶ（註1　時代と時代との変移も含む）。

衣粧形式が変移してゆく要因として、最初に考へられるのは、社会状態による生活様式の変化である。

狩猟生産の社会が何らかの事情によつて農耕生産を行ふやうになるならば、必然的にその衣粧形式も移つてゆくであらう。或は支配階級の移動によつても、形式の変移は行はれる。吾国に於ける藤原期と鎌倉期との衣粧を比較すれば、その優美とその粗剛と、明白な対照の存するのを見る（註2　その例）。

この他には社会現象の直接的影響をも考へられる。例へば戦時と平和の世とでは同じ生活様式の下にあつても、そこに何らかの変移を見るべきである。

更に、社会的に自己を誇示しやうとする目的を有つ場合、また流行の要因となり得る（註3　女性に流行が多い理由）。慣行され来つた衣粧を脱ぎすてて、異つた形式に拠ることは、群集の裡に個人を目立たしめる手段である。

新しきものへの翹望《ぎようぼう》も当然形式の変移を生じる。これは一般に「気まぐれ」「移り気」などと呼ばれるものであるが、日常時に於ける流行の小さい波は（註4　小さい波が大きい波となる）、主としてこの要因に基くものと言ひ得る。

（新材料による変移　註5　その例）

（他の階級の変移　註6　その例）

2　然し乍らこれらの要因は主として生活的必然又は政策乃至手段から派生して来るもので在つて、それ自身には何らそこに美を表現しやうとする意図を含まぬものである。

かうした要因の上に、更にそこに美を再現しやうとする装飾的意志が加つて、はじめて流行は起り得るのである。即ち如何なる新しい形式も、すでに衣粧である以上そこに或る程度の装飾的意図を満足せしめる必要がある。

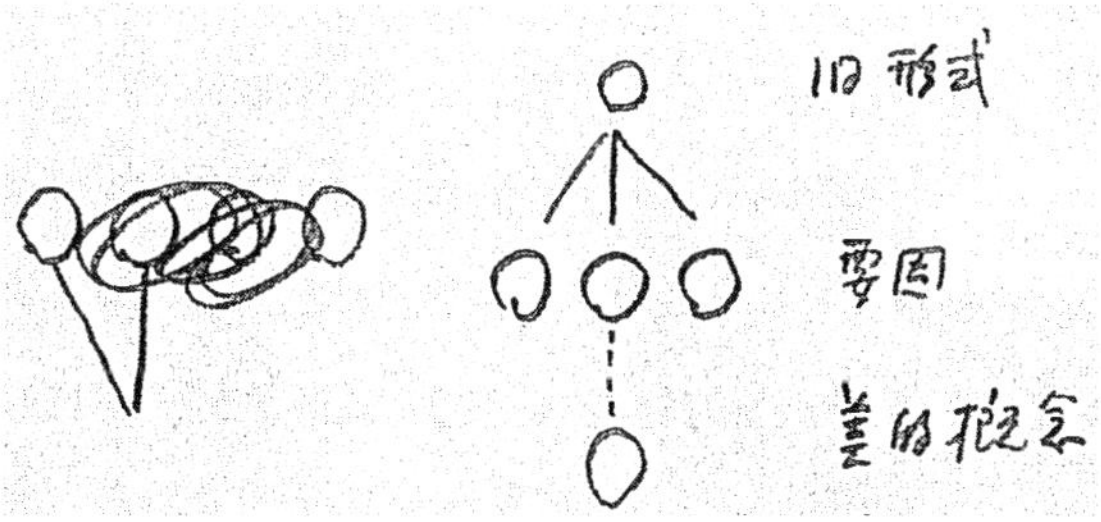

然し乍らこの場合、衣粧に於ける装飾的意図はあくまで形式を決定する絶対的なものではないのである。たゞ装飾的意図は種々な要因から「考へ得られる」幾つかの形式の中から、最もその意図を満足せしめるものを選択するのであつて、往々にして装飾的意図が衣粧本来の性質を無視することがあるにしても（註7　例）、変移せしめる要因によつて「考へ得られる」幾つかの形式の中からその一つを選んだのに過ぎないのである。

3　それ故に、かうした変移の要因によつて「考へ得られる」形式に対して、その内容が装飾的意図の満足する程度の僅少な場合には、二つの方向が考へ得られる。

即ち、新しい型式を必要とする要因が、社会生活上、大して必要のないものである場合には（註8　例）、装飾的意図は之を排撃してより高い程度に満足し得る型式のものを要求する。換言すれば、社会生活上に殆ど影響を与へぬ形式に対しては、装飾的意図は優位を占めてゐる。

之に反して、新しい形式を必要とする要因が社会生活上、重大な関係を有してゐるものである場合（註9　例）、装飾的意図がこれを排撃することは不可能である。装飾的意図は後退しなければならぬ。

茲に注目すべきは、装飾的意図の標準の転移作用である。吾々は、たとへ社会生活からの必然とはいへ、殆ど美的感情を満足せしめ得ぬ衣粧に甘んずることは出来ない。それ故あらゆる努力を試みて両者の融合点を見出さうとする。しかもそれによつても満足すべき状態に立至ることが出来ないときには、吾々はその環

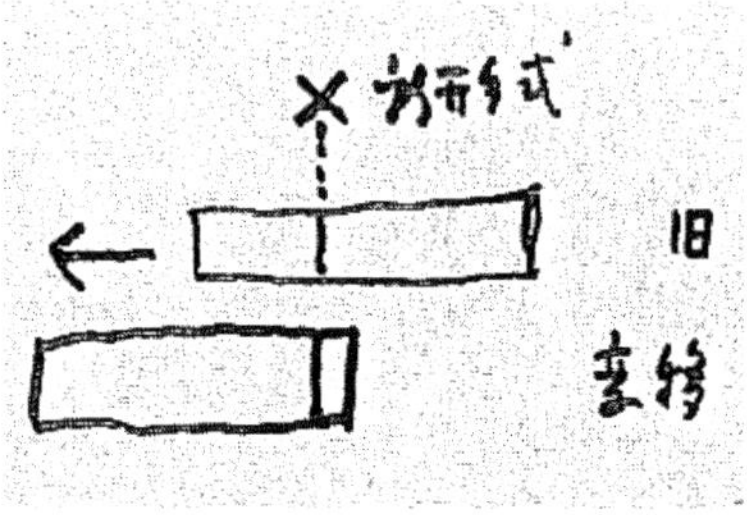

境に対する順応性を以て、装飾的意図の領域を変移せしめるのである。この作用は勿論社会的無意識の裡に行はれる（註10　例）。

　この転移作用は、衣粧形式の歴史的（時間的）変移に就て見られるばかりでなく、同時代に於ける異つた衣粧形式の間にも行はれるのである（註11　階級）。

4　同じく社会的その他の要因によつて、形式の変移は要請せられるのであるが、その生活様式の差異によつて、その変移の緩激が生じる。一般に女性の流行は男性のそれに比して激しいなどはその一例である。

　然し乍ら、流行の緩激は、あくまで生活様式の違ひによつて生ずるもので、それから直ちに美的感情の有無、乃至は装飾をそれ固有の性質として考へることは誤りである。

　女性の流行の激しさは、その生活様式が男性に従属し、その注意を惹く必要から生れたのであつて、このことから装飾が女性固有のものとは言ひ得ない。若し男性が女性に従属する社会にあつては、恐らく男性の流行は女性のそれに比して激しくなるであらうし、それでなくても、未開社会に於ては装飾は男性の特権となつてゐる（註12　G．P169）。

第三節　表現に対する制約

1　衣粧に於ける美は、要するに装飾美であるから、その表象についても、装飾すべき客体によつて制約が生じることは考へられる。

　既に衣粧は社会に於ける一つの現象であるから、そこから種々の制約が衣粧自身に加重して来ることは前に述べた（註1　風土、生活）。これらの諸制約は直ちにそのまゝ衣粧美を規定すべき要因とはなり得ぬとしても、無視することは不可能である。

　更に、材料、及びその色彩、光沢、或はそれを使用する特定の個人の体格、これらのものは明かに衣粧美の表現を規定する要因であり、いはゞ前者との対応に於て、直接的要因とも言ひ得るものであつて、これらの制約内に在つてのみ、衣粧美は成立し得るのである。

2　この直接的要因の中で、最も重要なものは、衣粧が装飾すべき客体である肉体的条件である。

　動物学的に言つて、人類といふものの肉体的条件に制約されることは明かであるが、更に個人的に見て、長短瘠肥《ママ》いづれの場合にも、ひとしく衣粧美は表現されることを要求されるから、その個々の場合に最も美を表現するに適した形式が生じるのである。

　円い顔と長い顔、痩せた肩と円い肩、それぞれに衣粧美の表現が異つた形式を採ることは論を俟たない。

　一方、同じく身体に美を表現する場合でも、時代によつて、その目的とするものが容貌、体格全体、或は単に腰部、脚などと変移してゆくために、衣粧美も亦それぞれに異つて制約される（註2　その例）。脚を美しく見せるためには裾の短い衣服に美を表現しなければならぬが、容貌のみを強調する場合には胸から上に、頭飾その他による美の表現も必要となつて来るのである。

3　材料によつて受ける制約は言ふまでもなく、既に用ひ得る材料が限定されてゐる上に、更にその中から、衣粧の目的に応じて、保温、運動、価格などを考慮される故、非常に狭い範囲で美を表現しなければならない点で、殊にその色彩に於て、これは著しい。
　材料に於ける色彩は、自然に於けるそれは別としても、絵画に於けるそれに比しても実に遙かに不自由であり（註3　平安朝　色　かさね着）、恐らく立ち所に数へ得るほどの尠さである（註4　絵具260種）。その上に科学的に色彩による保温量その他の考慮が要求されると共に、一方に於ては、色彩に対する民族的な感情、又は民俗風習から来る制限がそこに加はるのである（註5　黄色その他赤）。

4　たゞ、衣粧にあつて特殊な事情は、これらの直接的要因は衣粧美の表現を規定するものであると共に、同時に衣粧美を構成する一つの要因であることである。
　絵画に於ける絵具、カンバス、紙なども絵画美の表現を規定するものではある。しかしそれらは絵画美を構成する要因とはなり得ない。

　絵画に於て、材料たとへば絵具の立派さが、たとへ絵画に多大の影響を与へるものではあつても、それ自身、美となり得ることは不可能であり、美を構成する要因はこの場合、色彩であつて絵具ではないのである。

　けれども、衣粧に於ては、たとへば布地そのものが直ちに美を構成する要因であり、乃ち布地の有する美は、そのまま衣粧美の一部分となり了せるのである。

身体も、直接衣粧の一部分ではないけれども、亦その美を構成する要因たることを失はない。単に容貌の美醜のみを考へてもこの事は思ひ半ばにすぎるものがあらう。

たゞ注意すべきことは、これら衣粧美を制約する要因が同時に衣粧美を構成するものであつても、それらのみが衣粧美の全部ではないのであつて、かくて吾々は衣粧美の性質に就て考察せねばならぬのである。

第五章　衣粧美の性質

第一節　衣粧美の構成

1　いま吾々が一つの絵画の前に立つて、そこにデッサンや色彩や構図についてのみの美を知覚することは可能である。吾々は精確なデッサンだ、とか、いい色だとか考へることが出来る。しかし乍らこの場合、一つの絵画に於て例へばデッサンのみの美を知覚するといふことは、その作品から受取つた知覚から更にデッサンだけを抽出した別個の絵を意識の中に創造して、それを対象として知覚するといふことを意味する。即ちデッサンだけの絵といふものは、いはゞ観賞《ママ》者の意識に於て作られたものであつて、対象から直接にそれを知覚することは出来ない、絵に於てデッサンだけを独立して享けとることが出来ないのである。

同様のことがもし衣粧を構成してゐる要素一つ一つについて考へるならば言ひ得るのである。いま一本の帯があるとすれば、その生地、その色彩、その図柄などについてのみの美を知覚することは出来るが、それらを独立したものとして受けとることは出来ない。その帯のその生地の美といふ概念はその帯といふ一つの概念から抽出された観念の中にあつてはじめて存在し得る性質のものであり、従つてその帯といふ全体の概念と離れることは遂に不可能である。

けれども、いま全体として或る一つの衣粧を眺めたとき、吾々はその衣粧を構成してゐる夫々の要素を、夫々他との関連なしに全く独立した対象として享けとることをするのである。吾々は一つの衣粧について好い帯だ、とかきれいな帽子だとか、立派な外套だ、と考へる。この場合、吾々は帯や帽子、外套を、夫々衣粧を構成してゐるいはゞ物理的な単位として享けとるのであつて、対象自体に於て互ひに離れて存在し得る性質のものであるから、たとへば帯についてのみの美を知覚することも可能となつて来るのである。

2　茲に於て、衣粧から吾々が知覚する美に二つの原点があることは十分注目するに値する。

即ち、その一つは衣粧を物理的に組立ててゐる諸要素の集積から来るものであり、一つは、それらの要素を更に構成してゐる諸要因の連関から生じるものである。

今、前者を（α）後者を（β）とすれば、α＝Some βであつて、両者間には明かに因果関係は存在してゐるが、しかし吾々は（α）の美α'を知覚すると同時に（β）の美β'を知覚するのであつて、衣粧の構成上から見れば、

衣粧＝Some（α）　（α）＝Some（β）

といふことは言ひ得ても、衣粧美といふ観念の裡に在つては、それぞれの美（α'）と（β'）とは同じく一つの単位となるのである。

衣粧美……　Some（α'）＋Some（β'）

けれども、この数式を次の如く表現するときには重大な誤りを来すのは明白である。

衣粧美＝Some α'＋Some β'

何となれば、幾つかの美が構成せられてゐる場合、吾々の知覚するその全体的美は個々の美の総和を以て表はし得ないからであつて、そこに生じる新しい美は一種の調和美である。

それ故に、個々の単位がすべて美であつても、その全体は必ずしも美であることはあり得ないし、又その反対のことも考へられるのである。

従つて個々の単位の美それ自身は衣粧美を全的に規定するものではなくて、むしろそれらの美が相互に如何に在るか、といふことによつて衣粧美はより多く規定されるのを認める。即ちそれらの個々の美は吾々の知覚作用の裡にあつて互ひに規定し合ふことによつて、フォルケルトの所謂「気分象徴」（註1〔内容記述無し〕）を生じるからである。

勿論このときでも、その全体的美はあくまで個々の美によつて生れるのであつて、たとへそれが個々の美の総和ではなくても、その綜合の過程に於て別に何らかの要因が混入するとは考へられない。従つて吾々は衣粧美に於て、次の如き構成式にその妥当性を認める。

衣粧美＝Some α'×Some β'

但し、この式に於ける積記号（×）は必ずしも数学的概念を有するものではなく、むしろ「気分象徴」の生じる過程を意味するものでなければならぬ。

第二節　衣粧美に於ける象徴

1　衣粧美の構成が、衣粧の直接構成単位（例へば帯び、髪飾、長着）の美と、その構成単位の素材（例へば生地、色彩、仕立）の美との綜合による象徴美であることを考へた吾々は、更に衣粧そのものの社会に於ける位置と関係を顧みて、茲にこの象徴美の象徴するところのものを知らねばならない。

扨《さて》、吾々が衣粧に於て美を表現するときには当然、衣粧の客体である人間がそれ自身独立した存在であり同時に社会的一分子である事実を前提とするのであつて、かゝる前提の下に於てはじめて衣粧美の成立することは明かである。

然るに一方に於て、衣粧を組立てゐる諸単位が社会的に制約されてゐることによつて（註1　その具体的説明）、これら諸単位の美は、すでに社会的な一つの意味を含んでゐることが考へられる。例へば高価な生地を使用するには、それを所有し得るに足る経済能力を必要とする故、その生地の美は、その裡に富裕階級といふ一つの社会的な意味を有するに至るのである。

従つて今、これら諸単位をN、社会的意味をSとすれば、SはNの函数であつて、

$$S = f(N)$$

2　更に一つの衣粧に於ては、それらの構成単位（N）は、その衣粧に固有のものであつて、それらの単位をそこに存在せしめたものは、その衣粧を着るべき者の個人的意志であるからして（註2　具体例）、特定の衣粧を構成する諸単位の美は、それ自身社会的意味を有すると共に、そこにそれを製作した個人についての或る概念を有するのである。

即ち、一つの衣粧に於ける例へば生地の美は社会的に一つの階級を意味すると共に、そこにその生地が用ひられたといふことによつて、その美はそれを用ひた者についての一つの概念を有してゐるのである。

従つて衣粧美を構成してゐる諸単位の美（N'）は、また衣粧の客体自身についての概念の函数であるから、それをQとすれば、

$$N' = f(Q)$$

然して衣粧の客体自身についての概念（Q）と、衣

粧の構成単位の社会的意味（S）とは同時に、衣粧を構成してゐる単位の美（N'）に含まれてゐるのである。

N'……　Q＋S

これらのことによつて吾々は、衣粧美が衣粧を構成してゐる諸単位の美の綜合より成つてゐる性質上、その象徴するところのものが、衣粧の客体自身についての概念であり、又その者の属してゐる階級についての概念であることを知るのである。

即ち、衣粧美に於ける象徴は次の如く表現せられる。

衣粧美に於ける象徴＝f（S＋N）

3　若しも此の場合、個人的概念を無にするときは、当然衣粧美は社会的概念のみを象徴する。

衣粧美の象徴＝f（S＋0）＝f（S）

即ち、たとへば制服に於ては、その衣粧美は、その階級を象徴するが、その制服を着けてゐる個々の人間については、その階級から一般的に考へられるもの以外の、何ら個性的概念をも与へないのである。

それ故に、既にある一つの社会的概念の象徴を有してゐる衣粧は何者がこれを着用しても（註　容貌体格）、その点について殆ど相似の効果を与へることが考へられる。貧しい者でも富裕階級の衣粧を着けた場合は、彼は富裕階級に属するかの如く見えるのであつて、演劇に於て男性が女性に扮することの出来るのも、またこのためであることは言ふ迄もない。

昭和十一年　十二月十二日初稿　十二月十八日再稿

［（　）内の註表記は、すべて著者による草稿原文ママ］

日本の壁新聞——壁新聞は先づ読まれなければならぬ

わかり切つたことを一つ書く。

宣伝といふものは、効果をあげなければ、何にもならないのである。宣伝の効果をあげるといふことは、思つた通りに人を動かす、といふことである。つまり、人を動かしたか、どうか、といふ結果が大切なのであつて、その「結果」といふものを、そつちのけにして、宣伝といふものを、口角泡を飛ばして論じて見ても、精々のところ、腹が減るぐらゐが落ちである。

沢山集つてゐる人間を、前へ歩かせようとする、この場合いろ〳〵な方法を所謂宣伝技術家が考へ出す。或る男は高い所へ上つて励声一番、「前へ進メッ」とやるかも知れない。或る男は、群衆の中へは入つて行つて、声を潜めて「実は、一町ばかり先に、とてもうまいボタ餅を売つてますよ」と囁いて廻るかも知れない。或る男は楽隊をつれて来て、愉快で愉快でたまらない行進曲をやらせるかも知れない。後へ機関銃をならべて、「歩かないと撃つぞ」とダバオの米軍みたいな真似をする男もあるかも知れない。

そして、これら自称名宣伝家たちは、お互ひに自分の方法が一番いゝと主張して頑としてゆづらないに違ひない。何といつても号令が一番簡潔で威厳があつてよろしい、と言へば、いや、人情の機微を察しなければ宣伝は出来ぬよ、とボタ餅先生が反駁する。しかしボタ餅は下品でイカン、宣伝は知性がなくては駄目だ、と楽隊屋がやりかへす、何と言つたつて「力」だよ、とギャング流全能氏が顎をなでるといつた具合である。

ところが、これらの卓抜せる宣伝技術を以てしても、実際には、この群衆は一歩も、一尺も前へ歩かなかつた。（彼等は全員つんぼだつたのである。）

これは悲劇であるか喜劇であるか——何れにしても、ざらにある、珍らしくも何ともないことである。

宣伝をする場合に、その効果を大切に考へなければならないといふことも、わかり切つたことなら、そのためには、宣伝する相手といふものを、忘れてはならないといふことも、これはわかり切つたことである。

つんぼを相手にする時は、つんぼを相手にする方法がある筈である。たとへ、その方法に知性が無からうと、威厳や気品があるまいと、それが、つんぼを動かすのに一番効果があつたら、その方法が一番すぐれた宣伝方法である。

こんな、わかり切つたことを、私たちは、どうかすると忘れてしまふのである。

例へば、一つのポスターを作るとする、そんな時には、そのポスターを見る人たちのことを考へないで、見る人たちの教養や趣向などには、一向お構ひなしで、作る人の教養や趣味で、このポスターはいゝとか悪いとか議論する。甚しい場合は、単に一個人の虫が好くとか好かんで、ポスターを作る。見せられる人たちこそ、いゝ迷惑である。

図案家の展覧会をするために作るのではあるまい、この戦時下に大きな無駄である。

壁新聞といふものがある。一つの流行かも知れないが、日本では、昨年〔一九四一〕五月に大政翼賛会が「百三十五億貯蓄」を取扱つた壁新聞を作つて以来、情報局、産報〔産業報国会〕、大日本青少年団、戦時物資活用協会等で作つてゐる。壁新聞といふ言葉にとらはれて、日本で作つてゐるのは壁新聞ではない。解説ポスターだといふ説もある。技術が拙劣だといふ声もある。どれも正しい意見かも知れない。

たゞ、独逸や伊太利の壁新聞にくらべて、どうだかうだといふ議論だけは、少しおかしな話だと思ふ。日本の壁新聞は、独逸人や伊太利人に見せるのではあるまい。何時だつたか、独逸の壁新聞を、そのまゝ日本語に直して対照させた展覧会があつて、大変勉強になつた。しかし、独伊の壁新聞の手法を、そのまゝ日本に持つて来ても、それは駄目である。独伊張りの壁新聞を構成するぐらゐ何でもあるまい。問題はこれが日本人、一億の日本国民に見せるものだといふ点にある。独逸人や伊太利人と日本人は違ふのである。

壁新聞は先づ読まれなければならない。読んでもらへなければ、どのやうに芸術的価値高き傑作でも壁新聞としては紙屑である。あらゆる技術は、そこから出発しなければならぬ。ところが、日本人は西洋人ほど街頭でものを読む習慣がない。一番よくものを読む媒体として考へられるのは日刊新聞であるが、日本人で街頭で新聞を読むのは珍らしい、精々のところ、一列励行で乗り物を待つてゐる間の退屈しのぎであつて、それもごく最近のことである。日本の新聞社といふものは、まことに親切なもので、雨にもめげず、風にも恐れず、毎朝、毎晩、一軒づゝキチンと配達してくれるのである。従つて、日本では新聞といふものは家の中で、ねころんだり、茶をのんだり飯を食ひながら読むものと相場が決つてゐる。此頃の都会では、殺人的満員の電車の中で文字通り、新聞を天井高く捧げて悪戦苦闘して読んでゐる人があるが、これらの連中とても、電車を我が家同然と心得てゐるからであつて、その証拠に一歩電車を出れば、間髪を入れず、新聞はポケツトにしまはれてしまふのである。ところが、西洋の新聞社は、日本ほどの親切は無いと見えて、新聞を読みたければ、わざ〳〵街角の売店まで買ひに行かなければならない。これが毎日のことである。従つて余程の階級でなければ、寝床の中で煙草をふかし乍ら新聞を読むといふことは思ひもよらないといふことになる。

こんなことは一例に過ぎないが、要するに街頭であまりものを読まない日本人に、ものを読ませるには、独伊の壁新聞を直訳しても無理であるといふことになつて来る。

そのためには字数をもつと少くする、といふことも必要になつて来る、見出しで先づ眼をつかまへることも考へられる。文字の大きさも、文章のやはらかさをも考へられる。色彩も文字の書体も大切である。漫画や写真の利用も忘れられない。ほんとの、日本の壁新聞が作られるのはこれからである。

しかし、街頭でものを読まないからと言つて、いつまで経つても、そのまゝにしておくといふのではいけないと思ふ。たとへ少しづゝでもものを読むようにして行くといふのは、これは大変廻りくどい、気の長い方法であるが、壁新聞といふ宣伝方法を捨てない限り、是非やらなければならないことである。

例へば、私たち（大政翼賛会宣伝部）は、この半年に壁新聞と名付けられるものを六枚作つたが、注意して見て頂くとわかることだが、文章の長さが少しづゝ長くなつて来てゐる。組み方も、ずつと一段で流してゐたのが、第六号に至つて、はじめて二段組になつてゐる。

或は東京、大阪、横浜その他の都市の百貨店を利用して「窓新聞」といふものを作つてゐるが、これも一つには、街頭でものを読む習慣を作つてゆくための誘導手段でもある。

壁新聞の大きさといふことも、結局、手頃にどこへでも貼り出される、といふ事が大切に考へられなければならない。先づ読んでもらふためには、先づ貼り出してもらはなければならない。二畳敷もある壁新聞を張り出せと言はれても大抵のところでは困るにきまつてゐるのである。それでは壁新聞ではなくなつてしまふ。

その他、何故私たちが明朝体といふ書体を採つてゐるのか、何故赤と黒の二色を基調にしてゐるのか、といつた形式的なことから、どのような内容を取上げるべきか、といふ問題まで壁新聞については言ふべきことは多い。むしろこの文章では、実をいへば壁新聞の所謂技術については、殆ど何も語つてゐないかも知れない。たゞ、こゝでは、壁新聞は先づ読まれなければならぬ、といふわかり切つた、そのくせ忘れられやすいことを、言つたまでのことである。

日本の壁新聞も、そこから出発する。

「アサヒカメラ」一九四二年三月号より（次頁も）

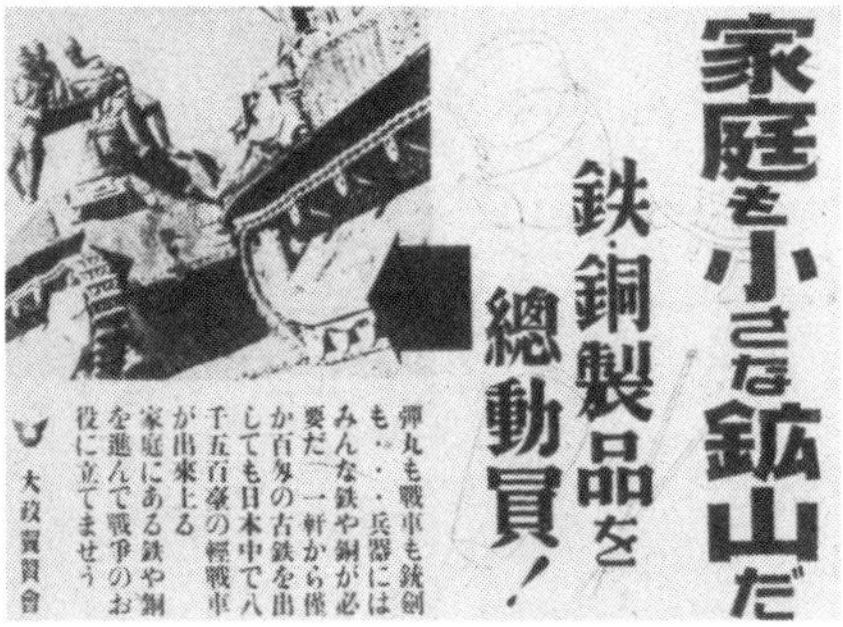

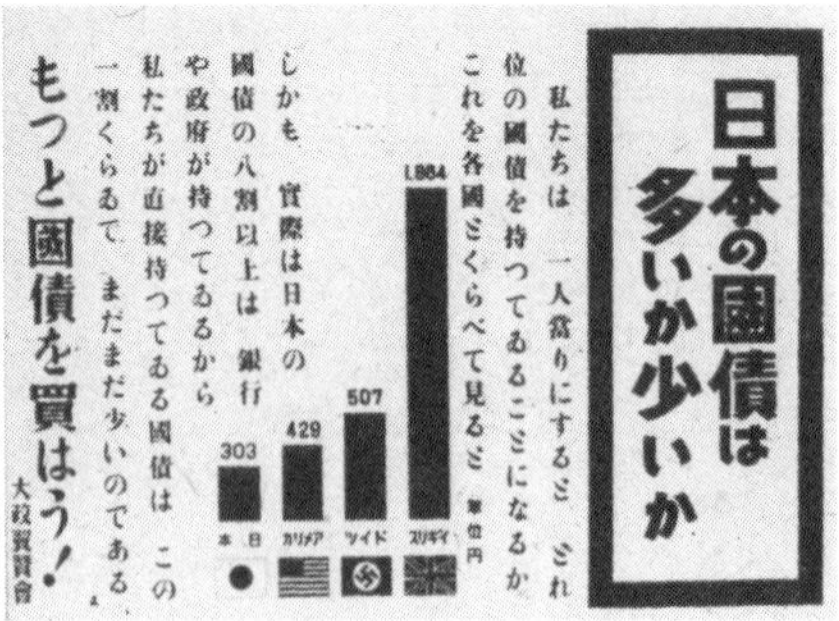

(上)デパートの階段に張られた壁新聞。誰でも眼を惹くがやはり写真入りの方に人気が多く、老人子供等は写真から文字の方へと眼を移してゐる。(中)兵器の魅力で注意を惹かうといふ壁新聞、第二期の作品。(下)初期のもので字も大きく、説明も簡単である。

政治と宣伝技術 ――宣伝美術だけが宣伝技術ではない

犬猿学説

いま仮りに、政治をする人と、宣伝をする人があるとしよう。

といふのは、かうした区別の仕方が正しいかどうかは知らないけれども、大ぜいの人たちが、ぼんやりとではあるが、さう考へてゐるのは事実であり、わざわざ、この二つの人間のあいだには、はつきりした区別があつて、政治をする人と、宣伝をする人とは、まるで犬と猿であり、水と油であり、云々と主張してきかない人たちも、決して少なくないからである。

その犬猿学説によれば、もと〳〵、政治をする人は「宣伝」といふことが嫌ひである、嫌ひでなくても、「宣伝」を軽蔑してゐるのである。ところが、宣伝をする人は、もと〳〵、「宣伝」が大好きである。好きと嫌ひの正面衝突である。これでは、犬と猿の間柄、水と油の関係と言はざるを得ないではないか、どうだ、といふのである。

をかしなことに、かういふ学説を言ひふらすのは、どうも宣伝をする人に多いのである。まるで、前世から約束された仇みたいに、政治をする人が、宣伝を軽蔑する、といつて口角泡を飛ばして、怒るのである。どうもさういふ姿勢は、他人が見てゐると、笑ひたくなる。

なぜ笑ひたくなるかと言ふと、肝心の政治をする人に面と向つて怒るのではなくて、仲間にむかつて、手ぶり身ぶりよろしく、大見得を切つて怒るだけだからである。仲間が、早く演説を切り上げてもらひたいと思つて、さうだ〳〵と言ふと、ます〳〵大声で、さうだらう、しかるに、と怒りつゞけるからである。

はつきり言ふと、こんな犬猿学説を言ひふらす人は、大うそつきである。でなければ、気の弱い卑怯者である。

政治をする人が、「宣伝」を嫌つたり、軽蔑したりするやうなことではいけない、これは全くさうである。もし、さういふ人があるとすれば、それが、政治をする人であるか、ないかは別として、一刻も早く、さういふ人の無いやうにしなければならない、これも全くその通りである。

たゞ、残念なことに、さういつた努力をしてゐるどころか、反対に、この犬猿学説を言ひふらす人たちは、どうかすると、決して「宣伝」を嫌ひでもなく、軽蔑もしてゐない人たちまで、宣伝嫌ひにさせてしまふのである。少なくとも、「宣伝」といふことを誤解させてゐるのである。

もしさうだとすれば、その人たちにとつて、どのやうに不本意なことであらう。それ以上に、「宣伝」の大切さはどんなに言つても、言ひ足りないと思つてゐる私たちにとつて、これくらゐ不本意なことはないのである。

不法占拠

では、なぜ「宣伝」といふものを、誤解させてゐるかを言はなければならぬ。

一体「宣伝」といふものは、どういふことであるか、そんな大それたことを、こゝで開き直るつもりは、少しもないのであるが、どうも「宣伝」を嫌つたり、軽蔑したりする人たちに聞いてみると、「宣伝」といふものは、ポスターを作つたり、標語を考へたり、写真を組み付けたり、要するに「君、宣伝なんてものは、職人のやる仕事ではないか」と考へてゐるのである。

ポスターを作つたり、街角に大きな看板を出したり、広告を組んだりすることだけが「宣伝」でないのは確かである。それは「宣伝」といふ大きな仕事のうちの、ほんの一部分にしかすぎない。

それなのに、「宣伝」といふものは要するに、そんなことが全部だと思はせてゐる、といふのは、どういふわけであらう。

そのわけは簡単である。

口角泡を飛ばして「宣伝」のために怒る人たちの多くが、ポスターだとか、新聞広告だとか、写真の構成だとか、そんなことだけしか言はないからである。「宣伝」と「宣伝美術」との違ひぐらゐ、これは誰だつて知つてゐるのである。ポスターや写真だけが「宣伝」の全部でない、といふことも、知つてゐるのである。それなのに「宣伝」を語るときに、「宣伝美術」のことだけしか言はない、といふのは、言はないのでない、言えないのだ、と意地悪く出られても仕方がなからうと思ふ。

「宣伝美術」のことだけしか言へない人たちが「宣伝」のことを言はうとしたつて無理である。「宣伝美術」が我ものがほに「宣伝」を独り占めにしてゐる、これがいまの、ほんとの話である。これは不法占拠である。

この不法占拠をやめないかぎり、可哀さうに「宣伝」は、いつまでも誤解されつゞけて、「要するに職人の仕事」と言はなければならない。ほんとうに一生けんめいに「宣伝」を大切に考へてゐる人たちなら、「職人仕事」結構だ、などと悲壮な大見得をこの場合切つてみても、何にもならないことを、よく知つてゐる筈である。

そんなことより、「宣伝」といふものが、「宣伝美術」と誤解されてゐることが、かの珍妙な犬猿学説の原因であることに気が付けば、これは、全くそれどころではないのである。

職人と技術家

宣伝をする人が、「職人仕事」に甘んじてゐていいといふことはない。

法律を作る、といふことは、政治をする人の仕事である。けれども、いつ、どんなときに、どんな内容の法律を作るか、といふことを考へないで、法律をでたらめに作る人はないに違ひない。それを、どんな風にして発表するか、といふことを考へない人もないに違ひない。その一つの法律を作つて出すといふことによつて、与へる影響や効果を考へるといふこと、それも「宣伝技術」である、立派な「宣伝」である。

総理大臣の演説の原稿を作るときその影響や効果を考へるのは、あたりまへである。それを、いつ、どこで、どんな風に演説するか。そのときの効果を考へるといふこと、これも「宣伝技術」である。

問題は、こんなことは「宣伝技術」ではない、と考へる頭の悪さである。お米の値段や、配給ルートの問題を「宣伝技術」の問題として取り上げない、しかもそれをふしぎに思はないことである。

新しい言葉には魅力がある。

「技術家」といふ言葉が流行しはじめると、猫も杓子も技術家である。「宣伝技術家」といふ言葉も、もう出来てよいころであらうし、出来てゐるのであらう。

言葉は、いくら出来てもよろしい。言葉が出来る以上、その言葉にあてはまる人間がゐなくてはならない。「職人」といふ看板を、たゞちよいと気が利いてゐる、といふだけで、「技術家」に塗りかへただけでは、言《こと》霊《だま》の幸《さきわ》ふ日本の国語に対しても、無礼であらう。

「宣伝技術家」といふものが、「宣伝美術の技術家」であつては一大事である。インフレのイもわからなくても、「国債を買いませう」といふポスターは描ける、なるほど、ポスターは描ける。たゞ、その人は「ポスター描きの職人」であるといふだけのことである。

ポスターと標語だけで、貯蓄の「宣伝」は出来たと言ひ切る心臓が、実は「要するに職人仕事」と言はせてゐるのである。

「宣伝」の場合には、「技術」とは、紙と鉛筆とポスターカラアとコンパスだけではないのである。「宣伝技術」は製図版の上に組立てられるべきではない。

「宣伝技術」に必要なのは、手や足よりまづ「眼」である。

建築設計

家を建てるときには、設計をする人と、大工さんが要る。大工さんばかりで、設計する人がゐない、それが、いまの「宣伝」である。

家を建てる人が、政治をする人だとしたら、宣伝をする人は、設計する人でなければならない。建築のことを何も知らない人でも、どんなふうな家を建てたいか、といふ意見は持つてゐる。それを、うまく活かしてゆく人が設計する人である。それを抜きにして、大工まかせの仕事をしてゐると、とんでもない家が出来上るのである。その結果、あの大工は下手だ、といひ、あの旦那は家のことを知らないと言ふ。お互ひに迷惑なことである。

政治をする人は、「宣伝技術」を知らなければならない。宣伝をする人は「政治」を知らなければならない。

「宣伝技術」を知つてゐる、政治をする人。政治を知つてゐる、宣伝をする人。その人こそ「宣伝技術家」である。

さういふひとは、まれな人かも知れない。まれなことであつても、さういふ人が出来なければ、ほんとの「宣伝」は出来ないのである。

もう、犬猿学説を言ひふらして、怒つてゐることは無駄である。政治をする人、宣伝をする人、の区別を大ぜいの人たちが考へてゐるとすれば、大ぜいの人たちの考へを、何とかして変へなければならない。「宣伝技術」は、政治をする人のものでもなく、宣伝をする人のものでもない。「宣伝」といふことについては、政治をする人と、宣伝をする人とは全く一人であつて、二人ではないといふことを、教へなければならない。

そのためには、「宣伝」を「宣伝美術」から解き放すことが大切である。「宣伝美術」しか言へないものは、「宣伝美術」だけについて語ればよい。それも大いに必要なことである。

しかし、大工さんからだつて、立派な設計する人が出て来ると同じやうに、「宣伝美術の技術家」から、どん〳〵立派な「宣伝技術家」が出て来なければならない。

――政治をする人から、さういつた「技術家」が出て来なければならないと同じ理由で。

「宣伝」一九四二年五月号より

宣伝といへばポスター

新しい「いろは歌留多」でも作るとすれば、さしあたり「宣伝といへば紙」とか「紙も弾丸」などといふのは、どうしても一役買はねばなるまいと思ふ。

勿論、この場合の紙とは、印刷してある紙のことである。何も印刷してない紙だつて宣伝の道具に使はれないとは限らず、ひところ「ちり紙がなくなるぞ」などといふ謀略宣伝が行はれたこともあるが、これなどは、特殊な場合である。大てい宣伝といへば、印刷された紙、それも主としてポスターとかチラシ或は近頃のはやりで、壁新聞などといふ類ひを言ふらしいのでそれに出版物までつけ加へて、考へられるやうになると、それは宣伝のうちでも、玄人だといふことになつてゐるらしい。

早い話が、色々の会議に出ると「何々運動実施要綱」といつた刷り物を渡される、その中の「宣伝方策」といふ項目を見ると、決つたやうに「一、ポスターヲ作製ス」といふ一條があるのである。どんな運動でも、必ず、といつてよいほど、宣伝としては、ポスターを作ることを先づ考へるらしいのである。

酒を註文すると、だまつてゐても「お通し物」が一緒に運ばれて来るのと同じ寸法で、何か一つの運動なり事業なりの宣伝をはじめようとすると、先づポスターを、と考へるのは、しかし少々おかしい話である。

言ふまでもなく、宣伝の手段は、それこそあの手この手、数へ切れないほどあらう。しかし、どんな手段にしても、「万能」といふか、如何なる宣伝にも使へてしかも、それ一本槍で結構、といつたそんな重宝な手段があるわけはないと思ふ。もしも、そんな便利なものがあるなら、国民運動の宣伝と日夜取組んで、雑兵は雑兵なりに、へとへとになるほど神経をすりへらしてゐる我々にしても、どれほど助かるか知れないのであるが。

沢山の宣伝の手段は、それがどれほど強力な効果を発揮するとしても、必ずそれぞれに一つの限界といふものがある。

たとへば、ラジオ。これなど宣伝の武器としては、まことに強力なもので、早い話が、新聞とくらべて見ても、印刷する手数も要らなければ、配達の手間もなくて済む。しかも聴いてゐる方は、同じ耳に訴へる宣伝にしても、演説会のやうに、わざわざ出掛けてゆく必要もないから、従つて大ぜいの人間を動員して生産増強に阻害を来すこともない。ねころんでゐても、針仕事をしてゐても聞けるし、何しろ電波のことであるから、やらうと思へば、アッといふ間に世界中に伝へることも出来るのである。

しかし、だからといつて、宣伝は、もうラジオに限ると考へるのは少し早合点で「そんなにラジオラジオと言ふが、ラジオで弁当箱がつつめると思ふか」といふさる新聞記者の啖呵は別としても、ラジオとて、決して万能と申すわけにはまゐらない。

早い話が、ラジオは、自分の都合で、これを聴くことは無理である。七時の「報道」を、その時間は一寸手が離せないから、七時半に聴かう、などといふことは出来ない。七時の放送は七時に聴かなければならないのである。しかも、たとへ、その時間に聴いてゐたとしても、一寸他へ気を散らしたりして、聴き洩した場合、もう一度繰り返して、これを聴きなほすことも出来ないのである。

その点、新聞をはじめ印刷物は、いろいろラジオにはかなはないといふところがありながら、いつでも読みたいときに読める、といふ長所もあり、ラジオなら一日中しやべりつづけなければならないほどの長さの内容でもちやんと一冊の書物にをさめることも出来るのである。

万能といふ重宝な宣伝手段といふものは、決してあり得ないのである。宣伝をする場合には、だから、よくその手段の特色と限界をはつきりわきまへて、その特色を最大限度に発揮しなければ、折角の宣伝が、多い費用と、労力を使つて、しかもその効果が死んでしまふことにもなりかねないのである。

ポスターにしたつて、さうである。特色もあれば、効果の限界もある。それを、しつかりとわきまへてかかるのでなければ、いたづらに紙屑を作つてしまふことなる。

宣伝によつては、ポスターでなければならぬものもあらう。同じやうに、宣伝によつてはポスターなど殆ど役に立たぬ場合も尠くないのである。

しかも、一番恐しいのは、そんな場合に、ポスターを作つたことで、宣伝は行きとゞいたと考へてしまふ一種の独断に陥りやすいことである。

どこを歩いても、その宣伝ポスターが、これでもかとばかり貼つてある、といふやうな事にでもならうものなら、すでに宣伝成れりと有頂天になつてしまふ。そのポスターが、どれほどの役割を果してゐるかも、それが、どれだけの効果を見るひとに与へてゐるかもまるで考へて見ようとしないのである。

運動が空転し、宣伝が自瀆行為になりやすいのは、こんなことも一つの原因であらうと思ふ。我等先づ自戒するところ無ければならぬ。

宣伝とは、要するに効果の問題である。効果ありとする場合には、思ひ切つて、何百万枚のポスターを作るのがよいのである。その代りポスター役に立たぬ、そんな時には、一枚の紙も、ポスターにしてはならない。

紙を大切にしなければならない時である。馬鹿の一つおぼえみたいな「宣伝といへば紙」「宣伝といへばポスター」この考へを、お互ひにもう一度よく考へ直してみる必要がありはしないか。

国民運動といふ、決戦下、国家の大きな仕事の場合に、これを言つてゐるのである。まして、どうでもいいやうな商品や事業の宣伝に、湯水のやうに紙を使つていいといふ理窟が成立つわけはないのである。たとへ実績があるにせよ、実績があるから、どう使つてもいいといふものではなからう。自分の金だからといつて、いまは一寸の布を新しく買ふことも、無考へに出来ないのである。紙だけが例外であらう筈はない。

しかも、宣伝の場合は紙を使ふ以上、印刷インキも要ることは、はじめに申した通り。この面からも、ポスターの類ひは、考へ直すべきことが多々ある。

つまりポスターなり何なり、印刷物が大して宣伝効果を挙げないときに、そんなものにたよることの愚劣なことはもとよりであるが、たとへポスターが何よりも最大の強味を発揮する場合があつたとしても、やはり考へ直す点があると思ふ。

刷り色の数の問題である。紙も大切ならば、インキもそれに劣らず大切であることは、事新しく仰々しく言ふまでもない。

一色より二色、二色より三色、色数が多ければ多いだけ、いいポスターが出来るといふのは、常識であるかも知れない。しかし常識だけに後生大事とすがりついてゐられる場合ではないのである。

これまでなら、どうしても七色かかつたものを五色で遜色のないものにするとか、五色必要であつたものを、三色で上げるとか、さうした工夫が無ければならないのである。

色々の技術が、戦時下の資材不足のために、かへつて逞ましい進歩を見せてゐることは一々例を挙げるまでもないことである。印刷インキについても、例へば新聞インキなど、着々と成果を、挙げつつあるのである。

思ひ切つてこの際、ポスターは何であらうと二色以下に決めてしまつてもいいのではないかと思ふ。

日本の印刷技術が、そのために落ちる、などといふのは取越苦労である。二色以内の印刷で以て、三色五色刷のものに劣らぬ効果を挙げることは、決して出来ぬ相談ではなからうと思ふ。

繊維製品の染色にさへ既に制限が行はれつつある。この制限によつて、日本の服飾にも新しい美が創り出れるに違ひないのである。ひと色染めのよさを、いまこそ取り戻せるからである。

印刷の色数を二色以内に決めることも、事情は違ふとしても、やはり、しなければならぬ事であらうと思ふ。ポスター一つの技術にしても、どれだけ進歩するか、思ひ半ばに過ぎるものがあらう。

印刷する方にしても、それでは、もうからぬなどとルーズベルトの手下みたいな顔をしないで、進んで協力もし研究もしてほしいのである。

インキを淡められるだけ淡めて、ねぼけた版を作つて、ヘイ何分不自由でして、などと舌を出してゐられるものではないと思ふ。無論色数を少なくすることだけが、この不自由を切り抜ける策ではないが、さりとて、これに手をつけないでよい、といふ理窟もないのである。

資材不足、労力不足、これは印刷の場合にも、やはり流行言葉で言つて隘路である。この隘路の前に立つて、しかし、呆然と手を拱《こまぬ》くはまだしも、それに名を借りて、技術の拙劣に平然としてゐることは、どんなに考へても許されるべきことではない。

この隘路こそ、宣伝技術を、印刷技術を、常識では出来ぬ高さまで引き上げる道である。決戦は分秒の休みもない。我々もまた小さな眼の前のソロバンを、古い常識を、きつぱりとかなぐり捨てなければならぬ。

「印刷雑誌」一九四三年九月号より

僕らにとって八月十五日とは何であったか

あの日はだれでも知っているように、日本じゅうたいへんな晴天で、しかも八月でしょう。考えてみると非常に暑かったはずですわね。それがいまどうしても暑かったという記憶はないんです。

まずぼくのことをいいますと、下着がもうなかったですよ。つぎはぎのランニング・シャツに、これまたつぎはぎのワイシャツ。ホンコン・シャツ〔半袖のワイシャツ〕なんかむろんありませんからね、袖の長いシャツを着て、下はパンツに国民服というけれども、ぼくは国民服は非常にきらいでね。だから国民服まがいの、あるいは正確にいうと軍服まがいのもので、頭にはたしか戦闘帽をかぶっていましたね、よれよれの。

そして靴がおかしいことに、もうどれもこれもなくなって、スキー靴はいていましたね。戦争になってスキーなんてやることはないから残っていた。これ、これというわけで一年ぐらいか、もっとはいたのか、そんなかっこうでね。

靴下は軍足、かかとのないズボーッとした。変な話だけど、水洗便器のカバーみたいな。

それでむろんゲートルですね。ゲートルとはいいませんで巻脚絆《まききやはん》といった。肩からは雑のう。あれはいま考えてもいいバッグですね、キレで軽いし、りっぱなショルダーでわりに入るんです。そこへなにを入れておったかというと、いり豆が半分ぐらい入ったカンカラ、手帳が一冊。それから、ちょっときざみたいだけど、スケッチ・ブックのちいちゃいのが一冊と、鉛筆にチリ紙代りの新聞紙。

そんなかっこうで例の終戦の詔勅を聞いた。あの聞いた直後の反応は非常に奇妙な感じでして、これはもうなあんだといわれるかもしれんけど、まっ先には、ああ、これでもう戦争に行かなくて済んだ、死なずに済んだというエゴそのものの感情でしたね。ということは、あの当時のある年齢から上の男、働いているサラリーマンなんかは誰でももっていたと思うんだけれども、いつまた赤紙がくるかわからない。こんど来たらもうおしまいだという感じがあるわけです。

だから帰りがけに職場でみんなが、

「今夜はオレの家がやられるか」

「帰ったらオレに赤紙が来てるか」

といいあうのですね。これが「今夜一パイ飲みに行くか」「いや、きょうはやめておく」「じゃ、また」の感じで、ふだんの会話だったのですね。

まあ、空襲もいやだったけれど、翌朝、変にサバサバした顔をして出てくるのは、空襲にやられたひと。「おお、夕べやられました。おかげさまで」なんて、落語みたいなことをいっている。今夜か今夜かと思っているのは、とってもつらくて、やられちまった方が緊張感がとける。

ただ、赤紙はそうは行かなかった。

「いやあ、とうとうきた」という感じでね、空襲より召集のほうがこたえたわけです。召集なら、死ぬということがある。それから家族と離れるということがある。空襲は少なくとも家族とはいっしょだし、まず死ぬ率は非常に少ないわけです。だからやっぱり赤紙がきたというときは、非常に憂うつな、まわりの人間もちょっとなにかものがいえない感じになった。

そういうのがずうっと続いているでしょう。それでとにかく戦争は終ったんだ、ああ、もう戦争にいかなくて済んだんだという気持ち。これから日本はどうなるんだなんてことは、そのときはぜんぜんない。とにかくもう死ななくて済んだ、もう戦争に行かなくて済んだというね、家族といっしょにいられるんだというこの気持ちだけだったですね。

実をいいますと、その前に「ポツダム宣言」の降伏の条件というのを、ちらっと非合法的に知らせてくれた人がいる。で、どう思うかという。これはけっこうじゃないですか、とぼくが返事したわけですよ。というのは、それまで日本は神州不滅で、敗戦を知らない。だからこれは負けたら命はない、命はあっても一生強制労働で奴隷みたいになるとか、あるいは女はもうどうなるとか、ひどい予想ばかりあった。

ところがその条件なるものをちらっと見ると、そういうことはまったくないんだ。それでぼくはほっとして、これはけっこうじゃないですかといった。非合法に知らしてくれた人は、いくらか戦争指導者の部類に入る人だから、実に残念無念、痛憤やる方ないというほう。こっちは失業状態のときですから、ほっとしたというのが事実です。

ついでにいうと、日本人は八月十五日を敗戦といわないで終戦という、とよく問題にされますが、ぼくも敗戦という感じを持たなかった。終った、すんだ、言葉にすれば終戦ですね。しかし漢字で表わすと、「了」、完了の「了」という字を書きたい気持ちでしたね。

連鎖反応で皇居前へ

それから人間ってふしぎなものですね。天皇の声を聞いた連鎖反応かなんかで、ぼくは皇居前へそのスキー靴をはいて、戦闘帽をかぶっていり豆入りの雑のうを肩にかけて行ったんです。そこに人がおるともおらんとも、ぜんぜんそういう予測はないわけです。

行ってみたら、白けちゃってね、まるで靖国神社の例大祭みたいに、人がいっぱいいる。

あのころは、日常生活が精神的にも皇居のほうを向いて暮らしておったわけです。朝な夕な、なにかというと、宮城に対し奉り最敬礼、だから朝な夕な、自分たちが向いていたほうがいったいどうなったんだろ、いまでいうと一種の妙な親近感があったんじゃないでしょうか。こっちはああ済んだ、済んだといっているけど、あっちはそういうわけにもいかんだろうというような、そんな気持ちだったんじゃないですか。それでまあだれかがそこでひれ伏して、そうするとやっぱりなんとなくならってみんなする。それで、なんとなしにいづらいんで、ぼくはあそこから近いから銀座へ行ったわけです。ぼくはまた学生のころから非常に銀座が好きでねえ。行ったってどうしようもないんだけども、行っちゃった。銀座というのは、やっぱりぼくらにとっては尾張町（四丁目）ですね。それで服部〔時計店〕だけが残っている、三越も形だけ残ってましたが、いまでいう三愛側とライオンのほうは完全になくて、銀座尾張町といったってコンクリートのかたまりとドロの街ですよね。

鳩居堂というのがありましょう、角から二軒目。ちょうどあのへんにかっこうのコンクリートのかけらがころがっていた。そこへ腰をおろして、目の前はちょうど十字路です。そのときはじめてこれからどうなるだろうということを考えたんですね。たいへん嬉しくて、ワクワクしながらですよ。ああ、これで助かった、いま死刑の宣告を受けていたやつが、おまえもう無罪だといわれたような感じでワクワクしているのだから、考えることだってなんとなく調子にのっているわけですよ。もういい調子なんです。ぼくは三十四歳、まだ可能性があるから将来、おれが死ぬまでには決して戦争が起こらないようにしなければ、と思い、それはちょっと利己的だから永遠に起こらんようにしたい、と思った。

ぼくはいまでもそうだけど、戦争反対ということを文字にしたり、口にしたりしていますが、それは理論でもなんでもないんだ。ただもう、ああいうことはいやだ、感情ですよ。ただその感情があんまり強いから、何十年たっても薄れないということです。つまり子供がオモチャ屋の前でワァーッといって泣いている、ちょっとやそっと引っぱったって動かないでしょう。あああいうもんでしょうね。じゅんじゅんと説いて聞かせたら、ああ、そうか、それじゃ悪かったなんて改めるもんじゃなくて、理論で戦争だって必要悪だとか、あるいは人間性に根ざしたもので、そんなことをいったってなくならないとかいわれたって、ぜったいにしてはいかん、いやだというわけだ。

しかしぼくは、我が田に水を引くようだけど、ものごとは、反対するというのはそういう力がなきゃだめなんじゃないかと。理屈でいくらいっても理屈には必ず反理屈があるわけですよね。そうすると、そこで議論ばっかりしているうちにめんどうくさくなって、それで少しサーベルの音がガチャガチャしてきたり、牢屋の鍵の音がしてきたりすると、めんどうくさい、はい、賛成、賛成になっちゃう。それはいまいった銀座をうろうろしていた学生時代がちょうど日本の暗い谷間でファッショが台頭してくる時代ですよ。天皇機関説だとかなんだとかいう時代でしょう。そのときにぼくらはまだ学生だけど、総合雑誌なんかに書いているえらい先生とか、あるいは大学の先生とか、あるいは自分たちも含めてインテリ、あるいは疑似インテリがなにをしたかということが、その敗けたときにはわかったわけですよ。戦争反対していましたよ、独裁反対しておった。それはすべて理論で反対していたからね。それもむしろすわり込んでいやだァなんていうことを軽べつしていた。そういう衝動的な、感情的な動きではだめだ、整然たる理論が必要だといっていたが、これは間違っていたと思いますね。

反対するというのはもう理屈でなくて、なにがきてもどうしようもないものだと思いますよ。だから、これで組織するのもぼくはちょっと変な話だと思うんですよ。同じようにみんながなるわけにはいかんが、理論だったら、その理論に共鳴する人が集まればできますわね。感情でいやだ、オモチャ屋の前にすわっていやだというのを集めてくるというのはむずかしいわ。

だから話はそれていますけれども、戦争反対というのはぼくは一人ずつの運動で、どこそこへデモに参加したとか、やれ、どうしたとか、そういうことをぼくは悪いといわんけど、そんなことでは、ぼくの経験ではまたやりますよということですね。あの一九三〇年前後のあれをまたやりますよと、まあ年寄りめかしていえばね。

しかし、尾張町ではそんなことを考えていない、うれしくてワクワクして、欣喜雀躍として虹のごとく、あの焼けあとの空に、どんなネオン・サインよりも美しく戦争反対が浮かび上がってきた。次にそれにはどうしたらいいか、いり豆をかじりながら考えた。そのうちどこかで水道がこわれて、水が出ていないかなんてうろうろし、そのあいまにまたどうしたらいいかを考える。そのとき、おぼろげながら思いついたことは、戦争を起こそうというものが出てきたときに、それはいやだ、反対するというには反対する側に守るに足るものがなくちゃいかんのじゃないか。つまり、ぼくを含めてですよ。この前の戦争がはじまったとき、自分の土地なく、自分の家ないわけでしょう、借家ですよね。サラリーマンであったらほとんど貯金はない。なにを守ろうとしますか。それで大東亜共栄圏だとか、悠久の大義だとか、男子はなんとかのために死ねなんていわれると、やっぱり血がかっかとしてくる。これがある程度土地をもち、ある程度自分の家があり、そのなかにある程度執着があり、そうとうでなくても貯金なりなんなりがあると、ちょっと考えるだろう。日本にはそれがあった連中が、それをふやすために戦争をしたともいえるでしょう。それで一般のわれわれは、それがなかったから簡単にゴボウ抜きだ。抜く必要もない、浮いておるんだから、こっちへこっちへ寄せてくれば、すくいとられてしまう。風呂のアカみたいなものだった。

それでぼくは考えた。天皇上御一人《かみごいちにん》とか、神国だとか、大和民族だとか、そういうことにすがって生きる以外になにかないか。ぼくら一人一人の暮し、これはどうか。暮しというものをもっとみんなが大事にしたら、その暮しを破壊するものに対しては戦うんじゃないか。つまり反対するんじゃないかと。そのときに、そんなに理路整然と考えたわけではありませんが、なにか神国日本に替わるものはないか。考えたら結局、暮しというものは非常に粗末にされてきたわけですよ。衣食住なんていうのは「衣はもって寒暑を防げば足り、食はもって胃を塞げば足り、住はもって雨露を防げば足る」なんていうことばをたたき込まれてきた。

とにかく生活はエンジョイすべきものではない、からはじまって現世に執着するなとか、武士道とは死ぬことと見つけたりとか、おかしなことに、われわれは生きていながら、生きていることを否定するようにしつけられてきた。その結果簡単に引っこ抜かれて、鉄砲をもたされていったわけでしょう。だから、なにか根がはえていれば、この逆で、衣食住というのは非常に大事なことで、もっと一生懸命にこれを考えるべきだとか、死ぬなんていうことはいつでもできるんで、生きておる限りは生きている生を充実していきたいとかね。いまのことばでいっているんですよ。そういうふうなことになれば、ちょっとやそっとで、戦争をやるぞ、戦争をするもの寄ってこいというようなことをいったって、冗談じゃないよと、こういうことになると思うんですがね。その日はそれのほんの入口みたいなことを考えていたのですね。

美しかった上野の夜

それからこんどは、同じところにばかりいても仕様がない、どこかほかへも行ってみようと、歩き出した。とくにまなじりを決するでもなく、上野へ足を向けた。本郷で学生時代を送ったから、上野、浅草、銀座というのが非常に親しいところでね。上野へ行きたくなった。

京橋から日本橋を通ってテクテク歩いて行きましたが、いま歩行者天国になっているあの道、あの道がどこもかしこも焼け野原で、日本橋へさしかかって振り返ってみたら、どうもおぼろげに服部や三越が見えましたから、実に見通しのいいことでしたよ。それから上野へ行って、上野へ行くといったって広小路あたりでしょう。これがなんにもないわけです。それからおのぼりさんみたいにお山へ登って、西郷さんの銅像の前へ行ったら、西郷さんは健全なんです。どういうわけか。

それでまたあの前にすわって、そのうちに日が暮れてきましたよ。もういつごろからか、一年ぐらい前から町は夜になるとまっ暗なんですよね。みんな窓には黒い幕を張り、電灯の笠には黒いきれをたらして、腰をあげかけたら、どうです。上野の山から鶯谷、日暮里のほうですか、少し焼け残っておるわけですね。そこへパァーッと金色の砂をまいたように電灯がついた。そところが考えたら、そんなに家があるわけじゃなし、そんなに明るい電灯がついているわけじゃないけども、なにしろずっと夜はまっ暗だったところへ灯がついた、美しいなあと思いました。

のちに神戸の夜景が一〇〇万ドルの夜景だ、そうすると熱海が何百万ドルなどといったりしたけれど、とってもそんなものじゃないですね、あの終戦の夜の美しさというのは。つまり戦争が終ったということを絵に描いてみろといったら、あれだったんですね。

だから八月十五日という暦のその一日は、ぼくにとっては非常に、一生のうちであんなうれしいことはあまりなかろうと思います。

ぼくは、兵隊は丹波の篠山歩兵七十連隊です。最初、現役で入隊して北満へ送られ、傷病軍人で現役免除、それがどういうわけか、またもう一度召集された。そのときに宇野から船に乗ることになった。南方戦線へ赴くためです。そのときぼくは、原隊復帰になったのです。あのときのうれしさというのは、それはたいへんうれしかったが、人間というのは不思議なもので、全員集合して、服装をもらったりタマをもらったりして、いよいよ部隊が出発して行く。出て行く部隊と、原隊へ復帰するぼく他何名か、すれ違うわけです。向こうは行軍している。こっちはトラックに乗せられている。あの後めたさってのはなかったですね。きのうまでいっしょに寝て、出発前夜には爪を切ったり髪を切ったりをいっしょにした仲間だ。トラックの上からこう目を皿のようにしていると、自分の隊とスレ違う、こっちは嬉しい、向こうは死にに行くんですよ、昭和十八年でした。それなのに、隊のものは、「お、花森、お前元気でやれよ」「おい、ガンバレよ」なんて、下から声をかけてくるんです。死にに行く者がね、あの後めたさ、こっちはもう声も出ないでいる。

だから、嬉しいこと、嬉しかったことはいろいろあったが、この上野の山の嬉しさみたいに、純粋、くもりっけなし、自己反省、うしろめたさ、なんにもいらない底抜けにワーッとうれしいのは、あとにも先にもこれ一回、それぐらい強烈でした。

あとで聞きまわってみると、ぼく一人だけでなく、たいていの人がそう感じたらしい。

あれから年の暮れにかけての日本は、物質的には悲惨この上ない、戦争中よりも食べるもの着るもののない時期でした。しかし悲惨な実感が何もない。あるときなんかふすま「小麦の皮」、豆かす両手に一ぱいで、親子三人が何十日間食べつながなければいけない状態だった。終戦のあと、ぼくは左わきの下に大きなおデキが出来て、湯飲茶碗に一杯以上の膿が出ましたよ。ひどい栄養失調です。いまのぼくからは想像がつかないぐらいやせていました。それでも寝ていられなくて、ワクワクして、食べるものがなかろうと、苦痛でもなんでもなかった。むしろ、まるで少年のごとく、毎日がかがやかしくて、うれしくて、飛んではねているみたいな感じでしたよ。

「赤旗」の歌はBGM

そのころのことで、鮮明に覚えているのはね、まちを歩いていると、どこからともなく聞こえてくる歌があった。それが、「高く立て、赤旗を」という歌ですよ。

まあ長いこと、軍歌しかかっこうの歌がなくて、別に軍国主義で歌ってたわけじゃないが、歌といえば軍歌だった。それが「赤旗」になった。もう日の丸ってわけにはいかない、それじゃ何の旗立てる、するとあの歌詞が、ピッタリ来るわけですよ。

勇ましいのは、「卑怯者去らば去れ、われらは赤旗守る」。何だかそう歌ったり、聞いたりしていると、いい気分だったんでしょう。いまでいえば、仕事しながら「あんたあの娘のなんなのさ」といってるみたいなものなんですよ。一つのバック・グラウンド・ミュージックだった。

昼はあんまり聞こえないけれども、夜になるとあっちこっち、闇かなんか、カストリ売るようなところで、「卑怯者去らば去れ」、酔っ払っては歌っているやつがいる。

だから、たわいがないといえば実にたわいがない。それからは、ギュッギュッギュッギュッと歯車が回って、朝鮮動乱までいくんですけれども、しかしぼくなんかにとっては、たわいもないかもしれんけど、あれぐらい純粋に自由を考え、人というもの、人間というものを考え、生き方を考え、暮しというものの重さを考えたときはないですね。具体的にいうと二、三年の間でしょうね。二・一ストまでの間は実にかがやかしかった。そのあと世の中の歯車が少しずつ逆に回ってきたんです。

二十年八月十五日から二十二年二月一日までをぼく流のことばで、幻の時代というんですよ。それは完全に燃焼して、張り切って、ほんとうにいい時代でしたね。いまの目で人人がみたら、なんとたわいがないというでしょうけれども。たわいないとしても、そのことが現実に日本にあったということを、ぼくはやっぱりきちんといっておきたい。一度あったということは、もう一度ありうることではないかと。環境が違い、状況も違いますから、あしたというわけにはいかないけれど。少なくとも一度はあった、これは重要なことです。

「赤旗の歌」のほかに、もう少し低い声で歌った歌があるんです。たしか大正の終りに出来た西条八十の歌で、レコードの一方が帝都復興の歌〔「帝都復興行進曲」〕、その裏にあった歌なの〔日活映画『女性讃』の同名主題歌〕。それをだれかが覚えていた。ちょっと気恥ずかしいぐらいピッタリの歌なのよ。記憶に残っているのは、

「涙の羊は、地平に消えゆく、わが友女性よ、いまこそ立てよ、光輝く未来は君らのものだ」

ちょっとセンチメンタルだけれども、ぼくらの気分に、合うわけだ。そのとき婦人参政権でしょう。ウーマンリブよりずっといいと思うね。西条八十もいいことをやっているんだよ。涙の羊は地平に消えゆく。わが友女性よいまこそ立てよ。なんとかの未来は君らのものだ。そういう歌を、つまりなんとなく自分のムードに合うのを、そのときの気分で引っぱり出してくるわけだ。あの歌なんかもう一回ナツメロでやったらいいと思うんだ。ちょっと集会にもいいし、メーデーな

んかで婦人部はこの歌にしたほうがいいよ。しかし、これは「わが友女性」だからね。青年部あたりがこれを歌う気になったら立派だね。

だけれども、あの時代はなんとなく若者はフェミニスト的ムードだった。これが旧世代に対するひとつのレジスタンスよ。つまり、旧世代にいまみたいにまともにゲバ棒を振うほどの勇気のあるやつはそんなにいなかったけど、女なんてなんだと親父連が思っているその世代に対して、ムード的ではありますけど、わが友女性的なムードがあったのよ。

いまでも思い出すけれども、あのころの警察官の無力なこと。進駐軍にこづかれどおしでしょう。そこへもってきて、〝第三国人〟というのがまた無法地帯で、法なんて認めないんですからね。それをまた止めるわけにはいかんわけよ。したがってわれわれ一般の人間に対しても、なんとなく卑屈で、そうですかとか、お願いしますとかね。道聞いたら、こういうところへいきたいんですけどといったら、「はっ、それでしたらこっちへいらっしゃいますと」という調子だったなあ。一事が万事でね。たしかに、役所へいくと、役所はわれわれはあなた方のサーバントですからみたいな顔をしているし、なんか主権在民を絵に描いたような時期が、たとえ一年何ヵ月か、たしかに日本にありましたよ。

真っ先にフライパン

戦争が終ったあと、町を歩くと、露店がダーッと出はじめてきましたね。そこで真っ先に出てきたのは、フライパンです。フライパンが出てきたときなんか、どんなにぼくら気持ちが明るくなったか。まずぼくが見つけたのは、渋谷の道玄坂をちょっと上がったところ。松竹の映画館があって、映画館は、むろん映画はやっていませんよ。その前にダーッとフライパンが積まれている。飛行機だの何だの戦争道具をこしらえていた資材の残りでね、フライパンをこしらえた。それが朝日にあたってね、きらきら光っている。ほんとうに光りかがやいていた。それを見たときぼくははっきりいいなあと思った。いままで台所に入ったことのない男のぼくらが見ても、フライパンがこんなにあるというのは、実に心豊かなことでした。そうして、ぼくは、ここだ、ここじゃないかと思ったんです。台所だ。

台所をとにかく北向きからいちばん日の当たるところへ置いたらどうだろう。そこはなんといっても一家の中心で、生活の中心だというようなことがだんだんぼくの中でハッキリしてきて、つまり暮しというものがいちばん大事だ、これをほんとうに、理屈でなくて、腹の底までわかりあおうじゃないか、そして、その暮しをこわすもの、じゃまするものに対して、母親が子どもを襲うものに対しては、本能的に立ち上がるように、本能に近く、襲い犯しにくるものに対して拒絶反応を起こすようになれば、ちょっとやそっとでは鉄砲をかつがすわけにいかないだろう。

だから、ぼくにとっては八月十五日というのは、暮しがなにものにも優先して大事なもので、人間の暮しはなにものも犯してはならないという考え方をもった日だったのです。おこがましいけれども、それまではぜんぜん逆で、暮しなんてものはなんだ、少なくとも男にとっては、もっとなにか大事なものがある、なにかはわからんくせに、なにかがあるような気がして生きていたわけです。あるいはあるように教えられてきた。戦争に敗けてみると、実はなんにもなかったのです。暮しを犠牲にしてまで守る、戦うものはなんにもなかった。それなのに大事な暮しを八月十五日まではとことん軽んじてきた、あるいは軽んじさせられてきたのです。

それは、すっとんきょうにぼく一人だけが思っていたのではなくて、たいていの人が、肝に銘じていたのではないですか。その後、今日までの三十年、身すぎ世すぎがきつくて、それがいつしか眠ってしまったかもしれないけれども、死んでるはずはないとぼくは思っていますよ。だからそんなにばかにしてもらっちゃ困ると思う。つまり、年で勘定するといくつになりますか、あのころ、ちょっとものの わかった人は、男でも女でも環境により多少角度は違うけれども、みんなそう思った。それがいま、なんか世の中が泰然と、腰抜かしているみたいな時代ですから、もしそれをばかにして、なにかはじめたら、黙っちゃいないと思いますよ、その休火山は。やっぱりあっちで立ち、こっちで立ちしているうちに総立ちになってくるんじゃないですか。その年代の人はまだまだいますからね。それぐらい、ぼくが偉そうに自信をもって人のことまで、日本人はみんな立ち上がるんじゃないかといえるぐらいに、痛烈なショックを日本人みんなが受けた時代です。まるで理想郷、ユートピアだったですね。みんな多少なりとも、友人だとか親戚だとか兄弟があの戦争で死んでいるでしょう。そうすると、これから先は自分の命はタダみたいなものだ、だからなにか役に立つことをしようというふうな、そういう償いの意識も当時は非常に強かった。それもいまは一見波風立たないように見えるけれど、しかしまだそれはなくなっていないと思うんですよ。

　ぼくは戦争で身内を失くしていないんです。兄弟は二人、陸軍と海軍にとられたけれども、これまた悪運強く帰ってきましてね、ただ親戚にはずいぶん死んだのがいます。ことに学校時代の友人が戦場で死にました。それにぼくは、兵隊と同時に傷痍軍人の生活もしているでしょう。目の前で死んでいく仲間を見ているわけです。戦闘があった次の日、腕のないのやなにがないというのが廊下にずっと並ぶ。そのなかには知った人間がいるかどうか調べたいような、なんか悪いような気持ちになる。そういうのを目のあたりにしていますから、よけいになにかこっちだけ生きて帰ってきて悪いみたいな……。岡山で原隊へ復帰するときに、出ていく連中とすれ違ったときの、あの後めたさのようなものがありますね。

「これでいい」はない

　このごろ、八月十五日より六月十五日の安保〔一九六〇年。国会前の衝突により学生運動家の樺美智子が死亡〕のほうが意味があるとか、あるいはテレビはことさらに八月十五日ってなんですか、知りません、なんていうのをおもしろがって出しますが、ぼくはやっぱり八月十五日の意味については、言い続けなきゃならんと思うんです。今年は終戦三〇年だから、なんか言うかもしれないが、もうこれでいいでしょ、打ち上げにしましょう、と、それがこわいですよ。ほかのことと符ちょうを合わして、今年で八月十五日は打ち上げられたんじゃこわいですよ。

　といって、なにか協議会をつくるとかいうんでなく、また変なところでサイレン鳴らす鳴らさんは問題でない。ただわれわれ一人一人がきょうは八月十五日ですよということを言い続けたい。そうしないと、みんな忙しくて、自分の誕生日さえ忘れている人のほうが多いんだから。そういう意味でこれはやっぱり大事な日ですね。大げさにいうと、日本人がはじめて個人というものを、キザにいうと、はじめて感じた。そういうことは有史以来、日本民族にとってはじめての経験でしょう。人間個人というものを実感としてつかんだということ、これはぼくはたいへん貴重な日で、そういう意味では敗けてよかったです。敗けなかったら、まだまだそういう実感をわれわれはもつことはできなかっただろうと思う。

いってみれば、あのあと、それまでは上意下達で、草奔の臣は、いいたいことを公然といえなかったわけでしょう。ところが、八月十五日以降は、民の声が街に満ち満ちた。NHKの街頭録音がそうです。新聞の投稿欄も大きくなった。

われわれは自由なんだ、自由に発言しようじゃないかと、みんなが思って実行したわけです。

そのうち、のど自慢もはじまったが、聴取者参加番組というのは、出る方もつくる方もカッカカッカ、熱っぽかった。

あれは、上からつくられて下におろされてきたものではなかった。ほんとうに、戦争で疲労困ぱいしたあげく、あゝ終った、ほんとうは人間って自由だったのだ、この獲得した自由をずっと守っていきたいという気持ちが、みんなの中からあふれ出したという意味で、これは珍しい時期ですね。人間の非常に純粋な本音がそのまま建て前になった時期です。

それがまた、すぐしぼむとしても、そういう点に八月十五日の意味があったと思います。

あれは、日本民族の幸せでした。だからぼくらは、ばかみたいに、夢よもう一度と考えるわけですよ。

『1億人の昭和史4』毎日新聞社、一九七五年より

Ⅳ　巻末資料

回想談

花森安治のONとOFF

土井藍生（聞き手・幻戯書房編集部）

六年ほど前、実家にあった小引き出しの沢山ついた簞笥から、父と母の手帖が出てきました。津野海太郎さんが父の評伝を連載（「花森安治伝」・「考える人」二〇一〇～一二）する資料を集めていらした時ですので、お見せしました。それから、しょうけい館（戦傷病者史料館）の展示（「戦中・戦後の戦病者～二度の除隊を経て　花森安治のあゆみ～」二〇一三）などでも、父の手帖の存在が少しずつ知られるようになりました。

一冊だけ、昭和十八年（一九四三）の手帖はそのあと、夫が使っていた小物入れから出てきたものです。評伝を連載後、本にする仕上げをしていらした津野さんにご連絡すると「是非見たい！」とのことでしたので、その頃亡くなられた、「暮しの手帖」の元編集長・宮岸毅さんのお宅から出てきた花森の卒論の草稿とともに、お目にかけました（評伝はその後『花森安治伝　日本の暮しをかえた男』新潮社、二〇一三として刊行）。

他の手帖と違って、昭和十八年のその従軍手帖には珍しく私のことが書いてあるんです。始めの方で、「七つなる藍生の笑顔営庭を遠ざかりつつなほも手を振る」と応召を見送る際の光景が歌に詠んであるんですね。親は今生の別れかもしれないという気持なのに、子供は年相応に無邪気に手を振っていて、（バカな子だなあ）と思ったんですけれど。

今回の本にある手紙を読むと、母のことを「チイコちやま」なんて何度も書いたりしていて、そういうところが戦前の日本人男性の一般的な感覚とは違っていたかもしれません。父が家で読み聞かせてくれたのも『母を訪ねて三千里』ですとか『くまのプーさん』ですとか、外国の物語が多かったです。

父の絵を見ると、当時にしてはバタくさい感じ――

なんとなくヨーロッパの街並を描いているみたいな感じがします。外国にはそれこそ、兵隊として中国に行っただけなのに。それはやっぱり神戸という街に育ったからでしょうか。小さな時から「トアロード」だとか「○○デリカテッセン」だとか、そういうカタカナの名前が周囲にあって、飲食店からはバターやご馳走の香りが流れ、外人さんが出入りする。それが日常の光景としてあったと思うんですね。外人さんが読み終わった新聞や雑誌は屑屋や古本屋に流れたでしょうし、また父も十代の折にそういうところへよく探しに行ったようです。

宝塚の歌劇にも月一回、お祖父様（安治の父）が父の妹と一緒に連れて行っていたようです。家が没落しかかっていた頃ですが、お祖父様とその子供たちも和服ではなく洋服を着ていたとか。

その頃、旧制高校に行った人の語学に対する素養はかなり高かったんじゃないでしょうか。父も漢文は白文でスラスラ読めましたから、私は「なんでこんなのも読めないんだ？」と不思議がられ通しで育ちました。一度目の従軍手帖にドイツ語で書いた一節がありますが、ドイツ語なんて高校に入って初めて習ったんじゃないかと思うんですけどね。中高時代の回想を読むとみんなでキャッキャと遊んだり騒いだりしてばっかり、という感じですけれど、その裏で勉強はしっかりやっていたのでしょう。祖母（安治の母）が内職したお金で「これで安治を大学に行かせてくれ」と言ったという話からすると、周囲からの期待はあったと思います。

父と母が結婚する時、母の家は呉服問屋という商家でしたが、まだ学生の父と一緒になるのは親戚のあいだでは渋々というか、そう好意的ではなかったろうと

思うのです。それでも父が「どうしても」と願って結婚した人ですから、趣味やセンスに通じるところがあったのではないでしょうか。

母もこの写真（前頁）で洋服を着ていますね。西洋風ということでは父の趣味もあったのかもしれませんが、母も元々、呉服問屋の娘ですから、センスはあったんです。若い頃、実家の店にあった売り物がごく平凡なものばかりだったので、自分のものは全部、番頭さんが京都に行く時に頼んで買ってきてもらっていたとか。和服でも洋服的な感覚のものを選んでいたと思います。

結婚する際に着物はそれなりにたくさん持って来たはずですが、戦中戦後にずいぶんお米に代わってしまいました。翼賛会の部長さんが家に来られた時はお肉やお酒に代わったこともありました。酔った部長さんがゴローンと横になったので、父が私に「マグロみたいだろ?」なんて言ったりして。その方は戦後、TBSの役員になられて、それで父とTBSのご縁ができ、当時のラジオ東京（のちのTBSラジオ）で週一回話したことをまとめた本が『風俗時評』（東洋経済新報社、一九五三）です。

川崎市井田の家には畑がありましたが、父も母も非力でしたから、それほど精を出して耕してはいなかったと思います。防空壕は父が掘ったもので、警報が鳴るとそこに入っていました。この写真（右）の後ろには竹垣があって、それも父が作りました。近くに大家さんの家と畑があって、その裏がうちだったんです。

以前、世田谷文学館で「花森安治と『暮しの手帖』展」（二〇〇六）があった際、その井田の大家さんのご長男がいらっしゃいました。当時その方は勉強熱心で、

うちに本を読みによく来られたとか。弟さんとお姉さんもいらっしゃるとのことで後日、お話をうかがいました。昔は近所の子供たちがみんなで一緒に遊んでましたね。ある時、小さい私が川遊びの最中、深みに落っこちて、引きあげてくれた。年長組はいちおう監督責任があるから、「おうちに帰って親に話しちゃダメよ」と念を押したそうです。「そんな古い話、覚えてないでしょう?」と聞かれたんですが、確かに覚えてないんですね。もう一つ話していただいたのは、うちの両親の印象的な会話として、毎朝、母は「卵は何になさいますか」と父に聞いていたようなんです。卵焼きか、目玉焼きか、スクランブルエッグにするか。それが本当に異次元的なカルチャーショックだったと（笑い）。

父が二度目に応召したのは私が五、六歳の頃ですが、本当にあまり記憶がないんです。鳥取に行くのを見送る時も「いってらっしゃい」と手を振っていたくらいで。

この写真（上）ではふてくされたような、つまらなそうな顔をしていますね。多分、眩しかったんでしょう。これは井田の家の玄関です。その頃わたしが小さかったので、父が竹で踏み台を作ってくれたんです。

こうした写真を撮る時、光の具合を気にして「そこに立って」「これを持って」などと演出の指図はされたはずですが、あまり覚えてないですね。たとえばこの写真（次頁）にしても、紙風船の置き方なんかに父の演出が入っていると思います。

同世代の友人に見せると、「子供の時の写真をこんなに持っている人はいない」と言われるんです。周囲は見ての通り（次々頁）、畑が広がっていて、写真機

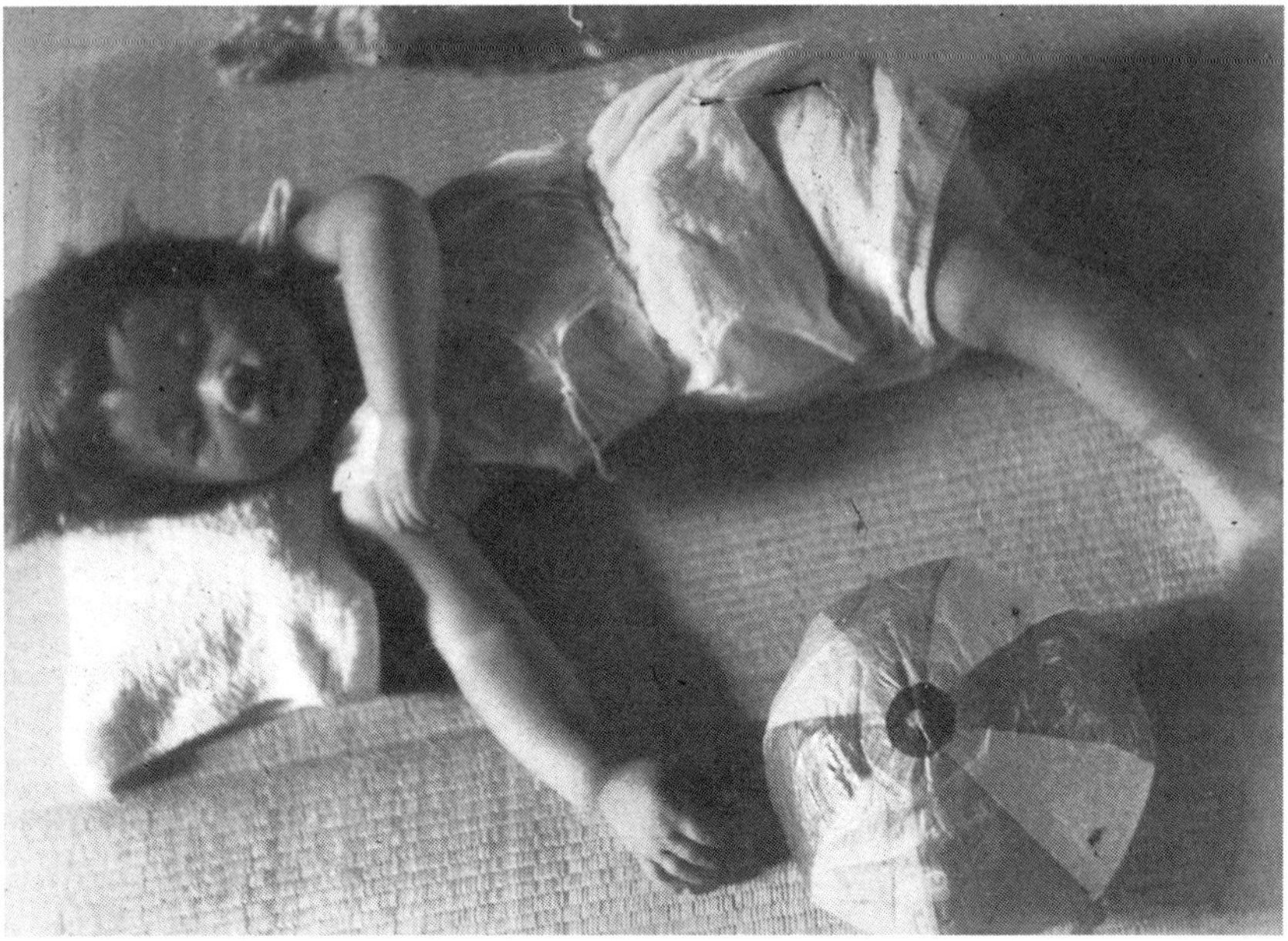

を持っている家は少なかったですし、東京出身の人に聞いても、写真といえば写真館に行って記念に撮るもので、家の中でこんな何気ないスナップを残す、ということはなかったようです。

父は洋風のホテルが大好きでした。太っているからか、寒がりで暑がり。戦後、移った大田区の家は、冬はヒーターですから、もちろんセントラルヒーティングなんてものじゃない。廊下に出ると寒い。それでいくと、ホテルというのはどこもかしこもあったかい。寝巻きのまま洗面所へ行ったりできる。日本旅館だとそうはいかない。翼賛会時代に出張先から出した手紙を見ると、ホテルがある土地ではなるべくホテルに泊まるようにしていたと思います。地方だとまだ旅館しかないところもあったでしょうけれど。

二度目の従軍の前には、宝塚ホテルに泊まりたいという思いが強かったんじゃないでしょうか。三十一歳で、桜の頃。もう帰ってこられないかもしれない。

母には姉が三人いました。三姉は東京ですが、長姉は旦那さんが一畑《いちばた》電鉄（島根県）の社長で松江に、次姉も島根の平田にいました。平田の伯母には子供がい

なくて可愛がってもらいました。母と私が当時、泊めてもらったこともあったようです。

「暮しの手帖」の社員旅行では、できるだけ良い場所に泊まるようにしていたようです。一九六九年に心筋梗塞で倒れ京都で二か月療養した当時の都ホテルも、とてもグレードが高いところでした。

社員には常に、「編集者はいろんなシチュエーションに置かれるんだから、高級な場所でもオタオタしないように慣れさせておくんだ」なんて言ってましたね。私が社会に出る頃でも、ホテルといえば「何を着て行こう」とちょっと考えてしまうような場所で、今みたいにジーンズで気軽には行けなかった。しかもナイフとフォークで洋食なんていうのは、滅多にないことでしょう。当時の社員の方は「楽しかったし、ありがたかった」とおっしゃってくださいますけれど。

皆さんよく「几帳面な方だったんでしょうね」とおっしゃってくださるんですが、全然そんなことはないんです。今で言う「ONとOFF」、その切り替えはしていたと思います。家に仕事を持ち込んでいた印象はありません。ただ、ところどころで神経の遣い方というのか、それはやっぱりうるさい。家で勝手に触って怒られるのは、まず文具。雑然として見えても自分で決めた順番があるから、いじられると怒っちゃうわけです。

他にたとえば、トマトの切り方を教えられたことをよく覚えています。ある時、いわゆる櫛型、ヘタのところを上にして放射状に切って出すと、「そうじゃない、横に輪切りにしろ」と言うんです。確かにその方が白いお皿にのせると花のようできれいではある。だから、父の前でだけそう切って出したりしていました。

そうやって父にいろいろ言われるようになったのは、高校時代くらいからでしょうか。でも私には直接言わない。母に「藍生の服のあの上下の組み合わせはおかしい」なんて言う。衣服の少ない時代ですから、「だって、ないんだもの」と私も言い返したり。

戦中はさらに布（きれ）がありませんから、モンペや防空頭巾なんかも母の着物で作ったものでした。母が手まめで、よく編み物や刺繍をしてくれたんです。戦後になると、布がたまに手に入ることがあって、たとえばペールピンク（汚れピンクと言いましたが）とベージュが混じったような色に白の水玉の布でかわいいワンピースを作ってくれたことがありました。また高校三年の時だったでしょうか、下が赤いタータンチェックの襞《ひだ》のスカートに、上が紺でダブルの金ボタンの服は、とても重宝しました。

家では本を読んだりテレビを見たり……たまに大工仕事もしてましたね。わりあい上手かったんです。朝は早くて夜は遅い。家に帰ってきて、休めばいいのにと言っても、それからジグソーパズルを作ったり大きな船の模型を組み立てて塗装したり……歳をとると帰ってからは家族と話すだけ、ということもありましたが、三、四時間寝るともう元気になる。休日に会社の方が近くで野球をやるというので大人用の三輪車で応援に出かけて行ったこともありました。じっとしていられないんですね。常に何かやりたい。

父は家のことについてはすべて母に任せていました。でも孫が生まれて、母が関西にいる私のところへ泊まりに出かけるのは歓迎するのです。自分が行かなくても孫の情報を得られるから。電話も長距離はそうかけられない時代でしたし。それで母が三日留守にすると、ミルクパン（小型の手つき鍋）が流しに三つ置きっぱなしにしてある。たぶんコーヒーでも淹れたんでしょう。機械なら珍しいものや新しいものをすぐ試して、たとえばワッフルメーカーを買ってきたりするのですが、材料を揃えて作るのは母と私。口はいろいろ出しても、手は出さないんですね。それである時、商品テストで洗濯機の使い方を覚えたのか、母が帰ると洗濯物が干してあったそうなんです。けど、全然シワが伸びていない（笑い）。「洗濯物のシワの伸ばし方」なんてのは、自分ではわからないわけです。

　普段は「暮しが大切だ」と世間に話していますから、自分でも用心はしているのです。たとえばお客さんが家にいらっしゃると、すごくもてなそうとする。あるいは私たち娘夫婦が父の知り合いの方にお世話になると、御礼の品について「あの人はそういうのは食べない。貰って嬉しいものじゃないと」と銘柄を指定したり、「二人揃ってご挨拶に行きなさい」とアドバイスしたり。仕事上、会社への頂き物は受け取らないだとかでエキセントリックに見られた部分もありますが、内実はすごく常識的でした。

　けれど常識的なだけじゃ勤まらないから、アンテナはしまわない。ある夜、私がテレビを見ていたら、「加山又造さんの番組を見てもいいか」と聞かれました。「気になる人なんだが予備知識がないから知りたいんだ」と。帰ってきて遅い時間の番組ですから、たぶん朝からテレビ欄を見て知っていたんでしょうね。そんなふうに常に意識を働かせていたので、心から安らげるのは、孫と遊ぶ時ぐらいだったんじゃないでしょうか。

解説「花森安治の手帖」を透過して探る戦争の実相

馬場マコト

本書に収められた手帖と書簡類をよりわかりやすく読み解くために、まずはこの手帖が書かれるまでの、花森安治の年譜的な背景を紹介しておきたい。

一九一一年（明治四十四）十月二十五日、神戸に生まれた花森は、神戸三中を経て旧制松江高校に進学後、東京帝国大学文学部美学科に入学。

三七年（昭和十二年）三月、卒論「社会学的美学の立場から見た衣粧」（１９８ページ）を書き、中学時の一浪生活、大学時の一年留年（当時の大学は三年制）を含め二十五歳で東京帝大を卒業する。

同年四月、在学中「帝国大学新聞」で割り付け編集を担当し、画家・佐野繁次郎の知遇をえた関係で、彼が主宰するパピリオ化粧品（伊東胡蝶園）宣伝部に入社。すぐに、娘藍生《あおい》が誕生して一児の父となる。

それから三か月経た七月七日、盧溝橋で日中衝突事件が起きる。その後、日本軍は盧溝橋衝突を「支那事変」と呼び、三年間で十四万人にもおよぶ大量の兵力を、満洲全土に投入していく。

その一人として花森は、彼自身が戦後「一銭五厘」と呼ぶ、いわゆる赤紙を受け取った。結果、日中戦争勃発の年に、社会人として、家庭人として、その第一歩を踏み出した花森の生活は、一年も続かず終わる。

三八年一月、本書「事実証明書と陸軍兵籍簿」（１４５ページ）にある通り、二十六歳の花森は、丹波篠山歩兵第七十連隊第三機関銃隊に、二等兵として入隊。

三月、黒竜江省《ヘイロンチャンション》最大の都市ハルビンから二百五十キロ北上した、満洲でも過激な抗日根拠地として知られる、依蘭《イーラン》に派兵される。

戦前の日本軍の軍隊生活は、それぞれの駐屯地の指揮官の方針により異なるのだろうが、花森が派遣された駐屯地のそれは、すさまじい暴力のもとにあった。

検閲管理が厳しい当時、その実情を花森自身が従軍手帖に記すことはなかったが、戦後「暮しの手帖」の随筆欄に、その実態を断片的に彼は書き綴っている。

「初年兵集合。両足開脚、一列に並べ。眼鏡をはずせ。歯をくいしばれの号令のもと、鋲つき上靴《スリッパ》が両頰めがけて飛んでくる」

中国戦線における花森安治　　写真提供＝土井藍生

「人間は弾丸の飛び交う中を飛び出せない。軍隊はまず人間を人間でないものに作り変える」

「ぼくという人間が、ぼくの青春がめちゃくちゃに踏みにじられて行く」

そのような人間改造を経て、夏は四十度を超える灼熱地獄のなか、小興安嶺《シアオシンアンリン》山脈の麓の暗闇を、花森はひたすら行軍する。小休止の号令とともに、そのまま暗闇に倒れ込む。思い浮かべるのは決まってひとつの風景だ。春、飯田橋の外濠のボートハウスで妻ももよと愛娘藍生を乗せて咲き誇る桜のなか、ボートを漕いだ。再びいつかオールを握られるだろうか。その希望をあざ笑うように、突然銃声が襲う。身体を無意識に反転させながら、花森は闇の敵に向かって銃を乱射する。

そして冬、零下三十度に達する寒さのなか、凍てついたアンドロメダの光を受けながら、抗日遊撃軍と野戦を繰り返す。兵舎に帰ると自らの人間性を取り戻そうとするかのように、花森はやがて「従軍手帖（一九三九）」にその激戦の断片を書き記すようになる。

「爆破五時、俯せるわが肩を　電線匐ふ
準《ねら》ふ
準ふ　敵ふと視線《め》会ひたり
引鉄ひく、すなはち倒れぬ　かすかなる音、
左翼射つ右翼射つ
にぢり寄りにぢり寄り戦友《とも》の呼吸尖《と》き

凍結する2011年2月の依蘭、松花江　撮影＝馬場マコト

　銃声に馬
狂奔《さわが》んとす
凍れる江《かは》」
　私は花森がどのような極寒の地で銃撃戦を戦ったのかを実感したく、『花森安治の青春』（白水社、二〇一一／潮文庫、二〇一六）を著したときに、二月の依蘭を訪ねた。
　ブリザードが吹きすさぶ氷結した松花江《スンガリー》の真ん中に三十分立ち続けたが、あまりの寒さに、カメラを連写することはかなわなかった。一カットごとに、指を温めなければ次のシャッターが切れないほどの寒さに、私は思わず「痛い」という叫び声を上げ、凍結する松花江にひざまづきながら、初めて花森の生への執念を悟った。

依蘭兵舎前の花森安治（左）
写真提供＝土井藍生

「生きたい」
　その想いだけが、花森に銃の連射を可能にさせたのだ。いくたびもの銃撃戦を生き伸び、夜明けと共に駐屯所に帰った花森は、「従軍手帖（一九三九）」に何度も何度も印象的なフレーズを書き残している。
「あなたの言葉は
私の言葉
あなたの夢は
私の夢
あなたが生きられるだけ

わたしも生きたい」

その極寒の迎撃戦の日々で、花森の肺は蝕まれる。

翌年三月たったひとり依蘭を離れ、傷痍軍人として強制送還が決まる。

「生き伸びた」の想いと、一人だけ戦線から離脱する複雑な想いを「従軍手帖（一九三九）」に書き残し、花森は傷痍軍人として送還される。

「やゝ痩せし指の愛《かな》しくうす日さす」
「ホーム歩く警護兵に戦友《とも》ありぬ」
「いたつきは兵の恥にあらじとも
書きてありけりわれなぐさまず」

大阪陸軍病院で本を読む花森安治
写真提供＝土井藍生

そして大阪陸軍病院天王寺分院と深山分院で約一年弱の療養生活を送る。

「かくてわれ生きてありけり
はつ秋に
胸ひろびろとおほ穹《ぞら》流る」

現役免除となった花森は、妻ももよに贈る、陸軍病院で教わった絽刺しの財布を持って、陸軍病院を退院。

その後、パピリオ宣伝部に復帰するが、戦時の逼迫と共に、化粧品は生産中止規制を受け、広告そのものが消滅する。

パピリオのPR誌「婦人の生活」「みだしなみとくほん」など、戦後の「暮しの手帖」につながる生活提案誌を編集し、なんとか食いつなぐ花森に、元帝大新聞理事で、大政翼賛会宣伝部長の久富達夫から声がかる。

花森の翼賛会宣伝部入りを待っていたように、日本軍は十二月八日、真珠湾を奇襲した。

日中戦争は一気に日米戦争へと拡大し、街宣車に乗り込んだ花森は、銀座服部時計店（現和光）の角や上野公園などで、開戦決起心得などの街頭演説を始める。

翌年一月から花森は「手帖（一九四二）」（本書37ページより）に、翼賛会宣伝部員としての行動メモを細かくつけ残す。

三月五日の欄に「『宣伝』原稿発送」とあるが、こ

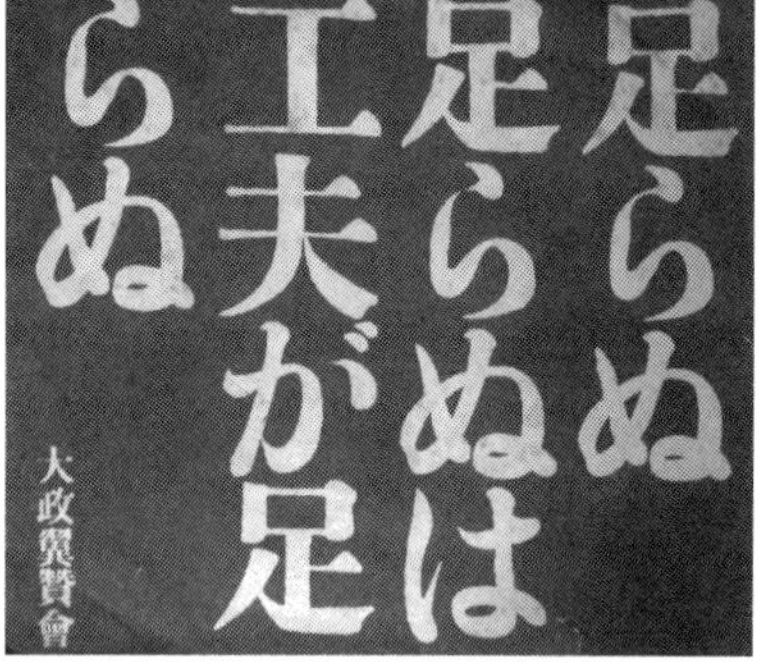

1942年大政翼賛会ポスター
山名文夫他編『戦争と宣伝技術者』
（ダヴィッド社、1978年）より

れは同年五月号の「宣伝」に掲載された「政治と宣伝技術」と題する、本書エッセイ編に収められた広告論で、翼賛会における自分の立場を「『宣伝技術』を知つてゐる、政治をする人。政治を知つてゐる、宣伝をする人。その人こそ『宣伝技術家』である」と規定し、いまでいうクリエイティブ・ディレクターとして、情報局・翼賛会と広告制作者の間に立つ、「宣伝技術家」の役割を明確にしている。

山名《やまな》文夫《あやお》率いる報道技術研究会を制作スタッフとして、花森は「開戦一周年記念ポスター」「大東亜戦争一周年記念、国民決意の標語募集」などを企画し、「足らぬ足らぬは工夫が足らぬ」など戦時中を代表する標語ポスターを世に送り出す。

そして宣伝戦の責任者「宣伝技術家」花森に、二回目の召集令状が届く。

四三年四月一日、中部第四七部隊第一機関銃隊に入隊。情報局とも近い身として、戦況の悪化を十分に知る花森は、死を覚悟し、支給された「従軍手帖（一九四三）」（本書79ページ）にその複雑な想いを書き綴る。

「隊こぞる　この『海行かば』　班内に
しづかに流る　征くまへの夜」

しかし南方行きで死を覚悟した花森に朗報が訪れる。入隊後、体調を崩し入院したためか、翼賛会に携わるためか不明だが、突然除隊命令が出る。生き伸びた喜びと複雑な想いを、花森は素直に記す。

「一方は眉を上げて堂々醜の御楯として征途に上りつつあり、我は病のゆえに妻子の下に帰らんとする。正に万感胸中を去来して眠り難いのである」

除隊後の花森は翼賛会文化動員部副部長として、翼賛広告へと前以上に傾斜する。

紙不足から新聞が戦果報道に集中し、翼賛広告すら掲載が不可能になる時代。花森は「日本の壁新聞」（本書220ページ）で「人の心を射る街中での壁新聞」の必要性を説く。また自らも、その壁新聞の企画制作に乗り出し、戦時広告の白眉といわれる「おねがひです。隊長殿、あの旗を撃たせて下さいッ！」を報研と共に完成。その注目度と話題性の自信ゆえか「手帖（一九四四）」「手帖（一九四五）」にみられるように、ますます戦争と日本宣伝道に前傾姿勢で注力していくようになる。

「われらは国民の一人なり、
国民の一人先づ動かずして
何ぞ万の、億の国民動かんや
これ宣伝者の信念なり」
「万人が勤王護国の烈士となす
これ日本宣伝道なり」

1942年大政翼賛会壁新聞
山名文夫『体験的デザイン史』
（ダヴィッド社、1976年）より

「いざ大君のおんために
死すべき秋《とき》はいまなるぞ」

細かい字でびっしりと書き綴られたそれらの文章を初めて目にしたとき、戦後の「暮しの手帖」の筆致を知るものとして、私はただただ愕然とし、思わずひとりつぶやいたことを、今でも鮮やかに思い出す。

――そうか人間とは、ここまで戦争に反射し、発熱し、疾走する動物なのか――。

1945年報道技術研究会会員と（左端：山名文夫、中央：花森安治）
『山名文夫作品集』（誠文堂新光社、1982年）より

四五年三

月の東京大空襲後の花森は、報研メンバー十人と共に、畑を耕し、家庭菜園を作り、図案をおこし、レタリングをしながら、日本宣伝道の鬼となって「図解展・すべてを航空決戦へ」「現金を持つな移動展」「繊維増産移動展」「アメリカ残虐物語展」「一億憤激米英撃砕展・これがアメリカだ」や「戦時生活明朗敢闘展・これがラバウルだ」を企画。

四五年八月十四日、日本がポツダム宣言受諾を決めた日、花森は戦災援護会の「第一回写真移動展、焦土の戦友」の企画に、まだ取り組んでいた。

そして翌十五日、玉音放送を聞いた花森は、「僕らにとって八月十五日とは何であったか」（本書235ページ）で記すように、天皇の代わりにこれから護るべきものはなにかを考えながら、皇居、廃墟と化した銀座、日本橋を抜け、上野の町へと彷徨《さまよ》い歩く。

夕刻、上野の森の眼下にいっせいに灯った明かりを見ながら、三十三歳の花森はようやく気づく。

「天皇上御一人とか、神国、大和民族、大東亜という言葉の前に、絶対に守らなければならないのは、一人ひとりのこの明かりのある暮しだ」

大学を卒業した日から、敗戦の日までの八年間のうち、前半の四年を「一銭五厘を受ける側」として、後半の四年を「一銭五厘を出す側」で過ごした花森は、戦後大橋鎮子と共に、「暮しの手帖」を創刊。生涯百五十二冊の「暮しの手帖」を世に送り出す。

その雑誌の精神的な支柱となったのが「明かりのある暮し」だ。

「暮しの手帖」が発行部数九十万部の国民的雑誌となっても、花森は頑なに戦前の自らの青春を封印した。そのことで、多くの批判を浴びることにもなったが、花森は黙し続けた。

――人は戦争にどう反射するのか。「一銭五厘を受ける側」と「一銭五厘を出す側」を知りつくした花森が、百五十二冊の「暮しの手帖」を、なぜ、どんな気持ちで編んだのか。――

今回、花森の実娘・土井藍生氏の英断で出版されることになった本書を透過して、戦争がもつ本来の実相と、「暮しの手帖」発刊の理由が浮かび上がる。

なにやらきな臭いにおいが漂う昨今にこそ、静かに読まれるべき一冊だと確信する。

（ノンフィクション作家　クリエイティブ・ディレクター）

花森安治略年譜

明治四十四年／一九一一年
十月二十五日、神戸市須磨平田町に、六人きょうだいの長男として生まれる。父・恒三郎は貿易商、母・よしのは小学校教師。

大正八年／一九一九年
十一月、神戸市生田区熊内町の家が火事で全焼。

大正十三年／一九二四年
三月、雲中尋常高等小学校卒業。雲中小では田宮虎彦と同級だった。四月、兵庫県立第三神戸中学校に入学。一級上に淀川長治がいた。この頃、9ミリ半フィルムで自作映画を作り長篇シナリオを書く。

一歳の頃、母と

昭和二年／一九二七年
この頃、「新青年」の探偵小説に夢中になり、神戸元町のガード下で「ストランド・マガジン」「パンチ」「ザ・ニューヨーカー」など海外雑誌の古本を漁る。

昭和四年／一九二九年
三月、神戸三中を卒業。高等学校受験に失敗して一年間浪人。神戸大倉山の図書館で平塚らいてう『円窓より』を読み、女性解放論に感銘を受ける。八月、神戸三中同窓会誌「神撫台（じんぶだい）」四号に「浪人術講義」を寄稿。

昭和五年／一九三〇年
四月、旧制松江高等学校入学。夏、母死去。この頃、田所太郎（のち日本読書新聞編集長）と活動小屋「松江クラブ」映画鑑賞会の幹事を務め、プログラムを編集。

昭和六年／一九三一年
文芸部に入部。田所太郎も部員だった。二月、「校友会雑誌」一八号に小説「海港都市の感傷」掲載。

昭和七年／一九三二年
三月、「校友会雑誌」一九号に詩「鉄骨ノ感覚」掲載。七月、「校友会雑誌」第二十号を責任編集。判型、体裁、活字といったレイアウトや編集作業を手がける。詩「実験室」、小説「泣きわらひ」掲載。十二月、二一号に「挽歌（かなしみうた）」掲載。

昭和八年／一九三三年
三月、松江高校卒業。四月、東京帝国大学文学部美学科入学。「帝国大学新

松江高等学校時代。後列右から三人目が花森

聞」編集部に入部。部員は田宮虎彦、扇谷正造、杉浦明平、岡倉古志郎、田所太郎など。夏、松江の呉服問屋の末娘・山内もも代と出会う。

昭和十年／一九三五年

「帝国大学新聞」の挿絵や原稿依頼が縁で佐野繁次郎と知り合う。十月十八日、山内もも代と東京・赤坂の日枝神社で結婚式を挙げ、牛込簞笥町の奥の借家で新生活に入る。

昭和十一年／一九三六年

在学中、佐野が広告を手がける伊東胡蝶園（のちパピリオ）で働き（月給五十五円）、広告やPR雑誌を手伝う。十月二十六日、一年遅れて婚姻届を提出。

昭和十二年／一九三七年

三月、東京帝国大学卒業。卒業論文は「社会学的美学の立場から見た衣粧」。四月十五日、長女藍生誕生。この年、徴兵検査に甲種合格。七月、日中戦争始まる。

昭和十三年／一九三八年

一月十日、兵庫県篠山の歩兵第70聯隊留守隊機関銃隊に入隊。四月十三日、満州国大連上陸。四月二十日、三江省依蘭県依蘭到着、同地警備に服す（一月十日歩兵二等兵、七月十日歩兵一等兵、十二月一日歩兵上等兵にそれぞれ昇格）。

一度目の従軍時。三列目左から二人目が花森

昭和十四年／一九三九年

二月九日、月例身体検査において胸部に異常（結核）が見つかり除隊、治療を受ける。二月十六日、依蘭陸軍病院入院。三月二十五日、内地還送のため大連陸軍病院転送。三月二十八日、大連港出発。四月二日、大阪港上陸。同日、大阪陸軍病院天王寺分院収容。十月二十六日、大阪陸軍病院深山分院転送。

昭和十五年／一九四〇年

一月二十日現役免除（除隊）。伊東胡蝶園に復職。川崎市井田に親子三人で暮らす。十二月、佐野繁次郎とともに『婦人の生活　第一冊』（生活社）の制作に携わる。安並半太郎のペンネームで「きもの読本」を執筆。以後同シリーズは五冊刊行（五冊目は築地書店発行）。

昭和十六年／一九四一年

四月、『婦人の生活　第二冊』刊行。春、帝国大学新聞時代の先輩・久富達夫の誘いで、大政翼賛会実践局宣伝部に勤める。興亜局企画部に杉森久英がいた。七月、「漁村」に「女は日本の半分」掲載。九・十月、「日本読書新聞」（九月二十九日号、十月六日号）に座談会（石神清、上田広、枝法、国富倫雄、緑川敬、花森）「本と兵隊　帰還兵の座談会」掲載。十二月八日、太平洋戦争始まる。翌九日より、明治製菓の巡回車を借り都内を街宣活動。演説も行う。

昭和十七年／一九四二年

宝塚歌劇雪組公演「明るい町　強い町」の脚本を大政翼賛会宣伝部名義で執筆。一月、『すまひといふく』に「きもの読本」執筆。三月、「帝国大学新聞」（三月二日号）に「報道写真について」、「国語文化」に「言葉は暮しのなかに生きてゐる」、「アサヒカメラ」に「日本の壁新聞」掲載。五月、「宣伝」に「政治と宣伝技術」掲載。

大政翼賛会時代。演説する花森

六月、『くらしの工夫』に「きもの読本」執筆。十一月、「歌劇」に「明るい町　強い町」掲載。十二月、「文化日本」に「『時鐘の歌』解説」掲載。

昭和十八年／一九四三年

四月一日、臨時応召。四月二十二日召集解除（現役免除）。報道技術研究所のデザイナー・山名文夫らとともに国策宣伝の仕事を担う。九月、「印刷雑誌」に「宣伝といへばポスター」掲載。

昭和十九年／一九四四年

大政翼賛会時代。左から六人目が花森

三月、『切の工夫』に「きもの読本」執筆。七月、大政翼賛会文化動員部副部長に昇進。部下に岩堀喜之助、清水達夫（翌年に凡人社［現マガジンハウス］設立）がいた。

昭和二十年／一九四五年

四月、川崎大空襲。六月、大政翼賛会解散。同月、恩賜財団戦災援護会に職を得て、自宅の畑を耕しながら通い始める。「焦土の戦友」第一回写真移動展の準備中、敗戦。一時期、朝日新聞

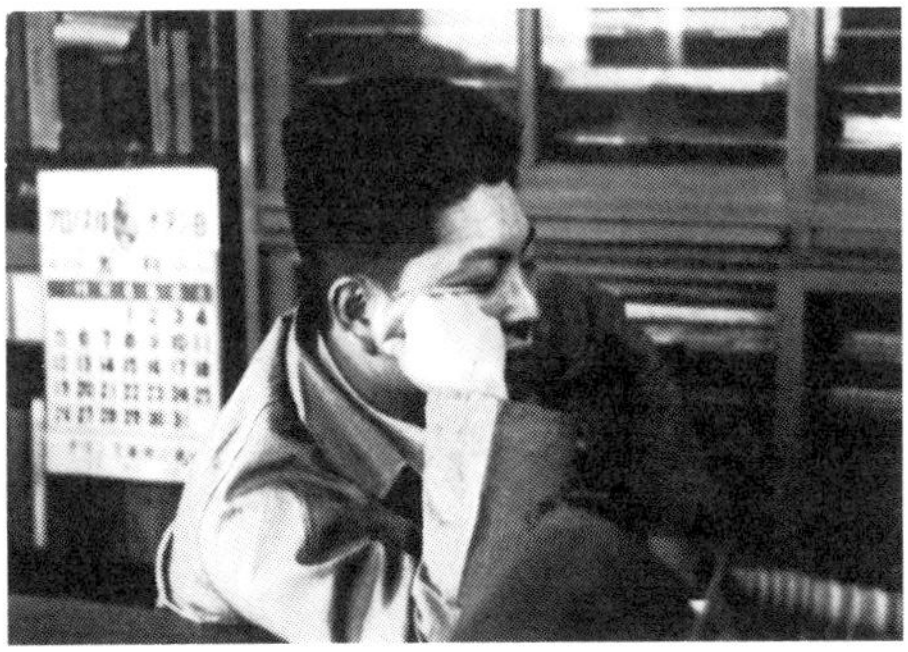
大政翼賛会時代

社の裏手でコーヒー店を開く。田所太郎が編集長をしていた「日本読書新聞」にカットなどを描く。編集部員に柴田錬三郎がいた。秋、田所の紹介で日本読書新聞在勤の大橋鎮子と出会う。年末、「青年文化会議」結成。世話人に中村哲、瓜生忠夫、桜井恒次、長谷川泉、メンバーに川島武宜、丸山眞男、扇谷正造、杉浦明平、田所太郎、野間宏、寺田透、杉森久英、花森など。

昭和二十一年／一九四六年

三月、編集長・花森、社長・大橋鎮子の衣裳研究所を銀座八丁目日吉ビル三階に設立。五月、デザイン集「スタイルブック」第一号（1946夏）を刊行。翌年夏までに計五冊を出す。

昭和二十二年／一九四七年

十一月、父死去。杉森久英の依頼で「文藝」の表紙画を描く。

昭和二十三年／一九四八年

九月二十日、「美しい暮しの手帖」を創刊。この頃、東京芸術大学からの依頼で服飾デザインについて講演。

昭和二十五年／一九五〇年

この年、川崎市井田から大田区調布鵜の木町に転居。七月、初の自著『服飾の読本』を衣裳研究所より刊行。十二月、日本橋三越で「暮しの手帖」展開催。

昭和二十六年／一九五一年

一月、衣裳研究所を暮しの手帖社に社名変更。七月、『流行の手帖』を暮しの手帖社より刊行。十二月、開局したラジオ東京（現TBSラジオ）で週一回のトーク番組「風俗時評」開始。

昭和二十七年／一九五二年

六月、日本橋三越で、十二月、大阪高麗橋三越で「暮しの手帖」展開催。十一月、「中央公論」に鼎談（池島信平、扇谷正造、花森）「元一等兵の再軍備観」掲載。

昭和二十八年／一九五三年

港区東麻布に「暮しの手帖研究室」設立。社屋の設計図は花森が引いた。四月、創元社より『暮しの眼鏡』、東洋経済新報社より『風俗時評』刊行。この頃、森茉莉が妹・小堀杏奴の紹介で半年間、暮しの手帖社編集部で働く。六月、札幌三越で「暮しの手帖」展開催。十一月、二二号から誌名を「暮しの手帖」に変更。

昭和二十九年／一九五四年

五月、河出書房より『逆立ちの世の中』刊行。二六号に初めての商品テスト「日用品のテスト報告　その1　ソックス」掲載。部数が三十万部まで伸びる。

昭和三十一年／一九五六年

二月、「婦人家庭雑誌に新しき形式を生み出した努力」に対し、花森安治と「暮しの手帖」編集部が第四回菊池寛賞を受賞。

昭和三十八年／一九六三年

十月、娘・藍生が結婚。「新調した、いつものジャンパーとズボン」で式に出席、カメラを持ち込む。

昭和四十一年／一九六六年

二月、失火で自宅が全焼。港区南麻布に転居。四月、初孫・陽子誕生。

昭和四十三年／一九六八年

八月、九六号の全頁を「戦争中の暮しの記録」特集にあてる。

昭和四十四年／一九六九年

二月、取材先の京都で心筋梗塞により倒れる。松田道雄のはからいで約二カ月、都ホテルで療養。四月、「暮しの手帖」が一〇〇号を迎える。八月、暮しの手帖社編『戦争中の暮しの記録』を単行本として刊行。

昭和四十五年／一九七〇年

十月、「見よぼくら一戔五厘の旗」を二世紀八号に掲載。同月、『からだの読本1』を暮しの手帖社から刊行。

昭和四十六年／一九七一年

五月、『からだの読本2』を暮しの手帖社から刊行。十月、『一戔五厘の旗』を暮しの手帖社から刊行。「週刊朝日」十一月十九日号に「花森安治における『一戔五厘』の精神──あなたの場合は?」が掲載される。十一月、『からだの読本』が第二十五回毎日出版文化賞（人文・社会部門）受賞。二世紀一四号に松田道雄との対談「医者と兵隊と戦争と保険と」掲載。

1969年、京都・都ホテルにて。心筋梗塞で倒れた後、足慣らしの散歩中。右は娘・藍生

昭和四十七年／一九七二年

『一戔五厘の旗』が第二十三回読売文学賞（随筆・紀行賞）を受賞。八月、「日本の消費者、ことに抑圧された主婦たちの利益と権利と幸福に説得力のある支援を行った」としてラモン・マグサイサイ賞を受賞。

昭和四十八年／一九七三年

二世紀二二号に「乱世の兆し」掲載。

昭和四十九年／一九七四年

一月、ビル取り壊しのため、暮しの手帖社が銀座から六本木に移転。三月、娘の藍生に第二子・和雄誕生。

昭和五十年／一九七五年

九月、談話「僕らにとって八月十五日とは何であったか」（『一億人の昭和史4』）

昭和五十二年／一九七七年

十二月二十八日、編集室の台所のテーブルで大橋鎮子に、自分が死んだときの号のあとがきに、遺言を書いて欲しいとメモをとらせる。

昭和五十三年／一九七八年

一月十四日、午前一時半、心筋梗塞のため死去。享年六十六。一月十六日、東麻布「暮しの手帖研究室」で社葬が行われる。

1978年、1月3日。左から孫・陽子、花森、孫・和雄。生前最後の写真

編者あとがき

「花森安治と『暮しの手帖』」展と題する展覧会がこれまで、世田谷文学館（二〇〇六）と世田谷美術館（二〇一二）で二度、開かれた。

父・花森安治に関する資料は普段、今回収録した手帖や書簡などとまとめて、世田谷美術館にお預けしている。しかし、展覧会で手帖を手に取りじっくり眺めることは難しい。全文を見ていただくためには「翻刻がいい」というアドバイスを館長の酒井忠康さんが下さったという。そのお話を、来年（二〇一七）で三回目となる展覧会の担当者・矢野進さんから伺い、目が覚める思いだった。

花森は三十代前半に二度応召したが、それについてはほとんど書かず語らず終い。僅かにこの手帖に信条を吐露しているように思えるので、是非とも形にしたいと矢野さんのお手を煩わせた。

刊行は幻戯書房に引き受けていただいた。書簡類、エッセイなども加えて一冊にまとめて下さった。

みなさまの熱い思いで、簞笥の中に眠っていた若き日の父の姿を蘇らせられたことに、心よりの感謝を申し上げます。ありがとうございました。

土井藍生（花森安治・長女）

花森安治の従軍手帖

二〇一六年十二月十一日　第一刷発行
二〇一七年　二月十一日　第二刷発行

著　者　花森安治
編　者　土井藍生
発行者　田尻　勉
発行所　幻戯書房
郵便番号一〇一 - 〇〇五二
東京都千代田区神田小川町三 - 十二
電　話　〇三 - 五二八三 - 三九三四
ＦＡＸ　〇三 - 五二八三 - 三九三五
ＵＲＬ　http://www.genki-shobou.co.jp/

印刷・製本　中央精版印刷

ISBN978-4-86488-110-4　C0095